2016年樂山師範學院學術專著出版基金資助
2016年樂山師範學院文新學院學術專著出版基金資助

敦煌歌辭文獻語言研究

劉傳啟 著

中國社會科學出版社

圖書在版編目（CIP）數據

敦煌歌辭文獻語言研究／劉傳啓著 . —北京：中國社會科學
出版社，2016.6

ISBN 978－7－5161－8146－1

Ⅰ.①敦… Ⅱ.①劉… Ⅲ.①敦煌學—詞（文學）—研究
Ⅳ.①I207.23

中國版本圖書館 CIP 數據核字（2016）第 099845 號

出 版 人	趙劍英	
責任編輯	王　琪	
特約編輯	沈　旭	
責任校對	李　莉	
責任印製	王　超	

出　　版	中國社會科學出版社	
社　　址	北京鼓樓西大街甲 158 號	
郵　　編	100720	
網　　址	http://www.csspw.cn	
發 行 部	010－84083685	
門 市 部	010－84029450	
經　　銷	新華書店及其他書店	

印　　刷	北京君昇印刷有限公司	
裝　　訂	廊坊市廣陽區廣增裝訂廠	
版　　次	2016 年 6 月第 1 版	
印　　次	2016 年 6 月第 1 次印刷	

開　　本	710×1000　1/16	
印　　張	21	
插　　頁	4	
字　　數	355 千字	
定　　價	76.00 元	

凡購買中國社會科學出版社圖書，如有質量問題請與本社營銷中心聯繫調換
電話:010－84083683

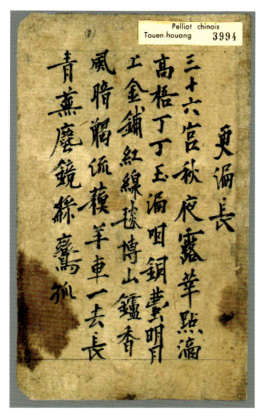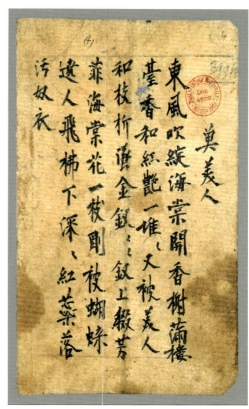

圖版 1　伯 3994 曲子詞《更漏長》《魚（虞）美人》

圖版 2　伯 2054 卷《十二時·普勸四衆依教修行》

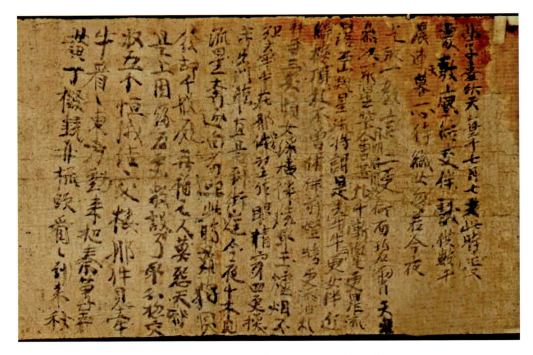

圖版 3　斯 1497 卷《五更轉·曲子喜秋天》

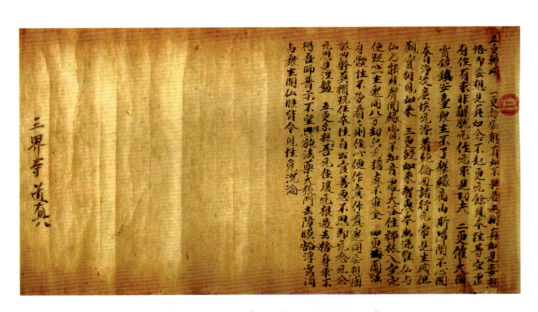

圖版 4　伯 2270《五更轉頌·南宗定邪正》

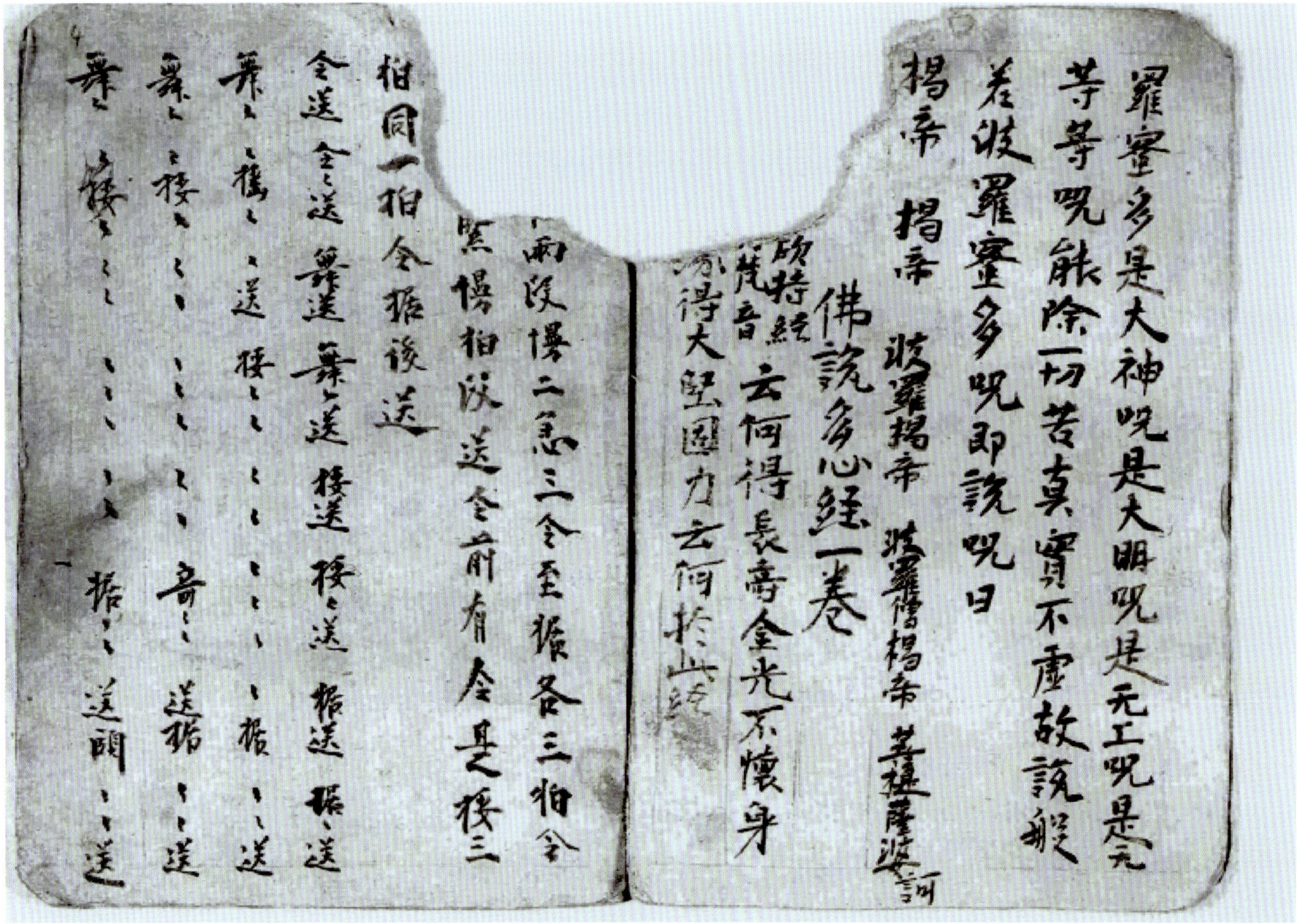

圖版5　斯5643卷上酒曲子《蓦山溪》《南歌子》《双燕子》等打令舞谱

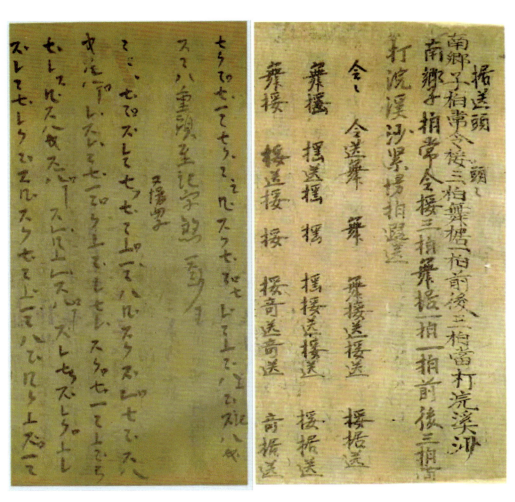

圖版 6　伯 3808 V⁰ 曲子谱　　　　　圖版 7　伯 3501 大曲舞谱

序

敦煌發見的歌辭數量超過了 1300 首，大致可分為與隋唐燕樂曲律相關的曲子詞、與佛教音樂曲式相關的佛教歌辭、與民間音樂曲式相關的民間俗曲三類。1920 年王國維在《東方雜誌》發表《唐寫本〈雲謠集雜曲子〉跋》，是敦煌歌辭研究的開始。當時公佈的敦煌寫本資料不多，學者做得最多的是對《雲謠集》的文字考訂和詞義訓釋。《敦煌零拾》(1924)、《敦煌掇瑣》(1925)、《敦煌石室寫經題記與敦煌雜錄》(1937) 等著作零星刊佈過一些歌辭，胡適 (1891—1962)、鄭振鐸 (1898—1958)、傅芸子 (1902—1948)、王重民 (1903—1975) 等學者做過一些研究。1950 年，上海商務印書館出版了王重民的《敦煌曲子詞集》，從法國藏 17 個卷號、英國藏 11 個卷號、還有羅振玉所藏 3 卷及日人橋川氏所藏 1 卷，共 32 卷中，輯錄曲子詞 162 首 (1956—1957 年間兩次修訂，增詞 2 首，共計 164 首)。從此，敦煌歌辭的整理研究才初具規模。

1955 年，任二北的《敦煌曲校錄》由上海文藝聯合出版社出版，共收錄敦煌曲 545 首，其中普通雜曲 227 首，定格聯章 298 首，大曲 20 首，包括了曲子詞、佛教歌辭和民間俗曲三類。任氏此前出版的《敦煌曲初探》(1954) 是研究性論著。全書分五章：第一章《提要》，對《校錄》所收 545 首敦煌曲分別就調名、曲辭及內容進行討論。第二章《曲調考定》對敦煌曲與《教坊記》之關係、敦煌曲對大曲的貢獻、敦煌曲的聯章四調、佛曲四調都有考證與解說。第三章《曲辭校訂》闡述校訂敦煌曲辭的原則和意見。第四章《舞容一得》對敦煌舞蹈資料進行了考證。第五章《雜考與臆說》討論了敦煌曲的起源、名稱、時間、內容、作者、體裁、修辭諸方面的問題。還有附錄《考屑》一章，對敦煌辭、曲、舞、自然、物情、婦女、政治、宗教、動詞、狀詞、名詞等問題都有考證。

1971 年，法國國家科研中心出版了饒宗頤和法國學者戴密微合作完成的《敦煌曲》，作為《國立圖書館伯希和探險隊所獲文獻資料叢刊》第二卷。《敦煌曲》全書分三部分：一、饒宗頤的中文原著；二、戴密微的法文翻譯；三、敦煌寫卷圖版。中文原著包括《引論——敦煌曲與詞之起源》《本編》兩大部分。《引論》包括弁言、上篇、中篇、下篇、結語。《弁言》討論敦煌曲與詞的起源。《上篇》是敦煌曲之訂補，敦煌曲之年代及作者。《中篇》論述詞與佛曲之關係：詞之起源與佛曲贊詠，詞與法樂梵唱及僧人之改作舊曲；偈贊與長短句，贊詠在道釋文學上的發展及其曲子之分途，和聲之形態及其在詞上之運用，敦煌曲與樂舞及龜茲樂，敦煌曲與寺院僧徒。《下篇》討論詞之異名（雜曲、曲子、雜言、倚聲、填詞、小詞、小歌詞、語業、長短句）及長短句之成立，包括敦煌卷子中“詞”字的異義，詞在早期目錄書中的地位。附錄有《詞與樂府關係之演變》及《敦煌曲系年》。《本編》校輯敦煌曲 313 首，包括《新增曲子資料》18首、《雲謠集雜曲子及其他英法所藏雜曲卷子》170 首、《新獲之佛曲及歌詞》125 首，還有《聯章佛曲集目》，附錄《敦煌曲韻譜》《詞韻資料舉要》。饒宗頤《敦煌曲》於“曲”之界定，較王重民為寬，較任二北為嚴，而其增補新獲曲子詞及校正任氏擅改之處，頗見功力。戴密微的法文翻譯包括饒氏的《引論》和 34 首敦煌曲，其中有戴氏的補充看法。圖版部分共刊出巴黎、聖彼德堡所藏敦煌曲寫本 39 種共 116 幅圖片。

　　1987 年，上海古籍出版社出版了任半塘（二北）具有集大成性質的《敦煌歌辭總編》。本書是任氏在《敦煌曲校錄》的基礎上，據 150 餘種敦煌寫本加以考釋匯校而成，輯錄敦煌歌辭 1239 首。全書正文分為七卷：卷一雜曲，收《雲謠集雜曲子》33 首；卷二雜曲，收“只曲”117 首；卷三收普通聯章 63 組，397 首；卷四雜曲，收重句聯章 19 組，163 首；卷五雜曲 32 套，313 首；卷六雜曲，收長篇定格聯章一套，134 首；卷七大曲，5 套 20 首。另有《補遺》隻曲類 13 首，組曲類 40 首，五七言體 9首。除《雲謠集雜曲子》保存唐寫本原序外，其餘均按體裁分編。各體中又按內容重新編次，反映民間生活的排列在前，涉及宗教者一律置後。歌辭分首分片，均按曲調定式，葉韻同異、辭意若何而定，不拘泥寫本原貌。凡有互見寫本的歌辭，均詳加校勘。遇疏誤難辨的字句，盡力研磨代擬。每首辭後的校語，既詳考諸本異同，又有必要的疏證，或正調名，或疏文字，或明意境，或考時代，對於閱讀和研究歌辭都具有參考價值。尤其是每篇歌辭下所收集的諸家研究成果，有檢一詩而眾說俱備之效。任半塘關於敦煌歌辭的整理研究，在其獨到的理論體系之下展開，因此《總編》除了具有敦煌歌辭總集的性質外，合歌辭與理論於一編（凡例），兼具敦煌歌辭理論探討的作用。項楚說："我相信今後一切治敦煌曲的中外學者，不論是否贊同任先生的理論，都將認真研究任先生的這部巨著，並且以任先生所達到的成就作為出發點，去進行新的探索。"（《敦煌歌辭總編匡補》序）

但是，《總編》存在著明顯的訛誤。其訛誤主要表現在兩個方面：第一，校錄時隨意改字，造成新的閱讀困難。蔣冀騁說："《總編》不顧原卷的形、音，只憑義校，導致了大量的校勘失誤，給人以隨心所欲的感覺。不顧作品原意，隨便改詩為詞。"（《八十年代以來中國的敦煌語言文字研究述評》）饒宗頤說，他"發覺任書所刻之字多數失真，往往誤添筆劃"，"書中指斥各家，言多過火，百般詆毀，而謗儒罵佛，處處皆是"（《雲謠集一些問題的檢討》）。所以潘重規說，這部著作"極受學術界重視，嘉惠學子的地方很多，貽誤學子的地方也不少"（《敦煌詞話》，第 73 頁）。

《總編》的另一個缺憾，是對《雲謠集》以外的所有歌辭均按照體裁、題材的不同重新歸類編排，使一些本為同一寫本甚至同一首的作品割裂分居，而且失去了寫本中與歌辭傳播形態有關的可貴資訊，這一點與作者強調敦煌歌辭演藝特徵的本意也不相符。比如有 7 個寫本的《高興歌酒賦》，本是一首歌行體詩體賦，"因為其中多有'三三七七七'的句式，遂被指為歌辭，割裂為二十一首，收入《敦煌歌辭總編》'補遺'中"。而見於 S.2048 和 P.2544 的《打馬毬詩》（擬題），"分明是一篇七言歌行，文氣流轉駿快，當是盛唐以前作品。因為其中不乏'三三七七七'雜言句式，又被《敦煌歌辭總編》指為歌辭，收入卷三，擬加調名《杖前飛》，並對原文刪節改竄，割裂為五首，以致面目全非，豈非古人之大不幸耶？"（項楚《敦煌詩歌導論》，第 48 頁）

自從王重民、饒宗頤、任半塘的著作出版後，學術界研究敦煌歌辭，便有了最基本的材料，於是大量的研究成果開始湧現，有數以百計的論文和數以十計的著作面世。在這些著作中，我要提及我國臺灣學者林仁昱的《敦煌佛教歌曲之研究》（佛光山文教基金會，2001 年）和李小榮的《敦煌佛教音樂文學研究》（福建人民出版社，2007 年）。林著認為"佛教歌曲本為應用而生"，所以特別強調保存和恢復寫本原貌的重要性，並根據演藝效用的不同，將佛教歌辭寫本分成三種：經過刻意安排，具有演藝或儀式意義的"歌曲集";未有明顯條理、歌辭類別複雜的"歌曲叢抄";單篇抄寫或附於其他文獻之後的"散篇歌曲"。這就使其研究很自然地關注到了歌辭作品與同抄其他文獻的關係。從歌辭的句式、結構方面探討"定格聯章"的問題,也是林著的亮點,可惜這部分沒有全面展開。

李小榮的《敦煌佛教音樂文學研究》中"敦煌佛教音樂文學"的內涵、外延與林仁昱的"敦煌佛教歌曲"大致相合。李書首先做的工作是摸清佛教音樂文獻在敦煌文獻中的分佈情況,然後從四個方面進行討論:一是從禪、淨、密等不同佛教宗派角度對佛教音樂文學加以分類,並比較各類之異同。二是探究佛曲的來源,對傳自印度西域和中土自產的佛曲都進行了考證。三是確定敦煌佛教音樂文學的性質及其在中國音樂文學史上的地位。四是討論一些兼具儀式性的敦煌佛教音樂文學作品的體制和演唱場景。本書的創新是多方面的,我這裡只提及一點:緊扣音樂文學實際應用這一特徵,從歌辭體制、演唱形式、和聲、過門套辭、樂器配置等方面,細緻探究敦煌佛教歌辭的基本面貌、主要類型和發展軌跡。

以上我主要介紹了敦煌歌辭研究的幾部里程碑著作,以說明敦煌歌辭研究一步步取得的成就。可以看出,對敦煌歌辭的語言研究主要集中在作品文字的校勘、部分詞語的訓釋、韻律的考察等方面,而使用的方法,大多與傳統的方法沒有區別。比如,一首詞有數個寫本,校錄本就秉著"擇善而從"原則,往往從中擇出文字最為雅訓的一個"正字",其他都是因種種原因而訛誤;詞語訓釋大多是就詞釋詞,而很少顧及歌辭的特殊語法導致的特殊意義;韻律也多是按照唐宋以來的官修韻書和詞律。

2008年,劉傳啟同志考入蘭州大學敦煌學研究所攻讀博士學位,我是他的論文指導教師。我的學術背景是文學文獻,不是語言,所以當傳啟選定《敦煌歌辭語言研究》為博士論文題目後,我和他進行了多次討論。我的意見是:首先要重視寫本整體資訊的挖掘。對敦煌文學作品的整理方式,主要有兩種,一種以作品為綱,一種以寫本為綱。這兩種方式,反映了整理者的著眼點之不同,前者看重的是作為文字記錄的平面的作品;而後者看重的是作為彼時彼地立體傳播者的文藝形式。以作品為綱勢必要割裂寫卷,這樣原卷所保留的作品的性質及運用的情形等文化資訊都將消失。饒宗頤《敦煌曲》、徐俊《敦煌詩集殘卷輯考》以寫卷為綱進行作品整理,給我們啟發良多。不同的寫卷性質不同,對其異文要從寫卷性質入手分析,不能簡單地是此非彼。比如敦煌寫本中有關孟姜女的曲子有多種

寫本，P. 3911 題目作《孟曲子搗練子平》，而幾乎所有校錄本皆刪除
"平"字，不作說明。從 P. 3911 寫本的整體情況看，"平"不是衍文，因
為下文的《望江南》《酒泉子》名下皆有"平"字，"平"字是用來標識曲
子的調名，說明要用平調演唱。那麼，P. 3911 就是藝人運用的寫本。

另外，要考慮敦煌歌辭的民間性質，敦煌歌辭中有一些是文人寫作的
作品，例如《雲謠集雜曲子》中的大部分，但也有很多是民間的作品。民
間作品在形式上比較隨意，不能嚴格按照宋以來文人運用的詞律要求敦煌
詞，也不能嚴格按照《廣韻》和《平水韻》要求敦煌歌辭的叶韻，而且在
語法上也有其特殊之處。這是我 20 多年前整理敦煌賦寫卷時，我的老師
郭晉稀先生教我的。

劉傳啟很有靈氣，也肯下功夫，他用了不到兩年的時間就完成了博士
論文。現在呈現在讀者面前的這部著作就是在其博士論文的基礎上修訂而
成的。我以為，這是一部有新見的學術著作，其學術價值主要體現在：第
一，通過對敦煌歌辭寫卷的細緻考察，對敦煌歌辭的傳抄原因和功用進行
了有益的探討。敦煌歌辭作為當時寺學教育的重要內容，在敦煌民眾的各
種節慶儀式、宗教活動、娛樂生活中佔有重要地位。這些問題，過去有人
討論過，但本書做了更為深入系統的論述。第二，對敦煌歌辭"接近口
語"的語言特點進行了深入分析。敦煌歌辭與後來成熟的宋人詞不同，宋
詞是因聲填詞，而敦煌歌辭則處在從"由詩配樂"到"合樂填詞"的過渡
階段，是詞調初創階段的形態。所以，句式不定，多襯字襯詞，平仄不
拘，叶韻較為自由，且不受官修韻書的限制，多歌詠調名本意。第三，重
點考釋了一批俗詞、俚語，從而揭示出了敦煌歌辭語詞在斷代詞彙史研究
方面所特有的語料價值。第四，從語法的角度比較系統地歸納出了敦煌歌
辭中的一些特殊的句式句法，如倒裝、共用、同義單雙音節詞語連用、同
義單雙音節詞語對用等，訂正了敦煌歌辭整理研究中存在的誤刪和誤增。

本書依據的基本材料是任半塘的《敦煌歌辭總編》，這無疑是有道理
的。《總編》是典型的按照整理刻本時期文獻的方式整理寫本的巨著，而
且任氏在《敦煌曲校錄》和《敦煌歌辭總編》的《凡例》中都曾說明其輯
錄的目的"不在保存唐寫卷之原有面貌"，而在"追求作者心上原辭之格
調與應表之問題"，這就使得《總編》帶有很強的主觀性，唐寫卷之原有
面貌的諸多資訊沒有被揭示出來。現在，各國館藏的敦煌寫本基本都公諸
於世，有比較清晰的影本可以對照，如果以寫本為單位、為底本，整理出

一部儘量反映"唐寫卷之原有面貌"的敦煌歌辭總編,對我們認識寫本時期(5—11世紀)中國文學的傳播會有很大的幫助。

2011年,傳啟博士畢業後到四川樂山師範學院工作。數年後,我也到四川西華師範大學工作。我們同是研究敦煌學,又都是"得隴望蜀"的人。本來敦煌學與蜀地就有著千絲萬縷的關係。敦煌文學中藝術性最高的作品韋莊的《秦婦吟》是從西蜀傳到敦煌而被保存下來的,保存在敦煌寫卷中的我國最早的道教文學話本《葉淨能詩》是從蜀地傳到敦煌的,敦煌歷史題材的代表性變文《王昭君變文》是從蜀地傳到敦煌,再經過了敦煌藝人的改寫。而莫高窟出土佛經中傳自蜀地或者根據蜀地印本抄錄的寫本更不在少數。當年敦煌人用的黃曆也多傳自蜀地。二十世紀敦煌學的興起和發展,巴蜀學者也做出了傑出貢獻。其一,由於蜀地藝術大師張大千等在莫高窟的潛心臨摹,讓敦煌藝術走出沙漠,為國人所重,國民政府因此設立保護機構。其二,20世紀40年代,以段文傑、史葦湘為代表的四川籍藝術青年,投身大漠敦煌,為莫高窟石窟藝術研究事業貢獻了全部的精力和生命。其三,在敦煌學發展的100年中,四川一直是敦煌學研究和人才培養的重鎮。以任半塘、王利器、王文才、龍晦、項楚為傑出代表的蜀地學者,以他們卓越的學術成就奠定了在國際敦煌學界的崇高地位。繼承前賢的事業,為中華文化之復興盡綿薄之力,乃吾與傳啟所共勉!

伏俊璉

2016年2月9日(丙申正月初二)

目　录

第一章

緒　　論

第一節　敦煌歌辭及《敦煌歌辭總編》

一　敦煌寫卷歌辭的定名及內涵

近百年間學術界關於敦煌寫卷歌辭的稱謂多種多樣，內涵不一。主要有如下幾種：

1. 詞、唐人詞。代表人物有王國維、周泳先、朱孝臧、唐圭璋、顏廷亮等。

王國維在《敦煌發現唐朝之通俗詩及通俗小說》一文中云：“敦煌所出《春秋後語》卷紙背有唐人詞三首”①，明確標識“唐人詞”。周泳先著有《敦煌詞掇》，唐圭璋著有《敦煌唐詞校釋》，顏廷亮主編《敦煌文學》有“詞”專節，等等。蔣禮鴻在《敦煌詞校議》中亦明確使用敦煌詞的概念：“敦煌詞的發現，提供文學史研究者研究詞的起源和發展的線索，也使人看到初期民間詞的面貌。”②

稱詞或唐人詞是從“詞體”“詞學”的觀念或範疇出發著重肯定了此類作品的“律詞”的基本性質，但由於這類概念不能反映出此類文學品種早期偏重音樂性的特點，或者不符合當時人的稱謂習慣，因此此類提法並未得到廣泛的提倡。

2. 曲。此種稱謂以羅振玉、任二北、饒宗頤為代表。如羅振玉《敦煌零拾》收“小曲三種”“俚曲三種”，傅芸子《敦煌俗曲之發現及其展開》，任二北《敦煌曲校錄》《敦煌曲初探》，饒宗頤《敦煌曲》等，皆屬此類。

---

① 王國維：《敦煌發現唐朝之通俗詩及通俗小說》，《東方雜誌》17卷8號，1920年。
② 蔣禮鴻：《敦煌詞校議》，《浙江大學學報》（理學版），1959年第3期。

從幾種以"曲"為集名的敦煌歌辭的校錄本來看，如任氏《敦煌曲校錄》不僅收有規範合律的詞，還收有大量的民間韻文和佛教歌曲。因此"曲"之稱謂及其收錄範圍包括各種形式的歌辭作品在內，實際上仍接近"歌辭"這個總概念。

3. 曲子、曲子詞。王重民《敦煌曲子詞集》、孫藝秋《敦煌曲子詞校釋》、周紹良《補敦煌曲子詞》、林玫儀《敦煌曲子詞斠證初編》等，皆屬此類。

"曲子"一名，屢見於敦煌歌辭寫卷之題記，應為唐五代民間習稱或俗語。從原卷有"曲子"或"雜曲子"題記的作品來看，大致皆屬"曲子詞"範疇。在早期敦煌曲子詞的輯錄和研究階段，一部分學者如王延齡、夏承燾、潘重規等常沿用這一名稱。從王重民、林玫儀等所收錄的曲子詞來看，此種稱謂是嚴格按照"詞體""詞學"的觀念，從敦煌歌辭中甄別、選錄出一部分符合"詞"之性質與定義的作品來。其選錄標準及範圍便明顯嚴於或窄於以"敦煌歌辭"或"敦煌曲"命集者，如王《集》僅收錄164 首，林《編》僅收錄176 首。

4. 歌辭。此以任二北為代表。如呂秋逸《敦煌佛教歌辭校本》、吳肅森《敦煌歌辭探勝》、張錫厚《敦煌文學》"敦煌歌辭"專節、顏廷亮主編《敦煌文學概論》"敦煌歌辭"專章等，皆屬此類。任二北從確立唐五代音樂文學總概念的目的出發出版《敦煌歌辭總編》，內容涵蓋了包括聲詩在內的敦煌曲子詞、民間韻文、宗教歌曲等文學種類。20 世紀 80 年代以來出版的幾種敦煌文學概論性質的著作，在敦煌文學的分類上皆專列"敦煌歌辭"一類，其中或融匯多種形式之歌辭作統稱與通論（如張錫厚所著《敦煌文學源流》），或又分列"曲子詞""詞"與"俚曲小調""佛曲"二小類（如顏廷亮主編《敦煌文學概論》）。

實際上，"歌辭"這個總概念也是一個老名稱，早在宋代郭茂倩編著《樂府詩集》時即得到普遍使用，它對各個時代各種形式的歌辭品種都適用。因此我們認為，"歌辭"這個概念雖然不利於對各種歌辭形式做更深入細緻的分類研究，尤其是對唐五代詞乃至整個詞史和詞學研究來說，頗覺籠統和寬泛。但從另一角度來看，對敦煌寫卷歌辭的整體研究是必須和有效的。①

---

① 劉尊明：《敦煌歌辭、敦煌詞、民間詞與文人詞之考辨》，《湖北大學學報》，1995 年第 2 期。

二　敦煌歌辭的分類及內容

　　歌辭的概念，一般指依托於曲調、倚聲定辭、可以發聲歌唱的辭[①]。我們將要討論的"敦煌歌辭"，指的是敦煌遺書中配合音樂歌唱的唱詞，20世紀80年代以來一些專家學者陸續提出了這種稱法，如在張錫厚《敦煌文學源流》、顏廷亮《敦煌文學》《敦煌文學概論》等敦煌文學概論性著作中，"敦煌歌辭"都是作為敦煌文學範疇中的主要組成部分而出現的。隨著1987年任二北編著的《敦煌歌辭總編》（以下簡稱《總編》）的出版問世，"敦煌歌辭"逐漸被人們所熟知，並形成了一股研究熱潮。"這種稱法堅持了倚聲定文、由樂定辭的原則，因此凡是能夠歌唱的辭，不論是民間作品、文人創制還是廟堂佛曲，也不究其文采如何，都屬於敦煌歌辭之列。"[②]

　　根據歌辭調名所從屬的音樂範疇的不同，研究者傾向於把敦煌歌辭分為三大類：

　　1. 附著於隋唐燕樂曲律的曲子詞

　　2. 附著於宗教音樂曲式的佛教歌曲

　　3. 附著於民間音樂曲式的民間俗曲[③]

　　這種依據音樂範疇的不同對敦煌歌辭的分類，可以說基本上把敦煌文學中1200多首歌辭作品都囊括其中了，本書也基本認同這種分法。但遺憾的是，敦煌寫卷中还保存了少部分道教歌辭，有兩首《謁金門》、一首《臨江仙》，還有四首《還京洛》。這種劃分方法顯然把它們剔除在外了，而從曲名及內容來看這些歌辭應是道士羽流所撰。劉尊明先生指出，"由以上敦煌寫卷傳詞可以證明，唐五代道教徒已開始自覺地運用道教樂曲或教坊俗曲來填詞歌唱，以達到宣法悟道乃至娛樂抒情之目的；這些道教歌詞能傳至我國西北佛教聖地敦煌，也說明它是具有一定的消費市場和生命力的。大概是因為沒有人進行專門的搜集整理，以致唐五代的道教歌詞大

---

① 張錫厚：《敦煌文學源流》，作家出版社2000年版，第264頁。

② 同上書，第266頁。

③ 周紹良、顏廷亮等在對敦煌文學進行分類的時候把"曲子詞""佛曲""民間曲詞"作為不同的文體來對待，詳參顏廷亮主編《敦煌文學》（甘肅人民出版社1989年版，第12—15頁），其後文曉、杜琪等在相關文章中明確主張敦煌歌辭應據調名所從屬的曲律進行如上劃分，詳參文曉《敦煌歌辭作品分類題注》，《甘肅社會科學》2000年第6期；杜琪《敦煌歌辭概觀》，《社科縱橫》2006年第6期。

多散佚失傳了"①。因此我們認為上述第二大類"佛教歌曲"宜改為"附著於宗教音樂曲式的佛教、道教及其他宗教歌曲",這樣更顯周密。下面就以此種分類法對敦煌歌辭的内容與題材等作一簡單介紹。

（一）附著於隋唐燕樂曲律的曲子詞

燕樂系始于隋代而盛于盛唐的樂曲,主要指隋唐新聲。燕樂都伴有曲詞,詞與音樂密不可分,因而它屬於音樂文學作品。今存敦煌曲子詞有60餘調,絶大多數見於唐人教坊曲和傳統的唐宋詞,僅有極少數詞調獨存敦煌,如《別仙子》《鄭郎子》等。

依内容和題材的不同,敦煌詞可分為如下幾類:

1. 政治詞。有頌唱盛唐時天下太平景象的,如伯3128卷之《感皇恩》2首（"四海天下及諸州""當今聖壽比南山"）、伯2506卷之《獻忠心》2首（"臣遠涉山水""驀却多少雲水"）等;有描寫黄巢起義時局動盪的,如伯2506卷之《酒泉子》（"每見惶惶"）、伯2607卷之《獻忠心》（"自從黄巢作亂"）等;還有反映唐昭宗乾寧二年（895）移駕東奔時事的,如伯3128卷之《菩薩蠻》2首（"再安社稷垂衣理""千年鳳闕爭離棄"）、伯2607卷之《菩薩蠻》2首（"自從鑾駕三峯住""常懥血怨居臣下"）等。

2. 愛情閨怨詞。有表達堅貞愛情的,如斯4332卷之《菩薩蠻》（"枕前發盡千般願"）、斯5643卷之《送征衣》（"今世共你如魚水"）、伯3836卷之失調名詞（"自從君去後"）等;有抒寫怨婦情思的,如伯3251卷之《菩薩蠻》（"香綃羅幌堪魂斷"）、伯4017卷之《鵲踏枝》（"叵耐靈鵲多讒語"）、伯3137卷之《南歌子》（"悔嫁風流婿"）、伯3836卷之《南歌子》（"斜影珠簾立"）、《敦煌零拾》本《望江南》（"天上月"）等;還有描寫麗人情態的,如伯3994卷之《虞美人》（"東風吹綻海棠開"）、《菩薩蠻》（"霏霏點點回塘雨"）,等等。

3. 邊塞詞。有歌頌敦煌歸義軍時期張氏、曹氏政權卓著功業的,如伯3128卷之《菩薩蠻》（"敦煌古往出神將"）、《浣溪沙》2首（"喜覩華筵獻大賢""好是身沾聖主恩"）等;有頌揚邊疆將士勇武精神的,如伯3831卷之《定風波》（"攻書學劍能幾何"）、伯2692卷之《望遠行》（"少年將軍佐聖朝"）;還有表達厭戰情緒的,如伯3911卷之《搗練子》（"堂

---

① 劉尊明：《唐五代詞與道教文化》,《社會科學戰綫》1997年第3期。

前立"）、伯 3360 卷之失調名詞（"十四十五上戰場"）、斯 5637 卷之《何滿子》（"金河一去路千千"）等。

4. 民情風俗詞。有寫遊子思歸的，如斯 2607 卷之《浣溪沙》（"一隊風去吹黑雲"）、《西江月》（"浩渺天涯無際"）、伯 3821 卷之《浣溪沙》（"玉露初垂草木凋"）等；有寫仕子厭世心境的，如《敦煌零拾》本之《菩薩蠻》（"自從宇宙充戈戟"）、伯 3821 卷之《謁金門》（"雲水客"）、伯 3333 卷之《菩薩蠻》（"自從涉遠為遊客"）等；還有醫藥詞，如伯 13093 卷之《定風波》3 首，則一一敘寫了傷寒病症之種種症狀。

5. 詠物詞。如伯 3821 卷之《浣溪沙》（"海燕喧呼別綠波"）是詠燕的；伯 3911 卷《酒泉子》（"紅耳薄寒"）為詠戰馬的作品；斯 6537 卷等《樂世詞》（"失羣孤鴈獨連翩"）是詠孤雁的，等等。

另外，還有一些詠佛道詞，或詠佛地的形勝靈異，或詠佛子禮佛的虔誠，或寫道士生活環境之美及閑適之情等。

（二）附著於宗教音樂曲式的佛教、道教及其他宗教歌曲[①]

此類作品以佛曲居多。佛曲，屬佛教音樂，是專為佛贊而設的曲調，與之配合的歌辭便是作為文學文體的佛曲曲詞，其體式接近敦煌詞。敦煌佛曲，有的在音樂上仍基本保留由印度傳來的調子，曲詞亦由梵語譯來，就連其中的和聲也是直譯而來，用以唱經勸世，如《佛說楞伽經禪門悉曇章》8 章、《流俗悉曇章》8 章；有的雖在音樂上仍用原有曲調，而曲詞內容則系新作，與佛教無關，如《婆羅門》；有的不用原有曲調，而借用燕樂或民歌曲調以唱經勸世，如《百歲篇》《五更傳》《十二月》等調，被用來歌詠佛教內容。

嚴格說來，典型的敦煌佛曲，指曲調專為佛贊而設而內容也純為詠歎佛門之事者，如《悉曇頌》（16 首，伯 2204 卷等）、《好住娘》（14 首，伯 2713 卷等）、《散華樂》（7 首，斯 0668 等）及《歸去來》（15 首，伯 2066 卷等）等。

1. 佛曲（和聲聯章體）

〔悉曇頌〕（伯 2240、2212 卷等），釋定惠翻注。《悉曇》系梵文 Siddham 的音譯，為"吉祥""成就"之意。辭中"現練現""向浪晃""頗邏墜"等語，為梵音和聲。共有《流俗悉曇章》《佛論楞伽經禪門

---

① 參見文曉《敦煌歌辭作品分類題注》，《甘肅社會科學》2000 年第 6 期。

悉曇章》兩章，每章各 8 首。前者以倡導俗眾向佛為旨要，分陳世人七種迷途，最後指出只要虔心參乘，孽障可除，真宗可會。後者備述禪門修心之種種法門，以“無可樂”之樂、“自在”而無“制約”為開覺至境。

〔好住娘〕（伯 2713、斯 5892 等卷），佚名。以“好住娘”三字為主題詞及和聲，鋪陳佛徒出家辭別娘親之時的複雜心態。

〔歸去來〕（伯 2963、2250 等卷），法照。以“歸去來”三字為主題詞及和聲，表達往生西方淨土之願望。

〔散花樂〕（斯 668、1781 等卷），佚名。以“散花樂”“滿道場”為讚語及和聲，敘說悉達多太子修道成佛的故事。

〔樂入山〕（伯 2563、斯 3287 等卷），佚名。以“樂入山”三字為主題詞及和聲，詠唱佛徒入山尋道之信心與誓願。

〔樂住山〕（斯 3287、5966 等卷），佚名。以“樂住山”三字為主題詞及和聲，歌頌禪林超世閒居之種種怡情。

其他類似作品還有斯 4878 卷之《三歸依》、伯 2066 卷之《出家樂》、伯 2107 卷之《千門化》、斯 6631 卷之《遊五臺》、伯 3120 卷之《送師讚》等，內容亦均為釋門修法禮佛或勸導俗眾歸心向禪。

2. 讚

佛教音聲。此類作品極為繁多，內容亦極為豐富。有讚詠佛教人物及其功業的，如斯 2204 卷之《太子讚》、伯 3118 卷之《佛母讚》、斯 6006 卷之《十大弟子讚》等；有讚詠諸佛法身神力威儀的，如伯 3892 卷之《無相法身讚》、斯 5572 卷之《歎彌陀觀音勢至讚》、伯 2974 卷之《梵音佛讚》等；有讚詠佛典教程理規的，如伯 3645 卷之《大乘淨土讚》、伯 3120 卷之《華法經女人品讚》、伯 3065 卷之《十二部經讚》等。有讚詠西方淨土極樂至境的，如伯 2130 卷之《淨土樂讚》、伯 3118 卷之《歸西方讚》、伯 2483 卷之《歸極樂去讚》等；有讚詠佛門法器及其道場、靈山景象的，如斯 6631 卷之《香讚》、伯 2483 卷之《寶鳴讚》、伯 2483 卷之《五臺山讚》等；有讚詠佛徒出家誓願和人間親情的，如斯 5572 卷之《向山讚》、伯 3892 卷之《出家讚》、斯 4634 卷之《辭阿孃讚》等。

景教音聲。存伯 3847 卷《大秦景教三威蒙度讚》及《大秦景教大聖通真歸法讚》（李盛鐸舊藏）2 首。前者讚詠聖父、聖子、聖靈“三位一體”善救眾生之神威，後者讚詠耶穌上高山後在門徒面前變化形象之故事。

摩尼教音聲。存《下部贊》（斯 2659 卷）1 種，大部分為七言韻贊辭，有少量為四言或五言的贊辭。為唐代後期譯作，系摩尼教徒舉行儀式時唱詠的讚美詩。

3. 頌

佛教音聲。有頌唱佛主及佛神神跡聖功的，如伯 5504 卷之《五洲五尊頌》、斯 4413 卷之《佛誕頌詞》等；有頌唱佛理規程的，如伯 3905 卷之《菩薩戒律廿頌》、斯 2462 卷之《頓悟無聲般若頌》等；有頌唱高師名僧的，如斯 3702 卷之《講經和尚頌》、斯 5625 卷之《某法師頌》等。

道教音聲。存《心本際經頌》（伯 2467 卷）1 種。全頌可分 5 節，每節 8 至 24 句不等，五言、七言為主。系道家勸人通道、學道之作。

4. 偈

均為佛偈。有誦吟神佛及求生佛國淨土的伯 3035 卷之《般若偈》、伯 3817 卷之《觀音偈》、斯 4472 卷之《十慈悲偈》等；有誦吟出家修道及佛事活動的，如斯 2165 卷之《先洞山祖辭親偈》、斯 5645 卷之《黃昏無常偈》。

（三）附著於民間音樂曲式的民間俗曲

敦煌民間俗曲，是以《五更轉》《十二時》《十二月》《百歲篇》《十恩德》等音樂形式吟唱的民間小調。其中有的是唱誦佛教內容的，有的則是表現世俗生活的。即使歌唱佛教內容的，也非典型的佛曲作品，不同于佛曲。

民間俗曲為真正的民間文學作品，歷史悠久，有廣泛的民間基礎，在民間流行甚廣。多借時序形式歌唱，以表達一個完整的內容和思想。如《五更轉》以五更更迭為序，《十二時》以一天中十二個時辰為序，《十二月》按一年中的月次歌唱，《百歲篇》以歲次為序，《十恩德》則把母親養育子女的過程分為十段而依次歌唱。

1. 五更轉

以夜間五更為時間單位，分作五章歌辭。每章一般為一首，也可變格為數首。敦煌所出的唱五更形式的聯章歌辭寫卷一共有兩類，一類是漢文寫卷共有 50 個，計 13 套；另一類是回鶻文寫卷，計 6 套，全是寫太子成佛的故事①。其中漢文 13 套分別是《曲子喜秋天》（原題）、《南宗定邪正五更轉》（原題）、《菏澤寺和尚神會五更轉》（原題）、《六禪師五更轉》（原題《五更轉》，據內容擬）、《南宗贊》（原題）、《無相五更轉》（原題）、《太子五更轉》（原題）、《佛恩五更轉》（據內容擬）、《太子入山修道贊》（原題）、《警世五更轉》（原題《五更轉》，據內容擬）、《思夫五更轉》（據內容擬）、《維摩五更轉十二時》（原題）《識字五更轉》（據內容擬）。除上 13 套五更轉外，伯 3554Vᵒ 還抄有《上河西道節度公德政及祥瑞五更轉兼十二時共一十七首并序》一文，惜其所言《祥瑞五更轉兼十二時》一十七首俱不存詞。其中以宣傳佛教人物故事及由佛典教義引申出的勸善歌為多，如《太子五更轉》《維摩五更轉》，分別敘述悉達多太子修道成佛的故事、維摩問疾的故事。《南宗贊》《南宗定邪正五更轉》，即以闡述禪宗"自身本是佛""悟則妄想是真如"的思想為旨要，勸人"求佛性，向裡看""去障蔽""開佛眼"。也有寫世俗生活的，如以思夫為題旨的《思夫五更轉》，以哀歎未讀書識字之苦為題旨的《識字五更轉》。關於五更轉的擬名及出處、內容、句式、押韻情況詳參後附列表。

　　2. 十二時

　　將一晝夜按十二地支劃分，分作十二章歌辭，主題統一。每章一般為一首，也可變格為數首、十數首，此類作品，目前發現者亦有十數種，主要有：《天下傳孝十二時》（羅振玉舊藏本）、《禪門十二時》（斯 427、1644、2679 卷等）、《十二時普勸四眾依教修行》（伯 2054、伯 2714、伯 3087、伯 3286、上博 48 號等）、《禪門十二時曲》（京藏鳥字 10 號）、《太子十二時》（伯 2734、2918 卷）、《法體十二時》（伯 2813、3113 卷）、《發憤》（伯 2564、斯 4129 等）、《十二時》殘卷（伯 2952 卷）、《十二時》（伯 3116、3604 卷等）、《學道十二時》（伯 2943 卷）、《十二時行孝文一本》（伯 3821 卷）、《十二時曲》（斯 4129卷）、《占時十二時卜法》（斯 5614 卷）、《聖教十二時》（斯 5567 卷）、《維摩五更轉十二時》（斯 6631 卷）等。《十二時》之內容與《五更轉》一樣，也是以佛門勸善歌為多數，但因其篇幅相對增大，所體現的事理物相也就逾為豐富。特別是《十二時善勸四眾依教修行》，每

---

① 　次默：《回鶻文五更轉》，載劉進寶、高田時雄主編《轉型期的敦煌學》，上海古籍出版社 2007 年版，第 109－127 頁。

章歌辭多至十數首，12 章共計 134 首，內容中不但有對每個時辰自然景象的生動描繪，所包容的社會各色人等的生活場面及其心態描寫，更是涉及方方面面，直如一幅當時的社會生活風俗畫卷。另外，也有一些作品寫到下層民眾的勤勞苦作或兒女親情、發憤志學的，如《天下傳孝十二時》《發憤》等。

3. 十二月

以月份為時間單位，分作十二章歌辭，每章一首。目前僅見二種，即斯 6208 卷之《邊使戎衣》和《遼陽寒雁》。均以閨中思念征人為題旨。

4. 百歲篇

將人一生按百歲計算，以十年為一時段分作十章歌辭，每章一首。目前僅見三種，即以歌詠釋徒一生事佛、生業變化為內容的《緇門百歲篇》（伯 4525、斯 5549 卷等）；以男子一生生活變化為內容的《丈夫百歲篇》（伯 3281、斯 2947、5549 卷等）；以婦女一生容顏盛衰變化為內容的《女人百歲篇》（伯 3163、3821、斯 5549 卷等）。

5. 行路難

行路難，擬樂府，重句聯章。斯 6042、Дx.0665 卷各章以 “君不見，無心 △△△” 為始，引七言十五句，末尾加套語 “行路難，行路難，無心甚 △△” 句，再引出七言二句。伯 3409、斯 3017 卷有七衛士回贈六禪師所作的《行路難》，各章之末均有套語 “君不見，行路難，行路難，道上無蹤跡”，其餘各章句式不一，句數有別，與前斯 6042、Дx.0665 卷所載《行路難》略有不同，內容均為復詠共往修道之事。

6. 十恩德

將父母對兒女之恩概括為十種典型事例，分題予以詠歌，每題一首。目前所見主要有：《報慈母十恩德》（斯 289、5564 卷等）、《十恩德贊一本》（伯 2843、S.5591 卷等）、《父母贊文》（斯 5572 卷）、《十恩德》（斯 4438、5573 卷等）、《佛說父母恩重經》（京藏洪字 39 號、辰字 36 號、斯 5642 卷等）、《十恩德贊》（伯 4700 卷）等。其內容，多是結合儒佛孝道思想，對父母一生辛勤勞持，撫養、關心兒女恩情的歌頌。

此外，在敦煌民間歌辭中，還保留幾篇以不明曲式詠唱的作品，如宣揚儒家孝道思想的《新集孝經十八章》（伯 2721 卷）、《詠孝經》（伯 3386 卷），歌頌開元皇帝調合三教的《聖主贊》等。

附　敦煌漢文《五更轉》寫卷數據統計表

數目	擬調名	原題及首句	出處	内容	句式	押韻
1	曲子喜秋天	曲子喜秋天[一更]每年七月七	S. 1497、Дx. 2147	求姻緣	每更八句，分別是七五七五、五五七五。一更首句"一更"補，五更首句僅五言"五更敷設了"。	每更句句押韻；有的只押同一個韻，有的每兩句換一個韻；可平可仄，以平為主。
2	南宗定邪正五更轉	P. 2963V 題《南宗贊一本》P. 4617 題《大乘五更轉》咸18題《南宗定邪正五更轉》一更初，妄想真如不異居。	S. 2679、4634V、6083、6923（抄兩遍）、P. 2045、2270、2690V、2984、2963V、4617、B. 7233V、8325，咸18、露6	南宗贊	每更十句，雙疊，句式為三七七七、三三三三七七。	每更偶句押韻，首句入韻，一韻到底。可平可仄，以平為主。
3	菏澤寺和尚神會五更轉	原題《菏澤和尚五更轉》，標題正文右側補寫"寺""神會"三字。一更初，涅槃城裡見真如。	S. 6103 僅見前三首，S. 2679 僅見後兩首，從書法及內容來看二者可綴合。S. 2679 後緊接抄南宗定邪五更轉。	菏澤宗頓悟	每更十句，雙疊，句式為三七七七、三三三三七七。	同2《南宗定邪正五更轉》。

數目	擬調名	原題及首句	出處	内容	句式	押韻
4	六禪師五更轉	P.3409 云："說偈已訖，即至夜，並贈五更轉，禪師各作一更。"S.5996 云："更贈五更轉，禪師依次各轉一更。"S.3017 云"第六禪師默然，五更可轉，即作勸諸人一偈"。一更淨坐觀剎那。	P.3409（首尾完整）；S.3017（僅存六行，五更全，四更存後兩行）；S.5996（可與 S.3017 相接）	四更（包括四更前四句）之前均言漸覺，四更後兩首及五更末首入頓悟。	每更句數不一，每句七言。一更七言四句，二更七言八句，三更七言八句，四更七言十二句，五更七言十句。四更有襯字。	偶句押韻為主，首句多入韻。有的句句押。第一更叶平，二三五更兩首均先平後仄。四更三首，二平一仄。有重韻。
5	南宗贊五更轉	S.4173 題《南宗贊》P.2963V 題《南宗贊一本》Дx2175 題《南宗定邪贊一本》一更長，一更長，如來智慧化中藏。一更長，如來智慧化中藏。	S.4173、5529、5689，P.2690V（抄兩遍，第二遍僅抄一更）、2963V、4608，Дx2175、Ф0171，B.4456、8369、8371，周70，S.4654V2、S.4654/8，蘇1363.	闡述南宗教義	(1) 每更十一句，雙疊，六平韻。句式為三三七七七、三三三三七七。如 S.5529、Ф0171 每更十句，雙疊，句式為三七七七、三三三三七七。如 P.2690V、Дx2175 (2) 一更不重複，後四更重複。一更十句句式為三七七七、三三三三七七，後四更十一句，句式為三三七七七、三三三三七七。如 S.4173、2963V。	偶句押韻為主，首句多入韻。押平聲韻。

续表

數目	擬調名	原題及首句	出處	內容	句式	押韻
6	無相五更轉	原題《無相五更轉》 一更淺，衆妄諸緣何所遣	S. 6077	勸世人絕滅諸相，不受其欺以亂本性	每更四句，句式為三七七七。	偶句押韻為主，首句入韻。平仄皆押。
7	太子五更轉	P. 2483 題《太子五更轉》，P. 3083 題《太子五更轉本》，S. 5487 題《悉達太子贊一本》。 一更初，太子欲發坐心思	P. 2483（抄兩遍，第一完，第二抄至二更）P. 3083、S. 5487	悉達太子修道成佛	每更四句，三七七七，三處有襯字"個"、"藉"、"了"。	一更不押；首句入韻；平仄皆押。
8	佛恩五更轉（五更延，衆生不報諸佛恩，世間造作數多少）	殘甚，據內容擬 五更延，衆生不報諸佛恩	P. 4560（僅存四更後半部分及"五更"）	報佛恩	五更四句，三七七七，	偶句押韻為主，首句入韻。
9	太子入山修道贊·五更轉	P. 3817、3065 題《太子入山修道贊一本》 一更月夜良	P. 3061、3065、3817，李盛鐸舊藏本。P. 3061 音誤字特別多，當為口傳記錄。	太子入山修道	每更三首，每首句式為五五七三，共十二句。前三更末句有襯字，為五言。	每更三首中，第一首為主曲，叶四平韻，餘二首為輔曲，各叶三平韻。

续表

數目	擬調名	原題及首句	出處	内容	句式	押韻
10	警世五更轉	開頭題"五更轉"(《總編》定為警世) 一更初,少年光景暫時無	P.2976,僅寫二更。	勸修功德	一更22句,除首句為三言外,其餘均為七言;二更除首句外,共存12句,末句缺。均為七言。	一更一韻到底,押平聲韻。
11	思夫五更轉	無題(《總編》定為緣名利) 一更初夜坐調琴	P.2647V;羅振玉舊藏本。	思念征夫	共存四更,每更七言八句。有襯字。	押平聲韻。首句或押或不押。
12	維摩五更轉十二時	S.6631題《維摩五更轉十二時》,但未抄五更轉,僅寫十二時,從平旦寅始);S.2454(完,題維摩五更轉,後抄十二時,十二時無標題);P.3141V題僅存"轉"字,轉後無字。(一更初,一更初,醫王設教有多途)	S.6631、S.2454 P.3141V	維摩問疾	三三七七七。三三句重複。	兩平三仄
13	識字五更轉	無題。《零拾》擬為《欺五更》。《總編》擬《五更轉·識字》。	敦煌零拾	勸人識字學文	五更,每更四句,句式三七七。	三韻,或平或仄。

三 敦煌歌辭的寫貌、作者及創作年代

這些音樂各異的歌辭寫卷現大多集中於英藏、法藏、俄藏等 200 多個卷號中，且大多隨意抄寫於卷子的末端、背面或夾縫處，書法不一，並且音誤、形誤、脫字、增字現象嚴重。其中聚匯成集者只有《雲謠集雜曲子》一部，共輯錄 30 首。這些歌辭所在的整部寫卷情況亦極為複雜。與敦煌歌辭聯抄在一起的除了佛教經、律、論文獻，講經、禮懺文等宗教活動文獻，儒家、道家、摩尼教文獻之外，還包括大量的民間法事應用文獻（如臨壙文、亡齋文、印沙佛文等），地契、賑簿、帖狀等社會經濟類文獻，以及詩賦、銘文、功德文、童蒙書、要訣心法等雜文獻等。可以說，敦煌歌辭所出現的整個寫卷實際上是它賴以生存的具體文化時空。研究敦煌歌辭離不開對其寫貌的考查。為什麼敦煌歌辭被大量傳抄？敦煌歌辭有什麼實際功用？這些問題都能從歌辭寫貌中獲得有價值的學術資訊。而這對探討敦煌歌辭的語言風格，理解其口語化的特點又大有裨益。

敦煌歌辭作品留下姓名的很少，能考知姓名的僅有李曄、歐陽炯、溫庭筠以及哥舒翰、岑參、沈宇、蘇乩、神會、法照等人的一些作品，其餘大部分均為佚名之作。其作者從地域的角度大致可以劃分為中原士人和河西士人（包括西北少數民族士人）兩大群體。其中曲子詞中有部分已經考知為中原士人的作品。如斯 2607 卷《菩薩蠻》"登樓遙望秦宮殿""飄搖且在三峯住"兩首，為唐昭宗李曄的作品。同卷另外四首《菩薩蠻》"禦園照照紅絲罷""千年鳳閣爭離棄""常憖血怨居臣下""自從鸞駕三峯住"，為李曄及他的大臣的和作。伯 3994 卷《更漏子》（"三十六宮秋夜永"）、《菩薩蠻》（"紅爐暖閣佳人睡"）為五代歐陽炯作品；《更漏子》（"金鴨香，紅蠟淚"）一首為晚唐詞人溫庭筠作品。斯 1441 卷、伯 2838 卷所錄之《雲謠集雜曲子共三十首》，從歌辭用語、所涉風物人情等可推知亦多為中原作品。另有一些曲子詞，則直接反映出中原士人特有的心曲，如伯 3821 卷《生查子》云"金殿選忠良，合赴君王意"，等等。

當然除了中原作品流入敦煌之外，還有大量當地河西士人的作品。斯 5556 卷《望江南》："曹公德，為國拓西邊。六戎盡來作百姓，壓彈河隴定羌渾，雄名遠近聞。"此當為河西士人歌頌府主曹議金的作品。伯 2128

卷《菩薩蠻》："敦煌古往出神將，感得諸蕃遙欽仰。"作者顯系代表邊民向中原皇室表達心曲。伯 3333 卷《菩薩蠻》（"數年學劍攻書苦"）："每恨無謀識，路遠關山隔。權隱在江河，龍門終一過。"作者述其遠在邊塞，苦讀無成，歸依山林而心又不甘。同卷同調另一首"自從涉遠為遊客"，寫流落河西、求宦無成的關中文人失落思鄉之情。伯 1911、2809 卷《酒泉子》"紅耳薄寒""三尺青蛇"二首，寫的是邊塞士人沙場浴血征戰之場景。其中一些還反映了西北少數民族士人的心聲。伯 2506 卷《獻忠心》："棄氈帳與弓劍，不歸邊地。學唐化，禮儀同，沐恩深。""生死大唐好，喜難任。"反映了當時少數民族對漢文化的崇拜和嚮往。伯 2506 卷失調名殘詞一首云"家住大楊海，蠻管不通宮商"，"（殘）舊戎裝，却著漢衣裳"，"今日得逢明聖主，感恩光"。寫出了少數民族歸漢的感激之情。

　　敦煌歌辭中還有一類以佛、道宗教信仰者為主體的特別作者群。斯4578、斯 1589、伯 2072 卷《望月婆羅門》四首，所唱內容皆以宣法為主，如"鳳凰說法聽""隨佛逍遙登上界"等，均屬佛教僧侶語言；伯3360、斯 467、斯 2080、斯 2985、斯 4012 等卷的《蘇幕遮》六首，歌詠佛教聖地五台山；斯 2067 卷失調名曲子詞"時清海晏定風波"云："願聖壽萬歲，同海嶽山河。似生佛向宮殿裏，絕勝兜率大羅"，是僧侶向皇帝進獻的諛美之詞。伯 3821 卷《謁金門》（"仙境美"）一詞表達了道教信徒的心曲；列 1465 卷《還京洛》一詞描繪了方術之士驅邪降魔、捉鬼斬魅的情景；斯 2607 卷《浣溪沙》"八十頹年志不迷"殘詞，描寫"一竿長地坐磻溪"的歸隱之趣。

　　總之，敦煌歌辭作品的作者是由具有一定的文化藝術修養、身份地位繁雜的人員構成。任二北先生所言極是："諸曲內容各別，乃各憑一種專門之社會經驗以寫成。文人學士固博不至此，樂工伶人歌伎，又何能一博至此……為其餘之一切職業者捉刀代筆，普遍周旋，且能各如其分，洞中肯綮，均不作門外漢乎？"[①]

　　歌辭的題材和內容也是包羅萬象，王重民《敦煌曲子詞集·敘錄》云："今茲所獲，有邊客遊子之吟，忠臣義士之壯語，隱居子之怡情悅志，少年學子之熱望與失望，以及佛子之讚頌，醫生之歌訣，莫不入調。"[②]如此豐富的題材和內容顯然是五代宋初的文人詞所無法比擬的，這為敦煌

———————————

① 任二北：《敦煌曲初探》，上海文藝聯合出版社 1954 年版，第 285 頁。
② 王重民：《敦煌曲子詞集》，商務印書館 1956 年版，第 17 頁。

歌辭的語言研究提供了充足的材料。

　　關於敦煌歌辭的創作年代，由於絕大多數沒有明確紀年，我們只能從題記年代以及歌辭的時代特徵等方面來蠡測其創作年代。目前學界主要存在兩種觀點，一是"盛唐意識"，一是"晚唐五代意識"。前者以任二北等人為代表，此派學者"既持詞之起源於隋代之說，復受盛唐文化氣象之感染，故於敦煌曲子詞之時代、作者、內容諸方面的考證中往往趨向於盛唐時代，以印證民間詞在盛唐之社會文化高峰及音樂文化繁榮的背景下，呈相應發展興盛的態勢"①。持"晚唐五代意識"者以王重民、饒宗頤等人為代表，此派學者於詞的起源及詞體成立多持中晚唐之說，故於敦煌曲子詞諸方面的考證中多趨向於中晚唐、五代乃至北宋時代。張錫厚認為："目前收錄的歌辭，其中僅有一首是隋代作品，餘皆唐、五代期間（618—959）創作的，沒有遲入北宋的歌辭。顯而易見，我們討論的敦煌歌辭實際上是唐代歌辭的一部分。"② 這為展開敦煌歌辭語言的斷代史研究提供了可能。

四　《敦煌歌辭總編》及與本書寫作的關係

　　呂叔湘在《近代漢語讀本·序》中指出："……敦煌俗文學作品是研究晚唐五代辭彙和語法的重要資料，一部經過精細校勘的敦煌俗文學作品集實在是非常需要的。"③ 而任半塘的《敦煌歌辭總編》（上海古籍出版社2006年版）恰恰就是這樣的一部作品集。劉尊明指出："《總編》集任先生大半生搜集所得，顯數十年研製之功，堪稱是本世紀搜羅最為廣博而帶有集大成意義的一部'敦煌歌辭'總集。"④ 伏俊璉師也給予好評："歌辭分首分片，均按曲調定式，叶韻同異、辭意若何而定，不拘泥寫本原貌。凡有互見寫本的歌辭，均詳加校勘。遇疏誤難辨的字句，盡力研磨代擬。每首辭後的校語，既詳考諸本異同，又有必要的疏證，或正調名，或疏文字，或明意境，或考時代，對於閱讀和研究歌辭都具有參考價值。尤其是每篇歌辭下所收集的諸家研究成果，有檢一詩而眾說俱備之效。"⑤ 可見

---

①　劉尊明：《二十世紀敦煌曲子詞整理研究的回顧與反思》，《文學評論》1999 年第 4 期。

②　張錫厚：《敦煌文學源流》，作家出版社 2000 年版，第 268 頁。

③　劉堅：《近代漢語讀本》，上海教育出版社 2005 年版，第 3 頁。

④　劉尊明：《敦煌曲子詞整理研究的百年歷程》，《文獻》1999 年第 1 期。

⑤　參伏俊璉《敦煌文學論著提要》，待刊。

收辭多、品類全、範圍廣、校釋詳的《總編》無疑是研究敦煌歌辭語言最翔實的資料彙編。然而也正是由於《總編》"求善"而不求真的原因，導致產生了著者多在原文本的基礎上任性發揮，隨意改字的現象，造成了許多新的閱讀困難。蔣冀騁先生在其所撰《80年代以來中國的敦煌語言文字研究述評》一文中指出："(《總編》)不顧原卷的形、音，只憑義校，導致了大量的校勘失誤，給人以隨心所欲的感覺。不顧作品原意，隨便改詩為詞。"饒宗頤先生說，他曾把《雲謠集》的兩個原卷與任本相比勘，"發覺任書所刻之字多數失真，往往誤添筆劃"[1]。鑒於此，為了能夠全面而又真實地反映敦煌歌辭語言的原貌，本書所涉及語料在參考《總編》的基礎上又博采眾家之說，擇善而從之。饒宗頤的《敦煌曲》《敦煌曲訂補》是比較典型的本著求真的原則進行校錄的，較好地保存了敦煌歌辭的原貌；潘重規《敦煌雲謠集新書》、林玫儀《敦煌雲謠集斠證初編》等都對《雲謠集雜曲子》進行了較為精當的校注；項楚《敦煌歌辭總編匡補》（以下簡稱《匡補》），更是對除《雲謠集雜曲子》之外的其他歌辭中的校錄錯誤進行了全面清理。另外，蔣禮鴻、周紹良、孫其芳、張湧泉、柴劍虹、徐俊、李正宇、張錫厚、黃征、張鴻勳、沈英名、孫藝秋等都對敦煌歌辭的校錄做出過非常有價值的訂補工作。因此文章對敦煌歌辭語詞、語法等的研究所使用的語料都是在重新校訂的基礎上進行的。

總之，《總編》的貢獻是不可抹殺的，也是非常巨大的，正如項楚先生所說："我相信今後一切治敦煌曲的中外學者，不論是否贊同任先生的理論，都將認真研究任先生的這部巨著，並且以任先生所達到的成就作為出發點，去進行新的探索。"[2]

另外，本書涉及的敦煌歌辭有些篇章是《總編》所沒有的，尤其是佛教歌曲部分。王悠然在《總編·序》中指出："總之，此稿在辭量方面，還是一部有待今後大力去增訂的初稿。要把辭的足量推到一千五百首去，很可辦到，並不浮誇。我們應高瞻遠矚，便覺前途開朗，源頭不盡。有志增訂者，多勞必然多得，現實不虛。"[3] 所增篇目主要依據林仁昱《敦煌佛教歌曲之研究》，行文不單獨列出處，僅表歌辭名稱及寫卷

---

① 饒宗頤：《雲謠集一些問題的檢討》，（香港）《明報月刊》1988年6月號。
② 項楚：《敦煌歌辭總編匡補》，巴蜀書社2000年版，第1頁。
③ 任半塘：《敦煌歌辭總編·序》，上海古籍出版社2006年版，第1頁。

編號。

第二節　敦煌歌辭研究的現狀及其
語言研究的價值和意義

一　敦煌歌辭研究的概況和現狀

　　隨著 1900 年敦煌文書的面世，敦煌歌辭的整理研究便引起了海內外學者的普遍關注。最早對敦煌寫卷曲子詞介紹和輯錄的是王國維，其在《唐寫本春秋後語背記跋》中首次向國人介紹了兩首《望江南》、一首《菩薩蠻》的情況，後又在《東方雜誌》17 卷 8 號上發表了《敦煌發見唐朝之通俗詩及通俗小說》一文，正式向學界公佈了敦煌寫卷《春秋後語》卷背所抄的兩首《望江南》、一首《菩薩蠻》，以及《云謠集雜曲子》中的兩首《鳳歸雲》、一首《天仙子》。此後羅振玉、董康、朱祖謀、劉複、龍沐勳等為《雲謠集》的全面問世做了大量的整理勘錄工作。1932 年龍沐勳輯《彊村遺書》，最終將敦煌寫本《雲謠集》的兩個殘卷伯 2838、斯 1441合為一本。

　　1935 年周泳先編《敦煌詞掇》（後收入《唐宋金元詞鉤沉》），分上編、下編兩部分，上編收錄《望江南》2 首、《菩薩蠻》1 首、《長相思》3首、《雀踏枝》2 首、《虞美人》1 首、《南歌子》1 首；下編收錄失調名 2首、《望江南》3 首、《酒泉子》2 首、《楊柳枝》1 首、《魚歌子》2 首、《南歌子》殘篇 1 首，計 21 首。《敦煌詞掇》主要據況周頤《蕙風詞話》卷 4、羅振玉《敦煌零拾》卷 6 "小曲三種"、劉複《敦煌掇瑣》卷 22、26、28，以及傅惜華《敦煌唐人寫本曲子記》等匯輯而成，是對《雲謠集》之外其他零散的敦煌寫捲曲子詞所做的第一次較大規模的匯輯校勘工作。1936 年，鄭振鐸編《世界文庫》，將《雲謠集》全本錄於其中；同年，孫望輯《全唐詩補逸》卷 7，也收錄《雲謠集》全本。1941 年，冒廣生校《雲謠集》，撰《新斠雲謠集雜曲子》，發表於《同聲》月刊第 1 卷第9 號（後收入《冒鶴亭詞曲論文集》）。1943—1944 年唐圭璋先後撰《雲謠集雜曲子校釋》《敦煌唐詞校釋》等，又把《雲謠集》之外的一些敦煌曲子詞進行了輯錄。

　　1950 年，王重民編寫的《敦煌曲子詞集》（以下簡稱王《集》）出版，

1956 年再版。王《集》嚴格按照"詞體"的概念，共輯錄曲子詞 162 首，計三卷，上卷所收皆為長短句曲子詞，凡 108 首（內 10 首殘）；中卷所收為《云謠集雜曲子》，凡 30 首；下卷所收為大曲詞，（凡 24 首），為 20 世紀敦煌曲子詞整理研究的繁榮做出了不可磨滅的貢獻。在王《集》出版期間，任二北姊妹篇《敦煌曲初探》（以下簡稱《初探》）、《敦煌曲校錄》（以下簡稱《校錄》，共輯錄 545 首作品）相繼問世，將 20 世紀敦煌曲子詞的整理和理論研究工作推向了第一個發展高峰。《初探》對敦煌曲與《教坊記》的關係、敦煌曲對大曲的貢獻、敦煌曲的聯調四章、佛曲四調都有詳細的考證和解說，並討論了敦煌曲的起源、名稱、時間、內容、作者、體裁、修辭諸方面的問題，為敦煌曲體式的進一步研究做出了獨特的貢獻。其《校錄》共錄 56 調及失名 10 調，凡 545 首作品，其將所收作品分為三類，第一類為"普通雜曲"，收錄 48 調 205 首，失調名 22 首，計 227 首（其中《云謠集雜曲子》訂為 33 首，其他作品為 194 首）；第二類為"定格聯章"，收錄 4 調 17 套 286 首，失調名 1 套 12 首，計 298 首；第三類為"大曲"，收錄 5 調 5 套，計 20 首。從其所收錄的作品來看，所謂的《敦煌曲》並不僅限於"曲子詞"一體，而是指敦煌所發現的各種音樂文學品種。

與此同時海內外的其他學者在敦煌曲子詞的文獻整理方面也做出了不少成績。張次青撰《敦煌曲校臆補》（1957），補校敦煌曲辭 50 餘首；蔣禮鴻撰《敦煌詞校議》（1959）；中國台灣學者司徒珍珠撰《雲謠集研究》（1966），等等。1971 年饒宗頤和法國學者保羅·戴密微合著《敦煌曲》（以下簡稱饒《曲》），饒《曲》由《引論：敦煌曲與詞之起源》與《本編》兩大部分組成，《引論》為理論探討，《本編》為作品校錄。《引論》除"弁言""結語"外，又分三篇"敦煌曲之探究（敦煌曲之訂補、敦煌曲之年代及作者）""詞與佛曲之關係""詞之異名及長短句之成立"，末附"詞與樂府關係之演變表"及"敦煌曲系年"。《本編》包括四個部分：甲．新增曲子資料，乙．《雲謠集雜曲子》及其他英法所藏雜曲卷子，丙．新獲之佛曲及歌詞，丁．聯章佛曲集目，末附"敦煌曲韻譜""索引"及"敦煌曲圖版"等資料。"本編"部分共收《新增曲子資料》18 首、《雲謠集雜曲子及其他英法所藏雜曲卷子》170 首、《新獲之佛曲及歌詞》125 首，共校錄曲辭 313 首。饒《曲》將翻拍的許多珍貴照片製成圖版予以附錄，且全書皆用中文手寫體抄錄，並隨文校注，對保存敦煌寫卷原貌非常有利。從其校錄曲辭的數量來看，饒《曲》於"曲"之界定，較王重民寬，較任二北嚴。

　　1976年潘重規先生遠赴歐洲出席法國漢學會議，得以重校倫敦、巴黎所藏《雲謠集》，著成《敦煌雲謠集新書》（1977）。此時國內外曲子詞整理的隊伍愈來愈壯大，研究成果包括，沈英名《敦煌雲謠集新校訂》（1979）、饒宗頤《敦煌曲訂補》（1980）、潘重規《敦煌詞話》（1981）①，周紹良《補敦煌曲子詞》（1985）等。1986年林玫儀先生又輯"合乎傳統所謂'詞'之性質者"之曲子詞著《敦煌曲子詞斠證初編》（以下簡稱《初編》）。《初編》分三編：《雲謠集雜曲子》（30首）、"普通雜曲子"（120首）、"新增及殘缺曲子"（26首），共計176首。在編排體例上，《初編》一改王《集》《校錄》"按詞調各從其類"的方式，而承饒著之例，"以現存卷子歸屬情況為准，並按各卷中收錄詞調之先後順序排列"，對考察曲子詞之於敦煌寫卷的具體情形大有助益。

　　1987年任二北的《總編》問世了，全書共收歌辭1239首，正文分為七卷：卷一"雜曲·雲謠集雜曲子"，33首；卷二"雜曲·只曲"，117首；卷三"雜曲·普通聯章"，63組，397首；卷四"雜曲·重句聯章"，19組，163首；卷五"雜曲·定格聯章"，32套，313首；卷六"雜曲·長篇定格聯章"，1套，134首；卷七"大曲"，5套，20首。另有《補遺》，補錄作品62首，其中"只曲"類13首，"組曲"類40首，"五七言體"9首。除《雲謠集雜曲子》保存唐寫本原序外，其餘均按體裁分編。各體中又按內容重新編次，反映民間生活的排列在前，涉及宗教者一律置後。從該編所錄歌辭的數量及性質來看，"敦煌歌辭"實屬廣義的"音樂文學"範疇。這既是一部具有集大成意義的歌辭總集，又兼具敦煌歌辭理論探討的作用。《總編》出版後，學術界不斷有進一步探討和校補之作發表，如饒宗頤《雲謠集一些問題的檢討》，對英法所藏《雲謠集》二種之外另有所謂伴小娘本的誤說，予以澄清；又如項楚《敦煌歌辭總編匡補》，更是對《總編》的校錄錯誤進行了全面清理。②

---

　　①　是書共收其在1979到1980年期間發表的十二篇論文，為敦煌曲的校錄和整理提出了非常寶貴的意見。這十二篇論文包括《敦煌寫本曲子詞孟姜女的震盪》《天真質樸的敦煌曲子詞》《一字萬金》《完整無缺的山花子曲子調》《敦煌詞不可輕改》《敦煌寫本唐昭宗菩薩鑾詞的新探測》《敦煌愛國詞》《敦煌詞史》《敦煌勸學行考曲詞》《中國第一部詞的總集敦煌雲謠集之發現與整理》《任二北敦煌曲校錄補校》等。

　　②　參伏俊璉《敦煌文學論著提要》，待刊。

1996 年饒宗頤《敦煌曲續論》出版，收錄了作者 1973 年到 1993 年間有關敦煌曲的 16 篇論文[①]，使得敦煌曲的研究更加成熟。1986 年張璋等編輯《全唐五代詞》，共收錄包括《雲謠集》30 首在內的 494 首作品，其中所訂“其他曲子詞”共 464 首。1999 年曾昭岷等又新編《全唐五代詞》（以下簡稱《全詞》），該書分正、副兩編的方法，共輯錄曲子詞 633 首，其中正編收錄性質較為明確的敦煌曲子詞作品 199 首，副編收錄存疑作品 434 首。2006 年張錫厚主編的《全敦煌詩》（以下簡稱《全詩》）出版，全書共收錄敦煌寫卷詩歌作品 4600 多首，其中包括曲詞類（佛曲、俗曲、俚詞）共 1200 多首。

以上是一個世紀以來對敦煌歌辭的整理和研究情況，應當還包括數量頗豐的單篇論文，限於篇幅在這裏不一一例舉。綜觀一個多世紀以來對敦煌歌辭的研究，成果主要集中在敦煌歌辭的校理上，這顯然是與敦煌文獻散落各地以及寫卷本身的特點有關；從文本的內容與形式出發，對作品藝術特色、聲律特點以及對詞學發展史的影響等方面的研究也取得了顯著的成績。

另外，從以上敦煌歌辭的整理和輯錄中我們不難看出，人們關於敦煌歌辭類作品體裁的鑒別和歸類，學術界存在不同的認識取向。《總編》問世之前，國內外的學者對敦煌歌辭的研究主要局限於“曲子詞”“詞”，認為“曲子既成為文士摛藻之一體，久而久之，遂稱自所造作為詞，目俗制為曲子，於是詞高而曲子卑矣，遂又統稱古曲子為詞”[②]。如王《集》《初編》就是按照嚴格意義上“曲子詞”的概念輯錄的。“這種觀點認為詞主文（摛藻）從而忽視聲，企圖用詞去替代曲子，也就是只重視文人摛藻的詞，排斥民間主聲的歌辭，因而在輯錄敦煌曲子詞集時嚴拒六朝以來遺留的民間曲調五更轉、十二時等，甚至連反映民間生活的歌辭如：‘七夕相望’‘征夫怨’‘勸識字’‘發奮勤學’等也一律排斥。這就為敦煌歌辭的整理研究設下種種框框，使之局限在‘曲子詞’範圍內。《總編》的問世

---

① 這十六篇論文包括《曲子定西蕃》《孝順觀念與敦煌佛曲》《長安詞、山花子及其他》《敦煌曲訂補》《敦煌資料與佛教文學小記》《敦煌曲子中的藥名詞》《敦煌曲與樂舞及龜茲樂》《法曲子論——從敦煌本〈三歸依〉談唱導詞與曲子詞關係問題》《〈雲謠集〉一些問題的檢討》《〈雲謠集〉的性質及其與歌筵樂舞的聯繫》《唐末的皇帝、軍閥與曲子詞——關於唐昭宗禦製的〈楊柳枝〉及敦煌所出他所寫的〈菩薩蠻〉與他人的和作》等。

② 王重民：《敦煌曲子詞集》，商務印書館 1956 年版，第 13 頁。

完全打破了傳統的輕視民間俗曲俚調的錯誤看法。"① 這種從一般概念和總體視角出發來觀照和處理這些敦煌音樂作品的方法無疑為人們在日後更廣泛的領域裏研究它提供了極為廣博的文獻基礎。

然而，頗為遺憾的是，目前還沒有人對敦煌歌辭所提供的語料從辭彙、語法等方面進行全面系統的研究。蔣禮鴻的《敦煌變文字義通釋》《敦煌文獻語言詞典》經過多次的修訂再版，可以說在漢語辭彙研究方面具有極高的學術價值。兩書涉及不少的敦煌歌辭的語彙，對敦煌歌辭辭彙的研究具有非常重要的參考價值。蔣冀騁的《敦煌文書校讀研究》、黃征、張湧泉的《敦煌變文校注》對敦煌文書，尤其是敦煌變文的語詞進行了非常精到詳審的研究。任二北的《初探》附錄"考屑"部分算是比較集中的釋讀歌辭語詞的研究，另外一些前賢時哲的相關論著也解決了歌辭中不少疑難語詞。但不可否認，對敦煌歌辭辭彙的集中研究相較敦煌變文而言還是顯得相對薄弱了些。

21世紀以來，除了敦煌變文以外，敦煌社會經濟文獻、敦煌書儀、敦煌願文、敦煌邈真贊等研究領域相繼有了辭彙方面的專書或專文，而與敦煌變文同樣深具淺白的通俗文學特點、有著很高語言學價值的敦煌歌辭語詞研究卻顯得滯後了。筆者認為，敦煌歌辭中一些疑難語詞還有待進一步考證，對"字面普通而義別"的一些常用詞的研究還不夠深入，辭彙研究的方法也有待進一步改進。因此對敦煌歌辭的辭彙部分進行全面系統的分析和深入細緻的研究還是非常有必要的。

另外，對敦煌歌辭特殊句式句法等語言表達形式方面的研究還沒有展開②。在這方面，學術界著力最多的還是敦煌變文的研究，吳福祥的兩部專著《敦煌變文語法研究》《敦煌變文十二種語法研究》，通過與唐宋十五種白話文獻的比較研究，歸納描寫變文的語法事實，並進而探討了唐五代主要語法現象的共時變化和歷時差異。祝敏徹《敦煌變文中一些新生的語法現象》③、楊淑敏《敦煌變文語法問題試探》④、袁賓《敦煌變文語法劄

---

① 張錫厚：《敦煌文學源流》，作家出版社2000年版，第266頁。

② 本文主要討論句式、句法的問題，因此關於敦煌文獻語法，尤其是詞法的研究情況本文從略。關於敦煌文獻詞法的一些研究情況，可詳參李昱穎《五十年來敦煌文獻語法研究述評》，《漢學研究通訊》2004年第2期。

③ 祝敏徹：《敦煌變文中一些新生的語法現象》，《社會科學》1983年第1期。

④ 楊淑敏：《敦煌變文語法問題試探》，《東嶽論叢》1987年第5期。

記》① 等分別對變文裏反映的特殊句式進行了探究，如動補結構、處置式及被動句等語法問題。黃征《敦煌俗句法研究之一——句法篇》一文對敦煌變文裏的糊塗句、緊縮句、倒裝句、鬆散句、插入語等進行了概括式描述②。而學術界迄今還沒有針對敦煌歌辭中的特殊句法現象進行研究。黃征先生指出："敦煌寫本雖然錯漏十分普遍，但並不是毫無規律可言，其用字、用詞、構詞法、句法、修辭也都有一定的來歷，所以不能輕易否定、妄加篡改。"③ 因此，敦煌歌辭詞法、句法等方面的專門研究也應當提上日程。

二　敦煌歌辭語言研究的價值和意義

蔣紹愚先生在《近代漢語研究綱要》中指出"這（敦煌文書）是唐五代最重要的近代漢語研究資料——這兩萬多卷文書中，大部分是佛經和經史子集的抄本，抄寫的年代大約是從八世紀中葉到十世紀中葉。而對近代漢語研究最有價值的是曲子詞、變文以及王梵志詩"④。從蔣先生的論述中我們可以看出敦煌曲子詞（歌辭）對近代漢語研究的價值在整個敦煌文書中所占的地位有多麼重要。在蔣先生所提到的三種文學樣式中，目前，變文在語音、辭彙及語法方面的研究已取得了非常大的成績，尤其是在辭彙、語法方面已有非常精審的專著，如《敦煌變文字義通釋》《敦煌文獻語言詞典》《敦煌變文辭彙研究》⑤《敦煌變文語法研究》⑥《敦煌變文十二種語法研究》⑦ 等。除變文外，其他的敦煌文獻在辭彙研究方面也已取得了較大的成果，如黑維強的《敦煌社會經濟文獻辭彙研究》⑧、敏春芳《敦煌願文辭彙研究》⑨、張小豔《敦煌書儀語言研究》⑩ 等。但是迄今還沒有人對敦煌歌辭的語言進行全面深入的研究。

敦煌歌辭作品大多語言淳樸，通俗自然，方言、方音詞的大量運用更

① 袁賓：《敦煌變文語法劄記》，《天津師大學報》1989 年第 5 期。
② 詳參黃征《敦煌語言文字學研究》，甘肅教育出版社 2002 年版，第 228—241 頁。
③ 黃征：《敦煌語言文字學研究》，甘肅教育出版社 2002 年版，第 33 頁。
④ 蔣紹愚：《近代漢語研究綱要》，北京大學出版社 2005 年版，第 16 頁。
⑤ 陳秀蘭：《敦煌變文詞彙研究》，四川民族出版社 2002 年版。
⑥ 吳福祥：《敦煌變文語法研究》，嶽麓書社 1996 年版。
⑦ 吳福祥：《敦煌變文十二種語法研究》，河南大學出版社 2004 年版。
⑧ 黑維強：《敦煌社會經濟文獻詞彙研究》，博士學位論文蘭州大學，2005 年。
⑨ 敏春芳：《敦煌願文詞彙研究》，博士學位論文蘭州大學，2006 年。
⑩ 張小豔：《敦煌書儀語言研究》，商務印書館 2007 年版。

是凸顯了敦煌歌辭的地域特質。劉堅先生指出："（敦煌曲子詞）從語言研究的角度來說，因為它多出自樂工伶人之手，所以相當接近口語，是我們研究唐五代口語的有用材料。"① 儘管從劉氏所選取的語言材料來看，他所指的"曲子詞"主要指上文談及的"附著於隋唐燕樂曲式的曲子詞"，但是我們不難發現，除了這些"曲子詞"，占敦煌歌辭總數六成以上的佛道歌曲由於其具有很強的實用性，所以在進行佛道宣傳的過程中，語言的通俗化也非常明顯。至於俚曲小調，和敦煌"曲子詞"一樣，除極少數出自文人（包括上層宗教人士）之手外，均系民間作品②。因此從總體上來看，敦煌歌辭的語言口語性較強，是研究近代漢語口語現狀的極佳材料。

可以毫不誇張地說，敦煌歌辭是我們今天研究唐五代語言的一個活化石，它在研究唐五代民間口語方面的語料價值絲毫不遜於同期的敦煌變文。敦煌歌辭無論是在作者、內容還是題材等方面都非常廣泛，其所提供的語料也更具全面性。另外歌辭明白曉暢、不避俚俗的古白話特點對近代漢語的研究更有獨特的價值。敦煌歌辭的辭彙、句法、修辭等方面的研究理應引起學術界的重視。如歌辭中有許多"字面普通而義別"的詞語，對此類詞語的考察有利於考察常用詞在漢語辭彙史上的發展演變情況。敦煌歌辭多口語詞，如"不揀（不論）""練（翻滾）""苦（很）""能（那麼）""閞（趁）"，有些還保留在今天各地方言中。考察這些詞語的歷史流變、來龍去脈，對漢語辭彙史的研究甚至對考訂文獻作品、作者的相關情況都具有非常重要的參考價值。

敦煌歌辭中不僅保存有大量的唐、五代時期的口語詞，還包括許多民間流傳的熟語。《總編》共收錄歌辭1200多首，這為人們進一步展開對敦煌俗文學熟語的研究提供了更加豐富的語言材料③。對這些熟語的研究不僅可以充分補充以前收錄敦煌熟語的不足，還為我們全面準確地把握敦煌俗文學熟語的特點，探求這些熟語的流變起著非常重要的作用。

敦煌歌辭有自己特定的語法特點，對敦煌歌辭中特殊句式句法的研究可以進一步推進敦煌歌辭的校勘工作，如對歌辭中同義單雙音節詞語連用（如"徒勞漫""掃蕩匡""獨自孤""辛苦艱"等）、同義單雙音節詞語對

---

① 劉堅：《近代漢語讀本》，上海教育出版社2005年版，第22頁。

② 顏廷亮：《敦煌文學概論》，甘肅人民出版社1993年版，第449頁。

③ 江藍生的《敦煌俗文學熟語初探》一文曾對《敦煌變文集》中的熟語作了初步的整理和探究，共得熟語161條，詳見《敦煌學論集》，甘肅人民出版社1985年版，第280—292頁。

用（如"厭賤糧儲輕粟豆"，"厭賤"和"輕"對用）、"動₁＋賓語＋動₂"（如"應心隨"，"應"和"隨"為互補的同義詞）、共用（如"乃得張良救樊噲"，"救"字是共用詞語）、"狀語＋其他＋中心語"（如"不心開"，即"心不開"）等句式句法的研究將會修正歌辭整理中一大批錯誤校勘。而且通過共時的描寫和對敦煌歌辭材料所反映的語法現象的勾勒，將會明確敦煌歌辭語料在漢語語法史研究中的地位，並且為以後的語法研究打下堅實的基礎。

敦煌歌辭中反映出的語言現象乍看上去似乎無規律可循，但是經過初步的整理和分析之後，我們會發現這些特殊句式句法大都出自與宣傳佛教有關的佛曲或者變文以及王梵志的詩歌中，這一現象的發現必將為我們在佛教世俗化這一大背景下討論敦煌佛曲以及變文語言的中國化改造問題提供很好的切入視角。

三　敦煌歌辭文獻語言研究的内容和方法

本書主要從三個方面對敦煌歌辭文獻的語言展開研究。

第一，敦煌歌辭寫卷形貌綜述。對敦煌歌辭文獻的語言研究離不開對敦煌歌辭寫卷整體面貌的考查。敦煌歌辭所出現的整個寫卷實際上是它所生存的具體文化時空。只有在這一特定歷史時空之下，才可能考察它所產生和存在的真實文化背景，才能將研究推向縱深。對敦煌歌辭與它文同卷之考察不僅能幫助我們瞭解作者、抄者的相關學術資訊，還能更好地探討敦煌歌辭產生的背景和功用，理解敦煌歌辭語言風格的形成等。

第二，敦煌歌辭語言研究（理論部分）。本部分内容主要從三個方面展開：首先概括敦煌歌辭淳樸通俗的語言特點及形成原因，其中重點探討對話在敦煌歌辭中的運用、敦煌佛曲語言的民間話語形態。其次，重點考釋一些俗詞、俚語，凸顯敦煌歌辭語詞在斷代詞彙史研究方面所特有的語料價值。最後，從語法的角度系統地歸納敦煌歌辭中一些特殊的句式句法，訂正敦煌歌辭不少的誤刪、誤增等錯誤校例；通過和敦煌變文、王梵志詩以及傳世文獻的比較分析、共時描寫，確定這些句式句法在漢語語法史的地位。

第三，敦煌歌辭校釋商補（校釋部分）。以《總編》為底本，參考諸家訂本，重檢原卷影本，對敦煌歌辭整理中的部分校釋重新作校補訂正。

本書在研究的方法上注重敦煌文書與傳世文獻的比勘釋讀，以達到多重互證的目的。除此之外，本書還著重採用了以下兩種研究方法：

1. 以古訓古和以今證古相結合的方法。在考釋方法上，本書除了採用傳統的"以古證古"的訓詁方法之外，較多地參考現當代漢語方言，運用"以今證古"的方法，對敦煌歌辭中一些俗語詞進行了語義訓釋和語源考辨。

2. 共時描寫和歷史比較相結合的方法。在進行語詞考釋和句法研究過程中不僅單純地進行共時描寫，橫向勾勒它們的特點和用法，還儘量地進行縱深挖掘，找出這些詞語或者句法的演變軌跡，以明晰它們在漢語史上的地位。

第二章

敦煌歌辭寫卷綜述

第一節　敦煌歌辭重點寫卷介紹

自公元 20 世紀初敦煌歌辭發現以來，經朱祖謀、胡適、王重民、饒宗頤、潘重規、林玫儀、任二北、項楚等诸多學者的輯校，敦煌歌辭文獻的整理取得了巨大成就，為中國音樂文學的研究提供了新的資料。但人們在極大關注敦煌歌辭內容的同時卻對敦煌歌辭寫卷的整體情況缺乏詳細的普查和研究。目前所能見到的以敦煌曲子詞、敦煌詞或敦煌歌辭命名的輯錄本多以歌詠內容或詞牌名為分類輯錄的標準，割裂了寫卷的整體面貌。敦煌歌辭所出現的整個寫卷實際上是它所生存的具體文化時空。只有在這一特定歷史時空之下，才可能考察曲子詞所產生和存在的真實文化背景，才能將研究推向縱深。① 敦煌歌辭所在的整部寫卷情況極為複雜。對敦煌歌辭與它文同卷之考察不僅能幫助我們瞭解作者、抄者的相關學術資訊，還能更好地探討敦煌歌辭產生的背景和功用，理解敦煌歌辭語言風格的形成等。目前有關敦煌歌辭的寫貌考察主要零散的分佈在王重民《敦煌曲子詞集序錄》、饒宗頤《敦煌曲》及任二北《敦煌曲校錄》《敦煌歌辭總編》和潘重規《敦煌詞話》中，湯涒《敦煌曲子詞地域文化研究》僅有“敦煌曲子詞寫本敘略”一節，缺少全面和系統的整理探索，這種局面顯然不利於對敦煌歌辭的進一步研究。因此，為瞭解敦煌歌辭的著者、抄者及流傳情況，進而從整體上理解其語言風格的形成，本書擬對敦煌歌辭中若干有代表性的寫卷的形貌作一考述。

敦煌歌辭在敦煌寫卷中的情況是複雜多樣的。其中既有彙編成集者，又有散篇只曲者。前者如斯 1441、伯 2838 卷之曲子詞集《雲謠集雜曲子

---

① 　湯涒：《敦煌曲子詞地域文化研究》，上海古籍出版社 2004 年版，第 15 頁。

三十首》；斯 2947 卷和斯 5549 卷之《百歲篇》專集；伯 2066 卷的《淨土五會念佛誦經觀行儀》中卷，以及伯 2250 卷和伯 2963 卷（去除重複部分兩卷可相接成集）的《淨土五會念佛誦經觀行儀》下卷（這也是目前可見最明顯編訂成集的佛教歌曲集）。後者散篇只曲的歌辭更是居多，如伯 3319 卷背面存曲子詞《搗練子·孟姜女》一首；伯 2641 卷背面曲子詞僅《定西番·事從星車入塞》一首。這些歌辭不管是彙編成集者，還是散篇只曲者，其在寫卷中大多是和它文聯抄在一起的。這裡的"它文"既包括佛教經、律、論文獻，講經、禮懺文等宗教活動文獻，儒家、道家、摩尼教文獻，還包括大量的民間法事應用文獻（如臨壙文、亡齋文、印沙佛文等），地契、賬簿、帖狀等社會經濟類文獻，以及詩賦、銘文、功德文、童蒙書、要訣心法等雜文獻。如前舉歌辭專集斯 1441 卷之《雲謠集雜曲子共三十首》，背面除抄曲子詞外，還依次雜抄《二月八日（安傘文）》《患難月文》《維摩押座文》《鹿兒贊文》《印沙佛文》《燃燈文》《為亡人追福文》《優婆夷舍家學道文》《慶楊文》《贊功德文》《慶經文》，《願文》《患文》《難月文》《亡父母文》等；伯 3319 卷背面除寫《搗練子·孟姜女》一首之外，依次抄有雜寫、社司轉帖、雜寫；伯 2641 卷背面除抄《定西番·事從星車入塞》一首之外，還依次抄有《修龕添福短句並序》《莫高窟再修功德記》。這些歌辭，除了少數寫卷題有作者、抄寫時間等較明顯的線索之外，大都沒有留下作者以及抄者等相關資料。為便於討論，茲揀有代表性的歌辭寫卷分別闡述之。

一　曲子詞寫本敘略

敦煌曲子詞寫卷中彙聚成集者，備受關注影響最大的當屬斯 1441 卷、伯 2838 卷之《雲謠集雜曲子共三十首》。兩卷皆為長卷，均兩面抄，首尾俱殘。斯 1441 卷，正面首尾皆殘，抄《勵忠節鈔卷第一、第二》（《斯坦因劫經錄》擬名），其抄寫筆跡統一，楷書，書法較好，卷面清晰。背面依次雜抄：

1.《二月八日文》（首題）17 行。

2.《患難月文》（首題）14 行。

3.《維摩押座文》（首題）起於"頂禮上方香積世"，訖於"經題名字唱將來"，計 17 行。與斯 2440 卷所錄《維摩押座文》相較，此篇無念佛菩薩佛子、佛子等節目，徑直抄下，字句亦有增減。

4.《鹿兒贊文》（《斯坦因劫經錄》擬名），劉銘恕云："銘恕向只謂此文系演繹吳支謙譯佛說九色鹿經之文而不知作者。後承王重民示知，此系法照淨土五會念佛略法事儀贊中之鹿兒贊文。"

5.《印沙佛文》（首題）。

6.《燃燈文》（首題）20 行。

7.《為亡人追福文》（《斯坦因劫經錄》擬名）6 行。

8.《雲謠集雜曲子共三十首》（首題）75 行，存 18 首：《鳳歸雲》4首（"征夫數載""綠窗獨坐""幸因今日""兒家本是"）、《天仙子》2 首（"鶯語啼時三月半""鶯語鶯啼驚覺夢"）、《竹枝子》2 首（"羅幌塵生""高卷珠簾垂玉牖"）、《洞仙歌》2 首（"悲鴈隨陽""華燭光輝"）、《破陣子》4 首（"蓮臉柳眉休韻""日煖風輕佳景""風送征軒迢遞""年少征夫堪恨"）、《浣溪沙》2 首（"麗影紅顏越眾希""髻綰湘雲淡淡妝"）、《柳青娘》2 首（"青絲髻綰臉邊芳""碧羅冠子結初成"），次存《傾杯樂》調名，無詞。

9.從卷末起倒向書寫《優婆夷舍家學道文》《慶楊文第一》《贊功德文第二》《慶經文》，《願文》《患文第四》《難月文》《亡文》《亡父母文》等，皆為首題。

背面筆跡潦草，行楷不一，錯訛較多。筆跡與正面非一人所寫。

伯 2838 卷，正面依次抄《中和四年（884）正月上座比丘尼體圓等呈報都僧統之油麥帳牒》及《光啟二年（886）丙午歲十二月十五日安國寺上座勝淨等狀》。前文末尾有"正月十五日都僧統悟真"的簽署。背面依次抄《祝願文》《慶幡文》《開經文》《散經文》《轉經文》《四門轉經文》《入宅文》《雲謠集雜曲子共三十首》。背面曲子詞以外部分字跡統一，為同一人所抄，曲子詞筆跡和斯 1441 捲曲子詞相同，依次抄有：《鳳歸雲》2 首（"征夫數載""綠窗獨坐"）、《傾杯樂》2 首（"憶昔笄年""窈窕透迤"）、《內家嬌》2 首（"絲碧羅冠""兩眼如刀"）、《拜新月》2 首（"蕩子他州去""國泰時清晏"）、《拋球樂》2 首（"珠淚紛紛濕綺羅""寶髻釵橫墜鬢斜"）《漁歌子》2 首（"睹顏多""洞房深"）、《喜秋天》2 首（"潘郎妄語多""芳林玉露催"），計 14 首。除去與斯 1441 卷重複的《鳳歸雲》兩首之外，恰得題目中所標明之"三十首"。斯 1441 卷所止之《傾杯樂》調名恰為伯 2838 卷所承，因此兩卷曲子詞當為同一抄手同時同地所寫。伯 2838 卷內《轉經文》內有"我金山聖文神武天子"，敦煌"西漢金山國"存在的時間是 910－914 年,則本卷應抄錄於這個時期。

　　敦煌寫本《雲謠集》的名稱首次在國內公開出版物上亮相是王國維在《東方雜誌》17 卷 8 號上發表的《敦煌發見唐朝之通俗詩及通俗小說》一文,王氏在文中首次揭示"倫敦博物館藏唐人書寫《玄(雲)謠集》雜曲子共三十首",惜未披露原文。《雲謠集》最先由董康旅居倫敦時據斯 1441 卷錄 18 首,後由朱孝臧刻入《彊村叢書》。其後,劉複在巴黎錄得伯 2838 卷中實存之 14 首,刻入《敦煌掇瑣》。隨後,朱孝臧將其與董康所錄對校,發現除開頭二首重複外,其餘皆為董康本所缺。1932 年,龍沐勳合校二本,去其重複,得 30 首,刻入《彊村遺書》,並出《雲謠集校記》一卷。至此,《雲謠集》全貌乃現。

　　關於《雲謠集》之"雲謠",有學者認為指稱天子所作的詩歌或宮廷演奏的歌謠,並由《雲謠集》中收錄的一位皇帝的《內家嬌》推知集中的 30 首詞本是在宮廷演唱的雜曲子臺本。其創作年代似為天寶五年載(746)以後安史之亂之前禁中樂官所編。① 伏俊璉師亦認為:"《雲謠集》雖不是一人一時的創作,但作為演唱的歌詞集,經過樂人的編輯,其編輯的時間,當在安史之亂前。天寶二年(743)前後,明皇與楊貴妃的愛情最為熾熱,李白曾為楊妃寫有《宮中行樂詞》《清平調》,詞風輕豔,與《雲謠集》中兩首《內家嬌》相類。所以,《雲謠集雜曲子》當是這個時候的作品。"② 從多數詞較為典雅的特色來看,學者們認為該集經過了文人的選編和潤色。任二北認為:"疑在晚唐,有一規模較大之歌集選本,曰'雲謠集'","而雲謠集雜曲子則是集中諸文體之一,曰'雜曲子',原集所收,當不止一體。"③ 由於史料有限,無從考知,可備一說。

　　《雲謠集》的發現和考訂,解決了詞學研究中的一些重大疑難問題,它首先打破了《花間集》是我國現存第一部詞集的傳統定論。其次,通常認為,它為詞的起源問題的研究提供了新的材料。學界逐漸接受盛唐時期民間詞已經盛行,近體詩與曲子詞早就分道揚鑣,無有先後之承繼關係,令詞與慢調同起源於盛唐等新的詞學觀點。關於其作者,饒宗頤曾指出:"《雲謠集》中的歌曲有許多分明是'酒筵競唱'之作,是否為西北邊陲的

---

　　① [韓]車柱環:《雲謠集考釋》,轉引自潘重規《讀〈讀雲謠集考釋〉》,《敦煌學》第 11 輯,1986 年。

　　② 伏俊璉:《敦煌文學總論》,甘肅教育出版社 2013 年版,第 251 頁。

　　③ 任二北:《敦煌曲初探》,上海文藝聯合出版社 1955 年版,第 404 頁。

民間所作，抑或原為文人作品，從外地傳入，不可確知；如果硬要把它與《花間集》劃清為兩個民間和文人的截然不同的界限，事實是很困難，亦是不必要的。"① 現在亦有學者根據三十首曲子詞的成熟格律、多中原上層婦女閨怨以及典型的中原風物描繪等特點，指出《雲謠集》所收曲子詞當為中原士人作品之傳入敦煌者，而非一般認為的敦煌作品或民間作品。② 由伯 2838 卷抄安國寺上座勝淨等賬目並有悟真簽署，可知二卷原為安國寺上層僧侶之文物。曲子詞書於其背，又雜抄各類佛事應用文獻，則可推斷其抄者當為安國寺具有一定文化和身份的僧侶，抄寫的目的則在於教學或學習之用。

與上述斯 1441 卷、伯 2838 卷抄寫目的類似的是伯 3821 卷。然而此卷曲子詞不是和佛事應用文獻雜抄在一起，而是夾雜於有關 "時序" 形式的文獻之中。此卷是小冊子，依次抄錄《緇門百歲篇》（原失題）、《丈夫百歲篇》《百歲詩十首》《十二時行孝文一本》（詠史）、《白侍郎作十二時行孝文》《十二時行孝文一本》（禮禪）、《干支表》《十二時行孝文》（勸學）、曲子詞、《晏子賦一首》（未完）等。其曲子詞依次為：《感皇恩》2 首（"四海清平遇有年""萬邦無事滅戈鋌"）、《蘇幕遮》2 首（"聰明兒，稟天性""聰明兒，無不會"）、《浣溪沙》4 首（"玉露初垂草木凋""雲掩茅庭書滿床""山後開蘭種藥葵""海鷰喧呼別綠波"）、《謁金門》3 首（"長伏氣""雲水客""仙境美"）、《生查子》2 首（"一樹間生松""三尺龍泉劍"）、《定風波》2 首（"攻書學劍能幾何""征後傻羅未是功"），計 15 首。全卷書法較好，格式規範，當為同一書手所寫。從雜抄的 "百歲篇""十二時""干支表" 以及故事賦來看，此卷應亦是敦煌教學或學習之用的小冊子。

斯 2607 卷是除《雲謠集》外敦煌發現的收詞最多的曲子詞卷。此卷共抄詞完整者二十一首，殘詞七首。兩面抄，首尾皆殘，中部有脫落。背面為《法器雜物交割賬》，汙損嚴重，書法差。賬目中有 "都判官""教授""管內法律""都官""石寺""烏道政""法真" 等字樣。據考《法器雜物交割賬》為十世紀二十年代後期金光明寺之公文，法真其時為寺主。③ 正面抄

---

① 饒宗頤：《〈雲謠集〉的性質及其與歌筵樂舞的關係》，見於《敦煌曲續論》，台灣新文豐出版公司，1996 年版，第 128 頁。

② 湯涒：《敦煌曲子詞的地域文化特質》，載于《敦煌曲子詞地域文化研究》，上海古籍出版社 2004 年版，第 126—178 頁。

③ 湯涒：《敦煌曲子詞地域文化研究》，上海古籍出版社 2004 年版，第 20—21 頁。

曲子詞，依次為失題殘詞 5 首、《西江月》2 首（"女伴同尋煙水""浩渺天涯無際"）《浪淘沙》2 首（"五兩竿頭風慾平""八十穨年志不迷"）、《菩薩蠻》6 首（"千年鳳闕爭離棄""自從鑾駕三峯住""登樓遙望秦宮殿""飄搖且在三峯下""常慙血怨居臣下""禦蘭照照紅絲罷"）《浣溪沙》4 首（"良人去住邊庭""浪打輕舡雨打蓬""倦却詩書上釣船""一隊風去吹黑雲"）、《西江月》1 首（"雲散金波初吐"）、《獻忠心》1 首（"自從黃巢作乱"）、《宮怨春》1 首（"柳條垂處也"）、禦制失題曲子 2 首（"時清海宴""百花競發"）、《臨江仙》2 首（"岸闊臨江帝宅賒""不處囂塵千万年"）、失題殘詞"仕女鸞鳳"、《傷蛇曲子》約 1 首（"聽說昔時隨侯"）、失題曲子 1 首（僅存四字左右）。上述曲子詞當為寺學教師之物。其中的 6 首《菩薩蠻》據考為晚唐乾寧四年（897）七月唐昭宗李曄及其大臣李嗣用、韓建等的和作，故其他諸詞的創作應不遲於晚唐五代的這 20 多年間。湯浞認為，"諸詞既有典型的中原文人創作，如'良人住邊夷，三載長征''仕女鸞鳳''女伴各歸南浦''楚詞哀怨江心'等語；也有邊塞將領的獻賀之作，如'本是蕃家將'等語；亦有中原皇帝李曄及朝中大臣的作品、失意士人歸隱山林及道士修身養性的聲音。作品語言潤飾雅化，為文化素養較高的上層群體所創，亦為由中原傳入西陲者"①。

伯 3836、伯 3994 卷均是冊頁裝的散頁，伯 3836 卷存 32 行，行 12 字，依次錄《南歌子》6 首（"夜夜長相憶""楊柳連堤綠""雪消冰解凍""斜影珠簾立""自從君去後""爭不叫人憶"）、曲子《更漏子》（無詞）。伯 3994 卷存 27 行，行 11 字左右，依次錄《更漏長》（即《更漏子》2 首（"三十六宮秋夜""金鴨香紅蠟淚"）、《菩薩蠻》2 首（"紅爐煖閣佳人睡""霏霏點點回塘雨"）、《虞美人》1 首（"東風吹綻海棠開"），計 5 首。從二卷的裝冊大小、書寫格式、各詞的順序連接來看，伯 3994 卷當為伯 3836 卷的續抄，且均為標準的詞集專卷。其中伯 3994 卷《更漏子·三十六宮秋夜》《菩薩蠻·紅爐暖閣佳人睡》為五代花間詞人歐陽炯作品，《更漏子·金鴨香紅蠟淚》為晚唐花間詞人溫庭筠作品。此十一首詞所詠皆為閨情或賞景之作，又收溫、歐作品，因此此冊頁或為中原作品集之傳入敦煌者。寫卷當與《花間集》同時或稍後，後者結集於後蜀廣政三年

---

① 饒宗頤：《唐末的皇帝、軍閥與曲子詞——關於唐昭宗禦制的〈楊柳枝〉及敦煌所出他寫的〈菩薩蠻〉與他人的合作》，《敦煌曲續論》，台灣新文豐出版公司 1999 年版，第 131－147 頁。

（940），故兩卷的抄寫當在五代末及宋初之間，抄者為曲子詞專好者。①

　　伯 3128 卷是兩面抄的寫卷，正面為《大佛名懺悔文》，首尾俱殘。背面依次抄有《社齋文》、曲子詞、《太子成道經》（倒書）等。其中曲子詞依次為《菩薩蠻》3 首（"敦煌古往出神將""再安社稷垂衣理""千年鳳闕爭離棄"）、《浣溪沙》6 首（"倦却詩書上釣船""喜睹華筵獻大賢""好是身沾聖主恩""却掛綠襴用筆章""五兩竿頭風欲平""結草城頭不忘恩"）、《望江南》4 首（"曹公德""敦煌縣""龍沙塞""邊塞苦"）、《感皇恩》2 首（"四海天下及諸州""當今聖壽比南山"），共計 15 首。其中《菩薩蠻》第 3 首、《浣溪沙》第 1 首、第 5 首重見於斯 2607 卷，《浣溪沙》第 2 首重見於伯 4692 卷，《望江南》第 1 首、第 4 首重見於斯 5556 卷，第 2 首重見於伯 3911 卷、伯 2809 卷，第 3 首重見於伯 3911 卷、伯 2809 卷、斯 5556 卷。本卷諸詞歷史線索明晰：《菩薩蠻》第 1、2 首、《浣溪沙》第 2、3、4、6 當是唐大中五年（851）前後的作品，《菩薩蠻》第 3 首當是乾寧四年（897）七月的作品，《望江南·敦煌縣》詞當是咸通八年（867）年至十三年（872）前後的作品，同調"邊塞苦""龍沙塞""曹公德"詞分別是後晉開運四年（947）三月、天福五年（940）二月至開運四年（947）三月之間、清泰元年（934）前後至清泰二年（935）二月的作品，所以本卷的抄寫必當在後晉開元四年（947）年之後。② 從以上諸詞的重見情況來看，表現敦煌將士及中原士人的愛國情懷等作品深受敦煌人喜愛，並廣泛流傳。

　　伯 3911、伯 2809 卷抄《搗練子》《望江南》等詞十二首。兩卷均為冊子裝，單面抄。伯 3911 卷首尾皆殘，書寫工整，字跡清晰，專錄曲子詞，依次為失調名 1 首（"羊子遍野巫山"）、《搗練子》2 首（"孟姜女""堂前立"）、《望江南》4 首（"娘子麵""莫攀我""龍沙塞""敦煌郡"）、《酒泉子》1 首（紅耳薄寒）。伯 2809 卷首殘尾完，依次錄殘《勸善文》（首殘尾完）和曲子詞若干。曲子詞從"孟姜女，杞梁妻"抄起，依次抄《搗練子》2 首、《望江南》4 首、酒泉子 2 首（"紅耳薄寒""三尺青蛇"）、殘詞《楊柳枝》1 首（春去春來春復春）、失調名曲子詞三首③。其中自首詞《搗練子》

---

①　湯涒：《敦煌曲子詞地域文化研究》，上海古籍出版社 2004 年版，第 30 頁。

②　同上書，第 21、22 頁。

③　殘詞《楊柳枝》後還抄失調名曲子詞三首，但因字跡不清，書法潦草，王集、校錄本、饒本、林本、總編本、全詞本未載。詳參《敦煌歌辭校釋商補》後附錄文。

至《酒泉子》第 1 首，詞均與伯 3911 卷全同。伯 3911 卷書寫規範，詳注調名、宮調及句讀，錯訛較少。抄者應是具有較高文化素養，且具備曲子詞專門知識的人。伯 2809 卷書寫隨意，字體多變，寫至最後三首曲子詞，既無調名，且不能卒讀。抄者當是文化素質較低的義學生。據《望江南》詞（"敦煌郡""龍沙塞"）所及名物等可推兩卷抄寫的上限至少在唐咸通八年至十三年，下限至遲應在清泰元年至二年二月曹議金亡故之前。

伯 3271、斯 6537 卷《鄭郎子》《鬥百草》等詞 8 首。伯 3271 卷正面為《論語卷第五》，末題云："乾符四年丁酉正月拾三廳堂内記也。"背面依次抄《泛龍洲詞》《鄭郎子詞》《水調詞》各 1 首，《鬥百草詞》4 首，《樂世詞》2 首，殘《阿曹婆》3 首、殘《何滿子》1 首。其中《樂世詞·武陽送別》為唐沈宇所作。斯 6537 卷背依次抄文樣（養男契、放妻書、家童再宜放書一道、遺書一道、兄弟分書）、社條、某慈父與子書、文樣（慈父遺書一道、放妻書一道）、社條二通（厶甲等謹立社條、上祖條）、文樣（阿郎放奴婢書一道）、太子修道贊、詞集（《泛龍州詞》《鄭郎子詞》《水調詞》各 1 首，《鬥百草詞》4 首，《樂世詞》2 首，《阿曹婆》3 首、《何滿子》4 首、《劍器詞》4 首）、《大唐新定吉凶書儀一部並序》、釋教雜寫 4 行。其中《龍洲詞》以下至《阿曹婆》詞 3 首、《何滿子》第 1 首與伯 3271 卷同。卷末 4 行雜寫，書法與前抄部分不同，非同一人所寫。從抄寫的内容及順序來看，伯 3271、斯 6537 卷所抄曲子詞乃同一選本。上"厶甲等謹立社條"後題："正月廿五日淨土寺僧僧惠信書耳"，據竺沙雅章考證此卷系歸義軍曹氏時期淨土寺惠信和尚所書。《大唐新定吉凶書儀一部並序》乃唐元和鄭餘慶所著。"厶甲等謹立社條"抄完後另起一行僅書"諸雜要緣字一本"，惜僅書題，未見其文。從本卷所抄諸多文樣及曲詞來看，本卷當亦為敦煌教學或學習之用的集子。

斯 7111 卷背抄《別仙子》詞 4 首。本卷兩面抄。正面為《大般若波羅蜜多經卷第二百五十三》，首尾不全。背面依次抄《北方請藥叉主多聞天王贊文》（頂端原題）、《西方一切龍主醜目王天王讚文》（原題）、曲子詞舞譜及《別仙子》詞 4 首（"此時榫樣""玉漿酒泉""昨來僥倖""曾來不信"）。其中曲子詞舞譜及《別仙子》詞 4 首從本頁紙的另一頂端起倒向書寫。整個背面為同一人手跡，行書抄寫，書法較好。從此卷背面所抄内容及寫卷情形來看，是典型的釋子習摩之燕樂歌辭寫本（本段末附該卷背面影印圖像，以供參考）：

首先，曲子詞抄在佛經背後，又其背面先抄佛經讚文，所以此組曲子詞乃僧侶所抄無疑。

其次，此僧侶定是熟稔燕樂歌辭（《別仙子》）的高手，因為他不僅寫下《別仙子》歌詞，還標出了它的舞蹈節拍。

再次，《別仙子》末 3 首（"玉漿酒泉""昨來僥倖""曾來不信"）是此僧侶的研習之作品，而第 1 首（"此時桙樣"）是其摹寫的對象。第一首詞重見於斯 4332 卷，該卷抄詞 3 首（《別仙子》《菩薩蠻》《酒泉子》）；其余 3 首詞僅此一見。"玉漿酒泉"詞據考當是唐開平四年（910）由這位寫卷的抄寫者為描述沙州歸義軍節度使張承奉棄唐正朔，稱白衣天子建西漢金山國時登基的場面臨時習作的。① 此詞在遣詞、語序等方面有非常明顯的塗抹修改痕跡，且如柴劍虹先生所云："斯 7111 寫卷的第二首與第一首句式大異，上片語義不連貫，用韻又極不規則"②，故"玉漿酒泉"的抄者很有可能就是本詞的作者。緊抄的第三首詞"昨來僥倖"僅抄"昨來僥倖，人說道，心思苦，教奴嗔，含惆悵，扶腮泣，燈穿牖"數語，張錫厚《全詩》本云："此首未鈔全，轉而另鈔第四首，致成大憾。"③ 從第三首和第四首內容的重合情況來看，與其說該抄手未抄完轉而去抄下一首，不如說該抄手（兼作者）嘗試作詞但終不合心意，故棄而重寫。因為第三首有明顯的補詞痕跡（"含惆悵""燈"都是後來補於右側），也有人認為"第三首詞為第四首詞的誤漏抄寫，抄者發現后棄之不用，又另外重抄"，其實通覽第四首就會發現第三首根本就不是第四首的漏抄，第四首全文是：

> 曾來不信。人說道。相思苦。如今現，嗔交我。勞情與。攢眉立，倚枕川（穿）。日夜懸腸各（割）肚。隨玉柱。直待綺門朱戶。憶君直得如癡醉。容言語。胸裙上。紅羅帶上啼痕污。過然得。重相見。依舊還同一處。歸羅帳。特地再論心甦。

顯然第四首是在第三首基礎上的再創作。且從卷面看，與之本卷所抄第一首、第二首、第三首，第四首每句間以頓點為讀，斷句十分嚴謹，可見此詞抄者（作者）之用心。

---

① 湯湉：《敦煌曲子詞地域文化研究》，上海古籍出版社 2004 年版，第 43 頁。

② 張錫厚：《全敦煌詩》，作家出版社 2006 年版，第 5145 頁。

③ 同上。

除了以上集中收錄曲子詞的卷子之外，其他的曲子詞大都是散篇只曲，下文論述敦煌歌辭之功用的時候還要有所涉及，茲暫不贅述。

附：

斯 7111 卷背《北方請藥叉主多聞天王贊文》《西方一切龍主醜目王天王讚文》、曲子詞舞譜《別仙子》詞 4 首（第一幅曲子詞倒向書寫，第二幅為旋轉後的圖片）

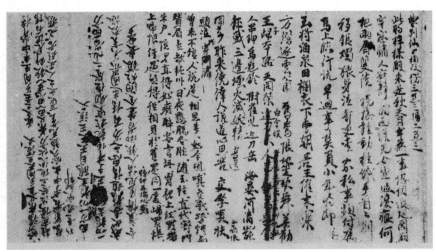

二　佛教歌曲、俗曲寫卷

敦煌歌辭中除了曲子詞之外，還有大量的附著於宗教、民間音樂曲式的佛教歌曲和俗曲，茲亦揀代表性寫卷一併述之。

伯 2066 卷的《淨土五會念佛誦經觀行儀》中卷，以及由伯 2250 和伯 2963（去除重複部分）相接成集的《淨土五會念佛誦經觀行儀》下卷，合起來是一部編訂成集，且表明特定用途的一部佛教歌曲集。關於其抄寫情況及用途詳見下文。

斯 2947 卷是一本《百歲篇》集，該寫卷單面抄。卷首題"寶積經第一袟第一卷三律儀會"。下空格抄《緇門百歲篇》（"一拾辭親願出家"）、《丈夫百歲篇》（一十花香□□□）、《女人百歲篇》（一十花枝兩□□）。其中《緇門百歲篇》首尾大致完整，《丈夫百歲篇》《女人百歲篇》緊抄其後，多有破損闕漏之處。三文為一人抄，楷書，無絲欄、無點斷，標題前有空格。從抄寫情況判斷，該卷原計畫抄"寶積經第一袟第一卷三律儀會"，後改抄當時流行的《百歲篇》。

斯 5549 卷亦是一本《百歲篇》集，順序同斯 2947 卷，單面抄，前殘後完。首抄《緇門百歲篇》，起於"（四十之末）五乘八藏更無疑"，訖於"聚土如山總是空"，後空格抄《丈夫百歲篇》（"一十香風綻藕花"）全篇、《女人百歲篇》（"一十花枝兩斯魚"）全篇。全文為一人抄，楷書，無絲欄，每節有空格。卷末除題有"百歲篇一卷宗"外，另書"曹義成、陳闍梨、周藥奴、井井、竭竭、阿柳、阿錄侯手寫《百歲篇》一卷"，注明了此卷"百歲篇"抄寫者及抄寫之緣由。唐五代時期敦煌人為積累功德組織人抄寫經卷或佛教相關韻文是常見現象。如伯 3604 卷有題記："敦煌鄉書手兼隨身判官李福延因為寫《十二時》一卷為願。"一人抄卷書多人名字，可見當時人認為抄《百歲篇》亦有抄經的功德同享性質。另冊子本伯 3821 卷亦收有此三篇《百歲篇》。從重見情況來看，《百歲篇》是敦煌地區人們喜聞樂見的一種音樂文學形式。

伯 3409 卷是《禪師與衛士逢遇》的歌曲集。卷首闡述禪師與衛士逢遇之事，前六行殘破，至第七行行首，書"意一偈"三字，下留空，後寫"第一禪師名遠塵偈"，另行始寫偈文。第一禪師偈文寫畢，後依次為第二禪師（無垢）、第三禪師（廣照）、第四禪師（淨影）、第五禪師（智積）、第六禪師（圓明）偈文，每偈長短不一（多為八句），首句均為填字型套語。"六禪師偈"後，另行題"說偈已迄，即至夜，並贈五更轉，禪師各作一更"。後依次題五位禪師聯成的《五更轉》。《五更轉》抄畢，卷題"第六禪師五更可轉，即作勸諸人一偈"一句，後抄偈文。第六禪師"勸諸人"抄竟，另行題"弟子蒙禪師等說偈並五更轉及勸善文，弟子等戀慕禪師，不知為計，皆得禪師共住修道，各自思惟，各作行路難一首"，後抄七位衛士各作之《行路難》一首。《行路難》抄畢，另行題"六師撼得尋思一遍，卻愛慕弟子，即自迴心共往修道。總共十三人，尊一個有德者為師，兩個親近承事，十個諸方乞食。和上（尚）即歎《安心難》"。後抄和上（尚）所歎之《安心難》。此卷所抄歌曲均為故事中人所"說"，全篇呈現"人言"為主的形式，可視為"代言體"演出的雛形。這種歌曲聯綴的情形，在中國講唱文學以致發展為代言戲劇的歷程上是值得關注的。

敦煌佛教歌曲在寫卷中除了上述以某一主題、形式出現的歌曲集之外，還有不少寫卷是以某一主題、形式的佛教歌曲為主，雜抄其他讚歌及曲子，甚至還有不分主題、形式而雜寫的情形。隨著佛教世俗化的盛行，淨土思想廣播民間並大量融入其他佛教觀念，甚至孝道觀念等，體現在敦煌寫卷中就是淨土類歌曲經常和他類佛教歌曲等雜抄在一起，如斯0370卷為雜有《五台山讚》的淨土讚歌叢抄，斯4474卷雜抄《上都章敬寺西方念佛讚文》《太子踰城念佛讚文》《西方淨土念佛讚文》《佛母讚》《道場樂讚》。所以，考察這些深具民間性、實用性的讚歌與佛曲寫卷，對我們探討豐富多樣的民間佛教活動情況或許會有不小的幫助。①

當然敦煌寫卷中還有數量眾多的單獨存在的散篇歌曲，這些散篇歌曲有的是夾在某些佛教典籍中（如經論、禮懺、講經文、寺院帳冊），有的可能是某些歌曲或叢抄的殘段，還有一些是抄在單張卷上，以方便隨時用於法事之中。對此類寫卷的考察，對我們掌握歌曲於實際運用上的價值有非常大的幫助。如斯5572為冊子本佛曲叢抄，有《三冬雪詩》《散花樂讚文》《出家讚文》《辭道場讚》《向山讚》《高聲念佛讚》等，《法身禮》寫於《辭道場讚》與《向山讚》之間。伯3645卷、伯3892卷等亦有歌曲夾雜《法身禮》或《無相禮》的情形，這樣的現象可能說明歌曲與禮懺實際搭配運用於同一場合，也可能是抄者經常參加宗教活動，如講經、禮懺或讚誦法事等，故此類均雜抄在一起，以備平時所用。伯2054卷抄《十二

---

① 詳參林仁昱《敦煌佛教歌曲之研究》（佛光山文教基金會2004年版）第68—98頁，是書對敦煌寫卷"泛淨土類叢抄"的情況進行了詳盡的描述。

時普勸四眾依教修行》（首題），首尾俱全，計存辭 129 首，包首處題 "智嚴大師十二時一卷"，尾部有題記 "同光二年甲申歲菆賓之月，莫彫二葉，學子薛安俊書"。題記後另起行書："信心弟子李吉順轉持念誦　　勸善。" 寫卷正面僅抄本作品一件文書，背面抄《疏請僧名錄》。從題記來看，此十二時歌辭是由學生薛安俊於 "同光二年甲申歲菆賓之月，莫彫二葉"（公元 924 年 5 月 17 日[①]）所抄，此抄文由信心弟子李吉順用以自己 "轉持念誦" 之外，还用以 "勸善"。

第二節　敦煌歌辭傳抄原因及功用

敦煌莫高窟中共留存有六十餘種調名，計一千二百餘首歌辭，而有些歌辭更是重出複見甚夥，為何佛窟中抄存如此眾多的歌辭寫卷？這恐怕與敦煌歌辭的實際用途是分不開的。而這一點可從寫卷形貌及歌辭本身形成和發展的特點中得到解釋。

一　敦煌寺學教育的重要內容

從上一節對敦煌歌辭寫卷形貌的概述來看，我們會注意到這樣一個事實：歌辭的抄寫無論是歌辭專集還是散篇只曲，大都夾於佛教典籍（如經論、禮懺、講經文、寺院帳冊）、儒家經典、童蒙讀物、文人詩歌和佛事應用文獻之中，或書於寫卷正面，或抄於其背。因此我們可以推測這些看似雜亂卻有一定抄寫目的的寫卷或許是敦煌學校的教學內容之一，抄者亦應大多出於寺院僧徒或寺中學郎、書手，抄寫目的當為教學或學習之用。

五代時期敦煌寺院辦學十分發達，淨土、蓮台、金光明、乾明、永安、三界、靈圖、大雲、顯德等敦煌僧寺均有寺學。[②] 如敦煌文獻中保存了一些龍興寺學郎的題記：伯 2712 卷《漁父歌滄浪賦》尾有題記："貞明六年（920）庚辰歲次二月十九日龍興寺學郎張安人寫記之耳"，Дx.00277 背面題為："己卯六月十六日龍興寺學侍郎鑒惠"，Дx.00796＋Дx.01343＋Дx.01347＋Дx.01395 背《雜寫》云："……龍興寺學郎石慶

---

① 張長彬：《〈十二時普勸四眾依教修行〉及其代表的敦煌宣傳文學》，《敦煌研究》2015 年第 2 期。

② 陳大為：《唐後期五代宋初敦煌僧寺研究》，上海古籍出版社 2014 年版，第 127 頁。

通、周家兒、朱再子……王變。"斯 5556 卷有曲子《望江南》3 首，書於《妙法蓮華經普門品》小冊子，上題"《觀音經》一卷"，有題記"戊申年七月十三日，弟子令狐幸深寫書耳，讀誦願深誦"等句，可見此 3 首曲子為供諷誦學習之用。上博 48 號文献為一方冊本，抄经文、佛贊、《十二時普勸四眾依教修行》等 43 件文書，多处文書末題"与敬念"字樣。因此此卷當為一信徒日常持誦的本子。伯 3113 卷抄《法躰十二時一本》（原題）、七言詩《十恨》與《古賢集一卷》（尾缺），筆跡統一，為一人書寫。《十恨》詩後，附有四行題記云："時後唐清泰貳年在丙申三月一日僧弟子禪師索祐住發心敬寫法躰十二時一本，日常念誦，願一切眾生莫聞怨往（枉）之聲，早達佛日，令出苦海。"可見此套《十二時》為索祐住所抄用以日常念誦，從其所抄《十二時》卷面來看，有非常明顯的圈點斷句之處，而餘《十恨》詩、《古賢集》未有標注。《十二時》顯然是其用心學習之重點。

饒宗頤先生指出，"敦煌曲子詞多保存於佛窟，如斯 4332 之《菩薩蠻》、《酒泉子》乃鈔於龍興寺，此寺名之可考者也。鈔手之可確知出於寺院者，有僧法琳（鈔蕭關地涌出銘詞）、靈圖寺僧比丘龍□、淨土寺僧願宗、僧索祐住。寺中學郎、書手，則有淨土寺薛安俊、報恩寺書手馬幸員、永安寺學郎。天成四年寫五台山《蘇幕遮》之孫冰，戊申年鈔《望江南》之令狐幸深，似亦僧徒弟子。"[1]

寺學初為佛寺教習佛教經、律、論而設，課目為修習、讀誦、禮懺三類，但隨着佛教世俗化的深入，俗人開始進入寺院學習。吐蕃和歸義軍時期，敦煌寺學大為興盛，學習的內容除釋家典籍儀軌之外，兼及儒道經典、詩詞歌賦，等等。敦煌文獻中我們經常見到不少大德高僧兼通傳統經典，如伯 2481 卷《副僧統和尚邈真贊》云："早歲而尋師槐市，周攬（覽）于八索九丘；幼年而就業杏壇，遍曉於三墳五典。羲芝（之）筆勢，手下而彎鵲急吃；蔡豈雄文，口際而珠花竟（競）吐。"再如伯 2255 卷背《設壇發願文》稱吐蕃二教授"學該內外，道貫古今。談般若則不謝于洗唐，說詩書乃有齊于周禮"。而敦煌文獻中詩詞歌賦與儒家經典雜抄一起的現象更是向我們解釋了詩詞歌賦的教學或学習的應用性質。如伯 2748 卷正面抄古文《尚書》殘卷，背面抄高適、悟真等詩詞 37 首，內容如

---

[1]　饒宗頤、戴密微：《敦煌曲》，法國國家科學研究中心 1971 年版，第 34 頁。

《敦煌廿詠》《百歲篇》《古賢集》等。其中古文尚書寫卷有 47 號之多①，《敦煌廿詠》有 6 卷，《古賢集》是廣為人知的歷史類童蒙教材，詠"百歲"形式的民間歌曲亦是敦煌廣為流傳的音樂文學樣式。《百歲篇》與儒家經典、童蒙教材以及地方名篇（《敦煌廿詠》）雜抄一起的情形顯然有明顯的教學應用性質。再如伯 2506 卷正面抄《毛詩卷第十》，背面依次抄殘《日曆》及曲子詞。《日曆》後有濃墨大體草書字"訖覽"。從背面內容判斷，此卷當是某寺義學生利用廢棄經卷所為，"訖覽"當是老師所加批語。"如此之多的文人詩歌同儒家經典雜抄一卷的情況應該不僅僅是巧合，我們認為這是文人詩賦被作為教材的證據之一。這些儒家經典殘卷，作為當時教授的內容它們最可能的來源之處就是各類學校，那麼與其抄在一起的詩賦也應當與學校活動有關。"②

　　醫學教育亦為敦煌寺學的重要內容。寺院和僧侶們往往藉助治病救人的醫學教育来增加民眾的信仰，扩大佛教在世間的影響。以佛書為主的敦煌文献有的佛書本身就含有醫学內容，在一百餘種醫学卷子中，有些正、背面都写有佛書，還有以醫學為題材的歌辭，如《普勸眾生依教修行》與《南宗定邪正五更轉》主要從佛理的角度講述了得病的原因及袪病的法門，斯 4508 卷是一首調寄《連理枝》的藥名詞。伯 3093 卷正面寫《佛說觀彌勒菩薩上生兜率陀天經講經文》，背面依次寫《長生湧泉方》《朱砂法疾風方》《地黃丸方》以及三首有關醫療的《定風波》。

　　作為五代宋初沙州地區官學和私學教育的補充，敦煌寺學在童蒙教育中起著重要的作用。姜伯勤先生指出："寺學的意義在於，通過這種形式，使一部分庶民有可能受到私學的教育，從而使寺學有助於打破貴族對學校和教育的壟斷。因此，敦煌文書中所見到的活躍的寺學，是早期貴族家學及學校制度向宋代書院制度轉變中的一個重要的中間環節。"③

附：

伯 3113 卷《法體十二時一本》《十恨》詩、《古賢集一卷》影印圖像

---

① 許建平：《敦煌出土〈尚書〉寫卷研究的過去與未來》，《敦煌吐魯番研究》第七卷，中華書局 2004 年版。

② 伏俊璉：《敦煌文學總論》，甘肅教育出版社 2013 年版，第 171 頁。

③ 姜伯勤：《敦煌社會文書導論》，台灣新文豐出版公司 1992 年版，第 94—95 頁。

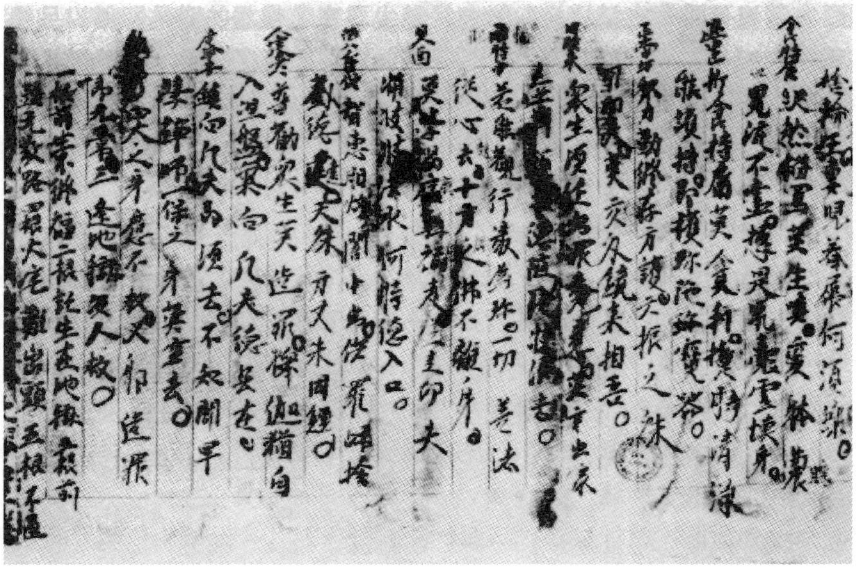

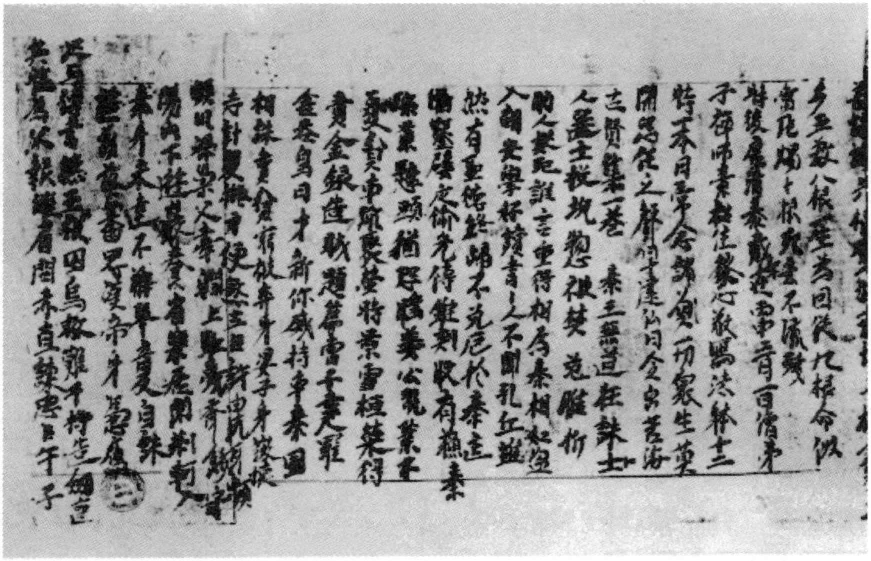

二　敦煌民眾娛樂的見證

數量眾多的歌辭雜抄於佛經典籍及佛事應用文獻之中，這不得不使我們聯想到曲子詞或俗曲歌舞與寺院佛教徒的密切關係。實際上，敦煌寺院不僅是宗教空間，亦為敦煌民眾的娛樂活動場所。佛教樂舞，源於印度的"無遮大會"。無遮，即所謂佛法平等，不分貴賤，眾民皆能參與其中。南北朝時傳入中國，梁武帝不僅舉辦"無遮大會"，還舉行"盂蘭盆會"。據記載，梁代三朝設樂，計百戲、歌舞49項。佛教的空前興盛，使得伎藝開始走向寺院。凡遇神節或佛慶，許多寺院除了奏贊佛、禮佛之樂外還舉行豐富的音樂伎藝，如百戲、女伎歌舞、梵樂法音等。據楊衒之《洛陽伽藍記》記載：

> 洛陽長秋寺，四月四日行像。"辟邪獅子導引其前。吞刀吐火，騰驤一面彩幢上索；詭譎不常。奇伎異服，冠於都市。"景明寺，八月節，"京師諸像皆來此寺"，"於時金花映日，寶蓋浮雲，幡幢若林，香煙似物。梵樂法音，聒動天地，百戲騰驤，所在駢比"。景樂尼寺，"至於大齋，常設女樂。歌聲繞梁，舞袖徐轉，絲竹廖亮，諧妙入神……召諸音樂，呈伎寺內，奇禽怪獸，舞忭殿庭，飛空幻惑，世所未睹"。宗聖寺裏，"妙伎雜樂，至於劉騰，城東士女多來此寺觀看也"。

敦煌伯2854卷《行城文》記載二月八日行像活動時的樂舞表演場景："幡花溢路而前引，梵唄盈空而沸騰。鳴鐘鼓而龍吟，吹笙歌而鳳舞。群寮並集，緇素咸臻。"斯381卷《龍興寺毗沙門天王靈驗記》專門記載了寒食節期間，龍興寺設樂，沙州城官民齊聚龍興寺賞樂之事：

> 龍興寺毗沙門天王靈驗記本寺大德僧日進附口抄：
> 大蕃歲次辛巳潤（閏）二月十五日，因寒食在城官寮百姓就龍興寺設樂。寺卿張閏子家人圓滿，至其日暮間，至寺院看設樂。

設樂，即陳設音樂，亦即備置音樂，舉行音樂的演奏。唐五代時期普遍在寺院設置樂場、戲場，為官民開筵俗講或延請世俗音聲表演雜技、樂舞，敦煌大寺亦是群眾娛樂之場所，有"戲場"可供人們謳唱。"戲場"又稱"歌場""變場"。敦煌歌辭伯 2721 卷《新集孝經十八章》云："新歌舊曲遍州鄉，未聞典籍入歌場。"隋唐時代，唐代民間娛樂活動多在寺院進行。薛昭蘊《幻影傳·李秀才》云："虞部郎中陸紹，元和中常謁表兄於定水寺。臨院僧諧李秀才來，寺僧詆為不逞之徒。曰：'望酒旗，玩變場，豈有佳者乎？'"又錢易《南部新書·戊》云："長安戲多集於慈恩，小者在青龍，其次薦福、永壽。"①再如斯 2440 卷背就詳記對仗說白及不同的吟詠方式，被人們公認為戲劇的雛形，可見寺院內有演戲的情形存在。因此前敘《雲謠集雜曲子三十首》亦有可能是供人們謳唱演出之用的歌詞專集。②遺書中其他曲子詞、俗曲等抄寫情形當與此類似。

敦煌遺書所見寺院音聲人和歸義軍節度使樂營、樂營使、樂行及其所屬音聲人的記載也進一步證明了敦煌燦爛的音樂文化。寺院歌舞作樂的表演者主要是寺屬音聲人，伯 4542 號《某寺破曆》中記載：

> 十五日出粟□斗充［与］音聲。
> 廿三日出麥貳斗、粟三斗充与音聲。
> 廿九日出粟肆斗充与音聲，卅日出粟伍斗充与音聲。
> 二月一日出麥五斗、粟五斗充［与］音聲。

從上件殘卷中，得知某寺自一月十五日至二月一日半月中，五次出麥粟供音聲人，由此可知元宵節即上元節後寺院音樂活動之頻繁。據姜伯勤推測敦煌音聲人主要參加諸如寺院節慶、祭祀、行像及宴飲等活動的任務。③斯 4705 卷《某寺諸色斛斗破用曆》載："寒食踏歌羊價麥九斗，麻四斗……又音聲麥粟二斗"。此為寒食節寺院設樂踏歌時的羊價花費及支給音聲人麥粟的記錄。而踏歌的曲詞中可能包括《悉磨遮》，斯 1053 背《丁卯至戊辰年某寺諸色斛斗破曆》有"粟三斗，二月八日郎君踏《悉磨

---

① （宋）錢易撰，黃壽成點校：《南部新書》，中華書局 2002 年版，第 67 頁。
② 王小盾、張長彬通過考察同類齋文集的文書構成情況，認為《雲謠集》這種包含豔情的娛樂性歌辭之被抄入齋文集，實屬特例。可以判斷，這是出於抄寫者之喜好的個人行為。詳參王小盾、張長彬《〈雲謠集〉寫本斯 1441、伯 2838 新議》，《西北師大學報》2014 年第 3 期。
③ 姜伯勤：《敦煌音聲人論略》，《敦煌研究》1988 年第 4 期。

遮》用”的記錄。二月八日為行像日，踏《悉磨遮》當為寺院行像設樂的
一項内容。斯 467、2080、2985 卷背、4012 卷，伯 3360 卷等文書就有調
寄《蘇幕遮》以詠佛教勝地五台山為内容的大唐五台曲子 6 首。《蘇幕遮》
設樂時除踏歌以外可能還包括踏舞。伯 3272《丙寅年（966）牧羊人兀寧
牒狀》有“定興郎君踏舞來白色羯羊壹口”的記載。“節慶假日，人們依
曲子節拍載歌載舞，展現了一片歡樂祥和的氣氛。敦煌龍興寺在非佛教節
日的寒食也設樂，表明當時的佛教寺院已經融入世俗社會，成為廣大善男
信女的娛樂場所甚至是他們日常生活的重要組成部分。由於普通百姓平素
生活單調乏味，終日為衣食奔波勞碌，所以，閒暇之時，人們樂於到寺院
遊玩，以清爽心神，放鬆身體；傾聽鐘鼓梵觀之音，獲得人生的啟悟。”[1]

　　當然敦煌新燕樂曲子詞的歌舞演出並非主要由寺院音聲人主持，因為
依照唐律，寺院僧尼不得參與世俗樂舞娛樂，吳支謙《佛開解梵志阿颰
經》謂：“沙門不得吟詠歌曲，弄舞調戲及論倡優。”敦煌世俗曲詞演出主
要是由樂營和樂行承擔。敦煌歸義軍時期，得見一種稱為樂營的機構，樂
營的官員稱為樂營使。伯 4640 卷《唐己未年—辛酉年（899—901）歸義
軍衙内破用布、紙曆》載：

　　又支与樂營使張懷惠助葬粗布兩疋
　　同日，支与音聲張保昇造胡騰衣布貳丈肆尺。
　　（二月）十四日，支与王建鐸隊武舞顙子粗紙壹帖。

　　從上引歸義軍衙内破用布、紙曆得知，樂營音聲人在歸義軍衙内屬下
曾有各種表演。其中一種是胡騰舞，從“音聲張保昇”支用“造胡騰衣布
貳丈肆尺”可知是用於胡騰舞舞服的開支。另一種是隊舞。上引有“支与
王建鐸隊舞額子粗紙一帖”語，《宋史》卷一四二《樂志》謂：“隊舞之
制，其名各十”，小兒隊凡七十二人有拓枝隊、劍器隊、婆羅門隊、醉胡
騰隊等十種，女弟子隊凡一百五十三人，有菩薩蠻隊等十種。斯 3929 卷
有節度押衙知畫行都料董保德等建造蘭若功德頌，云“門開惠日，窗豁慈
雲。清風鳴金鐸之音，白鶴沐玉毫之儷。菓屑疑笑，演花勾於花臺；蓮臉
將然，披葉文於葉座……”“演花勾於花臺”蓋當時兼演花舞勾隊，敦煌

---

① 陳大為：《唐後期五代宋初敦煌僧寺研究》，上海古籍出版社 2014 年版，第 132 頁。

佛窟作功德時即表演花舞、柘枝舞。① 敦煌歌辭《水鼓子·宮辭》云：
"花開欲幸教□時。桃□□令隔宿知。聞出內家新舞女，翰林別進柘
枝詞。"

　　《菩薩蠻》亦為舞隊，唐懿宗時李可及與數百人於安國寺作"四方菩
薩蠻舞隊"，唱《百歲詩》。敦煌亦出《菩薩蠻》《百歲篇》甚夥，或與之
有關。斯2440卷背有太子修道之歌舞劇，明確記載了敦煌演奏佛曲時歌
舞兼行的情形：

　　　　［隊扙白說］：白月才沉行（形），紅日初生。擬（儀）扙才行形，
　　天下宴靜。爛滿（漫）綺衣花璨璨，無邊神女皃螢螢（瑩瑩）。［青一
　　隊，黃一隊，態踏。］

　　　　大王吟：撥棹乘舩過大江，神前傾酒五三瓮。傾盃不為諸餘事，
　　男女兼相乞一雙。

　　　　夫人吟：撥棹乘舩過大池，盡情歌舞樂神祇，歌舞不緣別餘事，
　　伏願大王乞一箇兒。

　　　　［迴鸞駕却］吟生：聖主摩耶往後薗，頻（嬪）妃綵女走（奏）
　　樂暄（喧）。魚透碧波堪賞翫，無憂花色冣宜觀。無憂花樹葉敷榮，
　　夫人彼中緩步行。舉手或攀枝余（與）葉，釋迦聖主袖中生。釋迦慈
　　父降生來，還從右脇出身胎。九龍灑水早是权，千輪足下瑞蓮開。

　　　　相吟別：阿斯陁仙啓大王，太子瑞應極貞祥，不是尋常等閒事，
　　必作菩提大法王。

　　　　婦吟別：前生與殿下結良緣，賤妾如今不敢專。是日耶輪再三
　　請，太子當時脫指環。

　　　　老相吟：眼闇都緣不弁（辨）色，耳聾高語不聞聲。欲行三里五
　　里時，雖（須）是四迴五迴歇。少年莫笑老人頻（貧），老人不奪少
　　年春。此老老人不將去，此老還留與後人。

　　　　四（死）［相］吟：國王之位大尊高，煞鬼臨頭無處逃，四（死）
　　相之身皆若此，還漂苦海浪滔滔。

　　　　臨險吟：可笑危中耶（也）大危，霊（雪）山會上亦合知，賤妾
　　一身猶乍可，莫交辜負阿孩兒。

────────────

　　① 史浩《鄮峰真隱大曲》中花舞云："兩人對廳立自勾念。念了，後行吹《折花三臺》，舞
取花瓶；又舞上，對客放瓶，念各種花詩，又唱《蝶戀花》。"

修行吟：夫人據解別揚臺，此事如蓮火裏開。曉鏡罷看桃利（李）面，紺雲休插鳳凰釵。無明海水從資（茲）竭，煩惱叢林任意摧。努力鷲峰修聖道，新婦莫慵讒不犁却迴来。

首云"隊扙白說"，又注"青一隊，黃一隊，態踏"，當是舞隊顏色之說明。"態踏"指舞蹈之狀，"白說"蓋同戲劇之道白，"吟"即指"唱詞"，"吟"之人物有大王、夫人、新婦、吟生，"吟"之題目有"老相吟""死相吟""臨險吟""修行吟"等，"迴鸞駕却"頗似後來劇本的"科"。"盡情歌舞樂神祇"，"歌舞不緣別餘事"可見敦煌演奏佛曲時歌舞兼備之情形。伯 3501、斯 5643 卷存《退方怨》《南歌子》《南鄉子》《雙鷰子》《浣溪沙》《鳳歸雲》《驀山溪》等舞譜為證。"神前傾酒五三瓮"，"傾盃不為諸餘事"，"傾杯樂"於敦煌頗為盛行，伯 4640 卷竇驤《往河州使納魯酒回賦》云："驛騎駸駸遏相回，笙歌爛漫奏《傾杯》。食客三千躡珠履，美人二八舞金台。"伯 2838 卷有《傾杯樂》2 首（"忆昔笄年""窈宛逶迤"），伯 3808 卷背面還抄有《傾杯樂》曲譜。

雖然世俗樂舞屢被禁止，但仍然無法完全禁止僧人吟詩唱詞。敦煌變文屢屢向僧眾灌輸習世俗音樂無益之思想，伯 2122、伯 3097、斯 4571 卷《維摩詰講經文》謂："紫雲樓上排絲竹，白玉庭前舞拓（柘）枝。空戀笙歌嫌景促，不憂虛幻悟心遲"；伯 3093 卷《佛說觀彌勒菩薩上升兜率天經講經文》云："綠窗弦上撥《伊州》，紅錦筵中歌《越調》""方響罷敲《長恨曲》，琵琶休撥《想夫憐》。漸成衰朽漸羸瀛，忘卻向前歌舞處。次第只應如此也，爭似修行得久長。"對新燕樂歌舞等娛樂的抵制，反證了新興燕樂對寺院僧侶的強烈衝擊。佛教師徒中悄悄傳習、創作世俗燕樂歌辭者大有人在，伯 3080 卷所錄《長興四年（933）中興殿應聖節講經文》卷背抄樂譜 25 首，為敦煌僧侶梁幸德師徒從京都洛陽輾轉抄回。此足證明燕樂曲子詞對佛教人士不可抵禦的誘惑和衝擊。饒宗頤指出，僧人誦習樂府小曲，六朝以來已蔚然成風，如宋之惠休、齊之寶月、梁之法雲，皆其著者。[1] 五代之敦煌佛窟既為宗教重心，又為沙洲之最高學府。因此釋子為了"宣唱法理，開導眾心"，做好"唱導"工作，有必要接受唱誦念經，

---

[1]　饒宗頤：《敦煌曲》，法國科學研究中心 1971 年版，第 37—38 頁。

撰擬韻文的練習，以備說偈之用。很多文士名臣出身為僧，其文學根柢亦基於為僧之時。中唐以後釋子好為詩偈及曲子，亦能吟詩唱詞。孟郊《教坊歌兒》云：

> 去年西京寺，眾伶集講筵。能嘶《竹枝詞》，供養繩床禪。能詩不如何，悵望三百篇。

宋《高僧傳》卷二十《唐江陵府些些傳》云：

> 釋些些師，又名青者，蓋是不與人交狎。口自言些些，故號之矣。德宗朝於渚宮遊，衣服零落，狀極憨癡，而善歌《河滿子》。縱肆所為，故無定檢。嘗遇醉伍伯，伯於塗中辱之，抑令唱歌，些便揚音揭調。詞中皆訐伍伯從前陰私惡跡、人所未聞事。伍伯慚惶。旁聽之者知是聖僧，拜跪悔過焉。貞元初多入市肆，聚群小隨逐。楚人以興笑本矣。後不測其終。

《何滿子》是釋子喜歡的曲子，《菩薩蠻》亦常為釋子所唱。《續傳燈錄》卷十六云：

> 王安上者，荊公之弟，問法於師，以雲居延之。師欣然應之曰：「當攜此骨歸葬峰頂耳。」登輿而去。師初開堂，問答罷乃曰：「新啟法筵，人天會集，稀逢難遇，正在此時，還更有乘時適變底衲僧麼？出來與汝證據。」良久云：「不出頭者是好手。雖然如是，道林今日已向平地上吃咬了也。賴遇金粟大士有不二法門，放一線道，道林方敢解開布袋頭，足可以施展家風，向無佛處稱尊。」便乃指點三界，目視四維，偃仰堯天，高歌舜日。舉威音三調，唱《菩薩蠻》。奏沒弦琴，含太古意。當是時，文殊休悵惘，普賢謾沉吟。任是千聖出頭來，異口同音，也不消一剳。久立。珍重。

斯 5613 卷錄有"上酒曲子"《南歌子》的詞及舞譜。饒宗頤先生指出："敦煌斯 5613 卷的上酒《南歌子》舞譜，只存前詞。抄寫者名叫德深，好像是一個和尚，他自記道：'開平己巳歲七月七日悶題。'他在煩悶的時候，抄寫上酒曲子的舞譜來消遣。可見和尚亦懂得'打令'。"① 前述斯 7111 卷背僧侶所抄四首《別仙子》及譜子有明顯的摹寫填詞痕跡。另外，伯 3808 卷正面抄《長興四年中興殿應聖節講經文》，背面抄《傾杯樂》《水鼓子》等曲子譜；伯 3501 卷抄《鳳歸雲》《南歌子》《浣溪沙》《遐方遠》《雙燕子》等舞譜；斯 5643 卷有上酒曲子《驀山溪》《南歌子》《雙燕子》等打令舞譜（文末附斯 5643 卷打令舞譜影印圖像），等等。這些多雜於佛經或佛事相關文獻之中的舞譜亦進一步說明敦煌僧人誦習燕樂歌舞的事實。

附：

斯 5643 卷上酒曲子《驀山溪》《南歌子》《雙燕子》等打令舞譜

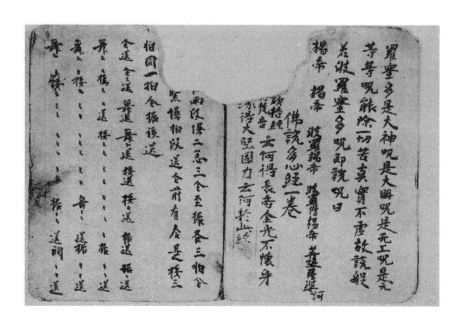

---

① 關於敦煌 "戲場" 的存在，詳參饒宗頤《〈雲謠集〉的性質及其與歌筵樂舞的關係》，《敦煌曲續論》，台灣新文豐出版公司 1996 年版，第 124 頁。

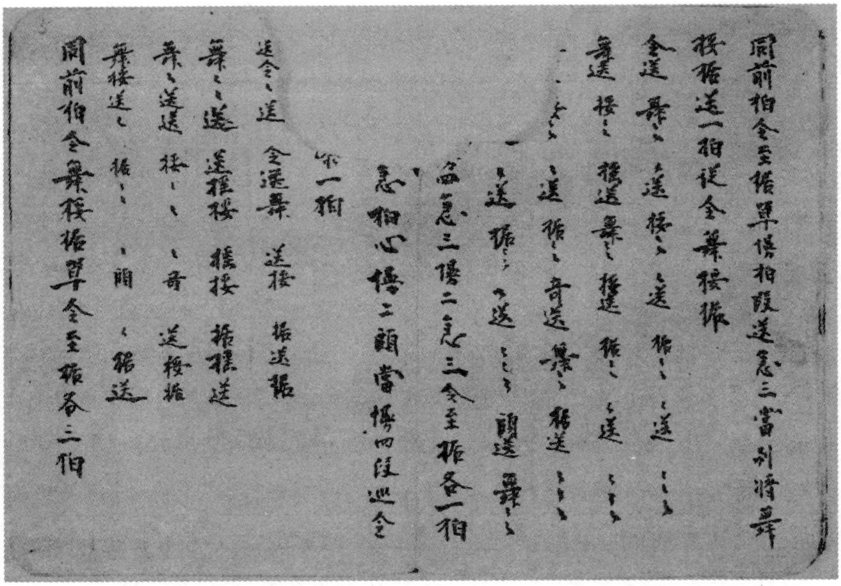

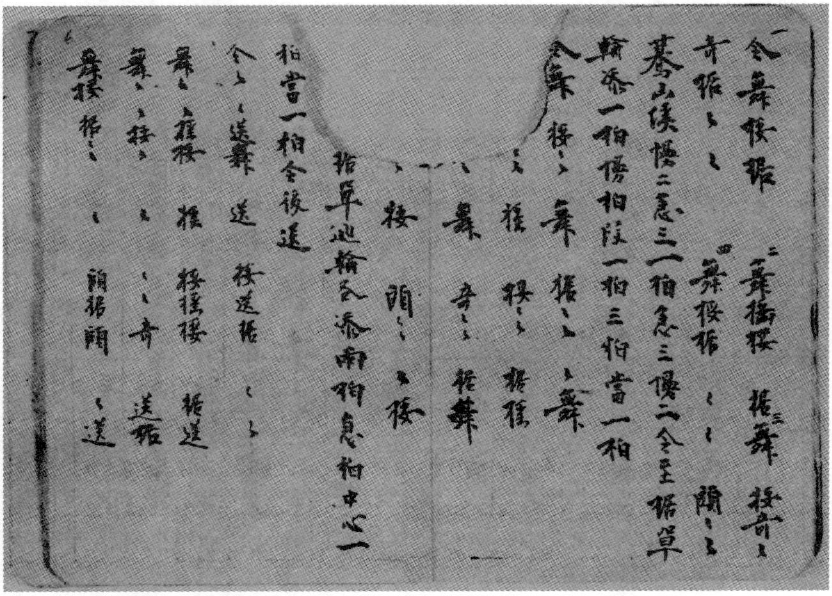

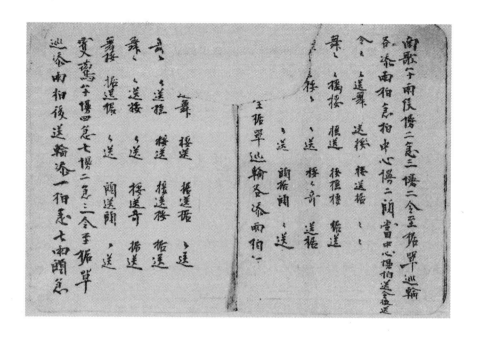

三　歌辭的實用特性

　　任何藝術形式的出現都是由於實際運用的需要，新的文學樣式的產生和發展與它的實際用途是分不開的，曲子詞也不例外。曲子詞作為繼樂府和詩歌之後新興的一種文體，自誕生伊始就有實際運用上的價值。這在敦煌曲子詞寫本發現之後進一步得到了印證。饒宗頤指出："曲子詞的興起，在五代至北宋，不是純為抒情的，而是兼以施用於說理的，這樣的作品，有它大量的數字，單以《望江南》一體而論，論兵要的有七百首之多，其他失傳的亦有相當篇幅。至於用之宗教場合和應用技術方面，都作為便於記誦的韻語。"① 饒先生所言甚是。敦煌曲子詞除了表現愛情閨怨這一常見主題外，有數量眾多的政治軍事詞、邊塞詞、民情風俗詞，還有詠物詞、藥名詞，等等；從描寫手段來講，不僅有狀物、抒情，還有敘事、說理、對話等形式，語言直白樸素。可見早期的曲子詞的確有實際應用上的價值。

　　曲子詞是現在所知最早的燕樂歌辭，當然最初是用在一些宴飲娛樂場

---

　　① 　饒宗頤：《從敦煌所出〈望江南〉〈定風波〉申論曲子詞之實用性》，《敦煌曲續論》，台灣新文豐出版公司 1996 年版，第 158 頁。

合的。任二北在《敦煌曲初探》一書中指出："敦煌曲，乃唐代一種配合樂舞之歌辭也，配合樂舞之歌辭，所以刺激人之靈感或官能者，首在其所寄託之聲樂與舞容。"因此敦煌歌辭表現出以娛樂為主的特殊社會功能。那些以豔情怨情見長的宴娛之詞大多出自妓女之口，或調侃的對象是歌妓。《雲謠集雜曲子》中的許多作品都是"酒筵競唱"之作，《傾杯樂》屬於配合送酒應令的曲調。《雲謠集》有同調之"憶昔笄年""窈窕逶迤"兩首，亦是筵會上所唱的歌詞。《浣溪沙·髻綰湘雲淡淡妝》吟道："玉腕慢從羅袖出，捧杯觴。纖手令行勻翠柳，素咽歌發繞雕梁。但是五陵爭忍得，不疏狂。"通過描寫歌妓勸酒、行令、唱詞的一系列活動，真實地再現了當時民間以曲詞娛樂的場面。伯 2809、3911 卷《望江南》"莫攀我，攀我太心偏。我是曲江臨池柳，者人折了那人攀。恩愛一時間。"更是唱出了妓女的怨憤之情。《破陣子·日煖風輕佳景》一首，任先生認為此詞"或系歌場應歌，隨手拈湊成拍"①，而民間詞中此類為應歌娛樂而作的歌辭並不在少數。

　　當然早期的曲子詞不僅有豔情怨情之作，亦有相當多的用於其他場合的實用性歌辭。如伯 3128、斯 5556 卷之同調《望江南》（"曹公德""邊塞苦"），是歌頌戍邊將士、渴望統一之情的愛國詞，是有實際用途的。任二北於《菩薩蠻》"自從宇宙充戈戟"後注云："歌辭中以'自從'二字引出一段史事或'往事'者甚多，都帶講唱口氣，不是一般懷古之抒情，宜由此二字以酌定其辭之體用。如〔〇〇九八〕'自從黃巢作乱'，〔〇一〇二〕'自從鑾駕三峯住'，〔〇一九六〕'自從君去後'，〔〇二〇三〕'自從涉遠為遊客'等，皆是。即〔〇〇九八〕以'每見'二字開端，亦可作同等考慮。"②

　　還有些曲子詞簡單明快，便於諷誦記憶而成為某項應用技術的口訣。如伯 3093 卷正面寫《佛說觀彌勒菩薩上生兜率陀天經講經文》，背面依次寫《長生湧泉方》《朱砂法疾風方》《地黃丸方》、三首《定風波》，三首《定風波》為：

　　　　陰毒傷寒脈又微，四肢厥冷最難醫。更遇盲醫與宣瀉，休也。頭面大汗永分離。時當五六日，頭如針刺汗微微。吐逆黏滑脈沉細，胃

---

①　任半塘：《敦煌歌辭總編》，上海古籍出版社 2006 年版，第 171 頁。
②　同上書，第 403 頁。

脈潰。斯須兒女獨孤悽。

夾食傷寒脈沉遲，時時寒熱汗微微。只為臟中有結物，虛汗出。心脾連胃睡不得。時當八九日，上氣喘粗人不識。鼻顫舌卷容顏黑，明醫識。垛積千金醫不得。

風濕傷寒脈緊沉，偏身虛汗似湯淋。此是三傷誰識別，情切。有風有氣有食結。時當五六日，言語惺惺精神出。勾當如同強健日，明醫識。喘粗如睡遭沉溺。

這三首詞主要寫了"陰毒傷寒""夾食傷寒""風濕傷寒"三種疾病發展的不同症狀及治療情況，詞中從脈象變化、身體反應及精神面貌等各方面，對病情的描述不僅準確，而且非常專業，其醫學價值不遜於前抄的三種《藥方書》。再比如《西江月》描述了藥草的種植："山後開園種藥葵，洞前穿作養生池。一架嫩藤花簇簇，雨微微……"《普勸眾生依教修行》與《南宗定邪正五更轉》則主要從佛理的角度講述了得病的原因及祛病的法門：

或腰疼，或冷痺，只道偶然乖攝理。尋求處士訪靈丹，囑託往還回藥餌。《普勸眾生依靠教修行》
施法藥，大張門。去障膜，豁浮雲。頓與眾生開佛眼。皆令見性免沉淪。《南宗定邪正五更轉》

斯 4508 卷是一首調寄《連理枝》的藥名詞：

莨菪不歸鄉，經今半夏薑。去他烏頭了，血滂滂。他家附子豪強，父母依意美□。腸斷桂心，日夜思量。

這首藥名詞共提到"莨菪""半夏""薑""烏頭""附子""薏米""桂心"等七種藥草名稱。據項楚考訂，"莨菪"雙關"浪蕩"，"半夏"和"薑"雙關"半夏強"，"薑"字也雙關"僵"，"烏頭"雙關黑髮之頭，黑髮人即指上文之浪蕩子。"附子"雙關"父子"，"意美"對應的藥名是

"薏米"，"桂心"雙關女子之名。^① 整首詞若以其中所嵌藥名的雙關義來理解，則文義暢通，順理成章。

可見早期的曲子詞實用性很強，不僅抒情，還兼說理。因此深受敦煌人青睞並廣為傳抄，也就不足為奇了。

曲子詞還可以用在其他儀式上，是民間婚喪嫁娶、祈願求福等儀式的重要組成部分。如《雲謠集》中就有不少曲子詞是求偶時講唱的底本。比如《浣溪沙》：

> 麗質紅顏越眾希，素胸蓮臉柳眉低。一笑千花羞不坼，懶芳菲。
> □□□□□□□，□□□□□□□。偏引五陵思懇切，要君知。
> 髻綰湘雲淡淡妝，早春花向臉邊芳。玉腕慢從羅袖出，捧杯觴。
> 纖手令分勻翠柳，素咽歌發繞雕梁。但是五陵爭忍得，不疏狂。

任二北指出，此辭可能為講唱辭，其中的"五陵"為人物之代詞。兩首辭頗似演遊女央媒，向"五陵"介紹。前辭偏重色，後辭偏重藝，實際是介紹一人。"要君知"乃因雙方當面對白，不免作代言口氣，則二辭應屬講唱中所有，原本於歌辭前後帶有白語，亦未可知。^② 任先生所說不無道理，二詞當為講唱中所有。再如《鳳歸雲》：

> 幸因今日，得覿嬌娥。眉如初月，目引橫波。素胸未消殘雪，透輕羅。朱含碎玉，雲髻婆娑。東鄰有女，相料實難過。羅衣掩袂，行步逶迤，逢人問語羞無力，態嬌多。錦衣公子見，垂鞭立馬，腸斷知麼？
> 兒家本是，累代簪纓。父兄皆是，佐國良臣。幼年生於閨閣，洞房深。訓習禮儀足，三從四德，針黹分明。　　娉得良人，為國遠長征。爭名定難，未有歸程。徒勞公子肝腸斷，謾生心。妾身如松柏，守志強過魯女堅貞。

兩首詞是一組對歌。前一首寫一青年對一女子的讚美與戲謔、挑逗之詞，有求偶之意。下首寫這位女子卻毫不示弱，義正詞嚴，極力渲染自己

---

①　項楚：《敦煌歌辭總編匡補》，巴蜀書社 2000 年版，第 27—28 頁。
②　任半塘：《敦煌歌辭總編》，上海古籍出版社 2006 年版，第 185 頁。

乃良家婦女、對丈夫的無比忠貞。任二北指出，此組體用特殊，演《陌上桑》型之故事；此章完全代言，為敦煌曲内所罕見，應是歌舞戲辭，原本應有對白。① 任先生所言極是，此辭讓我們不由想起《陌上桑》中羅敷和使君的對話。

有些曲子詞是古人拜月儀式或乞巧儀式上詠唱的的禱告之詞。

古代有"秋暮夕月"的習俗。夕月，即祭拜月神。設香案，供月餅、瓜果等祭品於月下，將月亮神像放於對應的月亮方向，紅燭高燃，全家人依次拜祭月亮。唐代拜月風俗流行，不僅宮廷及貴族間有，民間也有。我國各地至今遺存著許多"拜月壇""拜月亭""望月樓"的古跡。《雲謠集》有《拜新月》2首（"蕩子他州去""國泰時清晏"）：

> 蕩子他州去，已經新歲未還歸。堪恨情如水，到處輒狂迷，不思家國。花下遙指祝神祇，直至於今，拋妾獨守空閨。　　上有穹蒼在，三光也合遙知。倚屏幃坐，淚流點滴，金粟羅衣。自嗟薄命，緣業至於斯。乞求待見面，誓不辜伊。

> 國泰時清晏，咸賀朝列多賢士。播得羣臣美。卿貳如同魚水。況當秋景，冀葉初敷卉。同登新樓上，仰望蟾色光起。　　回顧玉兔影媚，明鏡匣參差斜墜。澄波美。猶怯怕半鈎銜餌。萬家向月下，祝告深深跪。願皇壽千千，歲登寶位。

第一首敘說一空守閨房的女子對月"遙指祝神祇"，祈盼負心男子回歸；第二首寫天下太平，舉國歡慶，對月跪拜遙祝"皇壽千千，歲登寶位"。

乞巧節是我國歷史悠久的風俗，在今天甘肅省西和縣、禮縣一帶至今仍保留有較為完整的乞巧風俗。其活動時間跨度長達七天八夜，參與人數眾多，系未婚女性節日，内容豐富，形式多樣，載歌載舞，是集詩歌、歌舞、工藝美術、崇拜信仰為一體的綜合性民俗活動。乞巧儀式包括迎巧、搶頭香、素祭、上供、拜巧、乞巧、迎水、撰飯、辦會、照花瓣葍巧、跳麻姐姐、送巧等儀程。凡有儀程之時必有歌舞，以載歌載舞的形式來祭祀、祈求和娛樂。仪式的核心就是求一个"巧"，即出色的女紅，或者是

---

① 任半塘：《敦煌歌辭總編》，上海古籍出版社 2006 年版，第 103 頁。

祈求待嫁的姑娘有一份好的姻緣。① 斯 1497、俄藏 2147 卷所抄《曲子喜秋天》五首：

  [一更] 每年七月七，此時受富日。在處敷塵（鋪陳）乞巧盤，獻供數千般。 今晨連天露，一心待織女。忽若今夜降凡間，乞取一教言。

  二更仰面碧霄天，參以切交言。月明黃昏遍州元，星裏賓（屏）心算。 迴心看北斗，吾得更深究。日落西下睡渾（昏）沉，將謂是牽牛。

  三更女伴近綵樓，頂禮不曾休。佛前燈暗更添油，禮拜再三求。女貧（頻）彩樓畔，小（燒）盡玉爐煙。不知牽牛在那邊，望得眼睛穿。

  四更緩步出門聽，織女到街庭。今夜斗末見流星，奔逐向前迎。此時難得見，發却千般願。無福之人莫怨天，皆是少因緣。

  五更鋪設了，處分總交（教）收。五個恒（姮）娥結交（高）樓，那邊見牽牛。看看東方動，來把秦箏弄。黃丁撥鏡再梳頭，看看到來秋。②

  這組詞採用的是民間《五更轉》的寫法，用唱五更的形式來表現少女求夫祈願的情形，顯然是民間七月七日乞巧儀式上唱的歌，與今天甘肅省

---

  ① 參張芳《西和、禮縣乞巧儀式的歌舞特徵研究》，《歌海》2011 年第 2 期。據張文載，乞巧儀式的歌曲演唱採用齊唱形式，多用於迎巧、上供、唱巧等大型儀式中，歌聲悠揚，節奏舒緩，聲調平穩虔誠，氣氛凝重莊嚴，配以參與人員手拉手前後擺動、或雙手合十、或鞠躬、或跪拜等舞蹈動作演唱。儀程所用的歌曲有固定成規，每首曲子不能顛倒順序演唱，音調見譜例 1 和譜例 2，在固定的程式裡固定曲口的順序是：《迎巧歌》《搶頭香》《上供歌》《拜巧歌》《迎水歌》《水神歌》《撰飯歌》《辦會歌》《照花瓣》《金香爐裡起香煙》《送巧歌》等大型祭祀。書後附譜例。

  ② 任半塘《敦煌歌辭總編》和饒宗頤《敦煌曲》都據斯 1497 卷作了詳細錄文，但因都未能見到俄藏 Дх.2147 卷背《曲子穢收天》（"穢（穢）收"二字當是"戲（戲）秋"的形誤，"戲秋"即喜秋）一文，臆測妄改之處在所難免。幸柴劍虹先生《俄藏敦煌詩詞寫卷經眼錄（一）》對俄藏 2147 號進行了披露，並移錄、整理是文。柴先生指出："此卷雖未抄完"五更"部分，也有一些偽誤衍奪，但比較清晰，故可補充 S 卷不足，解決任、饒紛爭矣。"（第 110 頁）由於柴《錄》對之前錄文相異之處未作過多解釋，因此筆者在柴先生校錄的基礎上，結合任、饒之校對斯卷和俄卷分歧較大的地方作了一些修補。

西和縣、禮縣等地的乞巧風俗有相似之處。

還有些曲子可能是將士出征之前的誓師之詞，如伯 3821 卷之《定風波》：

> 攻書學劍能幾何？爭如沙塞騁傻羅。手執六尋槍似鐵，明月。龍泉三尺斬（劍）新磨。堪羨昔時軍伍，滿（漫）誇儒士德能康。四塞忽聞狼煙起，問儒士，誰人敢去定風波？
>
> 征後傻羅未是功，儒士傻羅轉更加。三策張良非惡弱，謀略。漢興楚滅本由他。　　項羽翹據無路，酒後難消一曲歌。霸王虞姬皆自刎，當本。便知儒士定風波。

此《定風波》頗似前舉講唱之《鳳歸雲》，上闋是疆場之武士問難儒士之辭，下闋是儒士對答之言。在一問一答間展現文官武將爭相為國效力之情形。

驅儺是古代驅除疫鬼的儀式，多在臘月舉行。俄藏 1465 卷有《曲子還京洛》一首：

> 知道終驅猛勇。世間專，能翻海。解移山，捉鬼不曾閑。見我手中寶劍，物新磨，斫妖魅，去邪魔。見鬼了，血洴波。者鬼意如何？爭敢接來過，小鬼咨言大歌，審須聽，（下缺）。

這是一首調寄《還京洛》的驅儺歌辭[1]，為驅儺儀式所用。

以上重點談了曲子詞在敦煌的傳播及功用，其實在敦煌歌辭中占絕大多數的是佛教歌曲。關於佛教歌曲的功用，前面提到的歌曲集伯 2066 卷的《淨土五會念佛誦經觀行儀》就專門提到了這個問題。如抄至《往生西方記驗》（十三行），題記下有說明："此傳作法事時不在誦限知之"；此《往生西方記驗》抄竟，次行即寫《寶鳥贊》，首為標題 "寶鳥贊" 及其下小字附注 "依阿彌陀經"，換行書寫贊文，每行二句，上句句尾以小字注和聲 "彌陀佛"，下字則以疊詞符號象徵複疊 "彌""陀""佛"。讚歌抄竟，另行注明 "眾等誦彌陀經了，即

---

① 參見柴劍虹《敦煌寫卷中的〈曲子還京洛〉及其句式》，《敦煌吐魯番學論稿》，浙江教育出版社 2005 年版。

誦寶鳥贊，誦諸贊了，發願具在贊後即散"；次行標出"第八贊佛得
益門"，其下鋪述贊佛功德，終可超彌勒九劫，速得成佛的說明文，
並引《佛本行經》七言四句贊，再強調贊佛功德之殊勝可貴，然後概
括說明本卷所列各贊，是配合誦念何部經典而唱，並指出"眾等已後
每誦一贊竟，即念佛三五十口"，表明經、贊、念佛搭配進行的安排
狀況。之後，即寫各篇讚歌歌辭。其實在念佛、誦經、禮拜、誦贊、
供養等修行淨土法門的過程中，都是必須要仰賴佛教歌曲的。從佛曲
所在敦煌寫本的形貌和內容來看，敦煌佛曲大多是世俗化的佛教儀
式，如俗講儀式、轉變儀式、化緣等儀式上宣唱的文本。敦煌五更詞
主要是宗教宣傳品、闡釋宗教義理的，它們大多穿插在宗教經卷中，
而有些就是宗教經卷的有機組成部分，是給僧眾們上課或信徒們聽講
時吟唱的。用這種民間喜聞樂見的曲調形式宣傳佛教教義無疑會使宣
傳、灌輸效果更好。如斯 6083 卷《五更轉一首》前抄有"莫懶墮，
勤自課" 6 字，顯然是師傅對徒弟的告誡，此寫卷應該是寺院裏和尚
講經的範本。而斯 6077 卷《無相五更轉》後又抄《無相偈》5 首，都
說明這些五更轉是為僧眾們講經、解經的內容之一。另外一些如斯
1497 卷《五更轉》（"七夕相望"）、伯 2647 卷《五更轉》（"緣名利"）
等，它們或抄在經卷背面，或夾雜在應用文樣本中間，這就為我們提
供了分析的依據。林仁昱指出："佛教流傳在民間，除了闡揚義理、
勉勵人們生起信仰心，修道成佛或求生淨土之外，免不了要與民間的
婚喪習俗相配合，並兼作為人祈福消災之典儀，以真正深入人民生
活，擴大教團的力量。所以，敦煌寫卷中經常可見為亡人追福文、臨
壙文、印沙佛文、願文等複雜多樣的法事應用文獻。而這些普及於民
間的法事應用文獻，多有聯抄敦煌佛教歌曲的情形，這有可能具有實
際運用上的意義。"① 斯 4634 卷抄《大乘五更轉》，與它同抄在一個卷子
上的，還有《辭阿孃贊文》《陰陽文》；斯 4654 卷抄《南宗贊五更轉》《大
乘五更轉》，與它同抄一卷的還有《薩訶上人寄錫雁閣留題並序》《結壇
文》文樣、《羅通達邈真贊並序》《大乘淨土贊》《舜子變一卷》《三危極目
條（眺）丹霄詩三首》《百緣經略要》《亡孩子文》（文樣）、《亡夫文》（文
樣）、《贈悟真等法師詩抄》《夜臥涅般木莊詩二首》《悉達多太子雪山修道

---

① 林仁昱：《敦煌佛教歌曲之研究》，佛光山文教基金會 2004 年版，第 140 頁。

贊文一本》《丈夫百歲篇》等幾十種。全卷為一人抄寫。從卷子抄寫的內容看，所有者當是一僧侶，而且是一個比較喜歡詩文的僧侶。作為僧侶，他抄寫這樣多的歌辭、文樣究竟有何用途呢？林仁昱先生的觀點是正確的。我們認為作為一名宗教人士，有時需要到民間主持一些宗教的、世俗的儀式，為人撰寫或者現場吟誦一些應用文章，如祭文、願文、結壇文，等等，因此，手頭會必備一些應用文式樣。前面提到的伯 2054 卷《十二時普勸四眾依教修行》文末就明確標識"弟子李吉順轉持念誦　勸善"字樣，顯然也是在說明本卷歌辭的個人修行及勸人向善歸佛之意旨。"現在在河西民間，就有這樣一些'陰陽'先生，他們除了為別人看'風水'、主持喪事外，手頭備有各種婚、喪及其他儀式上用的應用文範本，如祭文、殃狀、檄文等，隨時為主家撰寫。這種情況和斯 4654 卷很相像。"①

在整理佛曲的過程中我們也發現，這些夾雜在民間法事應用文獻之間的同一佛教歌曲都有不同版本，而不同版本之間的差距主要是更換了其中個別詞語，餘皆無異。流行甚廣的《五台山贊》，共計伯 4625、伯 4627、伯 4560、斯 4429、"咸" 18、斯 4039、斯 5487、斯 5473、斯 5456、斯 5573、蘇 1269、俄 02333A 等十幾個寫卷，而每個寫卷都不盡相同。如其中一首言"西臺險峻甚嵯峨，一萬菩薩徧山坡。文殊長講維摩語，教化眾生出漆河。佛子。大聖文殊師利菩薩。佛子"。不同的寫卷，唱詞不盡相同，有的"文殊"換成"大聖"，有的"講"換成"說"，有的"語"換成"論"，有的"教化"換成"聲化"，有的"眾生"換成"此生"，等等。以此錶現，我們認為"五台山贊"當有一個共同的祖本，但具體到不同的做法事的僧人在使用它的時候又會根據個人的喜好、聽眾的反映等情況重新倚聲填詞。這從另一個方面也說明敦煌佛教歌曲的民間性，它們是有實際用途的。再如抄《十二時普勸四眾依教修行》的寫卷除了前面介紹的伯 2054 卷之外還有 5 個本子，通過調查諸本之間的文字差異及其他相關信息，我們亦可判斷該歌辭的流傳及實際應用情況。其中上博 48 號的題記告訴了我們該十二時歌辭傳抄的一些情況，題記為："時當同光二載三月廿三日，東方漢國州觀音院僧智嚴俗姓張氏，往西天求法，行至沙州，依龍興寺憩歇一兩月說法，將此《十二時》來留教眾，後歸西天去，輾轉寫取流傳者也"。從題記可看出，此《十二時》或是中土和尚智嚴於龍興寺

①　高啟安：《敦煌五更詞與甘肅五更詞比較研究》，《敦煌研究》1997 年第 3 期。

說法時所用之佛曲，用畢並"來留教眾"，即教當地僧眾如何持誦等。"輾轉寫取流傳"道出了該《十二時》隨即輾轉傳抄流傳的情形。張長彬通過對已發現的六個寫本的普查和異文情況的分析得出，《十二時普勸四眾依教修行》發現的6個寫本可分作3個抄寫系統，分別抄寫於公元891到924年之間，是流傳久遠，影響廣泛的具有宣傳性質的文學作品。從抄寫時間來看，該作品至少流行了30多年；六個寫本足見影響範圍之廣，如上博48號是龍興寺傳抄本，[①] 而伯2054的抄寫者薛安俊則是淨土寺書手，[②] 且這6個寫本還只是這部作品在傳播中的一脈而已，因為它們都有相同的錯簡情況（見後附張文所繪《十二時普勸四眾依教修行》異文比勘表）。[③]

附：

圖一（十二時普勸四眾依教修行異文比勘表）（張長彬繪）

卷號 篇目	伯2054	伯2714	伯3087	伯3286	上博48	俄 Φ319、Φ361、Φ342 綴合本	序號
鷄鳴醜	塵埃	塵中		塵中	塵埃	塵埃	1
命親鄰	容花	榮華		榮華	容花	容花	2
平旦寅	萬户千門	千門萬户		千門萬户	萬户千門	萬户千門	3
今日言	切是	切須		切須	切是	切是	4
自知非	一步	步步		步步	一步	一步	5
抱忠貞	讓他人	向他人		向他人	讓他人	讓他人	6
	早晚	早曉		早曉	早晚	早晚	7
	傻羅	傻羅		傻羅	傻羅	傻羅	8

① 榮新江：《上海博物館藏敦煌吐魯番文獻》，《敦煌吐魯番研究》（1995年第1卷），北京大學出版社1996年版，第374—375頁。

② 陳大為《論敦煌淨土寺對歸義軍政權承擔的世俗義務（二）》，《敦煌研究》2006年第5期。

③ 張長彬：《〈十二時普勸四眾依教修行〉及其代表的敦煌宣傳文學》，《敦煌研究》2015年第2期。

续表

卷號　篇目	伯 2054	伯 2714	伯 3087	伯 3286	上博 48	俄 Φ319、Φ361、Φ342 綴合本	序號
見師僧	我慢	我謾		我謾	我慢	我慢	9
	戒慎	誡慎		誡慎	戒慎	戒慎	10
	信喻之人若到來！為君雪出輪迴本	若能勸取早修行！終歸實是安身本		若能勸取早修行！終歸實是安身本	信喻之人若到來！為君雪出輪迴本	信喻之人若到來！為君雪出輪迴本	11
日出卯	洞渺	浩渺		浩渺	洞渺	浩渺	12
	曉	朏		朏	朏	朏	13
孕者生	壯氣英雄被侵老	壯者衰殘小者老		壯者衰殘小者老	壯氣英雄被老侵	壯氣英雄被至老老侵	14
	古來美貌是潘安	古來美孃與英雄		古來美孃與英雄	古來美貌暑潘安	古來美貌與潘安	15
上三皇	四皓	四浩		四浩	四皓	四皓	16
	彭壽	彭祖		彭壽	彭祖	彭壽	17
	八携	八俊		八俊	八携	八携	18
	壓	掩		掩	壓	壓	19
闕文才	消磨	消摩		消摩	消磨	消磨	20
實愁人	摩生手	作生好		作生好	摩生好	摩生好	21
	倨傲	踞傲		踞傲	倨傲	倨傲	22
少誅求	由	猶		猶	由	由	23
	但斷貪嗔及痴慢	但無疑慢及痴貪		但無疑慢及痴貪	但斷貪嗔及痴慢	但無徒羨及痴貪	24
	是	合		合	是	是	25

续表

篇目＼卷號	伯2054	伯2714	伯3087	伯3286	上博48	俄 Φ319、Φ361、Φ342 級合本	序號
見善人	交掉	嘲笑		嘲笑	交掉	交掉	26
自恬和	妄緣	忘緣		忘緣	妄緣	妄緣	27
	輪迴	淪回		淪回	輪迴	輪迴	28
食時辰	善女善男	善女善男		善女善男	善男善女	善女善男	29
	聽我説	聽我説		聽我説	聽我説	相仿効	30
	唉	啜		啜	唉	唉	31
或猪羊	鵝鴨	魚鱉		魚鱉	鵝鴨	魚鱉	32
	鰭鱗	須鱗		須鱗	鰭鱗	鰭鱗	33
痛一般	教	交		交	教	教	34
	業鏡無情下待君	專扲業鏡待君來		專扲業鏡待君來	業鏡無情下待君	業鏡無情下待君	35
	巧妙難分雪	巧口難分雪		巧口難分雪	巧難無分雪	巧口難分雪	36
閻摩王	相讎	相酬		相酬	相讎	朋誰	37
縱為人	知命	矩命		短命	知命	知命	38
	困憊	困掇		困掇	困憊	困憊	39
	遣饑瘡	孚持齋		孚持齋	遣饑瘡	遣饑瘡	40
況此身	懷滅	壞滅		壞滅	懷滅	懷滅	41
	廈如刮	如刀刮		如刀刮	廈如刮	廈如刮	42

卷號 篇目	伯 2054	伯 2714	伯 3087	伯 3286	上博 48	俄 Φ319、Φ361、Φ342 綴合本	序號
中和年		三月	潤三月	閏三月		潤三月	43
		遞相煞	互相殺 遞相煞			遞相煞	44
		或恃	或是	或時		或是	45
		父子	子父	父子		子父	46
		規畐	窺畐	規畐		窺畐	47
		親	情	親		情	48
饑火侵		若非	莫非	若非		莫非	49
熱油燒	採眊	採括	採眊	採括	眯眊	採眊	50
我此言	我此言	此時言	我此言	此時言	我此言	我此言	51
	真實勸	雖磣糲	雖磣糲	雖磣糲	真實勸	雖磣糲	52
	心改徹	生改轍	心改轍	生改轍	心改徹	心改轍	53
	自兹直到 佛涅槃	因兹值佛 得菩提	自兹 直到 佛涅槃	因兹值佛 得菩提	自兹直到 佛涅槃	自兹直到佛 涅盤	54
隅中已	一時	一是	一時	一是	一時	一時	55
利存亡	有求	所求	有求	所求	有求	有求	56
	滿願	果願	滿願	果願	滿願	滿願	57
	攘却	穰鎮	攘却	穰鎮	攘却	攘却	58
	千户難	千種患	千户難	千種患	千户難	千户難	59

续表

卷號 篇目	伯 2054	伯 2714	伯 3087	伯 3286	上博 48	俄 Φ319、Φ361、Φ342 綴合本	序號
難後人	難後人	後逢人	難後人	後逢人	難後人	難後人	60
	彌陁	蓮經	蓮花	蓮經	彌陁	蓮花	61
	法會	舍利	舍利	舍利	法會	舍利	62
學持齋	親近大乘	親觀蓮花	親近大乘	親觀蓮花	親近大乘	親近大乘	63
利益言	須切	切須	須切	切須	切須	須切	64
	禮慈民	覼慈氏	見禮慈氏	覼慈氏	禮慈氏	見禮慈氏	65
日南午	日南午	日南午日南午		日南午日南午	日南午	日南午	66
	紅蓮	紅輪		紅輪	紅蓮	紅蓮	67
	為行南北路	遊行南贍部		遊行南贍部	為行南北路	為行南北路	68
立三才	墮落日影魂銷盡	咸隨落日影魂銷		咸隨落日影魂銷	墮落日影魂銷盡	墮落日影魂銷盡	69
	溺況逝波無覓處	盡溺遊波無覓處		盡溺遊波無覓處	溺況逝波無覓處	溺況逝波無覓處	70
母哭兒	鬆間	人間		人間	鬆間	鬆間	71
	暫暫	瞥瞥		瞥瞥	暫暫	暫暫	72
減功夫	勤聽彌陁經一捲	懃聽蓮經親法字		懃聽蓮經親法字	勤聽彌陁經一捲	勤聽蓮法經親法字	73
日昳未	日昳未	日昳未日昳未		日昳未日昳未	日昳未	日昳未	74
少謙和	生親	親生	生親	親生	生親	生親	75
	晨昏	辰昏	晨昏	辰昏	晨昏	晨昏	76

续表

篇目＼卷號	伯 2054	伯 2714	伯 3087	伯 3286	上博 48	俄 Φ319、Φ361、Φ342 綴合本	序號
年命灾	年命灾	年命衰	年命灾	年命衰	年命灾	年命灾	77
	形禍	刑禍	形禍	刑禍	形禍	形禍	78
	起止	去至	起止	起至	起止	起止	79
	勸殺	教煞	勸煞	教煞	勸殺	勸煞	80
死魔來	北鬥	南鬥	北鬥	南鬥	北鬥	北鬥	81
	處奄	遽掩	處奄	遽掩	處奄	處奄	82
漫搥胸	願自	預自	願自	預自	願自	願自	83
晡時申	難流	難留	難流		難流	難流	84
役心神	心神	身心	心神		心神	心神	85
	只道		只道		只道	只道	86
勸諸人	劑限	齊限	劑限		劑限	劑限	87
	自家辦	親自辦	自家辦		自家辦	自家辦	88
莫多羅	廣置妻房多係伴	廣置妻兒多系絆	廣置妻坊多係伴		廣置妻房多係伴	廣置妻房多係伴	89
鳳凰篦	鳳凰篦	鳳凰釵	鳳凰篦		鳳凰篦	鳳凰篦	90
	盞枕盞	鸚鵡盞	玉釧		盞枕盞	金玉釧	91
	妝函鏡陷金細花	枕盞妝函銀餡鈿	妝函扲塵七寶鈿		妝函鏡陷金鈿花	妝鹿七寶鈿	92
	賣家産	賣莊産	買家産		賣家産	買家産	93
拜別時	伴尋	尋尋	拐尋		伴尋	楊尋	94

续表

篇目\卷號	伯 2054	伯 2714	伯 3087	伯 3286	上博 48	俄 Φ319、Φ361、Φ342 綴合本	序號
得即欣	欣	忻	欣		欣	欣	95
	歡喜	歡喜	勸喜		歡喜	歡喜	96
	卧中	卧中	中卧		卧中	卧中	97
	無一半	没一半	無一半		無一半	無一半	98
殺猪羊	殺	煞	殺		殺	殺	99
	光顯	榮顯	光顯		光顯	光顯	100
	謀嫁遣	媒嫁遣	謀嫁遣		謀嫁遣	謀嫁遣	101
死到來	同居	時間	同居		同居	同居	102
强閂經		勸	勤			勤	103
		煞鬼	殺鬼			殺鬼	104
		直饒	更饒			更饒	105
		身謝	身榭			身榭	106
日入西	日入西	日入西日入西	日入西		日入西	日入西	107
	林間	林間	林間		林間	間林	108
	歸人	行人	歸人		歸人	歸人	109
罷治生	治	營	治		治	治	110
	運偶	運構	運偶		運偶	運偶	111
	凡是	凡事	凡是		凡是	凡是	112
	停手	停手	停手		停手	停干	113
	飯了	飦了	飯了		緣了	飯了	114
	依舊	依舊	衣舊		依舊	依舊	115

续表

卷號 篇目	伯 2054	伯 2714	伯 3087	伯 3286	上博 48	俄 Ф319、Ф361、 Ф342 綴合本	序號
使府居	使府居	使府君	使麻君		使府居	使府居	116
	香厨	香𩝓	香鈿		香厨	香鈿	117
	樵農	樵夫	樵農		樵農	樵農	118
	山藪	村藪	山藪		山藪	山藪	119
	杆勞	捍勞	捍勞		杆勞	捍勞	120
	畬私	耕耘	畬私		畬私	畬私	121
體單寒	你輩	我輩	你輩		你輩	你輩	122
遇清平	運來	運為	運來		運來	運來	123
	粟豆	斛鬥	粟豆		粟豆	粟豆	124
嫌善人	乖醜差	行乖醜	逞乖醜		乖醜差	逞乖醜	125
年既秋	賣肉	買肉	買肉		買肉	買肉	126
	起走	走走	起走		起走	起走	127
齒漸踈	目前	目下	目下		目下	目下	128
	騁傻羅	逞搜羅	騁傻羅		騁傻羅	騁傻羅	129
黃昏戍	黃昏戍 有可説	黃昏戍 黃昏戍	黃昏戍 有可説		黃昏戍 有可説	黃昏戍 有可説	130
	鼓罷	鼓絶	鼓罷		鼓罷	鼓罷	131
	弄錢	算錢	弄錢		弄錢	弄錢	132
還往來	路妻室	露妻室	路妻室		路妻室	路妻室	133

篇目＼卷號	伯 2054	伯 2714	伯 3087	伯 3286	上博 48	俄 Φ319、Φ361、Φ342 綴合本	序號
醉昏昏	福盡	福謝	福盡		福盡	福盡	134
	寒暑交成臥有疾	寒暑交侵成臥疾	寒暑交侵成臥疾		寒暑交成臥有疾	寒暑交侵成臥疾	135
死王來	鐵成中	中鐵城	鐵城中		鐵成中	鐵城中	136
若姑姨	自家修	作支分	自家修		自家修	自家修	137
清信男	此時	此世	此時		此時	此時	138
戒身心	戒身心	誠身心	戒身心		或身心	戒身心	139
行無傷	資裝	姿妝	資裝		資裝	資裝	140
	衣服	服飾	衣服		衣服	衣服	141
或子孫	兒子	兒女			兒子	兒子	142
	誡御	誡御			誡御	誡御	143
自修行	能幾許	經幾許	能幾許		能幾許	能幾許	144
	更饒富似	直如富過	更饒富似		更饒富似	更饒富似	145
人定亥	人定亥	人定亥，人定亥			人定亥	人定亥	146
	驅馳	驅忙			驅馳	驅馳	147
	朱漆	狹膝			朱漆	朱漆	148
或公私	賣買	賣買			買賣	買賣	149
縱發心	過非	過罪			過非	過罪	150
少蹉跎	男女	眷屬			男女	男女	151

续表

卷號 篇目	伯 2054	伯 2714	伯 3087	伯 3286	上博 48	俄 Φ319、Φ361、 Φ342 级合本	序號
勸莫忙	意徒	意畾			意徒	意徒	152
	支分	支持			支分	支分	153
眼目昏	心神	心情			心神	心神	154
	昏昧	蒙昧			昏昧	昏昧	155
	過往	往死			過往	過往	156
後生時	形軀	刑骸			形軀	形軀	157
不聰明	食噉	噉食			食噉	食噉	158
	涅槃	菩提			涅盤	涅盤	159
彌陁佛	彌陁佛	法花經			彌陁佛	法花經	160
	勞生	衆生			勞生	勞生	161
夜半子	夜半子	夜半子， 夜半子			夜半子	夜半子	162
	巡還	循環			巡還	巡還	163
	（尾二句 脱）	始終終始 始還終， 有世界來 只如此			（尾二句 脱）	為緣業牽再 到來，始始 終終始還 終，有世界 來只如此	164
死又生	（首三句 脱）	死又生， 生又死， 出没憧憧 何日己			（首三句 脱）	死又生，生 又死，出没 憧憧何日至	165
	差殊	差殘			差殊	差殊	166

续表

卷號 篇目	伯 2054	伯 2714	伯 3087	伯 3286	上博 48	俄 Φ319、Φ361、 Φ342 綴合本	序號
夜既闌	夜既闌	夜更闌			夜既闌	夜既闌	167
	人間	世間			人間	人間	168
悲囚徒	拷捶	栳棰			拷捶	拷捶	169
	酸疼	痛疼			酸疼	酸疼	170
悲病人	寂寥	長明			寂寥	寂寥	171
	枕畔	拋畔			枕畔	枕畔	172
悲孕婦	頃刻	傾克			頃刻	頃刻	173
	專待	專看侍			專專侍	專看侍	174
悲孤孀	孤孀	孤霜			孤孀	孤孀	175
	髮鬢	鬢髮			髮鬢	髮鬢	176
	寒夜	霜夜			寒夜	寒夜	177
悲行人	噬指	齧指			噬指	噬指	178
或富豪	富毫	富毫			富豪	富毫	179
	各自	各各			各自	各自	180
	草舍	清草			草舍	青草	181
	紅羅	紅樓			紅羅	紅羅	182
或佳期	佳期	嘉期			佳期	佳期	183
	愁憂	憂愁			愁憂	愁憂	184
	幾家	幾户			幾家	幾家	185

续表

卷號＼篇目	伯2054	伯2714	伯3087	伯3286	上博48	俄Φ319、Φ361、Φ342綴合本	序號
晝屬人	（尾三句脱）	睡是人間之小死，身即冥冥枕上服，魂魄攸攸何處去			（尾三句脱）	睡是人間之小死，身即冥冥枕上服，魂魄悠悠觸至夜	186
夜復曉	（首二句脱）	夜復曉，曉復夜			（首二句脱）	夜月明，明月夜	187
	晝夕	夕晝			晝夕	晝夕	188
足軒車	福盡	福謝			福盡	福謝	189
善修心	善修心	善要修			善修心	善修心	190
	惡要	罪須			惡要	惡要	191
	殺鬼	煞鬼			殺鬼	殺鬼	192
火宅忙	白日	白日			白日	自日	193

谱例1：《迎巧歌》

谱例2：《送巧娘娘歌》

杨贵贵等 演唱
张芳 记谱

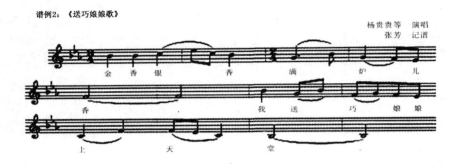

谱例3:《正月里冻冰二月里消》

刘托儿 任灵活 杨贵贵 演唱
张芳 记谱

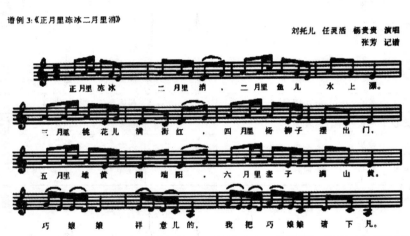

圖二：西和縣《迎巧歌》《送巧娘娘歌》《正月里冰凍二月里消》譜例（錄自張芳《西和、禮縣乞巧儀式的歌舞特徵研究》）

第三章

敦煌歌辭的語言特點

第一節　初創階段歌辭體式特點和語言風格

一　初創階段歌辭的體式特點

敦煌歌辭內容繁富，唐圭璋指出，"初期詞敘事自由，平民借調敘事，漫無範圍，自由已極，不似後世詞逕之狹也"①。《總編》歸之為 "怨思""戀情""行旅""進取""隱逸""力作""頹廢""史跡""頌讚""故事""詠物""俳體""佛家""道家""民間疾苦""民間生活""民間故事""仕進""貴族生活""儒家"等約 20 類。體式亦複雜多樣，有令詞、慢曲，有單曲、聯章，有簡單的雜曲小唱，也有結構龐雜的大曲，表現出它由初創階段的半定型走向定型的狀態。吳蕭森認為，"在樂府和宋詞之間，敦煌歌辭起到承前啟後的作用。它在繼承隋唐間樂府（民間小調）的基礎上，從體、格、用三個方面形成了一套完整的詞學體系，為宋詞的崛起準備了充分的條件"②。相對於成熟的詞體而言，唐五代時期，歌詞創作主要是為了 "合樂"，樂主而詞從，倚聲填詞是公認的法則。敦煌歌辭還保留著詞體初創時期的 "原生態"特點，其在體制、格調以及風格等各方面都尚未定型，詞與樂的結合十分緊密（參後附張錫厚繪《云謠集》曲子詞與唐、五代、北宋同調曲子詞在字數、叶韻、句式等方面的區別表）：

（一）多襯字襯詞

敦煌歌辭中的襯字、襯詞多是為適應音樂的需要而添加上去的，一般不講究裁剪調整，往往不受格律的限制。如伯 2838 卷《漁歌子》 "靚顏多"：

---

① 　唐圭璋：《敦煌唐詞校釋》，《中國文學》1944 年第 1 卷第 1 期。
② 　吳蕭森：《敦煌歌辭論略》，《甘肅社會科學》1982 年第 2 期。

　　襯顏多，思夢誤。花枝一見恨無門路。心哽喧，淚如雨。見便不
能移步。五陵兒，戀嬌態女。莫阻來情從過與。暢平生，兩風醋。若
得丘山不負。

　　"五陵兒，戀嬌態女"句，依格式，應為"三三"句式，"戀"為襯
字，把"五陵兒"和"嬌態女"兩處連了起來，這就為入唱歌詞與音樂的
結合留下了一定的迴旋餘地。

　　再如伯 4017 卷《鵲踏枝》"叵奈靈鵲多瞞語"：

　　叵奈靈鵲多瞞語，送喜何曾有憑據。幾度飛來活捉取，鎖上金籠
休共語。
　　比擬好心來送喜，誰知鎖我在金籠裏。欲他征夫早歸來，騰身却
放我向青雲裏。

　　詞的上片全為七言，四句。下片"在""却向"均為襯語，若將這三
個襯字去掉，便又成了整齊的七言體了。再以《菩薩蠻》詞為例，敦煌詞
中的《菩薩蠻》："自從遠涉為遊客，鄉關迢遞千山隔。求官宦一無成，操
勞不暫停。路逢寒食節，處處櫻花發。攜酒步金堤，望鄉關雙淚垂。""從
歌詞合樂的角度而言，這只是對於既有曲調的大致填詞歌唱，其中，上闋
的'一'字和下闋的'雙'字都是隨意添加的襯字。而到了花間詞人手
中，則這些可有可無的襯字已經逐漸被去掉。如《花間集》所收九家共四
十一首《菩薩蠻》，其襯字就消失殆盡，為整齊定型的四十四字調。"[1] 這
說明早期民間歌辭的體、格都比較自由寬鬆，語言也極為自然流暢。

　　（二）字句無定

　　早期詞為從樂需要，多加襯語，格律不太講求。而且為合樂可歌，從
唱者往往自由增減，同一調之詞，字句不定，如伯 2838 卷《拜新月》
兩首：

　　蕩子他州去，已經新歲未還歸。堪恨情如水。到處輒狂迷，不思

---

①　宋秋敏：《唐五代時期的詞體演進與詞體定型》，《古典文學知識》2013 年第 1 期。

家國。花下遙指祝神祇。直至於今。拋妾獨守空閨。　　　　上有穹蒼
在，三光也合遙知。倚屏幃坐。淚流點滴，金粟羅衣。自嗟薄命，緣
業至於斯。乞求待見面，誓不辜伊。

　　　　國泰時清晏，咸賀朝列多賢士。播得群臣美。卿敢同如魚水，況
當秋景。蓂葉初敷卉。同登新樓上。仰望蟾色光起。　　　　回顧玉兔影
媚，明鏡匣參差斜墜。澄波美，猶怯怕半鉤銜餌。萬家向月下，祝告
深深跪。願皇壽千千，歲登寶位。

　　第一首上片 8 句，下片 9 句；第二首上下兩片均 8 句。第一首上片為
"五七五五四七四六"句法，下片為"五六四四四四五五四"句法，計 84
字；第二首上片為"五七五六四五五六"句法，下片為"六七三七五五五
四"句法，計 85 字。兩首《拜新月》字數，句式均有不同，反映了初期
詞尚未完全定型的狀態。《竹枝子》（"羅幌塵生"）為 57 字，同調《竹枝
子》（"高卷朱簾垂玉牖"）則為 63 字，字法和句法變化頗大。其他的如
《酒泉子》2 首（"紅耳薄寒""三尺青蛇"），《漁歌子》2 首（"春風微"
"繡簾前"）等，其同一調之詞，皆不盡同。

　　（三）平仄不拘

　　敦煌歌辭對平仄的要求不高，某些作品甚至"聲病滿紙，談不上什麼
平仄調諧"[1]，如《漁歌子》（"繡簾前"）第 9 句云："鶯啼濕盡相思淚"，
前四字作平平仄仄；而同調《漁歌子》（"春雨微"）第 9 句云："莫保青娥
花容貌"，前四字則作仄仄平平。再如《望江南》（"龍沙塞"）第 3 句云：
"每恨諸蕃生留滯"，前四字作仄仄平平；而同調《望江南》（"敦煌郡"）
第三句云："生靈苦屈青天見"，前四字則作平平仄仄。凡此可見敦煌歌辭
不拘平仄，體現出與音樂結合的自由性。

　　（四）叶韻不定

　　敦煌歌辭叶韻不定，如《雲謠集雜曲子》十三調叶韻情況不一，其中
全叶平韻者六，全叶仄韻者三，叶平或叶仄韻者一，平仄通叶者一，平仄
兼叶者二。亦不避重韻，如《雀踏枝》（"叵奈靈鵲多瞞語"）上片重兩
"語"字，下片重兩"裏"字。用韻寬，方音亦入韻。如《搗練子》（"堂
前立"）："詞（辭）父娘了，入清（妻）房。莫將生分向耶娘。君去前程

---

①　吳熊和：《唐宋詞通論》，浙江古籍出版社 1989 年版。

但努力，不敢放慢向公婆。"龍例曰："歌陽通韻是西北方音中特色之一，為其他區域之方音所無。'房''娘'失去軟齶鼻音，轉為陰聲字，乃與'婆'叶。"① 歌辭本身有方音叶韻的問題，再加上歌辭寫本之抄手的方音問題，因此敦煌歌辭多見方音叶韻的情況。

（五）多詠調名本意

初期歌辭所詠內容多與詞調有關，如《天仙子》（"鸎語啼時三月半"）有"五陵原上有仙娥"之語；同調《天仙子》（"燕語鶯啼驚覺夢"）有"天仙別後信難通"之語，《竹枝子》"罗幌尘生"有"垂珠淚滴，點點滴成斑"之語；《泛龍舟》（"春風細雨霑衣濕"）有"無數江鷗水上遊。泛龍舟，遊江樂"之語。《鬥百草辭》4首，每首句末均有"喜去喜去覓草"之語。《臨江仙》言仙事，《女冠子》述道情，等等。這應當屬於詞體初創時期的常見現象。

總而言之，由於敦煌歌辭以應歌為主要目的，其尚處於以辭配樂的嘗試和摸索階段，詞與樂的結合還相當隨意，大多數作品"不在文字上求工"，而是"務合於管色"②，所以形成了明白曉暢的語言風格。郭預衡在《中國古代文學史》一書中云："中唐文人受敦煌曲子詞的影響，自然活潑，不事雕琢"，其從側面亦說明敦煌曲子詞"清新活潑，不事雕琢"的風格。

---

① 任半塘：《敦煌歌辭總編》，上海古籍出版社 2006 年版，第 557 頁。
② 趙尊嶽：《雲謠集雜曲子跋》，《同聲》月刊 1 卷 10 號。

附：

《云謠集》曲子詞與唐、五代、北宋同調曲子詞在字數、叶韻、句式等方面的區別表（錄自張錫厚《敦煌文學源流》，第308—309頁）

調名	時代	全首字數	叶韻	特點
鳳歸雲	唐	28	三平	教坊舞曲、七言四句聲詩
	雲謠	73、78、82、83	四平、雙疊	二體、句法異
	北宋	111、118	七平、八平或九仄	叶平、叶仄之二體，句法各異
天仙子	雲謠	68	五仄	教坊曲、雙疊
	五代	34	四仄或五仄或五平	單片
	北宋	68	四仄	雙疊
竹枝子	雲謠	57、64	二仄三平雙疊	教坊曲
洞仙歌	雲謠	74、76	前三平二仄，後一平四仄	教坊曲，平仄通叶，有襯字
	北宋	83、126	六至十六仄	
破陣子	雲謠	59、60	前後各三平	教坊曲，前後之次句，實皆五字
	五代	62	三平，雙疊	
	北宋	62	三平，雙疊	
浣溪沙	唐	42	五平	教坊舞曲，七言六句聲詩
	雲謠	48	五平	長短句
	北宋	42	平仄二體	齊言
柳青娘	雲謠	59、62	七平	教坊曲
傾杯樂	雲謠	109、111	前四仄一平，後四仄	教坊舞曲，平仄通叶，有襯字
	北宋	104、116	九至十一仄	體調紛繁

续表

調名	時代	全首字數	叶韻	特點
內家嬌	雲謠	96、106	八平	有襯字
	北宋	104	九仄	
拜新月	唐	20	二仄	教坊曲，五言四句聲詩
	雲謠	84	八平或八仄	有襯字
	北宋	104	十仄	用上三下五句法者凡四次
抛球樂	唐	33	四平	教坊舞曲，五言六句聲詩，有疊句
	雲謠	40、42	四平	有襯字
	五代	40	四平	
	北宋	187	十四仄	
漁歌子	雲謠	50、52	四仄、雙疊	
	五代	50	三或四仄雙疊	有二體，平仄叶韻均異
喜秋天	雲謠	44	二仄	教坊曲

二　敦煌歌辭的語言風格

（一）明白曉暢的語言

　　無論是曲子詞、佛道歌曲，還是民間俗曲，敦煌歌辭雖然在各自詠唱的內容、形制等方面，都存在著較大的不同，但是在語言特點上卻保持著高度的一致性——明白曉暢。

　　寫景語言質樸無華，如實地描寫景物：

　　1. 春雨微，香風少，簾外鶯啼聲聲好。（《漁歌子》）

　　2. 春風細雨沾衣濕，何時恍忽憶揚州。（《泛龍舟》）

　　3. 菊黃蘆白雁南飛，羌笛胡琴淚濕衣。（《樂世詞》）

　　4. 天暮蘆花白，秋夜長，庭前樹葉黃。（失調名）

　　5. 岸闊臨江底見沙，東風吹柳向西斜。（《臨江仙》）

　　"春雨""春風""菊黃""蘆白""蘆花白""樹葉黃"等詞語無一不是脫盡鉛華，本色出之，毫無矯飾雕鏤之感。

摹人狀物多用白描，刻畫其神態，語言洗練簡潔：

6. 五陵原上有仙娥，攜謌扇，香爛漫，留住九華雲一片。（《天仙子》）

7. 兩眼如刀，渾身似玉，風流第一佳人。及時衣著，梳頭京樣，素質豔麗情春。（《內家嬌》）

8. 浪打輕船雨打篷，遙看篷下有漁翁，蓑笠不收船不系，任西東。（《浣溪沙》）

9. 十年五歲相看過，為道木蘭花一朵。九天遠地覓將來，移將後院深處坐。（《木蘭花》）

10. 哀客在江西，寂寞自家知，塵土滿面上，終日被人欺，朝朝立在市門西。（《長相思》）

11. 入陣之時，汗流似血，齊喊一聲而呼歇。但則收陣卷旗旛，汗散卸金鞍。（《酒泉子》）

12. 失群孤鴈獨連翩，半夜高飛在月邊。霜多雨濕飛難進，暫借荒田一宿眠。（《樂世詞》）

文人詞寫佳人姿色大多是對其外表，如唇、齒、眼、胸、手等進行濃豔的細部刻畫，而敦煌詞注重的卻是體之外“神態”的描繪。如例6《天仙子》全辭無一詞寫美人之“形體”，而只是說她“攜謌扇”“香爛漫”，但美人之“美”卻盡在“留住九華雲一片”之中了。寫物也是如此，重寫物的情意和精神，而不刻意寫形貌。如例11、12詠馬、寫雁隻字未提它們的外貌，而重點寫馬的神態，雁的孤獨。

敘事明白曉暢，娓娓道來：

13. 自從黃巢作亂，直到今年，頃動遷移，每驚天，京華飄颻因此荒。（《獻忠心》）

14. 臣遠涉山水，來慕當今。到丹闕，向龍樓，棄氈帳與弓劍，不歸邊土。（《獻忠心》）

15. 頻頻出戶，迎取嘶嘶馬。含笑覻，輕輕罵，把衣捎擈。叵耐金枝，扶入水精簾下。（《怨春閨》）

16. 自从宇宙充戈戟，狼烟处处熏天黑。早晚竖金鸡，休磨战马蹄。（《菩薩蠻》）

例13“自從”“直到”“因此”等連詞的使用讓你完全感覺不到這是在填詞賦曲，而是似乎在訴說一個遙遠的故事。例14“涉”“來”“到”

"向""棄""歸"等一系列動詞的運用,把一個邊民的歸化之路清晰地展現在讀(聽)者眼前。例15也是敘寫了一個非常精彩的夫妻之間的生活片段,嬉笑嗔怒之間盡顯別樣風情。

抒情直抒胸臆,語言直白:

17. 妾身如松柏,守志強過,魯女堅貞。(《鳳歸雲》)

18. 莫攀我,攀我太心偏。我是曲江臨池柳,者人折了那人攀,恩愛一時間。(《望江南》)

19. 枕前發盡千般願,要休且待青山爛。水面上秤錘浮,直待黃河徹底枯。白日參辰現,北斗迴南面。休即未能休,且待三更見日頭。(《菩薩蠻》)

20. 今世共你如魚水,是前世因緣。兩情准擬過千年,轉轉計較難……夢寬往往到君邊。心專石也穿,愁甚不團圓。(《送征衣》)

文人閨情詞大多是含蓄委婉之作,敦煌詞卻與之大相徑庭,對感情的表露毫無掩飾,脫口而出,直來直去。"守志強過魯女堅貞""莫攀我""要休且待青山爛""今世共你如魚水",這些話在文人詞那裏一般是羞於落筆的,而敦煌歌辭這種直率的風格深深地刻上了民間烙印。

說理言辭懇切,情理兼具,通俗易懂:

21. 說著氣不甦,慈親身重力全無,起坐待人扶。如羔病,喘息粗,紅顏漸覺焦枯。報恩十月莫相辜,佛且勸門徒。今日說向君。苦哉母腹似刀分,楚痛不忍聞。如屠割,血成盆,性命只恐難存。勸君問取釋迦尊,慈母報無門……(《十恩德》)

22. 一一勸君學好事,孝義存終始。立身禮讓最為先,每事學周旋。學取每常存義禮,好事人皆美。不得揞蒲學賭錢,非道沒良賢。遍見賭錢無利益,枉費人功力。曉夜驅驅不得眠,一調舍家緣。針頭料得鋤頭擲,終是無成益。數回賭得這回輸,少智沒盈餘。癡心只擬贏千百,福命何曾得。日深月久費功夫,錢物又原無。遍見賭錢不賭命,幾個心平正。至親骨肉共鋪攤,遍伐也相護……(《求因果》)

23. 憶惜當時心未悟,萬惡心頭聚。如今學善減精神,□叟叟如人。自從禮佛歸香火,絕得爭人我。瘦弱依依勝得狂,自己審思量。太硬太剛全易折,枉用斤頭鐵。何如和和少添剛,軟硬恰相當。遍見豪強爭意氣,全是凡夫智。不能方便體圓融,剛強作怨怨……(《求因果》)

敦煌歌辭不出世俗和宗教兩大類,宗教歌辭多是勸人向善、修身養性、孝悌勤學之類的，由於它們具有很強的實用性，即很多歌辭是在各種儀式、演出等場合下面對底層大量的俗眾來宣唱的，因此文字大多通俗易懂，感情大都真摯誠懇，說理也是頭頭是道。

（二）敦煌歌辭語言風格形成原因

敦煌歌辭形成明白曉暢的語言風格有三個非常重要的原因：

首先是歌辭的民間性特點。

敦煌歌辭多為社會底層的民眾，或者伶人樂工所寫，描繪了一幅幅丰富多彩的社會生活圖景，特別是多層次、多角度地反映了社會中下層人們的心聲和願望。感情真摯，表意直率，風格質樸，且语言淳樸自然，活潑生動，表現出很強的民間性。其中“曲子詞”俚俗質樸，含蓄不足，但情感率真，頗具民間風味，和五代乃至宋初的文人詞是有區別的。如：

> 翠柳眉間綠，桃花臉上紅，薄羅衫子掩素胸。一段風流難比，像白蓮出水中。（《南歌子》）
>
> 枕前發盡千般願，要休且待青山爛。水面上秤錘浮，直待黃河徹底枯。”（《菩薩蠻》）
>
> 莫攀我，攀我太心偏。我是曲江臨池柳，者人折了那人攀，恩愛一時間。”（《望江南》）

“像白蓮出水中”“水面上秤錘浮”“我是曲江臨池柳”等句子和普通的敘述沒有任何區別，沒有刻意的雕飾，用語自然，信口信手，抒情非常坦率。顏廷亮在《敦煌文學概論》（以下簡稱《概論》）中指出：“從五代至北宋，文人詞一般比較明曉，很少雕繪滿眼，駢四儷六之作。但是語言明曉，並不等於語言淳樸通俗。詞的語言淳樸、通俗而自然，只有敦煌詞如此，文人詞一般是沒有這一特點的。”[①]

“民間俗曲”起源於民間，流傳於民間，是真正的民間文學，且這些作品大都是以民間喜聞樂見的時序形式構思，以“套”出現，雖篇幅較長，容量較大，但語言通俗易懂，感情真摯，易於記誦傳唱，樂於為民眾所接受。五更調是我國廣為流行的古老民間俗曲，民歌中的五更調歌詞一般共五疊，從一更到五更遞轉詠歌，故又名“五更轉”。五更調在早期多

---

① 顏廷亮：《敦煌文學概論》，甘肅人民出版社 1993 年版，第 428 頁。

反映軍旅生活和征人相思之情，如陳伏知道《從軍五更轉》。隋唐、五代時期，因佛教的傳入和興盛，民間五更調大量地被教徒們填入佛教故事唱詞，用來進行通俗的宗教宣傳。敦煌歌辭中共見漢文寫卷五更轉 13 套，凡 59 首。如以哀歎未讀書識字之苦為題旨的《勸學五更轉》：

> 一更初，自恨長養枉生軀，耶娘小來不教授，如今爭識文與書。
>
> 二更深，《孝經》一卷不曾尋，之乎者也都不識，如今嗟歎始悲吟。
>
> 三更半，到處被他筆頭算，縱然身達得官職，公事文書爭處斷。
>
> 四更長，晝夜常如面向牆，男兒到此屈折地，悔不《孝經》讀一行。
>
> 五更曉，作人已來都未了，東西南北被驅使，恰如盲人不見道。

這首《歎五更》的結構，是以"五更"為次，每段開始都是以一句三言和三句七言組織起來的。像這樣較簡單明瞭的結構再加上質樸的語言，在民間自然會廣泛流行。十二時曲亦是民間流行的曲調，每組曲由十二支曲子組成，每支曲子將一晝夜的十二時辰名稱依次冠于句首（平旦寅、日出卯、食時辰、禺中巳、正南午、日昳未、晡時申、日入酉、黃昏戌、人定亥、夜半子、雞鳴丑）①如《發憤十二時》：

> 平旦寅，少年勤學莫辭貧，君不見朱買臣未得貴，猶自行歌背負薪。
>
> 日出卯，人生在世須臾老，男兒不學讀詩書，恰似園中肥地草。
>
> 食時辰，偷光鑿壁事殷勤，丈夫學問隨身寶，白玉黃金未足珍。
>
> 隅中巳，專心發憤尋詩史，每憶賢人羊角哀，求學山中併糧死。
>
> 正南午，讀書不得辭辛苦，如今聖主召賢才，用爾中華長去武。
>
> 日昳未，暫時貧賤何差恥，昔日相如未遇時，悽惶賣蔔於廛市。
>
> 晡時申，懸頭刺股是蘇秦，貧病即令妻嫂去，衣錦還鄉爭拜秦。
>
> 日入酉，金罇多瀉蒲桃酒，勸君莫棄失途人，結交承仕須朋友。

---

① 十二時曲最早用於敘詠佛事，組詩始于"平旦寅"（3—5 點），止於雞鳴丑（1—3 點）亦與修道參禪有關。古時丑時（1—3 點）雞鳴，平旦寅時起床，一天之計在於晨，修道之人，要堅守十二時辰的修煉，自然要從寅時開始。

黃昏戌，琴書獨坐茅庵室，天子不將印信迎，誓隱山林終不出。

人定亥，君子雖貧禮常在，松柏縱然經歲寒，一片貞心長不改。

夜半子，莫言屈滯長如此，鴻鳥只思羽翼齊，點翅飛騰千萬里。

雞鳴丑，莫惜黃金結朋友，蓬蒿豈得久榮華，飄颻萬里隨風走。

　　"佛曲"主要是指宣傳佛教教義的樂曲，因此佛曲中有很多作品是佛典或講經文的演繹，後來逐漸脫離說教原意，成為一種娛樂性的講唱文學。[1]《須大拏太子度男女》《五台山贊》《太子入山修道贊》等都是講述佛陀故事、呈現極樂淨土美好聖境的。如《須大拏太子度男女》：

　　（兒言）少小皇宮養，萬事未曾知。饑亦不曾受，渴亦未受持。（佛子）

　　（父言）羅〈日侯〉一心成聖果，莫學五逆墮阿鼻。生生莫做冤家子，世世長為僥倖兒。（佛子）

　　（兒答）我今隨順哥哥意，只恨娘娘猶未知。放兒暫見娘娘面，須臾還去亦何遲。（佛子）

　　（父言）我今為宿持，不用見夫人。夫人心體輭，母子最為親。（佛子）

　　（兒答）我今作何罪，令受種種苦。我是公王種，須使作奴婢。（佛子。）

　　（父言）來日見男女，啼哭苦申陳。我心不許見，退卻菩提恩。（佛子）

　　（父言）世間恩愛相纏縛，父兒妻子皆暫時。一似路傍相逢著，須臾不免槁分離。（佛子）

　　（兒言）身體黑如漆，目傷復面皺。面上三殊淚，唇哆耳屍陋。（佛子）

　　（父言）一歲二歲耶娘養，三歲四歲弄嬰孩。五歲六歲學人言，七歲八歲辨東西。（佛子。）

　　（父言）一切恩愛有離別，一切江河有枯竭。拏如拏延好伏侍婆羅門，莫教婆羅門一日嗔。（佛子）

---

[1]　季羡林等主編：《敦煌學大辭典》，上海辭書出版社1998年版，第525頁。

　　（兒言）鳥雀羣飛唯失伴，男女恩愛暫時間。拏如拏延好伏侍婆
羅門，早晚卻見父娘面。（佛子）

　　此辭演繹須大拏太子舍男女之本事，作代言，問答，對唱，極具戲劇
體制，因此無論是內容，還是形式，佛曲已逐漸融入民間，深入到了底層
的民眾。

　　其次是歌辭的實用性特點。

　　敦煌歌辭和和唐代注重神韻意境的詩風迥然有別，而和宋詩的有意為
詩的文學思想有些接近，非常強調歌辭的實用價值。饒宗頤指出：“曲子
詞的興起，在五代至北宋，不是純為抒情的，而是兼以施用於說理的，這
樣的作品，有它大量的數字，單以《望江南》一體而論，論兵要的有七百
首之多，其他失傳的亦有相當篇幅。至於用之宗教場合和應用技術方面，
都作為便於記誦的韻語。我於 1971 年在法京印行的《敦煌曲》一書中，
曾有這樣的論斷：‘從詞集所隸屬之類別及其功用，可見詞在初期於唐五
代北宋之際，另有一實用價值，則與歌訣無異矣。’我現在還維持這一看
法。”① 伏俊璉師亦談到，“敦煌文學，可以說都是活在各種宗教儀式和民
間儀式中”，“早期曲子詞主要是用於各種儀式上，是實用歌辭”②，這在
敦煌佛曲中表現得尤為明顯，如僧徒沿門募化衣裝時所唱的《三冬雪》
《千門化》等，均採用民歌流行的三三七七七句式，末句重唱復嘆，語言
誠懇樸實，如《三冬雪》：

　　遠辭蕭寺來相謁，總把衷腸軒砌說。一回吟了一傷心，一遍言時
一氣咽。
　　話苦辛，申懇切，數個師僧門仅列。只為全無一事衣，如何禦彼
三冬雪。
　　或秋深，嚴凝月，蕭寺寒風聲切切。囊中青緔一個無，身上故衣
千處結。
　　最傷情，難申說，杖笠三冬皆總闕，寒窗冷榻一無衣，如何禦彼

---

① 饒宗頤：《從敦煌所出〈望江南〉〈定風波〉申論曲子詞之實用性》，收入《中國敦煌學
百年文庫・文學卷（四）》，甘肅文化出版社 1999 年版，第 378 頁。
② 伏俊璉：《文學與儀式的關係——以先秦文學和敦煌文學為中心》，《中國文化研究》
2010 年第 4 期。

三冬雪。

　　被蟬聲，耳邊聒，講薦絆縈身又闕。大業鴻名都未成，禪體衣單難可說。

　　坐更闌，燈殘滅，討義尋文愁萬結。抱膝爐前火一星，如何禦彼三冬雪。

　　師僧家，滋味別，不解經營無計設。一夏安居柰苑中，三秋遠詣英聰哲。

　　律藏中，分明說，親許加提一個月。若不令朝到此來，如何禦彼三冬雪。

　　命同人，相提篋，總向朱門陳懇切。不是三冬總沒衣，誰能向此談揚說。

　　恨嚴凝，兼臘月，既是多寒且無熱。怕怖憂煎特告來，垂慈禦彼三冬雪。

　　詣英聰，訪賢哲，盼望仁慈相允察。退故嫌生惠與僧，教將禦彼三冬雪。

　　尊夫人，也相謁，敬佛敬僧人盡說。背子衫裙百種衣，施交禦彼三冬雪。

　　諸郎君，不要說，記愛打傍兼出熱。酒沾墨汙損傷衣，施僧禦彼三冬雪。

　　小娘子，娉二八，月下花前避炎熱。萬般新好汙沾衣，施交禦彼三冬雪。

　　阿孩子，憐心切，滿篋名衣皆羅列。倘要延年養北堂，施交禦彼三冬雪。

　　苦再三，軒砌說，未沐恩光難告別。回身檢點篋箱中，施交禦彼三冬雪。

　　佛曲的這種實用性決定了無論是它的內容，還是形式都必須適合"演出"的需要，這也是在佛教世俗化這一背景下，佛曲必須要做出的調整。而改變佛典的艱澀生硬、語義深奧，從而使其淺白易曉、通俗易懂也因此成為了佛曲在語言上必須要做出的改變。今天我們所看到的這些敦煌佛曲，不管是演繹宗教，還是世俗之事無不透漏出明顯的民間話語的特質，從而拉近了和底層俗眾之間的距離。

另外，敦煌歌辭質樸通俗的語言特點與其顯著的敘事色彩、散文化傾向也是分不開的。

從一定程度而言，敦煌歌辭還保留著古代民歌"感於哀樂，緣事而發"的敘事傳統，比如《搗練子》六首記述孟姜女尋夫哭長城的故事，《長相思》三首敘寫作客他鄉，流落難歸的慘況，等等。"單純抽象地描繪自己的感情的敦煌曲子詞是極少見的，而有的都是那些緣事而發的詞。"①敦煌歌辭質樸通俗的語言特點與唐宋間詩歌的散文化傾向當也有一定的關係。以文為詩，即詩歌的散文化，在韓愈詩中就有較為明顯的表現，而詩歌的議論化也可說是散文化的表現。宋人的"以文為詩"，一般也認為主要源於杜甫和韓愈，是在學習杜詩和韓詩的基礎上發展起來的。由於受到同期講唱文學、聲詩和戲弄以及韓愈、杜甫等人詩歌散文化等對其創作的影響，敦煌歌辭形成了鮮明的敘事色彩、散文化傾向。"敦煌曲內演故事，代言問答，用方言俗語，設詭喻奇譬，在打開金元北曲與明清小曲之門徑，尤為突出之現象，不容恝置。"② 形象、生動、通俗、故事性等特點是敦煌歌辭所努力追求的。

第二節　敦煌歌辭中的對話藝術

一　敦煌歌辭的對話形式

敦煌歌辭創造性地使用了"對話"這種藝術表現形式。其實"對話體"的文學作品在敦煌遺書中並不鮮見，作為敦煌俗文學傳本中抄卷最多、流傳最廣的作品《孔子項託相問書》一文，即是通過孔子項託相互詰難，一問一答的形式來展開故事情節的。伯 2718 卷《茶酒論》也是通過問答辯詰形式展開，故事先由茶方發難，酒方辯答，四個回合之後，由水方調停。伯 2178 卷"對話體變文"《四獸因緣》是先由王、夫人、太子爭功德，而後引出鳥與兔、猴、象之對話，故事由此展開。可見"對話"這種藝術表現形式深受當時各種文體的青睞，甚至成了鋪陳故事必不可少的一種手段。但對話運用於歌辭的情形卻並不多見，甚至在唐五代兩宋的文人詞中也絕少見到。在敦煌歌辭中有不少作品是用"對話"的形式來結構

---

① 高國藩：《敦煌俗文化學》，上海三聯書店 1999 年版，第 546 頁。

② 任半塘：《唐戲弄》，上海古籍出版社 1984 年版，第 93 頁。

全篇的，比如人們常提起的伯 3911 卷《搗練子》之二"拜辭娘"和《鵲踏枝》"征夫早歸"，還有《南歌子》"風情問答"和《須大拏太子度男女》"小小黃（皇）宮養贊"。這些歌辭在運用對話的時候匠心獨運，風格迥異，既有辭中人物之間的對話，又有唱詞者與文中主人公的互動；既有人和人之間的對話，也有人和物之間的交流；既有兩個人之間的直接會話，也有一個人的内心獨白；既有即問即答，也有問完再答。真可謂精彩紛呈，如《搗練子》：

　　　　堂前立，拜詞（辭）娘。不角（覺）眼中淚千行。勸你耶娘少悵望，少吃他官家重衣糧。
　　　　詞（辭）父娘了，入清（妻）房。莫將生分向耶娘。君去前程但努力，不敢放慢向公婆。

任二北先生云："其内容既演故事，又有代言，分場面，顯為戲文。"任說甚是。此辭寫的是征夫離別時和父母妻子之間的一番對話。上下闋首句"堂前立，拜辭娘"和"辭父娘了，入妻房"對事件的發生發展先作了必要的交待，而後寫到丈夫臨行去告別父母，"勸你耶娘少悵望，為喫他官家重衣糧"，此是作詞者或者是唱曲者與征夫的互動交流，即對話。而這種讓詞作者或者是唱曲者參與到與作品主人公的直接對話的形式，讓人更加感覺到此曲流露出來的真情實感。惜別妻子丈夫又囑咐她："莫將生分向耶娘"，妻子應答："君去前程但努力，不敢放慢向公婆。"在歌辭不動聲色的即問即答之間盡顯妻子的嫻淑美德。又如《鵲踏枝》：

　　　　叵奈靈鵲多瞞語，送喜何曾有憑據。幾度飛來活捉取，鎖上金籠休共語。
　　　　比擬好心來送喜，誰知鎖我在金籠裏。欲他征夫早歸來，騰身卻放我向青雲裏。

此辭的創造之處在於作者對喜鵲進行了模擬，賦予了喜鵲人的靈性，以人的口吻來完成和少婦的心靈對話。"這種奇特的物語形式，在全部唐宋詞中也是獨一無二的。"此辭大多被公認為閨中少婦和喜鵲的對話，但由上下兩闋中的"靈鵲"和"他"可看出，此辭不是少婦和喜鵲的直接對話，而是類似戲劇、電影中角色或文學作品中人物獨自抒發個人感情和願望的獨白。上闋少婦暗自發狠：“喜鵲送喜婦孺皆知，它卻瞞報。只有將它鎖於金籠方解心頭之恨。”下闋喜鵲叫苦不迭：“本來好心來送喜，誰知卻被鎖。”此闋最後一句更是盡呈詼諧幽默之機趣：“若想他的丈夫早歸來，必須先放了我！”讀罷讓人產生無盡遐想。

《南歌子·斜影朱簾立》：

斜影朱簾立，情事共誰親？分明面上指痕新。羅帶同心誰綰？甚人踏破裙？蟬鬢因何亂？金釵為甚分？紅妝垂淚憶何人？分明殿前實說。莫沉吟。

自從君去後，無心戀別人。夢中面上指痕新。羅帶同心自綰。被猻兒踏破裙。蟬鬢朱簾亂。金釵舊股分。紅妝垂淚哭郎君。妾似南山松柏，無心戀別人。

《總編》把該首歌辭擬名為“風情問答”，其無論於形式還是內容都非常恰切。此辭所寫為一常年出征在外的士兵回到家中見到衣衫不整，紅妝垂淚的妻子而發難之事。全辭共分兩闋，上闋丈夫詰難，一連向妻子提出了七個疑問：情事共誰親？分明面上指痕新？羅帶同心誰綰？甚人踏破裙？蟬鬢因何亂？金釵為甚分？紅妝垂淚憶何人？面對丈夫咄咄逼人的攻勢，妻子不卑不亢心平氣和的於下闋一一作了解釋：無心戀別人。夢中面上指痕新。羅帶同心自綰。被猻兒踏破裙。蟬鬢朱簾亂。金釵舊股分。紅妝垂淚哭郎君。這是典型的“問完再答”式的對話，在此次直接對話中，丈夫的猜疑，妻子的忠貞無不淋漓盡顯。另斯 5852 卷還有《失調名·六問枕不平》一首，性質相似：

六問枕不平。看似□□□。君從後菌去。後菌□□□。金釵薄落地。自作一股折。羅帶自嫌長。自作同心結。所以枕不平。蓋緣郎轉歇。君作□□心。莫聽閒人說。

“六問枕不平”當為丈夫的問話，其前應還有“五問”，惜不存。自“看似”後之內容當為妻子的一一作答。此種風情問答影響甚廣，金元院本內有“問相思”名目，即由此類問答歌辭構成，如元李文蔚《燕青博魚》雜劇第三折正末與搽旦之對白：

　　（正末唱）你這個養漢精，假撇清。你道是沒姦夫抵死來瞞定，恰才個誰推開這半破窗櫺？

　　（搽旦云）我支開亮窗，這裏趁風歇涼來。

　　（正末唱）誰揉的你這鬢角兒松？

　　（搽旦云）我恰才呼貓，是花枝兒抓著來。

　　（正末唱）誰捏的你這腮鬥的兒青？

　　（搽旦云）我恰才睡著了，是鬼捏青來。

　　（正末唱）可也不須你折證，見放著一個不語先生。誰著這芭蕉葉紙扇翻合著酒？誰著這花梨花樣磁缽倒暗著燈？這公事要辯個分明！

　　前舉斯 1497、斯 6923 等卷內《須大拏太子度男女》"小小黃（皇）宮養"的對話形式又和上面所講的三例歌辭中的對話不太一樣，前三例對話都直接融入行文之中，辭中並未標識所言者是誰，所答者是誰，僅靠讀者會意，如例一中丈夫臨行和妻子的對話，全靠我們設身處地去揣測。而此曲中卻明確標識"父言""兒答""兒言"[①]。任二北先生指出，"此辭戲劇性甚強，為目前所見敦煌歌辭中最接近於戲曲者。原本有說白，無疑，惜不傳"[②]。此例難得一見的以對答形式出現的佛曲，通過須大拏太子與兒女的對唱演繹了父親將親生兒女施捨給人的感人肺腑的故事。

二　對話與歌辭的原生態

　　王重民《敦煌曲子詞集·敘錄》云："今茲所獲，有邊客遊子之呻吟，忠臣義士之壯語，隱君子之怡情悅態，少年學子之熱望與失望，以及佛子之讚頌，醫生之歌訣，莫不入調。"於此我們不難看出敦煌歌辭作品無論是在作者面，還是在內容、題材上都比唐宋文人詞要來得寬泛。這恰恰也是早期歌辭的形態特點。而對話這種藝術表現形式用於敦煌歌辭是與早期歌辭的特點密切相關的。正是由於敦煌歌辭的相容並收、廣采博覽、俚俗不避的特點才使得"對話"這種日常生活中最普通最常見的形式得以在歌

---

①　原卷所寫又作"父母言""妹答"，今據《敦煌歌辭總編》改。

②　任半塘：《敦煌歌辭總編》，上海古籍出版社 2006 年版，第 788 頁。

辭中一展手腳。對話，是人們日常生活中再普通不過而又必不可少的環節，但在唐五代宋朝的文人詞中絕少能見到對話的場景。對話能進入敦煌歌辭足以說明早期的歌辭帶有原生態的味道，從對話中我們可以體會到濃厚的生活氣息，可以揣測到真實的群眾生活的情調。《搗練子》之二辭中寫到征夫"辭父娘了，入妻房"，來與相濡以沫的妻子告別。夫婦二人分別之際本是纏綿腸斷，互訴衷腸之時，但歌辭卻避而不談，只是截取二人的一段對話，從對話中我們看到的卻是另外一幅場景：丈夫出征臨別之時最擔心的是他的父母受委屈而未提及任何關心結髮之妻一類的話。而妻子卻無任何怨言，面對丈夫要求自己"莫將生分向耶娘"的告誡，心甘情願地說"君去前程但努力，不敢放慢向公婆"。這樣的反差是當時生活的真實寫照嗎？是的。且不說唐五代敦煌人十分重視孝道，單是夫妻二人的這種耐人尋味的話別就是現實生活中夫妻分別場面的真實縮影。辭中沒有寫到丈夫臨走之時關心妻子之類的隻言片語，這並不是夫妻二人感情不好，而恰恰相反，這是夫妻二人意投情合，彼此相知相識的一種表現。對彼此的囑託、關心盡在不言中。這與後來出現的唐宋文人詞中寫到得淒美纏綿的分別場面形成了鮮明的對照。另外，中國人歷來以內斂含蓄為美，講求委婉曲折的表情達意，這種幾千年以來積習下來的傳統也是對這種"分別"現象的很好詮釋。從對話中我們還能領略到非常廣闊的社會現實。這也是在許多唐宋文人詞中絕少能見到的。還是上例，辭中丈夫說的一句話："莫將生分向耶娘"，向我們透漏出來了當時的一種社會現實，這種現象即使在當今社會也莫不如此：婆媳之間的隔閡就像兩條永遠不能相交的平行線，婆媳是絕少能走到一起的。丈夫在家情況還好一些，三人能相安無事，這中間當然少不了丈夫的周旋。可一旦丈夫走後，一切都變了，婆媳之間的距離一下就拉大了，"生分"由此而生。辭中最後一句："不敢放慢向公婆"中的"不敢"一詞也可看出婆媳之間有一條天然的鴻溝。又如《鵲踏枝》，上文說過這是一首以奇特的物語形式成篇的歌辭。作者為何選取一喜鵲來完成與少婦的心靈對話？我想，這除了巧妙地表現少婦對征人的思念和盼歸之外，恐怕還另有深意。尤其是辭中最後一句："欲他征夫早歸來，騰身卻放我向青雲裏"更是耐人尋味。此看似調皮玩笑之語實則蘊含著一殘酷的社會現實：戰亂紛紛，征人離去，前途未卜，能否安全回家，全是未知之數。喜鵲何德何能能讓家人團聚？這裏只不過是寄託了當時處於戰火頻仍中的人們的一種美好的願望而已。作者讓一只喜鵲說出如此之話來，深刻表現了當時人們對戰事的無助、無奈。《南歌子》"風情問答"也通過寫分別的夫妻見面後的對話向我們揭露了一個非常深刻的社會現象，即征夫和妻子之間的不信任及猜忌。顯然，這種懷疑和猜測是真實的。歌辭非常忠實地反映了征人在經歷了戰爭洗禮後精神脆弱的一面，是戰爭扭曲了人們的性格、靈魂。在歌辭中反映丈夫對妻子的猜忌，且是通過強烈的問責式的對話來表現的做法，敦煌歌辭算是首例。

三　對話的作用

儘管對話是一種生活中毫不起眼的再平凡不過的行為方式，但它一經詞作者提煉運用於歌辭，它所發揮的作用卻是無可替代的。"言為心聲"說的即是對話在反映人的思想感情方面的作用。當然，在刻畫人物，表達人物思想感情方面，除了對話以外，還可以通過外貌、動作、心理、神態等的描寫來達到作者的目的。但是對話在表情達意方面具有其他的藝術表現形式所達不到的藝術效果。魯迅先生曾經概括過對話這種藝術表現形式的作用："幾乎無須描寫外貌，只要以語氣聲音，就不獨將他們的思想感情，便是連面目身體也表示著。"下面我就結合這四首歌辭來簡單談一下對話在歌辭中所取得的藝術效果。

首先，對話形式的多樣化為歌辭表達豐富的情感提供了極大的便利。前面已經講到這四首敦煌歌辭對話形式豐富多彩，既有人與人之間的交流，還有人與物之間的對話；既有即問即答，也有問完再答；既有雙方爭鋒相對，又有各自內心獨白，等等。而每一種對話形式都會起到不同的藝術表達效果。《搗練子》之二中的一句"勸你耶娘少悵望，為吃他官家重衣糧"即是詞作者或唱曲者與文中男主人公的直接對話，而這種通過對話來實現作者與所刻畫人物的交流的方式是其他藝術表現形式所辦不到的。《鵲踏枝》所要表現的不僅僅是少婦如何盼望自己的丈夫早日歸來的心情，也暗含了一種對戰爭的厭惡，無助和無奈。而這恰恰可以通過少婦和喜鵲各自的心靈獨白表現出來：少婦把戰爭給人們帶來的妻離子散，家破人亡的怨氣全撒在喜鵲身上；而喜鵲也是道出了"若想得到他的丈夫必須先放了我！"的戲謔之語。這樣一來對戰爭的厭惡而又無奈的一種比較隱秘的感情就通過二者的心靈獨白，通過奇特的物語形式得到了很好的傳達。《南歌子》"風情問答"是典型的"問完再答"對話體歌辭，上闋令人窒息的中間不容任何分辯的連續七次質問，恰切地寫出了征人的自負和脆弱的神經。

　　另外，對話這種藝術表現形式能夠更加彰顯話語雙方的矛盾，渲染緊張的氣氛，從而吸引讀者的注意力，產生扣人心弦的劇場效果。《鵲踏枝》中少婦和喜鵲雖是各表衷腸，但也不難發現二者的針鋒相對；《南歌子》中征夫和妻子之間的唇槍舌戰更是讓人體會到了戰場上硝煙的味道。其實在這四篇歌辭裏面最能體現對話價值的是《小小黃（皇）宮養贊》"太子度男女"，此佛曲反映的內容據佛典記載，太子度完男女之後，又將妃子佈施出去，後全家離散。而最後又歷經磨難，破鏡重圓，舉家團聚。這樣的一個複雜而又曲折的佛經故事，如何能夠讓群眾接受他的核心要義從而能達到讓人們積極佈施供養佛陀的目的呢？於是作者截取了太子度男女的一段，並用對話的方式加以演繹，讓雙方的矛盾尖銳起來，營造出緊張嚴肅的氣氛，從而達到吸引觀眾的目的。全曲共有 11 首，其中父言 6 次，兒答 5 次。在此佛曲中，兒女的苦苦哀求和太子的鐵石心腸形成了強烈的對照，最終兒女的努力絲毫沒有動搖太子要將兒女佈施於婆羅門的初衷。通過一言一答的形式向我們生動的再現了一個矢志不渝、虔心向道的太子形象，也就此向人們宣揚了佈施的功德，並鼓勵人們都來佈施供養佛陀。

　　對話能進入敦煌歌辭足以說明早期的歌辭帶有原生態的味道，從對話中我們可以體會到濃厚的生活氣息，可以揣測到真實的大眾生活的情調。概而言之，"敦煌歌辭長期流傳民間，輾轉傳唱抄寫，經過不斷的加工提高，才取得這樣一些可喜的藝術成就"[1]。毋庸贅言，這種"口語化"特點非常突出的俗語言材料對考察近代漢語的語音、辭彙、語法諸方面有著非常重要的價值。

第三節　敦煌佛曲語言的民間話語形態

　　敦煌歌辭中有大量的附著於宗教音樂曲式的佛曲，相比較而言，人們對於附著於隋唐燕樂曲式的曲子詞的研究關注度遠遠高於對這些佛曲，在語言的研究方面表現得尤為突出。因此本書在參考前人研究的基礎上對敦煌佛曲的語言特點予以簡單介紹，以期把握敦煌佛曲在佛教世俗化這一大背景下，在語言的通俗化方面所做的種種努力。

―――――――――

　　① 　張錫厚：《敦煌文學源流》，作家出版社 2000 年版，第 285 頁。

　　敦煌佛曲具有很強的實用性，主要在民間流行，是佛教普及於民間，甚至是進入庶民生活的媒介。因此敦煌佛曲在由宗教運用的性質轉為世俗抒情或演藝應用的時候，在語言方面必然要做出巨大的調整以符合中國之民族形式。林仁昱於《敦煌佛教歌曲之研究》指出："當然，無法具體言說的'佛'境界，如何要讓中國民眾接受、信服，就必須在教義的詮釋上，以及傳播的方式上，做合適的調整。"① 而這種調整對俗眾的接受、傳抄或者創作及其對佛教宣傳到底起到了什麼作用，對後來出現的通俗唱曲產生了什麼樣的影響，都是需要我們去關注的問題，而目前對這一問題的論述雖在一些前賢的論著或單篇論文中有所涉及，但是討論過於零散，主要夾雜於與敦煌歌辭、曲子詞、聲詩等相關的研究之中。如專著有任二北《初探》《總編》《唐聲詩》，王昆吾《隋唐五代燕樂雜言歌辭研究》，饒宗頤《敦煌曲》《敦煌曲續論》，洪靜芳《唐詩入唱研究》等，單篇論文有饒宗頤《孝順觀念與敦煌佛曲》《長安詞、山花子及其它》《敦煌曲與樂舞及龜茲樂》《"法曲子論"——從敦煌本"三皈依"談"唱導詞"與曲子詞關涉問題》，王昆吾《佛教唄讚音樂與敦煌講唱歌辭中"平""側""斷"諸音曲符號》，鄭阿財《孝道文學敦煌寫卷"十恩德讚"初探》《敦煌寫卷定格聯章"十二時"研究》《敦煌寫本定格聯章"百歲篇"研究》，周丕顯《敦煌俗曲分時聯章歌體再議》，王志鵬《敦煌佛教歌辭特徵及其影響》《敦煌佛教曲子詞之調名源流考辨》《從敦煌聯章歌辭看佛教對民間歌唱體式的吸收與發展》，徐湘霖《論敦煌佛曲》，周廣榮《敦煌〈悉曇章〉源流考略》，張二平《禪門俗曲管窺》，等等。這些論著或論文論述的焦點均都不在敦煌佛曲的語言方面，而是主要討論與文學、音樂、演藝等相關的命題，比如探討佛曲與曲子詞、與民間歌謠的關係，敦煌佛曲的演唱實踐、演藝實況及宗教意義，等等，而對敦煌佛曲的歌詞卻鮮有專題論述。林仁昱的《敦煌佛教歌曲之研究》是一部綜合討論敦煌佛教歌曲的內容、形式、表演、宗教意義等的專著，文中對敦煌佛教歌曲的句式、套語、和聲、單章和聯章、修辭技巧和語言旋律進行了較為深入的探討，但很明顯作者主要是從音樂性的角度出發來談論這些問題的，並沒有全面關注佛曲的語言特點，也沒有對佛曲語言展開橫向和縱向的延伸研究，從而瞭解敦煌佛曲在走向民間的過程中在語言方面所做的種種努力，進而探尋敦煌佛

---

① 　林仁昱：《敦煌佛教歌曲之研究》，佛光山文教基金會 2004 年版，第 513—514 頁。

曲與隋唐五代時期各種文學之間的關係以及對後世歌曲的影響。佛曲是詞、曲、唱誦三者相統一的，因此，除了瞭解敦煌佛曲在敦煌文學、佛教文學、音樂文學及宗教傳播與演藝方面的價值之外，還有必要在"佛教走下神壇，走向民間"這一大背景下對敦煌佛曲的語言進行綜合研究。

在佛教走向世俗化的古敦煌地區，敦煌佛曲和變文、壁畫、彩繪、絹帛畫等其他藝術形態一道為佛教在民間的廣泛宣傳做出了不可磨滅的貢獻①，而這首先得益於對敦煌佛曲語言的民間化改造。我們知道，敦煌佛曲是以口頭傳播方式為主的，《敦煌文學概論》指出，口頭傳播是"屬於開放性的、聲像兼備的直觀傳導。它的長處是普及易懂、雅俗共賞。不論識字與否，不論眼亮目盲，不論男女老少，都可以接受、可以欣賞。但這種方式也有它的局限性，主要是聲像一發即逝，時效短暫"②。鑒於口傳轉瞬即逝的表達特點，民間俚詞俗語、民間歌謠句式等都成了敦煌佛曲採擷的對象。事實證明，這種直接面向民間消費的文藝形式雖然不被儒釋道正統所接納，然而在民間卻得到了極為廣泛的傳播，其強烈的節奏感、靈活的句式句法、講故事的敘述方式、誇張的比喻、諧謔的造詞、陌生化與通俗化並存的語言技巧為其贏得了大量底層的文化程度不高的僧俗大眾。李正宇指出："在這一特定情況下，這類通俗辭曲與佛經同樣採取了文本形式。然而，在語言風格、表述手法、氣質神采及傳感路徑等方面，二者迥然相異。佛經語言生澀、句法板滯、枯燥乏味，聽覺難適；通俗辭曲則語言流暢、句法活潑、富於情趣、適於聽聞。對廣大信徒特別是比例最大的文盲信徒來說，後者的感染作用遠遠優於前者的說教，因此受到信眾的歡迎。"③

下面就分別從音樂的運用、句式的選擇、口語詞的使用、同義詞的處理、熟語的改造、辭格的使用等方面也是積極借鑒中華民族傳統的音樂、語言藝術表現手法，從而創造出來深受群眾歡迎的"中國化"的佛教民間歌唱藝術形式。

一　音樂的運用

佛教歷來十分重視音聲對人們心智的啟發作用，在說經講法時多採用

---

①　詳參李正宇《唐宋敦煌世俗佛教的經典及其功用》，《蘭州教育學院學報》1999 年第 1 期。

②　顏廷亮：《敦煌文學概論》，甘肅人民出版社 1993 年版，第 119 頁。

③　李正宇：《唐宋敦煌世俗佛教的經典及其功用》，《蘭州教育學院學報》1999 年第 1 期。

殊美音聲，使受衆樂於聽聞，方便感化。敦煌佛教歌曲是附著於宗教音樂曲式而宣唱的歌詞，它本身就是音樂歌唱的產物，因此無論是在歌曲體式，還是語言旋律上都有較強的音樂性。在體式上有不少歌曲都帶有和聲、套語、複句等，這些反復出現的程式化的詞語或句子不僅在聽覺上強化人們的記憶，還會引起受衆心靈上的共鳴，從而最大限度地激發人們的宗教情感。敦煌佛曲中存在不少用漢語直譯的經咒梵音，如《悉曇頌·俗流悉曇章八首》中句首就有"現練現""向浪晃""胡魯喻""何邏何""何樂鑊""何邏真""何邏移""何邏空"等三音節語詞的復唱；句中各以"魯流盧樓"起首和上述三音節語詞組成七音節，如"魯流盧樓現練現""魯流盧樓向浪晃""魯流盧樓胡魯喻"，等等；句末是類似於句首的五音節語詞，如"延連現賢扇""佯良浪黃賞""喻盧胡魯喻"。《般若悉曇章》《禪門悉曇章》中也有類似的和聲，用法也相同。關於經咒梵音，正如顧齊之為慧琳《一切經音義》作序所說："文字之有音義，猶迷方而得路，慧燈而破暗；得其音則義通，義通則理圓，理圓則文無滯，文無滯則千經萬論如指諸掌而已矣。朝凡暮聖，豈假終日，所以不離文字而得解脫……"[1] 對佛教信徒而言，文字之音義具有著入道成佛朝凡暮聖的重大作用，但是毋庸置疑，這些漢譯梵音，不懂梵文的人根本不明其義，如其中的"魯流盧樓"四音，這四個記音實際上源自梵語的 ṛ ṝ ḷ ḹ 四個字母，含有祈福禳災的特殊意義。然而慧琳在辯文字功德及出生次第時所指出，此四字"未曾常用，時往一度用補聲引聲之不足。高才博學、曉解聲明能用此四字，初學童蒙及人衆凡庶實不曾用也"[2]。據慧琳所說，可知此為學梵文時不易掌握的四個音，唯高才博學、曉解聲明者才能用此四字。至於連漢字也不識的廣大文盲信徒更是不知所云。然而曲作者為何採用看似與上述取用民間話語的主旨相悖的做法呢？我們以為增加佛法之神秘性是其考慮的一個重要原因，正是這種陌生化的記音為其披上了一襲神秘的外衣，從而更能引發信徒對其神通法力的無邊馳想以及對佛法神力的無比敬畏。

　　和聲在敦煌佛教歌曲中非常普遍，少則兩三字，如"佛子""彌陀佛"；多則十幾字甚至二十多字，如斯 2204、126 卷《十無常》的和聲"堪嗟嘆，堪嗟嘆，願生九品坐蓮臺，禮如來"共有十七個字，和聲的存

---

① 慧琳：《一切經音義》卷第一，上海古籍出版社 1986 年版，第 1 頁。

② 慧琳：《一切經音義》卷第二十五，上海古籍出版社 1986 年版，第 19 頁。

在大大強化了佛教歌曲的音樂表現力，使宣唱者和聽眾更好地融合到一起，並易引發心靈上的共鳴，對增強佛曲宣唱的藝術感染力大有裨益。敦煌遺書伯 3216 號載：

> 大眾高聲各念阿彌陀佛二百口已，來打淨，便作《散花樂》，一人唱請，大眾齊和之。

這種一人領唱，眾人和之的唱法顯然具有無與倫比的震撼力，甚至在現代寶卷的宣卷中還有遺留。佛教歌曲中的套語、複句運用也是非常廣泛，這些程式化的語句雖是機械性的重複，卻在這種特殊的音樂文學樣式中起到了意想不到的藝術效果。如伯 2107、斯 5572 等卷保存的僧徒沿門募化衣裝時所唱的《三冬雪》《千門化》等，每首末句重唱復詠"如何禦彼三冬雪""千門化"等，感情真摯，催人淚下，如《千門化》：

[側吟]
□當星月護含生，恰到秋深愴客情。雨漏再尋金口教，洪衢親許謁時人。

千般瑣細階前說，一種微言砌畔呈。退故嫌生箱捧出，願同山嶽與滄溟。

[平吟]
卅歲離家如幻化，不樂聚沙騎竹馬。幸因雪嶺得為僧，寒衣佛敕千門化。

三冬月，九旬罷。護戒金園僧結夏。賞勞施設律留文。三衣佛敕千門化。

久吟經，坐深夜。蟋蟀哀鳴吟砌下。蟬聲早響詣朱門。三衣佛敕千門化。

覿碧天，珠露灑。顆顆枝頭蜜懸掛。月冷風高漸漸涼。三衣佛敕千門化。

鴈來新，鷰去也。獨對孤燈嘆福寡。漸掩茅房下翠微。三衣佛敕千門化。

戀煙蘿，不欲捨。只為嚴霜彫葉下。秋來未有禦寒衣。加提佛敕千門化。

入王城，投長者。願鑒野僧相懇話。不因五利佛留文。緇徒爭敢
千門化。

雖是僧，性閒暇。唯有炎涼未免也。除非證果離胞胎。這回不向
千門化。

［側吟］

佛留明教許加提，受利千門正是時。兩兩共吟金口偈，三三同演
梵音詩。

暫離峯頂巡朱戶，略出雲房下翠微。送福吟經今日至，願開恩惠
賞加提。

此《千門化》除首尾有七言八句、七言四句的兩首"側吟"、一首
"平吟"外，餘皆"三三七七七"句式組成的聯章，每句句末以套語
"△△△△ 千門化"終結。這些程式化的固定不變的語句不僅供演唱者在創
作、表演時能即興採擷，信手信口，而且還有助於聽眾的誦讀和傳唱。我
們知道，佛教歌曲的聽眾多是文化水準比較低下的俗眾，反復誦唱、機械
重複反而便於他們更好地記憶歌曲宣唱的內容，對歌曲的流傳和推廣起到
了一定的作用。

在旋律上，無論是詩贊型齊言、非齊言歌曲，還是曲子型與雜言
佛教歌曲，都是節奏鮮明，韻律鏗鏘。按理說，敦煌佛教歌曲流行於
民間，關於旋律的安排應當是自由開放的，但綜觀絕大部分歌曲無論
是在平仄的安排上，還是在韻腳的使用上儘管沒有近體詩的格律那樣
嚴謹，但還算是比較嚴格的。齊言歌曲鄰句盡可能平仄相對是大多敦
煌佛教歌曲遵守的原則，如伯 2066、2250、2963 卷《五會念佛》相
關歌曲各句的第二、四、六、七字大都平仄相反。關於押韻情況，多
與普通歌詩無異，偶句押韻，臨韻通押，以押平聲韻為主。但正如上
述所言，歌曲創作、運用於民間，一切以便於口耳相傳，便於傳播教
義為主旨，部分歌曲做不到平仄相間，甚至多有出現押仄聲韻的現象
也是在情理之中的。

二　句式的選擇

為了達到宣法度脫、化緣募施、娛世媚俗的宗教及娛樂功能，佛教傳

入中土之後，積極融入中土文化，揚長避短，採用民間喜聞樂見的文學藝術形式，廣泛宣傳包括儒釋道在內的各種文化內容，並贏得了廣大民眾的歡迎。佛教歌曲在句式的選擇上正是體現了佛教宣傳在語言形式上做出的巨大調整。格調高雅而又略顯單調的四言佛典句式顯然滿足不了佛教宣傳內容和俗眾審美的需要，在近體詩盛行且多配樂入唱的音樂文學環境之下，採用以平仄相間、韻律鏗鏘的五、七言為主的句式自然而然成了歌曲宣唱的首選。

四言是早期中國古典詩歌（如《詩經》）較為鍾愛的一種句式，但隨著五、七言詩體的發展，四言詩逐漸淡出了歷史舞臺。在敦煌佛教歌曲中，純四言詩（不包括轉接五言、七言等句式的詩歌）數量絕少，計有《西方贊文》、缺名《自歸依佛》《七佛通戒偈》《黃昏偈》《無染著贊》共五篇，另外還有四言轉接五言偈贊《無常偈》、缺名《大士覺悟》兩篇。由於受到各句字數、韻律的限制，四言歌曲多說教告誡之辭，內容空洞。如伯 2722 卷《七佛通戒偈》：

諸惡莫作，諸善奉行，自淨其意，順諸佛教。

五言是近體詩的主要句式之一，敦煌佛教歌曲中五言句式的數量頗豐，包括五言承轉接引三言、四言、七言歌曲在內，共計六十多篇。純五言歌曲以每章換韻的五言絕句式聯章體為主，如伯 2963 卷釋法照《淨土法身贊》：

法鏡臨空照，心通悟色堅。神通妙剎丘，法界總同然。
意殊恒自淨，神通遍十方。知心無所處，解脫得清涼。
觀像而無像，高聲不染聲。了知無所有，惠鏡朗然明。
寂寂幽靈靜，恬然無所緣。坐臥宮霄裏，超出離人天。
暫引池邊立，洗卻意中泥。清淨無塵垢，願汝證菩提。
惠鏡無令闇，智珠常用明。塵勞須斷卻，寶坐自然迎。
注想常觀察，三昧寶王珍。洞閑三藏教，拂卻意中泥。
人今專念佛，念者入深禪。初夜端心坐，西方在目前。
念即知無念，無念是真如。若了此中意，名為法性珠。
淨土在心頭，愚人向外求。心中有寶鏡，不識一生休。

> 諸佛在心頭，汝自不能求。慎勿令虛過，急手早勤求。
> 寶鏡人皆有，愚人不解磨。不曾反自照，塵垢更增多。
> 寶鏡人家有，智人即解磨。勤勤返自照，塵垢不來過。
> 意珠恒瑩徹，自性本圓明。悟理知真趣，念佛即無生。
> 悟碎末為金礦，礦中不見金。智者用消煉，真金腹內現。
> 佛相空無相，真如寂不言。口談文字教，此界忘相禪。
> 涅盤末鐵法，秘密不教傳。心通常自用，威當度有緣。
> 三乘元不識，外道未曾聞。小相未曾聞，誓願不流傳。
> 道逢良賢，把手相傳；道逢不良賢，子父不相傳。

也有五言八句式歌曲，但和五言律詩又有所不同，不太講究平仄和對仗，只是重視押韻而已，如伯 3056 卷缺名詩贊：

> 他他非他他，他自非為親。外道隨地獄，實是結其神。
> 火從木中出，居目及燒身。寄語行道者，慎莫寄我人。

此類五言八句歌曲可以說只是借用了律詩的八句體式，平仄不夠協調，也不見對仗。甚至還有一些連韻也不押或押韻不明確的五言歌曲，而只是借用五言之軀殼，詠唱佛教之內容，這從一個側面也看出在佛教民間化的背景下，佛教歌曲形式創作之靈活和自由，一切以便於口頭傳唱為要旨。關於五言轉接其他句式的歌曲，則以五言配七言為主，這可以說是兩種唐代近體詩代表句式的強強組合，其藝術表現力，內容的包容性自然無可比擬，如斯 1497、4785 等卷《小小黃宮養贊》、斯 1441 卷背《鹿兒贊》等。

七言句式歌曲在敦煌佛教歌曲中是數量最多的，包括轉承接引其他句式的歌曲在內共計一百六十餘篇，足見七言在唐代詩歌創作中的主流現象。此種句式的歌曲有的直接以七絕或七律套用曲調，如伯 4617 卷《五台山聖境贊》題為"東臺""西臺"的部分，即為北宋人張商英《續清涼傳》所收《清涼山賦並詩》中同樣題為"東臺""西臺"的律詩。① 與上述五言歌曲類似，七言歌曲的平仄及押韻情況都不如格律詩要求嚴格，如

---

① 林仁昱：《敦煌佛教歌曲之研究》，佛光山文教基金會 2004 年版，第 344 頁。

斯 2580 卷《受水偈文》：

> 八功德水淨諸塵，灌掌去垢心無染，奉持禁戒無缺犯，一切眾生
> 悉如是。

韻腳所處的位置也不固定，多是隨性而來，隨辭文而定。有的干脆不押韻，而用附加和聲的方式幫助本辭作韻律的收束。由此可見，佛教歌曲雖多有套用律詩形體而又不受所縛的自由性。

三言與七言的組合也是敦煌佛教歌曲中的一種常見的形式。任二北指出：“三三七七七為唐五代雜言歌辭中最普遍、最重要之一種調式。如李白《桂殿秋》、劉禹錫《瀟湘神》、李煜《搗練子》等，占四十餘調，存辭一百多首。其中且有相當數量之和尚作品，較富民間風格。”[1] 我們知道，在時序性民間歌謠如《五更轉》《十二時》中有一種比較流行的句式搭配，三三七七七式，因其節奏明快、聲情並茂而深受人們青睞。敦煌佛教歌曲亦借鑒其形式，來大肆宣揚佛教。有的徑取《五更轉》《十二時》之體式按時序來詠唱佛教之內容，如斯 2454、6631 等卷《維摩五更轉》：

> 一更初，一更初，醫王設教有多途。維摩權疾徒方丈，蓮花寶相
> 坐街衢。
> 二更淺，二更淺，金粟如來巧方便。室包干像掌擎山，示有妻兒
> 常厭患。
> 三更深，三更深，釋迦演法語同音。聽聞隨類皆得解，觀根為説
> 稱人心。
> 四更至，四更至，月面毫光千道起。有學無學萬餘人，助佛弘宣
> 一大事。
> 五更曉，五更曉，將明佛國先有兆。一蓋之中千土呈，十方世界
> 俱能照。

有的則是完全與時序無關，如伯 2305 卷《驅催老》《無常取》《愚癡意》等：

---

① 任半塘：《敦煌歌辭總編》，上海古籍出版社 2006 年版，第 1765 頁。

　　上三皇，下四皓，潘岳美容彭祖少。將謂紅顏一世中，也遭白髮
驅催老。

　　文宣王，五常教，誇騁文章麗詞藻。將謂他家得久長，也遭白髮
驅催老。

　　（以下略）（《驅催老》）

還有一些歌曲對此種句式搭配進行了微調，主要有三三七七式、三七七七
式、三三三三七七式三種，如三七七七式：

　　一更淺，眾要諸緣何所遣。但依正觀且□□，念念真如方可顯。
　　二更深，菩提妙理誓探尋。曠徹清虛無去住，証得如如平等心。
　　三更半，宿昔塵勞從此斷。先除過現未來因，栿喻成規超彼岸。
　　四更遷，定慧雙行出蓋纏。瞭見色空圓净體，澄如戒月瑩晴天。
　　五更催，佛日凝然妙境開。超透四禪空寂處，相應一念見如來。

（斯 6077 卷《無相五更轉》）

上舉《五更轉・南宗贊》首章後半部分"了五蘊，體皆亡，滅六識，不相
當。行住坐臥常注意，則知四大是佛堂"即是三三三三七七式。還有的歌
曲又把三三七七式的第二個七言的後三個字單獨分離出來，重唱複遝，聲
音婉轉繞梁。如伯 2066 卷釋法照《歸去來・寶門開》：

　　歸去來，寶門開，正見彌陀升寶座。菩薩散花稱善哉，稱善哉。
　　寶林看，百花香，水鳥樹林念五會。哀婉慈聲贊法王，贊法王。

這些靈活多變的句式為歌曲注入了新鮮的血液，為教義的宣傳增添了靈動
的色彩。

　　另外，敦煌佛曲在句子的安排上非常注重形式的工整，而不太在意意
義的表達，甚至出現大量的非習慣用法，這種句式既和古漢語的行文組織
方式不同，也不符合近代漢語的句式結構。如程度副詞"甚"既能跟同言
疊加式狀態形容詞連用，亦能直接修飾一般動詞：

　　1. 張騫尋河甚遲遲，正見織女在羅機。五百交梭一時動，五百鑽頭
並相隨。（失調名，○一八八）

2. 行路難，行路難，無心甚洹洹。君等若其不信者。□□□□□□。（《行路難》，〇六九一）

3. 第一囑甚囑，發願耶娘長萬福。（失調名，〇五四一）

4. 宮中聞喚太子聲，甚叮嚀。（《五更轉》，一〇四七）

否定副詞"不"很多都沒有出現在它應該出現的位置上：

5. 二更催，大圓寶鏡鎮安臺。眾生不了攀緣病，由斯障閉不心開。（《五更轉》，一〇三一）

6. 第四咽苦更難言，驅驅育養轉加難。好物阿娘不都吃，調和香美與兒餐。（《孝順樂》，〇三二五）

7. 爭不教人憶，怕郎心自偏。近來聞道不多安，夜夜夢寐倒錯，往往到君邊。（《南歌子》，〇〇六〇）

8. 貪戀火宅不性悟，終日居迷路。（《求因果》，〇四二三）

9. 少顏回，老彭祖，前後雖殊盡須去。無常一件大家知，爭奈人心不性悟。（《十二時》，一二六二）

"不心開""不都吃""不多安""不性悟"四個短語實際上表達的意思是"心不開""都不吃""多不安""性不悟"。

在 ABB 式疊音後綴構詞法中，我們甚至見到了動詞再加重疊動詞作後綴的語例：

10. 聞經業重睡昏昏，買肉腳輕行走走。（《十二時》，一二九六）

"行走走"雖然與我們常見的如"行匆匆""走忙忙"等 ABB 式的構詞方式不同，但顯然此語是承上句句末"睡昏昏"而來，雖不合"理"，但形式工整，意義也可揣摩。另外還有許多像"行花出"（即"花行出"，花即將開放）、"切須記"（即"須切記"）、"富貴多財祿"（即"多富貴財祿"）、"乃得張良救樊噲"（即"乃得救張良樊噲"）等倒裝或共用句式，這些都是在其他題材的文獻中極難見到的。大量虛詞的使用，特別是雙音連詞如"因此""所以""直須（即使）""直饒""假饒""忽若（如果）""忽然（如果）"等的大量運用給敦煌佛曲的語言表達增加了無限的活力。"自從""君不見""不見言見""我見"等講故事的敘述方法增強了和聽者的互動效果。

三　口語詞的使用

大多數敦煌佛曲用語明白如話，似敘家常，如《十種緣父母恩重贊》

《孝順樂》《求因果》等全文幾乎就沒有生僻艱澀的用語，全取白話，娓娓道來。加之取詞用語俚俗不避，使得佛曲聽起來非常平易近人，而絕無深澀佶屈之感。如：

1. 拜別時，日將晚，欲去伴尋詐悲戀。父邊螫咬覓零銀，母處含啼乞釵釧。（《十二時》）

"螫咬"應當是一個俗語詞，蔣禮鴻《敦煌變文字義通釋》云："'螫咬'應和'咬齧'同義。大概這兩個詞兒，都有再三乞求的意思。"① 蔣氏所說似不無道理。但筆者疑"螫咬"之"螫"字是"蟄"的形誤字，"蟄咬"即糾纏吵要之義。今山東臨沂、泰安等地方言中"蟄咬"（或記作"撓要""撓么""鬧要"，"蟄"與"撓"等音近）即有此義，如：

蒙陰方言：這孩子忒氣人了，天天蟄咬著要小零花（錢）。

新泰方言：這孩子撓咬死個人（這孩子纏著大人不放）。

在西南官話中有"撓搞"② 一詞，亦有"糾纏不休"之義，"搞"和"蟄""撓"音亦近。"螫"字放在這句話中很難解釋得通。釋"螫咬"為乞求之義，蓋受下文"乞"字所致，但從對句來看，"螫咬"對的是"含啼"，"覓"對的才是"乞"，因此"螫咬"應是和對文"含啼"一樣修飾"覓"和"乞"的情態動詞。

2. 就中第五更難陳，阿孃日夜受殷勤。勝處安排與兒臥，心中猶怕練兒身。（《孝順樂》）

"練"當是俗詞，有翻滾之義，今四川、雲南、湖南還有如是說法，如雲南騰沖方言：不要在床上練；不要練稻草。湖南長沙：練噠一身灰。③ "練"和"骟"或音近義通。骟，本指馬臥地打滾，引申亦指人打滾，詳參蔣禮鴻《詞典》第 395—396 頁。"磨研"一詞與上舉"練"的詞義和用法相近，指被汗液或尿浸漬而磨蹭使皮膚感到痛或癢，"研"同"淹"。如《十恩德》："幹處與兒眠，不嫌污穢及腥膻。慈母臥濕氈。專心縛，怕磨研，不離孩兒體邊。"〔○三○三〕此處指阿娘怕孩兒在濕處磨蹭而使皮膚癢痛。當然此處"磨研"之義與通常所見表"細磨"之義的"磨研"是不同的。用通常所見之詞來記錄形近或音近的詞語是民間用詞的一種慣例。

---

① 蔣禮鴻：《敦煌變文字義通釋》，上海古籍出版社 1997 年版，第 193 頁。
② 許寶華、宮田一郎主編：《漢語方言大詞典》，中華書局 1999 年版，第 4001 頁。
③ 同上書，第 3777 頁。

民間俗詞的使用更加弱化了"佛"的神秘性，佛教的宣傳和民間俚俗走得越來越近。像這類俚俗之詞佛教歌曲中俯拾皆是，如限來/當來（將來）、都來（全部）、邊畔、邊頭、傍畔（旁邊）、依頭（依靠）、可身（合身）、分張（分辯）、一隊（一陣）、計料（預料）、閃賺（欺騙）、鼻頭（鼻子）、揀別（辨別）、比試（衡量）、一晌子（一會兒）、斤頭（斧頭）、來過（來到）、覓強梁（逞強），等等，另外像"十指咬著無不疼""針頭料得鍬頭擲，終是無成益""太鋼太硬全易折，枉用斤頭鐵""眼中有翳須磨曜，銅鏡不磨不中照""憶食不餐常被餓，木頭不鑽不出火""多言多語多有過，多事多饒禍""彼此不能相忍耐，小事翻為大"等諺語不僅通俗易懂，而且耐人尋味，意蘊深長。這些嵌入辭曲中的方言俚語、民間口語就像空氣中散發著的陣陣泥土清香，沁人心脾，而又不著痕跡。這樣一來佛教意識與民間話語形態就無間地融合在一起，打破了長期以來主流意識形態形成的各種秩序，突破了高高在上的不可侵犯的話語禁忌，這無疑會拉近與廣大底層俗眾之間的距離，取消交往者之間的等級界限，從而最大限度的引導人們對佛教的親近和接受。

四　同義詞的處理

同義詞的搭配組合好壞會直接影響到句子的表達效果，敦煌佛教歌曲的同義詞搭配組合有三種方式值得尤其關注，一是同義單、雙音節詞語的連用，如：

1. 何時值遇般若船，生死大河造浮橋，快消遙。（《空無主》）
2. 草木崚嶒掛綠蘿，石壁險嵯峨。（《證無為》）
3. 不是三冬總沒衣，誰能向此談揚說。（《三冬雪》）
4. 日昳未，造惡相連累。恒將敗壞身，徒勞漫破壞。（《十二時》）

"快—逍遙""險—嵯峨""談揚—說""徒勞—漫"分別構成了同義的單、雙音節詞語的連用，很顯然，由連用而構成的三字短語的意義要比單純的單音節詞語或者雙音節詞語的意義要明確得多，而且最重要的是便於理解。因為這些配對的單、雙音節詞語多文白夾雜、同義互補、新老並舉，這樣的語言表現方式對俗眾更好地理解教義內容是大有幫助的。

二是同義單、雙音節詞語的對用，如：

1. 天地玄黃辨清濁，籠羅萬載合乾坤。（《皇帝感》）
2. 文宣王，五常教，誇騁文章麗詞藻。（《驅催老》）

3. 不能知分感天恩，厭賤糧儲輕粟豆。（《十二時》）

"籠羅—合""誇騁—麗""厭賤—輕"分別構成了同義的單、雙音節詞語對用情形，使得詞語富於變化，語意顯得更加豐厚。

第三種組合方式是同義單音節形容詞的對用。這種對用方式和我們通常所見的上下句對應位置詞語的同義對舉是不一樣的，如：

1. 慧日消除凍水冰，本性湛然凝。（《求因果》）
2. 城外哭聲震地動，何期今日寶山崩。（《向山讚》）
3. 一願眾生普請遍，二願一切莫生疑。（《阿彌陀念佛讚》）

"凍—冰""震—動""普—遍"同義對舉，分別修飾限制"水""地""請"，使得語意更加明確，並造成了一種往復迴環之美。以上三種同義詞的搭配組合方式除廣泛運用於敦煌佛教歌曲之外，敦煌另外一種講唱文學的代表——變文也是大行其道，限於篇幅，不再多談。

五　熟語的改造

成語言簡意賅，是我們民族語言寶庫中的瑰寶，活用成語也是敦煌佛教歌曲創作中一種常見的修辭手段，通過對成語的加工和改造往往使語言變得生動別致，風趣幽默。歌曲中改造成語的方式主要有三種：

1. 易字：即更換原形中的個別成分。例如：

得隴望蜀→得千望萬（喻人貪得無厭，得寸進尺）

豐衣足食苦辭貧，得千望萬費心神。徒勞蓄積為他有，孤嗟役計一生身。（《百歲篇》）

說長道短→說凡道聖（議論他人是非好壞）

慚慢心，難誘勸，揀點師僧論貴賤。說凡道聖有偏頗，也是於身為大患。（《為大患》）

2. 易序：即改變成語原形成分的順序，如前舉"說長道短"一語，歌曲中說成"道長說短"，又如：

鑿壁偷光→偷光鑿壁

食時辰，偷光鑿壁事殷勤。丈夫學問隨身寶，白玉黃金未是珍。（《十二時》）

如花似玉→似玉如花

休誇似玉如花貌，年去年來數便老。須知浮世片時間，莫作久長千歲調。（《拋暗號》）

3. 化簡為繁：成語言簡意賅，高度概括，佛教歌曲將其拆分化解，通俗易懂，便於說教，如：

自作自受→自作自身當、身作身當身自受、自身作罪自身當

禍從口出→多言多語多有過，多事多饒禍

十指連心→十指咬著無不疼

從上面所舉例子可以看出，成語改造之後，歌曲語言在變得生動詼諧的同時，也變得明白曉暢，更易於說教。"得隴望蜀"的典故未必人人知曉，而"得千望萬"一語來得更簡單，又不失典雅。成語形式的化簡為繁（實際上是對成語的通俗注解），意圖更加明顯，就是為了從語言上拉近與聽講者之間的距離，以便更有效地展開交流，引起雙方心靈上的共鳴。

諺語是長期流傳下來的寓意豐富的一些古訓、俗語，是勞動人民智慧的結晶。

敦煌佛教歌曲中保留了大量的古訓俚語，既反映了群眾口頭創作的靈活性和智慧，又體現出了熟語使用過程中的不斷調整和完善。如今天常說的"有福之人不用忙，無福之人跑斷腸""有福不在忙，沒福瞎慌張"等，歌曲中是這樣說的："有福之人拱著手，衣食元來有。無福之人終日忙，少食沒衣裳"。"拱著手"和"終日忙"對比，非常形象生動地點出了"福由天定"的"真理"。今語"揀了芝麻丟了西瓜"，歌曲說成"針頭料得鍬頭擲，終是無成益"，"針頭""鍬頭"相對，喻揀小失大，貼近群眾生活。古語有"書中自有黃金屋""小不忍則亂大謀"，歌曲則有"讀書便是隨身寶""彼此不能相忍耐，小事翻為大"，語言淺顯，近乎白話。其他的如："眼中有翳須磨曜，銅鏡不磨不中照""憶食不餐常被餓，木頭不鑽不出火""地獄天堂恒對門""富貴奢華未是好，財多害己招煩惱""無福之人莫怨天，皆是少因緣分""太硬太剛全易折，枉用斤頭鐵"等，都用淺顯的比喻、通俗的語言道出了深遠而又耐人尋味的哲理。

六　辭格的運用

敦煌佛教歌曲除了節奏分明、聲韻鏗鏘流暢的歌唱特點，靈活多變、通俗明瞭的語言特色之外，還保留了佛典文學的善於鋪陳渲染的文學傳統，想像力豐富而又新奇。如表現佛國聖境的伯 2122、3210 卷之《化生子》：

拂金床，天雨天花動地香。更有諸方共獻果，委花旋被鳥銜將。

化生童子食天廚，百味馨香各自殊。無限天人持寶器，琉璃缽飯似珠。

化生童子見飛仙，花落空中左右旋。微妙歌音雲外聽，盡言極樂勝天。

化生童子問冬春，自到西方未見分。極樂國中無晝夜，花開花合辨朝昏。

天雨、天花、天廚、天人、飛仙、妙音，完全是一幅奇妙圖畫，無不令人心馳神往，這也是佛教的魅力所在。敦煌佛教歌曲中修辭手法也是活潑多樣，比喻、誇張、對偶、排比、反復、層遞、頂真、呼告、映襯等修辭手法應接不暇，這使得敦煌佛教歌曲的內容更加豐富多彩，更易於民間的廣泛流傳。

如描繪地獄的酷罰，多用比誇張和鋪陳，駭人聽聞，如斯6631、伯4597等卷的《失調名·和菩薩戒文》：

諸菩薩，莫沽酒，沽酒洋銅來灌口。足下火出焰連天，獄卒持鉾斬兩手。總為昏癡顛倒人，身作身當身自受。仍被驅將入阿鼻，鐵壁千重無處走。

諸菩薩，莫自說，自說喻若湯澆雪。造罪猶如一剎那，長入波吒而悶絕。連明曉夜下長釘，眼耳之中皆泣血。罪因罪果罪根深，乃被牛頭來拔舌。不容乞命暫分疏，獄卒持杈使夾膝。

宣唱修道之苦行，則多用映襯渲染之技法，感天動地，如斯2204、0126、1523卷摹唱太子入山修道之《證無為·太子贊》：

車匿報耶輪，太子雪山居。路遠人稀煙火無，修道甚清虛。
寂淨青山好，猛獸共同緣。峻嶒石閣與天連，藤蘿繞四邊。
孤山高萬仞，雪嶺入層霄。寒多樹葉土成條，太子樂逍遙。
雪山嵯峨峻，峻嶒□□□。石壁重重近天河，險峻沒人過。
千年舊雪在，溪穀又冰多。草木峻嶒掛綠蘿，石壁險嵯峨。
雪嶺南面峻，太子坐盤陀。六賊翻作六波羅，修道苦行多。

勸人行孝向善則多取譬喻對比，引經據典，感人肺腑，如斯 5564、6270、6274、6981、4438 等卷的《十恩德》：

今日說向君，苦哉母腹似刀分，楚痛不忍聞。如屠割，血成盆，性命只恐難存。勸君問取釋迦，慈母報無門。

說著鼻頭酸，阿娘腹肚似刀剜，寸寸斷腸肝。聞音樂，無心觀，任他羅綺千般。乞求母子面相看，只願早平安。

今日各須知，可憐慈母自家饑，貪喂一孩兒。為男女，母饑羸，縱食酒肉不肥。大須孝順寄將歸，甘旨莫教虧。

抬舉近三年，血成白乳與兒，猶恐更饑寒。聞啼哭，坐不安，腸肚萬計難翻。任他笙歌百千般，偷眼豈須看。

幹處與兒眠，不嫌污穢及腥膻，慈母臥濕氈。專心縛，怕磨研，不離孩兒體邊。記之慈母苦憂憐，恩德過於天。

除母更教誰，三冬十月洗孩兒，十指被風吹。慈烏鳥，繞林啼，銜食報母來歸。枝頭更教百般飛，不孝也應師。

總而言之，為了廣泛宣傳佛教思想，擴大教團力量，作為宣傳教義、引導法事進行的重要媒介，敦煌佛教歌曲無論是從內容，還是形式上都做了積極而又有意義的探索。從敦煌遺書中留存的大量佛教歌曲中可以看出，佛曲宣唱的內容融合了許多世俗的傳統倫理道德思想，形式上也是大量借鑒中華民族優秀的音樂、語言等表現手法和技巧，形成了深受群眾歡迎的新的藝術形式。趙璘《因話錄》卷四云："有文淑僧者，公為聚眾譚說，假託經論，所言無非淫穢鄙褻之事，不逞之徒轉相鼓扇扶樹，愚夫冶婦樂聞其說，聽者填咽寺舍，瞻禮崇奉，呼為和尚，教坊效其聲調以為歌曲。其氓庶易誘，釋徒苟知真理及文義稍精，亦舍嘬鄙之。"韓愈《華山女》云："街東街西講佛經，撞鐘吹螺鬧宮廷。廣張罪福資誘脅，聽眾鏦恰排浮萍。"唐代佛教說唱佛曲在民間受歡迎的程度可想而知。

第四章

敦煌歌辭語詞研究

第一節　敦煌歌辭語詞研究的價值

敦煌歌辭作者不拘，內容豐富，題材廣闊，且文獻抄本眾多，書手文化水準又參差不齊，所以其所提供的語料也格外全面，另外歌辭明白曉暢、不避俚俗的古白話特點對近代漢語的研究更有獨到的價值。

一　文獻抄本文字對漢字字用及語音研究具有重要價值

由於敦煌歌辭文獻的民間性，文獻抄本中有大量的形近誤字、音近誤字及大量的俗寫字。單就字形來說，敦煌歌辭抄本中有大量簡化俗字（划橫线），如初一<u>𥘉</u>、深一<u>㴱</u>、眉一<u>睂</u>、陽一<u>阦</u>、裰一<u>裰</u>、幞一<u>幞</u>、胥一<u>𦙍</u>、官一<u>宦</u>、豸一<u>犭</u>、瘦一<u>㿋</u>。有些字就是我們今天在使用的簡化字，如萬一<u>万</u>、禮一<u>礼</u>、來一<u>来</u>、亂一<u>乱</u>、為一<u>为</u>、個一<u>个</u>等；而有些字處在繁簡字變化的過度階段，如開一<u>开</u>一开、姦一<u>奸</u>一奸、繼一<u>継</u>一继、體一<u>躰</u>一体、與一<u>与</u>一与、纏一<u>纒</u>一缠、斷一<u>𣃤</u>一断、備一<u>俻</u>一备等。同時抄本中也有大量繁化字，如殷勤一<u>慇懃</u>、舞一<u>儛</u>、欲一<u>慾</u>、難一<u>戁</u>、蕊一<u>蘂</u>、燕一<u>鷰</u>、雁一<u>鴈</u>、忞一<u>恠</u>、園一<u>蘭</u>、焦一<u>燋</u>、回一<u>迴</u>、斤一<u>釿</u>、希一<u>悕</u>、笑一<u>咲</u>（咲）、狗一<u>猗</u>等，而有些繁化字不見於字書，如壇寫成<u>壜</u>，逃寫成<u>逃</u>，輪寫成<u>輪</u>，紙寫成<u>𥿄</u>，質寫成<u>贊</u>，麗寫成<u>孋</u>，斗寫成<u>斞</u>，胃寫成<u>䏏</u>，腸肝寫成<u>膓肝</u>，拋寫成<u>抛</u>，勞碌寫成<u>勞</u>籠，暫、漸寫成<u>暫</u>，等等。這些字用現象對漢字書寫形體的演變及敦煌歌辭所反映的唐代語音的研究具有重要的價值。張湧泉、黃征等學者曾就敦煌文獻中出現的俗字做過系統的研究，敦煌歌辭文獻中發現的一些字用現象，尤其是俗字的使用與其他敦煌文獻基本是一致的。茲僅列舉歌辭文獻中出現的一些形近誤字、音近誤字及俗體簡化字、異體字，以供比勘。

【形近誤字】

（前一字為正字，後一字為誤字。有些音也近的字歸入音誤字）

A

阿—向、何　愛—憂　愛—受　哀—衷　君—居　杞—犯　免—兌　建—律　蓋—盞　不—大

B

辨—辯　徧—偏　巴—己　北—比　氷—水　把—杞　把—抱　背—皆

C

操—探　促—捉　麁—鹿　腸肝—暘酐　腸肚—暘肛　摧—催　此—北、比　嵯峨—蹉跎　車—東　衝—衢　持—侍　持—特

D

丹—舟　對—剉　代—伐　短—矩　打—杆　待—侍

E

額—顏　恩—思　膚—庸

F

復—後　腹—腸　肥—肌

G

觀—歡、勸　共—其　戈—弋　代—伐

H

何—向　河—何　侯—候　孩—孤　恒—垣　壞—懷

J

江—紅　盡—畫　嘉—喜　佳—住　及—乃　戒—哉　將—特　劫—却　君—居　短—知、矩

K

苦—若　可—阿　母—毋

L

侶—估　屢—婁　綠—淥　來—未　憐—隣　兩—雨　撩—僚　魯—曾　六—大　樓—摟　淪—论

M

沐—休　母—每　莫—奠　滿—蒲　免—兌

N

奴－如　佞－侫

P

拍－怕　朋－明　朋－用　撲－樸

Q

勤－勒　槍－搶　巧－污　情－倩　祈－析、折　却－劫　曲－典
老－栳　汎－沉

R

惹－若

S

梭－後　涉－陟　書－畫　是－足　侍－待　損－捐　雛－難
水－氷　嵩－蒿　誰－維　瘦－廋　少－小　騷－膅

T

淡－談　同－向　徒－侍　體－禮　跎－跑

W

午－干　忤－干　胃－冒　刎－別　問－向　往－住　王－主
晚－脫

X

心－公　向－何　宜－宜　新－親　袖－抽　胥－胥　惜－借

Y

憶－億　玉－五　螢－熒　贏－贏　揚－楊　伴－伴　咽－因
以－似　殷－殿　遇－運

Z

枕－忱、扰　帳－悵　周－用　杖－仗　暫－蹔　真－直　憎－增
齋－齊　澤－釋

【音近誤字】

（前一字為正字，後一字為誤字）

A

暗－闇

B

步－部　半－博、遍　絆－伴　膊－博、搏　拌－判、潘　薄－博
畢－必　比－被　彼－比　被－備　白－帛　辨－便　胞－泡　蔽－被

保—報　罷—霸　鼻—弼　遍—變　飽—胞　邊—遍　撥—鉢　波—頗
杯—悶

C

曹—遭　承—丞　鎚—塠　才—財　沉—枕　禅—蝉　穿—川
喘—川　穿—川　川—穿　馳—崎　辭—詞　辭—思　辭—詞　裁—財
熾—職　腸斷—長短　臣—辰　測—則　趁—剩　措—醋　塵—陳
成—衝—充　辰—神　場—張　陣—陳　除—慈　腸—傷　場—長
逞—呈　程—呈、逞　瓏璁—籠棇　楚—初　遲—之　崔—催　催—摧
推—崔　垂—睡　顫—戰

D

堂—當　當—常　戴—載　擣—禱　洞—同　動—黨　憚—旦　單—
軌　滴—的　斷—段　雕—凋　待—大　帶—載　獨—觸　朵—垛、墮
垛—墮　惰—墮　當—常　倒—到　諦—帝　德—得　得—德　毒—獨
烽—風

E

娥—俄

F

紛—分　紛紜—芬紜　氛—粉　負—附　負—父　覆—付　妨—防
方—防　敷—浮　紛—雰　坊—方　飛—非　非—飛　翻—潘　飯—泛
幡招—翻照　腹—服　翻—返、飜　樊—蕃　繁—煩

G

更—耕　更—敬　辜—呼　固—故　公—功　攻—功　攻—工　躬—
弓　宮—弓　哥—謌　鼓—固　革—格　溉—蓋　概—蓋　沽—酤　甘—
敢　郭—廓　裹—令　光—廣

H

緩—暖　緩—換　喚—換　呼—呼　壺—胡、湖　痕—根　浩—皓
紅—弘　禾—和　何—和　環—還　皇—黃　華—花　慧—惠　惑—或
壞—懷　渾—魂

J

迦—加　髻—起　劍—見　經—今　金—今　今—金　捲—倦　競—
逕　嫁—家　靖—靜　將—帳　階—皆　郡—縣　積—跡　筋斗—巾斗
君—軍　久—九　積—即　腳—級、劫、接　繼絆—計半　競—竟

競—兢　劫—接　境—敬、應、鏡　驚—更　講—養　敬—淨　靖—敬　記—己　較—交　教—交　際—濟　夾—狹、俠、峽　盡—真　幾—己　覺—教　覺—角　夾—頰　階—皆　捲—涓

K

靠—槁　狂—往

L

蘿—羅　羅—絡　鑼—羅　洛—落　邏—樂　樂—落　淪—輪　輸—殊　嶺—領　攔—爛　攔—闌　闌—蘭　簾—廉　蓮—連　蓮—蟬　連—聯　憐—連、蓮　凜—檁　簾—廉　撩—遼　嘹—寮、撩　爐—鑪　六—綠　流—留　留—流　旅—呂　列—烈　臨—林　林—霖　髏—樓　露—路　路—露　瓏—籠　玲—鈴　艣—虜　淪—論、輪　令—里　利—領　利—裏　裏—令　碌—籠　侶—旅　老—考　崚嶒—愣層

M

母—某　母—奴　憫—愍、慜　瞞—滿　謾—滿　模—侔　麽—磨　漠—莫　寞—莫　慕—暮　驀—莫　驀—陌　眠—綿　夢—蒙　忙—荒　朦朧—蒙龍　茫茫—忙忙　面—免　瑪瑙—馬瑙、馬惱、馬腦　美—靡　昧—妹　蜜—彌　麽—摩　牟—摩、魔　蜜—密　憫—愍、慜　鳴—明、名　名—明　明—名　明—門　鳴—名

N

努—奴、怒　南—難　娘—郎　逆—義　惱—腦　佞—寧　奈何—乃河、奈河、乃何　念—捻

O

鷗—漚

P

娉—騁　嬪—頻　頻—貧　偏—篇　葡萄—蒲桃　浦—補　撲—僕　半—畔　滂—傍　篷—崩　披—被　畔—滿　坡—泊、頗　飄—漂、標　屏—併　拍—白

Q

雀—鵲　鵲—雀　青—清　輕—清　妻—清　青—清　輕—情　綺—衣　啓—稽　砌—清、青　杞—去　起—去　氣—去　氣—起　乞—訖　豈—起　取—趣　秦—臣　秋—修　琴—禽　遷—千　喬—橋　毬—求　錢—前　衾—姓　曲—鞠、衢

R

遠一堯　穰一穰、攘　溶一容　潤一閏　荏苒一任染　柔觸一油路
如一於　如一而　如一而　燃一然　蓉一容　刉一刃

S

燒一小　少一小　侍一士、仕　蘇一酥　壽一受　瘦弱一受若　是一
事　是一似　稍一捎　升一生　生一身　神一身　身一心　慎一甚　笙
生　宿一夙　夙一宿　聲一成　塞一賽　隋一隨　使一駛　勝一盛　誰一
隨　索一色　似一四　使一史　傷一常　尚一上、相　酸一算　首一手
世一勢　誰一須　殺一煞　獸一狩　姿一斯　樹一數　寺一士　視一旹

T

擡一臺　彈一揮　堂一當　咷一姚　填一田　泰一太　廳一聽　聽一廳
圖一途、徒　徒一途　迢一條　停一亭　舵一馱　褪一退　屠一啚　啼一
亭　滔滔一涛涛、翹翹、投一頭

W

矧一椀　妄一忘　忘一望　忘一罔　往一網　無一微　晚一万　問一聞
聞一問　為一違　為一委　為一聞　為一唯　謂一為　微微一為為　惟一
維、唯　維一為　污一烏　文一聞　物一勿　吾一五

X

獻一顯　絃一懸　廂一相　相一想　鄉一香　向一鄉　向一響　祥一
詳　稀一希　希一悕　惜一昔　席一悉　新一薪　新一親　新一西　新一
辛　新一身　仙一賢　仙一山　匣一俠　消一霄　匈一智　宵一霄　霄一
蕭　獻一戲　瑕一暇　刑一形　性一姓　腥一西　星一姓　心一須　心一
行　俠一協　心腸一尋常　現一見　須一誰　腥膻一醒醴　緒一序　消一
綃　曉一耀　效一交　懸一縣　喜一憙　瀉一寫

Y

胭一烟　筳一煙　腰一要　妖一腰　與一以　以一已　以一已　以一
与　憶一依一一憶　衣一依　醫一依　憶一億　鷹一膺　鸚一鶯　願一怨
妖一遙　因一金　遙一搖　燕一煙　夜一也　移一於　漁一魚　恙一佯、
陽　悅一越　遠一院　贏一盈　友一有　原一元　憶一億　憂一優　優一
憂　育一欲　研一言　淹一掩　印一隱　圓一演、渲　業一葉　胭脂一燕
支　移一餘　營一榮　瑩一螢　猶一尤　由一猶　遊一猶　冤一怨　原一
元　欲一慾　焰焰一炎炎　也一夜　愚一遇　褥一辱　疑一宜

Z

章—張　值—直　藻—操　杖—丈　珠—殊　哉—裁　整—正　整—政　爭—靜　專—穿　子—止　紫—子　洲—舟　朱—珠　正—政　值—時、是　縱—衆　珠—殊　筑—竹　朱—珠　指頭—即投　征—真　真—珍　真—神　鑄—注　終—中　渚—煮　綴—墜　知—之　之—知　知—諸　之—諸　諸—之　值—置　肢—支　再—在　爭功—靜工　旨—脂　縱—從、蹤　洲—舟　整—正　臟—藏　燭—獨　逐—築　奏—走　濯—濁　猪—諸　中—忠　灾—哉　爭—靜　莊—裝、蛛　詐—乍　恣—姿　宗—曾　忠—中　暫—漸　珠—株　只—質　質—只　室—質　莊—粧　周—舟、州　鍾—中　重—衆　賺—湛　置—至　衆—種、重、宮　坐—座　滋—資　澡—操　鎮—進　追—珠　囑—屬

【俗體簡化字】

（後一字為敦煌歌辭簡化字形）

A

礙—碍

C

纏—缠　嘗—尝　單—单　聰—聪

D

斷—斲、断　獨—独　東—东　臉—脸

F

佛—仏

G

歸—帰　箇—个　觀—观　國—国　裏—里　蓋—盖

J

將—将　捲—卷　饑—飢

L

糧—粮　憐—怜　亂—乱　來—来　禮—礼　戀—恋

M

麥—麦　彌—弥　彌—弥　貌—皃　門—门

P

憑—凭

Q

槍—枪　齊—斉　棄—弃　卻—却

S

隨—随　捨—舍

T

濤—涛　嘆—叹　條—条

W

為—为　萬—万　無—无　聞—闻

X

學—斈　攜—携　鹹—咸　興—兴　閑—闲

Y

與—与　禦—御　雲—云

Z

災—灾　準—准　著—着

【異體字】

（後一字為敦煌歌辭用字）

B

遍—徧　杯—盃　閉—閇　柏—栢　鬢—𧞞　備—偹　冰—氷　臂—𦢊

C

彩—綵　船—舡　刺—剌　麤—麁　聰—聡　窗—窓　臭—臰　餐—喰、飱　叢—藂　嵯峨—嵳峩　讒—䜃　牀—床　慚—慙　唇—脣　插—揷　豺—犲

D

堆—塠　擣—搗　鬥—鬭、閗　睹—覩

E

惡—悪

F

飯—飰　泛—汎　罰—罸　彷彿—髣髴

G

國—圀　歌—謌　廓—墎　閣—閤　剛—㓻

H

輝—暉　魂—䰟　喊—噉　歡—懽

J

姜—薑　競—竸　劍—劎　疆—壃（壇）　階—堦　雞—鷄

L

鄰—隣　吝—恡　崚—磟　留—畱　懶—嬾　梁—樑　略—畧

M

脈—脉　覓—覔

N

泥—埿　嫩—嬾　暖—煖

P

拋—抛　佩（玉佩）—珮　匹—疋

Q

悽—恓　乾—乹　憔悴—顦顇　驅—駈　群—羣　棋—碁　乾—乹

R

蕊—蘂　繞—遶　肉—宍　軟—輭

S

蛇—虵　蘇—甦　算—筭　疏—疎　時—旹

T

圖—啚　啼—渧　陀—陁　途—塗　體—軆、躰　托—託

W

襪—韈　餵—餧　喂—餵　翫—玩　碗—椀　舞—儛　洞—峒

X

僊—仙　閒—閑　險—嶮　效—効　修（修習）—脩　膝—脒
婿—壻、聟　胸—胷　脅—脇　弦—絃

Y

嚴—嵓　豔—艶　燕—鷰　腰—䙅、䠇　園—薗　殷勤—慇懃　耀—
曜　燕—鷰　鶯—鸎　揚—颺　雁—鴈　嫌—慊　影—濎　魚—歔

Z

珍—珎　暫—蹔　障—鄣　職—軄　總—惣　卒—卆

二　可以修正或補充辭書對新詞出現時代的推斷

　　敦煌歌辭基本都是唐、五代時期的作品，沒有遲入宋代的，因此敦煌歌辭對辭彙的斷代研究很有價值。有許多辭書基本上能反映詞義出現的時

代，而敦煌歌辭中出現的許多語詞可以對辭書的引例進行有益的補充或修正，比如《漢語大詞典》（羅竹風主編，上海辭書出版社 1993 年版）中有許多詞條的語例都落後於敦煌歌辭用例。如：

【把截】

1. 龍沙塞，路遠隔恩波。每恨諸蕃生留滯，只緣當路寇讎多，抱屈爭奈何。（《望江南》"龍沙塞"）

此首《望江南》，共 4 個寫卷，分別是伯 3128、伯 2809、伯 3911、斯 5556 卷。據考證其作詞時代在後晉天福五年（公元 940 年）二月至開運四年（公元 947 年）三月之間。① "當路"，伯 2809、伯 3911 卷如是寫；伯 3128、斯 5556 卷均作 "把截"，二詞當為同義詞，猶把守堵截。《漢語大詞典》"把截" 詞條語例引（宋）司馬光《涑水記聞》卷十二："又令入內西頭侍奉官、走馬承受公事石全正把截十二盤路口。" 顯系晚出之例。

【沉機】

2. 每抱沉機扶社稷，一人有慶萬家榮。早願拜龍旌。（《望江南》"邊塞苦"）

此首《望江南》，據考證其作詞時代在後晉開運四年（公元 947 年）三月。② 沉機，猶深謀。《漢語大詞典》該詞條例舉（清）夏燮《中西紀事·海運利漕》："是則聚訟盈庭，謀同築室；沉機運算，功在反掌。" 語例太晚。

【草頭】

3. 正南午，正南午，人命猶如草頭霜。火急努力勤修福，第一莫貪自迷誤。（《十二時》"正南午"）

4. 草頭霜冷誤中年，誤中年。先須學取禮儀全，誓願莫歸還。（失調名 "草頭霜冷誤中年"）

5. 宿兮草頭坐，風吹漢地衣裳破。（《胡笳十八拍又一拍》）

草頭，猶言草端、葉尖。《漢語大詞典》該詞條例引（元）薩都剌《酹江月·登鳳凰臺懷古用前韻》詞："遙憶王謝功名，人間富貴，散草頭朝露。" 語例太晚。

【生分】

6. 辭父娘了，入妻房，莫將生分向耶娘。君去前程但努力，不敢放慢向公婆。（《搗練子》"辭父娘了"）

---

① 湯涒：《敦煌曲子詞地域文化研究》，上海古籍出版社 2004 年版，第 22 頁。

② 同上。

7. 經營財寶人生分，須平穩。(《十無常》"每思人世流光速")

生分，猶冷淡、疏遠之義。《漢語大詞典》該詞條引（元）李致遠《還牢末》第一折："若取回來，不生分了他心？過幾日慢慢取罷。"語例太晚。

【可憎】

8. 南臺窟裏甚可憎，裏許多饒羅漢僧。吉祥聖鳥時時現，夜夜飛來點聖燈。(《五台山贊》"道場屈請暫時間")

可憎，反訓為義，猶言可愛。敦煌變文中亦有語例，如《長興四年中興殿應聖節講經文》："可憎猢子色茸茸，抬舉何勞餧飼濃。"①《漢語大詞典》該詞條例引（金）董解元《西廂記諸宮調》卷一："你道是可憎麼！被你直羞落庭前無數花。"語例嫌晚。

【鬧】

9. 送回來，男女鬧，為分財物不停懷懊惱。看看此事到頭來，猶不悟無常拋暗號。(《拋暗號》"休誇似玉如花貌")

鬧，爭吵、吵鬧。《漢語大詞典》該詞條例引《儒林外史》第二四回："自然是石老鼠這老奴才把萬家的前頭娘子賈氏撮弄的來鬧了！"語例太晚。

【意氣】

10. 設深機，窺小利，恨不剜挑人腦髓。飽餐腥血飲杯觴，恣長無明生意氣。(《十二時》"日昳未")

11. 白牛駕車來運載，幹闐婆城中作宴會。二乘門外不忍看，菩薩端坐意氣大。(《行路難》"常捏龜毛為置網")

意氣，猶情緒。《漢語大詞典》該詞條例引（元）白樸《牆頭馬上》第四折："心中意氣怎消除？"語例太晚。

【強詞】

12. 鬥打兩家因此起，各說強詞理。(《求因果》"鬧打兩家因此起")

強詞，無理強辯之詞。《漢語大詞典》該詞條例引（元）無名氏《殺狗勸夫》第四折："使不著你癩骨頑皮，逞得精神，說的強詞。"語例太晚。

---

① 文中凡引敦煌變文皆見於黃征、張湧泉《敦煌變文校注》（以下簡稱《校注》），中華書局 1997 年版。

【不期】

13. 王母一見甚玲瓏，花林玉樹競開紅。比聞仙桃難可見，不期今日得相逢。（《聽唱張騫一新歌》）

不期，謂意想不到、出乎意外。《漢語大詞典》該詞條例引（元）王實甫《西廂記》第二本第二折：“不期有賊將孫飛虎，領兵半萬，欲劫故臣崔相國之女。”語例太晚。

【不是】

14. 共別人好，說我不是，得莫辜天負地。（《漁歌子》“繡簾前”）

不是，猶言錯誤、過失。《降魔變文》中亦有相同語例：“幸願老人照察看，妄說災祥誰不是。”《漢語大詞典》該詞條例引《清平山堂話本·快嘴李翠蓮記》：“適間婆婆說你許多不是。”語例嫌晚。

【張眉努目】

15. 張眉努目喧破鑼，牽翁及母怕你麼。皆不出離三界坡，將為此苦勝蜜多。那羅邏何，舍此惡法須舍□。（《悉曇頌》“何邏何”）

張眉努目，指揚起眉毛，瞪著眼睛，喻粗獷淺露。《漢語大詞典》該詞條例引（清）陳廷焯《白雨齋詞話》卷二：“若文及翁之‘借問孤山林處士，但掉頭笑指梅花蕊，天下事，可知矣。’不免有張眉努目之態。”語例太晚。

【筋疲力盡】

16. 八十八，筋疲力盡如枯劄。氈褥從君坐萬重，還如獨臥寒霜雪。（《百歲篇》“八十八，筋疲力盡如枯劄”）

筋疲力盡，謂筋肉疲乏，體力竭盡。《漢語大詞典》該詞條例引《官場現形記》第一回：“趙家一門大小，日夜忙碌，早已弄得筋疲力盡，人仰馬翻。”語例太晚。

【萬裏迢迢】

17. 一隊風來一隊塵，萬裏迢迢不見人。（《浣溪沙》“一隊風來一隊塵”）

萬裏迢迢，形容路程遙遠。《漢語大詞典》該詞條例引（清）劉獻廷《廣陽雜記》卷四：“女家貧，人口眾，萬裏迢迢，何以當此。”語例太晚。“萬裏迢迢”歌辭中還作“萬裏迢停”：“萬裏迢停不見家，一條黃路絕鳴沙。”（《浣溪沙》“萬裏迢停不見家”）“停”當是“遞”之音誤，“迢停”即“迢遞”，“迢遞”義同“迢迢”。

【高低】

18. 十首詞章贊不周，其如端正更難儔。高低自有神靈護，晝夜爭無聖眾遊。樣好已知通國惜，功多須是大家修。微僧敢勸門徒聽，直待莊嚴就即休。（《十偈辭》“十首詞章贊不周”）

19. 或公私，或營討，不揀高低皆擾擾。一生多是聚眉愁，百年少見開顏笑。（《十二時》“平旦寅”）

20. 不論貴賤與高低，揀甚僧尼及道侶。除卻牟尼一個人，餘殘總被無常取。（《無常取》“不論貴賤與高低”）

例 18 “高低”作“不管怎樣，無論如何”講，《漢語大詞典》是義例引（明）湯顯祖《紫簫記·捧盒》：“今日到十郎書院，見他家青兒，到也眉目幹淨愛人子，不如明日十郎到我府中，高低把青兒舍與我吧！”語例太晚。例 19 “高低”作深淺輕重，利害得失講，《漢語大詞典》是義例引《西遊記》第二六回：“那童子不知高低，賊前賊後的罵個不住。”語例太晚。例 20 “高低”作尊卑貴賤講，《漢語大詞典》是義例引《京本通俗小說·拗相公》：“江居稟道：‘相公白龍魚服，隱姓潛名，倘或途中小輩不識高低，有謗諍相公者，何以處之？’”語例太晚。

【操勞】

21. 自從涉遠為遊客，鄉關迢遞千山隔。求宦一無成，操勞不暫停。（《菩薩蠻》“自從涉遠為遊客”）

操勞，勞心、操心之義。《漢語大詞典》該詞條例引《紅樓夢》第三三回：“一則可慰王爺諄諄奉懇之意，二則下官輩也可免操勞求覓之苦。”語例太晚。

【慇懃】

22. 食時辰，偷光鑿壁事慇懃。丈夫學問隨身寶，白玉黃金未是珍。（《十二時》“食時辰”）

慇懃即殷勤，勤奮。《漢語大詞典》該詞條例引《西遊記》第二七回：“行者道：‘弟子亦頗殷勤，何常懶惰？’”語例太晚。

【拐】

23. 拜別時，日將晚，欲去佯尋詐悲戀。父邊螫咬覓零銀，母處含啼乞釵釧。（《十二時》，一二八一）

佯，伯 3087 卷又寫作“拐”，由句義及異文對應關係來看，“拐”與“佯”義當相近，即欺騙，假裝之義。“拐”之是義《漢語大詞典》例引

（元）關漢卿《魯齋郎》楔子："推整壺瓶生巧計，拐他妻子忙逃避"，語例太晚。

【差殊】

24. 死又生，生又死，出沒憧憧何日已。或前或後即差殊，一例無常歸大地。（《十二時》，一三二〇）

差殊，據文義，當為差異，不同。《漢語大詞典》是義例引金王若虛《五经辨惑下》："三代損益不同，制度名物，容有差殊。"語例嫌晚。

三　可以糾正或補充《漢語大詞典》對某些詞語的釋義

上文例 8 提到的"可憎"一語，乃可愛之義，《漢語大詞典》雖列"可愛"的義項，但對此詞應用範圍卻進行了限制，認為此詞"表示男女極度相愛的反語"，並舉金元戲曲為證。由例 8 和變文中的例子來看，"可憎"不必專指男女之事。可見《漢語大詞典》可能由於受文獻材料所限，對個別詞語的解釋存在偏頗之處。再如"慇懃"一語，敦煌歌辭中還有"辛苦"之義：

25. 第四咽苦更難言，慇懃育養轉加難。好物阿娘不都喫，調和香餌與兒餐。（孝順樂。孝順樂。孝順阿耶娘。孝順樂。）（《孝順樂》"第四咽苦更難言"）

26. 就中第五更難陳，阿娘日夜受慇懃。勝處安排與兒臥，心中猶怕練兒身。（孝順樂。孝順樂。孝順阿耶娘。孝順樂。）（《孝順樂》"就中第五更難陳"）《漢語大詞典》未有此義。再如：

【爭似】

27. 休將舜日比堯年，人安泰。爭似聖明天。（《感皇恩》"當今聖壽比南山"）

28. 為他男女受波吒，爭似隨時謀嫁遣。（《十二時》"晡時申"）

似，有強烈的比較意味，爭似，猶"怎比"。例 27 句是說古代聖君猶尚不及當今天子聖明；例 28 句是說與其為了兒女的婚嫁而屠宰宴客，因此死後受地獄之苦，還不如不事鋪張地隨時嫁遣，可免殺生惡業。而《漢語大詞典》卻擬"爭似"為"怎似"，沒有突出"似"字的比較意味（《總編》686 頁訂"爭似"為"真是"，更誤）。

【歡喜冤家】

29. 拜別時，日將晚，欲去伴尋詐悲戀。父邊螫咬覓零銀，母處含啼乞釵釧。

得即欣，阻即怨，歡喜冤家相惱亂。去後搜尋房臥中，點檢生涯無一半。”（《十二時》“晡時申”）

在這裏“歡喜冤家”指的是親中有怨、怨中有親的父母和子女。《總編》謂：“‘親’中有冤，如兒女輩，乃‘歡喜冤家’。”（1642 頁）然而《漢語大詞典》的解釋卻是：“指似怨恨而實相愛的戀人或夫妻。”顯然《漢語大詞典》的解釋是片面的，近現代漢語中仍然稱似恨實愛，給自己帶來苦惱的孩子為“冤家”，如杜鵬程《保衛延安》第二章：“她把孩子摟到懷裏，眼淚從那幹皺的臉上淌下來。邊哭邊說：‘唉，不懂事的冤家。’”

【認】

30. 被父母將兒匹配，便認多生宿姻眷。（《傾杯樂》“憶昔笄年”）

認，認命。《漢語大詞典》認為作此義的“認”字後應加“了”，例引《二刻拍案驚奇》卷三一：“況且死後，他一味好意殯殮有禮，我們番臉子不轉，只自家認了悔氣罷。”解釋和例證時代都有待進一步商榷。

【比試】

31. 世間情，終不恥，託手心頭勤比試。忽然失腳落三塗，不修實是愚癡意。（《愚癡意》“世間情”）

比試：權衡、衡量。《漢語大詞典》的解釋為：“彼此較量高低。多指比武。”例引《水滸傳》第十二回：“你敢與周謹比試武藝高低？如若贏得，便遷你充其職役。”無論是解釋，還是例證都不夠準確。

【勞生】

32. 彌陀佛，功力大，能為勞生除障蓋。猛拋家務且勤求，看看被送荒郊外。（《十二時》，一三一八）

勞生，伯 2054、伯 3087 卷和俄 Φ319、361、342 綴合本均作如是寫，由上下文義可知，勞生為眾生之義。伯 2714 卷“勞生”恰寫作“眾生”。《大詞典》未列是義，僅列“指辛苦勞累的生活”一義。勞生作眾生講，較常見。如宋《禪林僧寶傳卷第十九》：“勞生擾擾、對之者能幾人。”宋《東坡文集》：“勞生紛紛，未知所歸宿。”

四　許多熟語可以從歌辭中找到它的源頭

敦煌歌辭中不僅保存有大量的唐五代時期的口語詞，還保留了許多民間流傳的熟語。這裏所說的熟語主要指諺語，也包括成語、歇後語之類。這些熟語既有唐、五代時期所特有的，也有從古代一直流傳至今的。如：

【自作自受】

33. 死後輪回受苦忙，自作自身當。（《求因果》"一失人身萬不復"）

34. 故犯之人不避殃，自作自身當。（《求因果》"怕罪之人心改變"）

35. 總為昏癡顛倒人，身作身當身自受。（《和菩薩戒文》"沽酒戒"）

"自作自受"的最早出處是敦煌變文《目連緣起》："汝母在生之日，都無一片善心，終朝殺害生靈，每日欺淩三寶。自作自受，非天與人。"成語"自作自受"當是"自作自身當""身做身當身自受"的濃縮形式。

【有福之人不用忙】

36. 有福之人拱著手，衣食元來有。無福之人終日忙，少食沒衣裳。（《求因果》"有福之人拱著手"）

歌辭講的是福有天定的先驗唯心論，今俗語所謂"有福之人不用忙，無福之人忙斷腸"與歌辭所詠所指相同。

【丟了西瓜，撿了芝麻】

37. 針頭料得鍬頭擲，終是無成益。（《求因果》，"偏見賭錢无利益"）

"針頭料得鍬頭擲"言得了針頭（喻微小、微不足道的東西），失了鍬頭（喻重要的，舉足輕重的東西），比喻因小失大。料，選取，與後起熟語"撿了芝麻，丟了西瓜"意義完全相同。

五　許多俗語詞還留在今天的方言中

【攀】

38. 莫攀我，攀我太心偏。我是曲江臨池柳，者人折了那人攀。恩愛一時間。（《望江南》"莫攀我"）

39. 悔嫁風流壻，風流無准憑，攀花折柳得人憎。（《南歌子》"悔嫁風流聲"）

攀，有摘取、拗折之義。"攀"的這層意思在現代漢語中已經消失了，但北方方言中仍然保留了此種用法，如把"折樹枝"說成"攀枝子"。

【練】

40. 就中第五更難陳，阿娘日夜受殷勤。勝處安排與兒臥，心中猶怕練兒身。（《孝順樂》"就中第五更難陳"）

練，俗語，指在灰土、泥水等之中滾爬展轉，現今四川方言中尚有此語，通常寫作"辗"或"展"①。上句說雖然阿娘把孩子安排在幹處睡，可是心裏仍舊放心不下，恐怕他繼續尿濕，又會在濕被褥中展轉。

【可身】

41. 掖庭能織禦衣人，福尺襟襴盡可身。鬥染□□顏色好，水波紋裏隱龍鱗。（《水鼓子》"宮辭"）

可身，（衣服）合身。可，合也，《禮記・雜記下》："其所與遊辟也，可人也"，可人，謂合意之人。《漢書・酈通傳》："事有適可。""適可"即適合。今北方如甘肅、河北、魯南、東北等地方言常把衣服合身叫"可身"或"可體"。梁斌《播火記》四："嚴萍給金華穿上一看，可身可體，怪好的。"東北官話稱衣服合身為"可身兒"，如"這件衣服你穿著真可身兒"②。

【依頭】

42. 雪山成正覺，教我沒依頭。看花腸斷淚交流，榮華一世休。（《證無為》"雪山成正覺"）

依頭，謂依靠，和常見的表"依次"、表"順從"之義的"依頭"不同。"頭"為詞綴，"沒依頭"類似今天我們常說的"沒吃頭"（不好吃）、"沒看頭"（不好看）。今齊魯方言中常把"靠著的東西"叫"依頭"或"倚頭"。東北官話、冀魯官話稱"可以依靠的人"作"靠頭"，如："她盼女兒嫁個好女婿，有個靠頭。"③

【不揀】

43. 或公私，或營討，不揀高低皆擾擾。一生多是聚眉愁，百年少見開顏笑。（《十二時》"平旦寅"）

不揀，不管、不論。敦煌變文多用，如《廬山遠公話》："是人皆老，貴賤亦同，不揀賢愚，是共勞苦。""妙法經名既立，如來宣說流行，眾生不揀高低，聞經例皆發善。"《金剛般若波羅蜜經講經文》："此微塵之事義，其事甚深也。不揀山河大地，不揀日月星辰，不論三惡道中，不說十方世界。"

今河南方言仍有如是說，如安陽話："不揀誰都行，只要把事辦成。"

---

① 項楚：《敦煌歌辭總編匡補》，巴蜀书社 2000 年版，第 79 頁。

② 許寶華、宮田一郎：《漢語方言大詞典》，中華書局 1999 年版，第 1176 頁。

③ 同上。

汲縣話："你不揀啥時候兒來都中。"①

【不是】

44. 共別人好，說我不是。得莫辜天負地。（《漁歌子》"繡簾前"）

45. 命同人，相提篋，總向朱門陳懇切。不是三冬總沒衣，誰能向此談揚說。（《三冬雪》"命同人"）

例44 "不是"作"錯誤，過失"講，敦煌其他說唱文學作品中亦有，如《降魔變文》："幸願老人照察看，妄說災祥誰不是。"王梵志詩《可笑世間人》："背地道他非，對面伊不是。"② 今北方方言大多均作如是說，如"這是你的不是""我向您賠個不是"。例45 "不是"作連詞，表假設，作"要不是"講。在今天中原官話和蘭銀官話中，均可如是說，如："不是等你，我就走哩。"③

【能】

46. 七月孟秋秋漸涼，教兒獨寢守空房。君在尋常嫌夜短，君無恒覺夜能長。（《十二月》"七月孟秋秋漸涼"）

"能"和"恁"音近義同，作代詞，指這樣或那麼。句言君在之時，每感良宵苦短；君去之後，恒覺長夜漫漫。今天西南官話和吳語之中仍保留著此種用法，如雲南昆明話：你打扮得能漂亮！你今天起得能早。上海話：生活做得能巴結。 《曲藝選》：太陽出得能巴結，又紅又大滾圓的邊。④

【下】

47. 夜飲宮人總醉醒，起來逢下在中庭。金爐排火珠簾外，每處眈眈鳥獸形。（《水鼓子》"宮辭"）

"下"有住下，安歇之義，如（宋）孟元老《東京夢華錄·東角樓街巷》："東去乃潘樓街，街南曰鷹店，只下販鷹鶻客。"前引《西廂記》第一本第一折："官人要下呵，俺這裏有乾淨店房。"

【走】

48. 日入酉，莫學渴鹿驅焰走，空走功夫漫波波，法水何時得入口。（《十二時》"日入酉"，○九九三）

---

① 許寶華、宮田一郎：《漢語方言大詞典》，中華書局1999年版，第611頁。

② 文中凡引王梵志詩例句皆出自項楚《王梵志詩校注》，上海古籍出版社1991年版。

③ 許寶華、宮田一郎：《漢語方言大詞典》，中華書局1999年版，第613頁。

④ 同上。

"走"為"喪失，失去"義。《新編五代史平話·梁史上》："諕得尚讓頂門上喪了三魂，腳板下走了七魄。"今口語中仍然在用，如李六如《六十年的變遷》第二卷第七章："因為心不在焉，走了碰。這一手牌，本來只要一碰就可以落聽望和的。"

【辦】

49. 女人束妝有何妨，妝束出來似神王。乃可刀頭劍下死，夜夜不辦守空房。（失調名"上卻沙場別卻妻"）

"辦"作打算、準備講。此種用法在近現代口語中多見，如（宋）管鑒《玉連環·泊英州鐘石鋪》詞："已辦一蓑歸去，江南煙雨。"（宋）劉辰翁《霜天曉角·初春即事》詞："不管滿身花露，已辦著，二更看。"《明史·蔡懋德傳》："罷官命適至，或請出城候代。懋德不可，曰：'吾已辦一死矣，景昌即至，吾亦與俱死。'"今西南官話中仍稱"打算，準備"為"辦著"①。原文是說女人寧可到沙場戰死，也不再打算獨守空房。

六　可藉此探討與文化的關係

漢字具有拼音文字所無法比擬的豐富的表意性，因此有些辭彙往往承載著非常深厚的文化內涵，體現著中國人特有的情感和思想形態②。而敦煌石室中保留的數萬卷的敦煌寫本十分忠實地再現了當時的社會面貌和風土人情，集中反映了中古時期敦煌民眾豐富多彩的精神狀態③。因此敦煌寫本對我們用來考察辭彙與當時風俗文化的關係具有非常重要的價值。

（一）稱謂語與文化

在敦煌歌辭中有不少曲子詞、俗曲等是反映閨中少婦和丈夫或情夫的恩怨糾葛的，因此其中涉及到很多女子對丈夫或情夫的稱謂語，從這些形形色色的稱謂語中我們不僅可以看到"男尊女卑""夫貴妻榮"等傳統封建觀念的根深蒂固，也可領會到唐、五代人們對浪漫真摯愛情的追求和對夫妻不平等地位的衝擊。如女子對丈夫或情人的尊稱有"君王""公卿""金枝"等：

1. 正見庭前雙鵲喜，君王塞外遠征回，夢先來。（《阿曹婆詞》

---

① 許寶華、宮田一郎：《漢語方言大詞典》，中華書局 1999 年版，第 977 頁。
② 參拙文《敦煌寫本語詞與風俗文化組詞考》，《山東社會科學》2010 年第 7 期。
③ 高國藩：《敦煌民俗學》，上海文藝出版社 1989 年版，第 2 頁。

"昨夜春風入戶來")

2. 妾守空閨恒獨寢，君王塞北亦應知。(《阿曹婆詞》"當本衹言三載歸")

3. 待公卿回故日，容顏憔悴，彼此何如。"(《鳳歸雲》"綠窗獨坐")

4. 頻頻出戶，迎取嘶嘶馬。含笑覷，輕輕罵，把衣拽搏。巨耐金枝，扶入水精簾下。(《怨春閨》"好天良夜月")

蔣禮鴻曰："'君王'就是女子稱她的丈夫，這和外國女子稱丈夫為'我的主'是一樣的。"① "'公卿'指丈夫，這和《阿曹婆詞》稱丈夫為'君王'相同。俗文學裏的所謂'官人'，實際和公卿的意義也相同。"② 金枝，原是皇親國戚的尊稱，借用對郎君的尊稱。"這裏有嗔怪之義，表示少婦對自己尊貴的郎君的顛罔，有無可奈何之感，面對醉歸的郎君，只有將他扶入帳簾下休息了事。"③ 從以上這幾種稱呼來看唐、五代時期仍然十分流行以官稱自己的丈夫或情人的習慣，這種帶有明顯的地位和身份標識的稱謂折射出中國古代遺留下來的男尊女卑、夫貴妻榮的封建傳統思想。把自己的丈夫或情人儘量往高裏說，下迄公子，上至公卿、君王，這些稱呼既在充分尊重了對方，給足了對方面子的情況下又滿足了自己的虛榮心。再進一步說這也是中國幾千年來官本位思想在夫妻稱謂語中的深刻體現。顯然這種帶有濃厚的封建糟粕意識的稱呼在今天的夫妻稱呼語中早已不復存在，但是僅從敦煌歌辭中我們還是窺見了唐、五代時期仍然秉承著傳統的夫妻稱謂習慣。歌辭中亦有表示女子對丈夫或情人的謙稱，如"狂夫"(共出現 11 次)、"蕩子""小郎"等，貶損自己的丈夫或情人的謙稱說法亦是尊敬他人的一種表現，只不過就是前者尊敬的對象是自己的丈夫或情人，而後者尊敬的對象是除二人之外的第三者罷了。敦煌歌辭除了摹寫閨怨離愁之外，還有不少詩詞是描寫親昵纏綿的愛情生活的。在此類詩篇中夫妻或情人之間的稱謂就與上文所探討的尊稱和謙稱之類發生了很

---

① 蔣禮鴻：《敦煌變文字義通釋‧〈敦煌曲子詞集〉校議》，上海古籍出版社 1997 年版，第 599 頁。

② 同上書，第 593 頁。

③ 高國藩：《敦煌曲子詞欣賞》(以下簡稱高《賞》)，南京大學出版社 2001 年版，第 67 頁。

大的變化，“美稱”成了主旋律。段塔麗指出：“受禪宗思想的影響，以及唐初以來相對開放的社會風氣，有唐一代女性在婚姻生活中自主意識明顯加強。”[①] 從這些形形色色的稱呼中我們可以非常明顯地看出女子不再是夫妻或情人之中作為附庸而存在的一部分，而是成為愛情的主體之一。如“潘郎”一語，原指晉代潘岳，岳少時美容止，故稱。在敦煌歌辭中用以代指貌美的情郎。如《喜秋天》：“潘郎妄語多，夜夜道來過。賺妾更深獨弄琴，彈盡相思破。”《竹枝子》：“倘若有意嫁潘郎，休遣潘郎爭斷腸。”從這種親昵的稱呼中我們不難體會出夫妻或情人之間那種真摯熱烈的情感。又如“玉郎”一語，“玉郎”之“玉”乃美稱，玉郎用來指對男子的美稱。在歌辭中多特指女子對丈夫或情人的愛稱。《漁歌子》：“雅奴卜，玉郎至，扶下驊騮沉醉。”《柳青娘》：“青絲髻綰臉邊芳，淡紅衫子掩酥胸。出門斜撚同心弄，意恛惶。故使橫波認玉郎。叵耐不知何處去，教人幾度掛羅裳。”“含情喚小鶯，只問玉郎何處去。”再有“蕭郎”，對姓蕭的男子的敬稱，後以“蕭郎”指美好的男子或女子愛戀的男子。《宮怨春》：“柳條垂處也，喜鵲語零零，焚香啟告訴君情。慕得蕭郎好武，累歲長征。向沙場裏，輪寶劍，定欃槍。”

另外值得一提的是，敦煌歌辭中還出現了一例此前非常少見的妻子對丈夫的稱呼語“哥哥”，如《臨江仙》：“錦帳屏幃多冷落，何處戀嬌娥。回來直擬苦過磨，思量□得，還是諺哥哥。”此語在近現代民歌中多指女子對所愛男子的稱呼。如《民間情歌·芝麻結莢豆開花》：“芝麻結莢豆開花，哥哥愛我我愛他，我愛哥哥莊稼漢，哥哥愛我會當家。”《民間情歌三百首·纏住哥哥一顆心》：“情哥愛我情意真，托人要我織汗巾；扯把頭發織進去，纏住哥哥一顆心。”然表示妻對夫的稱呼用例卻並不多見。（宋）無名氏《朝野遺記》中有之：“光宗既愈，後泣謂曰：‘嘗勸哥哥少飲，不相聽。’”但距敦煌歌辭所屬時代相去已有一段距離。顧炎武《日知錄》卷二十四：“唐時人稱父為‘哥’”，稱丈夫或情郎為哥哥，正如《金瓶梅》等書稱情郎為“大大”，“大大”即父親。如果說潘郎、蕭郎、玉郎等美稱還不能非常明顯的看出夫妻或情人之間的那種親密關係的話，“哥哥”一語卻把夫妻或情人之間的無間而又平等的關係體現出來了。夫妻之間本沒有血緣關係，這樣的稱呼使得他們之間的關係更加親近。像哥哥這種稱

---

① 段塔麗：《論唐代佛教的世俗化及對女性婚姻家庭觀的影響》，《陝西師範大學學報》2010年第1期。

呼，以及潘郎、蕭郎、玉郎等稱呼和"君王""公卿""金枝""公子"等稱呼相比算是一種新型的親屬稱謂語。

（二）意象詞與文化（愛情象徵）

古代人們喜歡以針穿引彩線，在織物上繡出各種各樣的字畫，唐代更是如此。如晚唐秦韜玉《織錦婦》詩："合蟬巧間雙盤帶，聯雁斜銜小折枝。"《董永變文》中敘天女織錦："從前且織一束錦，梭聲動地樂花香。錦上金儀對對布，兩兩鴛鴦對鳳凰。"從歌辭中我們亦可看出敦煌地區這種風俗文化的盛行，如斯 2607 卷載失調名歌辭一首：

> 仕女鸞鳳，齊登金座。匡閑階□□專心，懇望轉加新。金絲線織成鸞，□□□□。□□邈得金枝，合蟬野馬，競逐紛紜。□□□□值千金，足蜂藥攢花滿。□□□□。只為無人往達。進入西秦，共練□□□然。織成端疋，遣家僮市賣。不□□□。紗窗每恨織錦紋。報仕女兩兩三三。□□歸鄰。從此後更也無人，日夜無効功。

上辭多訛闕，義不能詳，但大體可知該辭先寫女工織錦如何求精，後寫織成之後又徒自傷嗟，"反映唐代織女受剝削之嚴重"①。又如《傾杯樂》："憶昔笄年，未省離閣，生長深閨院。閑憑著繡床，時拈金針，擬貌舞鳳飛鸞。"此辭顯然描繪的是一懷春少女閨閣針繡的情景。

從所繡的圖案來看，主要有象徵愛情的"鴛鴦""鸞鳥""鳳凰""連理枝""金雁"等為主：

> 1. 塞鴈南行，孤眠鸞帳裏，枉勞魂夢，夜夜飛颺。"（《鳳歸雲》"征夫數載"）
>
> 2. 向綠窓下左偎右倚，擬鋪鴛被，把人尤泥。"（《洞仙歌》"華燭光輝"）
>
> 3. 寂寂坐更深，淚滴爐煙翠。何處貪歡醉不歸，羞向鴛衾睡。"（《喜秋天》"寂寂坐更深"）
>
> 4. 須索琵琶重理，曲中彈到，想夫憐處。轉相愛幾多恩義，卻再絮衷鴛衾枕。願長與金宵相似。（《洞仙歌》"華燭光輝"）

---

① 任半塘：《敦煌歌辭總編》，上海古籍出版社 2006 年版，第 421 頁。

5. 與誰回覷簾前月，鴛鴦帳裏燈。分明照見負心人。問道與誰心事，搖頭道不曾。（《南歌子》"悔嫁風流壻"）

鴛帳，繡有鴛文的床帳，一般用來指夫妻所共用之床帳。鴛被，繡有鴛鴦的錦被，是鴛鴦被的省稱，亦為夫妻共寢之物。鴛衾，繡有鴛鴦的被子，也是夫妻共寢的被子。鴛衾枕，鴛衾、鴛枕的縮稱。鴛枕，繡有鴛鴦的枕頭，應是鴛鴦枕的省稱。鴛鴦帳，繡有鴛紋的幃帳，夫妻或情人的寢具。

另外在女子絲羅製成的裙子上我們也會發現上面多刺有鳳類紋樣，羅帕上有鸞鳥紋樣：

6. 羅帶上鸞鳳，擬拆意如何。（《臨江仙》"少年夫壻奉恩多"）

7. 白日長相見，夜頭各自眠，終朝盡日意暄暄。願作合歡裙帶，長系在你胸前。（《南歌子》"爭不教人憶"）

8. 羞著舊羅裳，雙雙金鳳凰。（《菩薩蠻》"相思意"）

9. 好天良夜月，碧霄高掛。羞對文鸞，淚濕紅羅帊。（《怨春閨》"好天良夜月"）

鴛鴦，崔豹《古今注》云："鴛鴦雌雄不分離，人獲其一，則一相思而死，故謂之'匹鳥'。"因此"鴛鴦"一詞已成為歷代詩文的寵兒，常喻指男女恩愛。如司馬相如《琴歌》："室邇人遐毒我腸，何緣交頸為鴛鴦。"《古詩為焦仲卿妻作》："中有雙飛鳥，自名為鴛鴦。鴛鴦七十二，羅列自成行。"閨幃之"鴛鴦帳""鴛衾""鴛枕"顯然代表著夫妻相愛相悅之意。

鸞，鳳凰一類的鳥，"鸞者，太平之瑞也，非三公之德也"。鳳，鳳凰，傳說中的神鳥。二者均是吉祥之鳥，"鸞鳳和鳴"常被用來指夫妻和諧、融洽、圓圓滿滿。鸞帳、繡有鸞鳳的羅帶、刺著彩鸞的羅帕，無不寄寓著夫妻之間美好的願望。

（三）面妝與文化

擦抹脂粉是歷代婦女常用的妝飾手段，唐代以後儘管婦女的妝扮風俗有了不少變化，但扮紅妝、描眉等風俗仍然十分盛行。唐末溫庭筠《菩薩蠻》："小山重疊金明滅，鬢雲欲度香腮雪。懶起畫蛾眉，弄妝梳洗遲。照花前後鏡，花面交相映。新帖繡羅襦，雙雙金鷓鴣。"

其中就提及了唐代婦女面妝的四個方面：鬢云、蛾眉、花面、花鈿。敦煌雖地處一隅，但與相隔千裏的中原文化仍有很大的一致性。從敦煌歌辭所見女妝及閨帷色彩來看，紅是主調，這種妝扮符合大唐氣象，和中原風氣也是一致的。下面僅舉數例描繪女子臉部妝飾的歌辭，看一下唐五代時期女子的妝扮習俗：

1. 豈知紅脸，淚滴如珠。（《鳳歸雲》“綠窗獨坐”）
2. 蓮脸柳眉休暈，青絲罷攏雲。（《破陣子》“蓮臉柳眉休暈”）
3. 紅脸可知珠淚頻，魚箋豈易呈。（《破陣子》“日暖風輕佳景”）
4. 麗質紅顏越眾希，素胸蓮脸柳眉低。（《浣溪沙》“麗質紅顏越眾希”）
5. 翠柳眉間綠，桃花脸上紅。（《南歌子》“翠柳眉間綠”）
6. 脸如花，自然多嬌媚。（《傾杯樂》“窈窕逶迤”）
7. 漫畫眉端柳，虛勻脸上蓮。（《南歌子》“漫畫眉端柳”）
8. 雪散胸前，嫩脸紅唇。眼如刀割，口似朱丹。（《內家嬌》“絲碧羅冠”）
9. 蛾眉不掃天生綠，蓮脸能勻似早霞。（《拋球樂》“寶髻釵橫綴鬢斜”）
10. 笑小時，雙脸蓮開。（《思越人》“美東鄰”）

不難看出，唐五代敦煌地區女子化妝，臉部施粉多為紅色，“紅脸”“蓮脸”“早霞”“桃紅”“嫩脸”等就與擦紅粉有關。紅粉，一般指婦女化妝用的胭脂和鉛粉。早在戰國時代，婦女面妝已使用脂粉。《韓非子·顯學》說：“故羨王嬙、西施之美，無益面容；而用脂澤粉黛，則倍其初。”[1] 扮紅妝一直流行不衰。《木蘭辭》：“阿姐聞妹來，當戶理紅妝。”而女子面部妝飾脂粉，會使其肌膚白皙，雙頰紅潤可愛。這種紅粉胭脂，唐代詩人也多次詠到，如張祜《李家柘枝詩》“紅鉛拂臉細腰人”，孟浩然《春情詩》“紅粉春妝寶鏡前”，王建《宮詞》“歸到院中重洗面，金盆水裏潑紅泥”，伯 2748《貞女臺詠》“紅粉向花開”等。當然也有淡妝，淡妝就是在雙頰和眼眶處略施脂粉，如《漁歌子》“淡勻妝，周旋少，只為五

---

① 顧偉列：《中國文化通論》，華東師範大學出版社 2005 年版，第 112 頁。

陵正溮溮", 《浣溪沙》"鬢綰湘雲淡淡妝", 《柳青娘》"固著胭脂輕輕染",《內家嬌》"輕輕浮粉" 等。

　　脣多為紅色, 淺紅色, 如上舉《柳青娘》"淡施檀色注訶脣"、《內家嬌》"朱含碎玉""口似朱丹" 等。據《唐書·五行志》記載, 元和末年盛行用朱膏塗脣, 到了唐僖宗、唐昭宗時京都婦女擦口紅已經形成高潮了①。因此擦口紅的風俗傳到敦煌自然也在情理之中。

　　眉的顏色以綠色（翠）為主, 偶見青黛色, 如上舉《傾杯樂》"翠柳畫蛾眉"、《南歌子》"翠柳眉間綠"、《內家嬌》"深深長畫眉綠"、《拋球樂》"蛾眉不掃天生綠" 等。唐代畫眉十分流行, 眉的形狀亦以長、曲為主。溫庭筠的多首《南歌子》詞裏分別有"鬢垂低梳髻, 連娟細掃眉""髻鬟狼藉黛眉長""欲斂細眉歸繡戶" 等句, 都是長眉的贊詞。李商隱《無題》："八歲偷照鏡, 長眉已能畫。" 說明畫眉在唐朝的流行程度。眉的樣式比之漢代時也有了變化, 漢代流行廣眉、八字眉、遠山眉, 而唐代以後 "柳眉" 成了主流, 如上舉歌辭幾乎無不提到 "柳眉" 字眼, 眉梢稍長, 形似柳葉, 嫵媚動人。歌辭多提到 "蛾眉", 蠶蛾的觸鬚細長而彎曲, 故稱。《詩經·衛風·碩人》有 "蝤首蛾眉", 傅玄《有女篇·豔歌行》有 "蛾眉分翠羽, 明目發清揚", 和虞《記室騫古意》（《玉臺新詠·卷五》）有 "清鏡對蛾眉, 新花映玉手", 張祜《集靈臺》有 "淡掃蛾眉朝至尊", 白居易《感故張僕射諸妓》有 "黃金不惜買蛾眉", 《井底引銀瓶》有 "嬋娟兩鬢秋蟬翼, 宛轉雙蛾遠山色", 顧敻《玉樓春》有 "枕上兩蛾攢細綠", 等等, 都是讚美蛾眉的。

　　唐代紅妝、描眉、塗脣等面妝的盛行既與大唐的開放發達、強盛文明分不開, 亦與唐代女性政治、生活地位的提高有關聯。而 "從敦煌民間少女妝扮風俗的梳髻、畫眉、紅妝、淡妝和塗口紅這五個方面, 我們把敦煌寫本、壁畫與唐詩、唐史資料進行了規模廣泛的對比, 事實可以雄辯地說明, 敦煌民間妝扮是唐風典型的體現、集中的代表, 因此我們若要瞭解唐代風俗, 不可能不首先來考察和瞭解敦煌的風俗, 因為它儲存了中華古國全面、豐富的文化寶藏。"②

---

①　高國藩：《敦煌民俗學》, 上海文藝出版社 1989 年版, 第 385 頁。
②　同上。

第二節　敦煌歌辭俗語詞考釋

一　敦煌歌辭的作者及方音、方言的運用

　　敦煌歌辭多民間作品，王悠然先生指出："'民間性'在敦煌歌辭內甚突出！只要看 1200 首內僧俗具名之作僅占 225 首，餘 975 首皆失名之作，大致均可劃歸民間。"① 這些創作於民間，或者流傳於民間的歌辭在語言上大多質樸、自然通俗，這與歌辭多取用當時方音、方言不無關係。談到方音、方言的問題必須首先要先說明作品的作者及產地問題。敦煌歌辭的作者，我們大都無從知曉。可考知者有溫庭筠、歐陽炯《更漏長》各 1 首，唐昭宗《菩薩蠻》2 首、歐陽炯《菩薩蠻》1 首，哥舒翰《破陣樂》1 首、以及釋悟真、釋願清、釋寰中、釋貫休、釋法照、釋神會、釋智嚴等佛曲二百餘首，其他一千多首大都無法得知其姓名，但從其文字、格律以及反映內容等方面我們可大體推知，"其中有一部分作品顯然就是產生在現在的甘肅地區，其作者也可能是現在的甘肅地區的人或生活在這一地區的人"②。李正宇先生亦指出："這些歌詞，使用敦煌的方言俗語，叶押敦煌方音韻腳，歌詠敦煌的人和事，抒發敦煌人的思想感情，表達敦煌人的喜怒哀樂，具有十分濃鬱的敦煌地方特色。"③ 如《菩薩蠻》2 首（"敦煌古往出神將""再安社稷垂衣理"），《浣溪沙》4 首（"喜覯華筵戲大賢""好是身沾聖主恩""卻掛綠襴用筆章""結草城樓不忘恩"），《望江南》4 首（"曹公德""敦煌郡""龍沙塞""邊塞苦"），《獻忠心》2 首（"臣遠涉山水""驀卻多少雲水"）等，這些曲子詞無疑是甘肅地區或生活在甘肅地區的人寫的。又如《望月婆羅門》4 首（"望月婆羅門""望月隴西生""望月曲彎彎""望月在邊州"），從各詞體現出的方位來看，作者當時正在甘、涼一帶。周紹良《補敦煌曲子詞》錄 13 首：失調名（"［上缺］射立甚分明""一家歸""男兒出外進前行"）、《浣溪沙》（"一只黃鷹薄天飛"）、失調名（"問安分明不以潘""草頭霜冷誤中年"）、《臨江仙》（"大王處分警烽煙"）、失調名（"大丈夫漢""離卻沙場別卻妻"）、《浣溪沙》（"忽見

---

①　任半塘：《敦煌歌辭總編·序》，上海古籍出版社 2006 年版，第 3 頁。
②　孫其芳：《敦煌詞中的方音例釋》，《甘肅社會科學》1982 年第 3 期。
③　李正宇：《論敦煌曲子》，《敦煌學學術座談會論文》，台灣文津出版社 1993 年版。

山頭水道煙")、失調名("拋我一身却")、《浣溪沙》("萬裏迢停不見家")、失調名("一不願耶娘老"),此 13 首詞大部分可以斷為河西作品。[①] 羅常培、邵榮芬、龍晦、周祖謨等前輩曾探討過敦煌文獻與唐代西北方音的關係,從語音角度肯定了許多河西走廊的作品。當然也有一些作品可能是由外地輾轉而來,其產地和作者當然都不是現在的甘肅一帶。如上面我們提到的唐昭宗《菩薩蠻》2 首("登樓遙望秦宮殿""飄搖且在三峯下")、歐陽炯《菩薩蠻》1 首("紅爐煖閣佳人睡"),又如《菩薩蠻》4 首("禦園照照紅絲罷""千年鳳闕爭離棄""常慙雪怨居臣下""自從鸞駕三峯住")亦分別為昭宗李曄、覃王李嗣用、修宮闕使韓建的唱和之作[②]。鑒於敦煌歌辭作者的複雜性,我們在考察敦煌歌辭一些俗語詞的時候不能只考慮到甘肅古方音、方言的使用,還要顧及到中原或其他地區方音方言摻雜的可能性。據史料記載,敦煌地區自漢以後即與中原地區來往頻繁,中原人口也不斷遷入敦煌地區,加上中原地區不斷有兵馬入占西北及敦煌地區,僧尼也不斷從中原前往敦煌,所以敦煌地區會有西北方言和中原官話共存的局面。今天的敦煌方言主要分河東方言和河西方言兩部分,河西方言屬西北的蘭銀官話,河東方言屬中原官話,這同敦煌地區與中原的交往和人口遷移有關。

敦煌歌辭反映的中古方音、方言,有的隨著時代的變遷以及語言內部發展規律的變化,也隨之消失了;有的卻在近現代俗文學作品尤其是宋元戲曲中保留了下來;有的雖然未在近現代文獻資料中發現蹤跡,但留在了現代漢語各地方音、方言中。如孫其芳《敦煌詞中的方音釋例》《敦煌詞中的方言釋例》就專門討論了敦煌詞中一些至今還遺留在甘肅一帶的方音、方言詞語,安忠義《敦煌文獻中的隴右方言》就利用隴右方言考證了"並""承望""差""搓""殘""翠""度"等十多條敦煌文獻詞語。楊曉琴《敦煌變文中的語氣詞在武威方言中的體現》一文就結合武威方言中的"著""哩"和"囔"考察了變文中的"著(者、咱)"和"里""裏"三個語氣詞。但是對於敦煌歌辭中保留的甘肅以外其他各地方音、方言,學術

---

① 以上關於《望月婆羅門》四首、周紹良《補敦煌曲子詞》十三首作品產地的判斷皆參考湯涒《敦煌曲子詞地域文化研究》,上海古籍出版社 2004 年版,第 145—178 頁。

② 參見饒宗頤《唐末的皇帝、軍閥與曲子詞——關於唐昭宗禦制的〈楊柳枝〉及敦煌所出他寫的〈菩薩蠻〉與他人的和作》,《敦煌曲續論》,台湾新文豐出版公司 1987 年版,第 131—147 頁。

界關注的較少。當然研究者已經開始注意到各地方音、方言對敦煌文獻語詞研究的重要性，比如黑維強《敦煌文獻詞語陝北方言證》《敦煌文獻詞語陝北方言證（續）》《敦煌文獻方言考》，姬慧《敦煌變文詞語陝北方言例釋》就從今天陝北方言的角度對敦煌文獻中的幾十個詞語進行了考證。另外如李進立《敦煌文獻詞語劄記》、葉斌《從杭州方言看敦煌變文的部分詞語》、黃武松《敦煌文獻俗語詞方言義證》、曹廷玉《南昌方言中的近代漢語詞例釋》就分別從河南方言、杭州方言、貴州平塘方言、南昌方言等角度考證了敦煌文獻中的不少俗語詞。因此用現存的方言俗語作為研究漢語辭彙意義的手段，越來越受到人們的重視。敦煌歌辭中也有一些疑難詞語可以從各地方音、方言的角度進行研究。

二　敦煌歌辭俗語詞例釋

通過已有的研究發現，人們對敦煌歌辭“字面生澀而義晦”的詞語用力頗多，而對於“字面普通而義別”的詞語關注得不夠，甚至未曾提及。應當說，常用詞在某一特定時期、某一特定區域的特異性，更具有非常重要的辭彙史研究價值。蔣禮鴻在《敦煌變文字義通釋》《敦煌文獻語言詞典》中已對敦煌文獻，尤其是變文中的類似語詞做了整理和詮釋，除此之外諸多前賢時哲亦做過大量的俗語詞輯釋，然而人們對敦煌歌辭中的“字面普通而義別”的詞語卻提及較少，本書僅就《敦煌變文字義通釋》（以下簡稱《通釋》）和《敦煌文獻語言詞典》（以下簡稱《詞典》）以及諸家釋詞未涉及到或者闡釋未周，且人們在校釋或鑒賞過程中易誤認的此類常用詞做一個簡單的整理和解釋，以進一步挖掘敦煌歌辭語詞的語料價值。在考釋方法上，本書除了採用傳統的“以古證古”的訓詁方法之外，較多地參考現當代漢語方言，運用“以今證古”的方法，對敦煌歌辭一些俗語詞進行重新關注。考察這些詞語的歷史流變、來龍去脈，對漢語辭彙史的研究甚至對考訂文獻作品、作者的相關情況都具有非常重要的價值。為便於核查，書中所引歌辭用例主要以《總編》為準，《總編》文字校錄有誤之處，徑直修正，不另做標注。歌辭後用《總編》調名及歌辭編碼順序。

【A】

【愛】——常常

口語中“愛”通常作“常常”講，“愛”後面可以跟一些不好或不討人喜歡的行為動作，比如說："這姑娘愛哭鼻子"，顯然這裏的"愛"不是喜愛，熱愛之義。秦兆陽《姚良成》："咋不是！那壞蛋們盡壓低價錢，不賣，果子擱著愛壞；賣，不合算。"此處的"愛"亦是如此。我們可以把它理解為副詞，有"常常"之義。歌辭中就有這樣的例子：

1. 盡喜秋時淨潔天，愛行尋遍繞宮泉。（《水鼓子》，〇二五八）

此"愛"作副詞，和"盡"對舉，作"常常"講，修飾動詞"行"。又如敦煌變文《父母恩重經講經文》："時時愛遭翁婆怪，往往頻被叔伯嗔（嗔）。""愛"與"頻"對舉，義為"常常"。今西南官話中有"愛走"一語，常用來指見面時客人的客套話，義即"常常來"。

【B】

【拌】——扔，舍

2. 諸菩薩，莫多慳，多慳積寶縱似山。見有貧窮來乞者，一針一草不能拌。貪心不識知厭足，當來空手入黃泉。（失調名，〇六一六）

"一針一草不能拌"即捨不得扔掉一點東西的意思。《廣雅·釋詁一》："拌，棄也。"本義為"捨棄"。① "拌"和"判"通，音判；判，割也。宋蔡紳《西樓子詞》："多少恨，多少淚，漫遲留，何以驀然拌舍去來休。""拌""舍"同義連用。揚雄《方言》第十："拌，棄也。楚凡揮棄物謂之拌。"今閩語、中原官話、江淮官話及吳語中均稱"捨棄"為"拌"。例如：

江蘇徐州：這東西多髒，快拌了。

湖北浠水：廢料無用，把它拌了。

浙江溫州：玻璃末覅拌路上。

西南官話如雲南昭通亦稱"舍"為"拌"，姜亮夫《昭通方言疏證·釋人》："昭人謂用力棄物於地曰拌。"②

【不分】——不料

"不分"在普通話中有"不分別，不分辨"之義，在一些方言中還表示"不服氣，不平"，同"不忿"，而在敦煌歌辭中卻另有其義——不料。如：

3. 雞鳴丑，雞鳴丑，不分年既侵蒲柳。忽然明鏡照前看，頓覺紅顏不如舊。（《十二時》，〇九四一）

---

① 谷衍奎：《漢字源流字典》，華夏出版社 2003 年版，第 347 頁。

② 許寶華、宮田一郎：《漢語方言大詞典》，中華書局 1999 年版，第 3281 頁。

此之"不分"即不料之義。然而《總編》卻忽略了此種用法而導致了誤錄"年既"為"年貶"（1351頁）。"不分"的此種用法應是唐人俗語，如唐駱賓王《秋風》詩："不分君恩絕，紈扇曲中秋。"唐陳陶《水調詞》之二："容華不分隨年去，獨有妝樓明鏡知。"第二例可與敦煌歌辭例相參。後在戲曲雜劇等俗文學中常見，如（明）湯顯祖《牡丹亭·移鎮》："天下事，鬢邊愁，付東流。不分吾家小杜，清時醉夢揚州。"張元幹《春光好》詞："疏雨洗，細風吹，淡黃時。不分小亭芳草綠，映簷低。"

"不分"何有不料之義？其實，"分"本身即有"意料"之義，如（晉）袁宏《後漢紀·順帝紀》："嬰雖為大賊起於狂暴，自分必及禍。"（唐）張漸《朗月行》："去歲草始榮，與君新相知；今年花未落，誰分生別離。"張相《詩詞曲語辭匯釋》（以下簡稱《匯釋》）："分，意料之辭，讀去聲。劉長卿《客舍喜鄭三見寄》詩：'北中分與故交疏，何幸仍回長者車。'言自料與故交相疏也。"① "分"之意料之義當是其"辨別，區別"的轉義。

【不婁】——不夠

4. 第四血入腹中煎，一日二升不婁餐。一年計乳七石二，母身不覺自焦幹。（《十種緣》，〇三一一）

《總編》認為"婁"乃"屢"形之省，"不婁"即"不屢"，不多也（770頁）。項楚對此進行了校補，"不婁"即不夠，或寫作"不嘍"，如《韓擒虎話本》："我把些子兵士，似一斤（片）之肉，入在虎齦，不嘍咬嚼，博唉之間，並乃傾盡。"（《校注》302頁）"嘍"亦有夠義，如《燕子賦》："伊且單身獨手，嘍我阿莽薩斫。"（《校注》376頁）"婁""嘍""嘍"殆均是俗語記音之字。

今中原官話，如山西西南部仍稱"不夠"為不婁，如：活計少，不婁做。河南滑縣方言亦是：時候還早呢，這點活兒不婁做。②

【不嗖】——一向，從來

5. 但教十年冬夏讀，不嗖變作一貧人。（《十二時》，一一〇六）

"不嗖"成詞，乃"一向；從來"之義。今粵語仍如是說，如"不嗖都食煙"，即一向都抽煙。③ 上句是說只要苦讀書，總能謀個官府的差役。

【不是】——錯誤，過失；要不是

---

① 張相：《詩詞曲語詞匯釋》，中華書局1977年版，第460頁。
② 許寶華、宮田一郎：《漢語方言大詞典》，中華書局1999年版，第614頁。
③ 同上書，第617頁。

"不是"作錯誤講，多用於口語中，《漢語大詞典》引《清平山堂話本·快嘴李翠蓮記》："適間婆婆說你許多不是。"語例嫌晚。如：

6. 共別人，好說我不是。得莫辜天負地。（《漁歌子》，○○五三）

敦煌變文、王梵志詩亦多見"不是"的此種用法，如《降魔變文》："幸願老人照察看，妄說災祥誰不是。"王梵志詩《可笑世間人》："背地道他非，對面伊不是。"

上述三例"不是"均作"錯誤，過失"講。另，"不是"還可作連詞，表假設，作"要不是"講。如：

7. 命同人，相提篋，總向朱門陳懇切。不是三冬總沒衣，誰能向此談揚說。（《三冬雪》，○五五八）

在今中原官話和蘭銀官話中，均可如是說，如："不是等你，我就走哩。"[1] 是義《漢語大詞典》未收。

【C】

【趁伴】——結伴

8. 一十香風綻藕花，弟兄如玉父娘誇。平明趁伴爭毬子，直到黃昏不憶家。（《百歲篇》，○八九○）

"趁"有追逐義，引申為伴隨。唐白居易《暮歸》詩："朝隨燭影出，暮趁鼓聲還。""伴"與"隨"構成對文。《朱子語類》卷四："朝廷差人做官，便有許多物一齊趁後來。"《水滸傳》第四三回："李逵見了，心裏越疑惑，趁著那血跡尋將去。"趁伴，結伴。唐白居易《初到洛下閑遊》："趁伴入朝應老醜，尋春放醉尚粗豪。"（明）徐咸《徐襄陽西園雜記》："水鄉孥子田無麥，趁伴高鄉拾穗頭。爛是麵條乾是餅，看他人吃口涎流。"

今閩語仍稱"陪伴"為趁，如：趁你作夥去。[2]

【採括】【睬聒】【採聒】——理睬

9. 熱油澆，沸湯潑，號訴求他誰睬聒。貪滄之意若豺狼，毒惡之心似羅刹。（《十二時》，一二四○）

此辭共六個寫本。睬聒，上博 48 號卷作如是寫，伯 2054、3087 卷及俄 Φ319、361、342 綴合本作"採聒"，伯 2714、3286 卷作"採括"。無論哪種詞形，依句義，應作理睬講。王梵志詩中亦有，《只見母憐兒》："只見母憐兒，不見兒憐母。長大取得妻，却嫌父母醜。耶娘不採括，專心聽婦語。"

【磣糲】——喻說話不好聽

10. 我此言，雖磣糲，只要人聞心改徹。自茲直到佛涅槃，洗滌身心交淨潔。(《十二時》，一二四一)

磣，混入沙土等異物，硌牙；糲，糙米。磣糲，同義連文，複合成詞，喻說話難聽，教人不舒服。今中原官話仍稱"使人厭煩"為"磣人"。①

此詞《漢語大詞典》未收。

【D】

【大蒙頭】——悶頭行事之人

11. 大蒙頭，分明利，五妾三妻心裏喜。前程一一自家㧑，不修實是癡意。(《愚癡意》，〇六四五)

大蒙頭，指那些瞞著別人，悶頭行事之人。句說悶頭行事之人，心裏裝的是利益、三妻五妾。今西南官話中仍稱"瞞著別人去做某事"為"蒙頭行""蒙頭蓋面"。1931 年版《南川縣誌》："懵，音悶，不明也。行事不使人知曰懵到行，用瞞字亦合。俗言蒙頭行三字，全轉若㧑呆興。"②

【的】——准，確，定

12. 了了見，的知真。隨無相，離緣因。一切時中常解脫，共俗和光不染塵。(《五更轉》，一〇二四)

13. 若依前不肯拋貪愛，的沒輪回去不還。(《十無常》，一一二四)

14. 法界平等一如如，理中無有的親疏。(《行路難》，〇五〇〇)

上述三例"的"均作"定""確實"講，敦煌變文中有"的畢"一語，與"的"義同，"畢"通"必"，"的畢"即"的必"，同義連文。《總編》不識此種用法改例 13"的沒"為"定沒"(1129 頁)，意義雖通，但非本字。《匡補》認為："原寫'的'字不誤，'的'即確實之義，'的沒'即'的麼'，表示堅定不移。"(162 頁)項說"的沒"即"的麼"，不確。"沒"即沉淪之義，如"眾生常被色財纏縛，沒溺愛河，沉淪生死"。(《行路難》，〇五〇四)的親疏，《總編》："'的'待校；若作衍文，破原有七言句格，不可。"(994 頁)《匡補》認為："'的'字不誤，確實之義。'的親疏'指確鑿不變的親疏關係，

---

① 許寶華、宮田一郎：《漢語方言大詞典》，中華書局 1999 年版，第 6454 頁。
② 同上書，第 6434 頁。

比單說‘親疏’語氣更加肯定。”（125 頁）項說甚是。

【F】

【縛】——管理，照料

《說文解字》：“縛，白，鮮色也，從糸尃聲。”可知“縛”之本義為顏色，後代指繩索一類的東西，進一步引申為“捆綁”“約束”“束縛”之義。歌辭中有些“縛”和“約束”意義相近，而又不盡相同。筆者姑且把它的義項擬為“護理，照料”。《漢語大詞典》是義未收。如：

15. 斡處與兒眠，不嫌污穢及腥膻，慈母臥濕氈。專心縛，怕磨研，不離孩兒體邊。記之慈母苦憂憐，恩德過於天。（《十恩德》，○三○三）

“專心縛”顯然不是“專心約束”之義，此“縛”意義在“約束”義的基礎上又有了新變化，產生了“管理，照料”之義。而此義項各類詞典均未收。下面的這個例子也能看出這種意義的變化。如：

16. 只為長時，驅馳辛苦。形貌精神，都來失緒。一頭承侍翁姑，一畔又剸縛男女。日夜不曾閑，往往啼如雨。（失調名，○一四五）

“剸”在這裏可有兩義，一是“專一”，同“專”，讀如 [zhuān]，“剸”修飾“縛”，“縛”之意義同上文之“專心縛”；二是“裁決，治理”，讀如 [tuán]，“剸”和“縛”同義連言成詞，有“管理”之義。

【敷陳】【敷設】——陳設，陳列

“敷”有鋪、展開之義，因此常和“陳”“設”連用，組成新詞，意即陳設，陳列。如：

17. 在處敷塵（陳）結交伴（乞巧盤），獻供數千般。（《曲子喜秋天》，○八○一）

18. 五更敷設了，取分總交收。（《曲子喜秋天》，○八○五）

敦煌歌辭中表達此義的詞語還有“陳設”“陳”“排”等，如：

19. 內宴功臣有舊儀，會寧陳設是恩私。（《水鼓子》，○二三一）

20. 純陀供，香積飯，法會齋筵陳供獻。州州梵剎扣金鐘，處處道場排玉饌。（《十二時》，一二四四）

【G】

【剛】——偏偏

“剛”有“偏偏”之義，系方言詞匯。《匯釋》有“剛”條，注為：“猶偏也；硬也”（154—155 頁）。歌辭中亦有如此用例，如：

21. 金釵釵上綴芳菲，海棠花一枝。剛被蝴蝶遠人飛。拂下深深紅蕊

落，汙奴衣。（《虞美人》，〇一七六）

　　"剛被"即"偏被"之義。意思是說，美人折花，綴與金釵，偏偏這時候有蝴蝶繞人飛，美人撲蝶，花粉弄髒了衣服。敦煌變文《妙法蓮華經講經文》："有何意，舍榮華，剛要求聞《妙法花》。"白居易《惜花》詩："可憐夭豔正當時，剛被狂風一夜吹。"此"剛被"和上所舉相同。唐五代貫休的詩中頻繁使用"剛地"一語，義即"偏偏"。如《山居》詩之十八："白衣居士深深說，青眼胡僧遠遠傳。剛地無人知此意，不堪惆悵落花前。"《書倪氏屋壁》詩之三："春光靄靄忽已暮，主人剛地不放去。"

　　【掛】——披掛，穿

　　歌辭中表達"穿衣"這一概念的時候，用到的字眼主要有"著""披""掛"三個，且這三個詞語常在詩中對舉使用。如："著綺羅，掛綾絹，殮入棺中皆壞爛。"（《十二時》，一二八七）"夏月披氈帳，冬天掛皮裘。"（《贊普子》，〇〇九〇）一般來說，這三個詞語在意義的理解上不存在問題，但由於"掛"之"穿"義是在"懸掛"義的基礎上引申而來的，所以"掛"之"穿"義和"懸掛"還是容易混淆的。歌辭中即有兩例極易造成誤解。如：

　　22. 青絲髻綰臉邊芳，淡紅衫子掩素胸。出門斜撚同心弄，意恛惶，故使橫波認玉郎。叵耐不知何處去，教人幾度掛羅裳。待得歸來須共語，情轉傷，斷卻妝樓伴小娘。（《柳青娘》，〇〇一八）

　　孫其芳曰："掛起羅裳，謂回房脫去羅衣。二句謂不知他去何處，令人思念不置，幾次出房盼望。"① 高《賞》更是使盡演繹之能事，認為"叵耐不知何處去，教人幾度掛羅裳"為："即多少次叫家中的僕人把漂亮的衣裳掛在牆壁上收藏，不能在自己心愛的人面前展示美麗的風姿。"（176頁）此句話由於解"掛"為常見義"懸掛"而致誤，高《賞》甚至臆想出了令人啼笑皆非的解釋。"掛"在這裏非"懸掛"，而是"穿，披上"之義，"牆壁"之說純屬作者臆想；"叫家中的僕人"亦是無中生有，"教人"之"人"指的是女主人公自己。其實"叵耐不知何處去，教人幾度掛羅裳"兩句可以倒過來理解，結合上文，全詩的意思是說，玉郎遠遊在外，女主人公望穿秋水，多少次以為他回來了，穿上美麗的衣裳去迎接，無奈這只是空等一場，因為玉郎遠遊還未歸。這樣解釋似更為妥當。又如：

---

　　① 陳人之、顏廷亮：《雲謠集研究匯錄》，上海古籍出版社 1998 年版，第 286 頁。

23. 却掛綠襕用筆章，不藉你馬上弄銀槍。罷却龍泉身攊甲，學文章。撚取硯筒濃撚筆，疊紙將來書兩行。將向殿前報消息，也是為君王。（《浣溪沙》，〇〇七三）

高《賞》釋"卻掛綠襕用筆章，不藉你馬上弄銀槍"為："這是妻子帶有親昵的一句問話，意為：'你脫下了將軍的綠色戰袍來動筆寫文章，難道不顧你馬上盤弄銀槍了嗎？'"（110頁）由於不解"掛"之義，作者就想當然的認為"綠襕"是指將軍綠色戰袍。其實"綠襕"非指將軍的綠色戰袍，而是指文士之服，任二北《初探·考屑》對"綠襕"一詞已進行了詳細考訂（447頁）。因此此句是說穿上了文士之服，拿起了紙筆，偃武習文。

【H】

【好去】【好住】——勸慰對方保重之辭

24. 歲有榮枯秋復春，千般老病苦相奔。從茲更莫回顧戀，好去千萬一生身。（《百歲篇》，〇九三九）

好去，居留者勸慰離去者保重之辭。如王梵志詩《怨家煞人賊》："好去更莫來，門前有煞鬼。"杜甫《送張十三參軍赴蜀州》："好去張公子，通家別恨添。"白居易《南浦別》："一看一腸斷，好去莫回頭。"此辭"好去千萬一生身"，"千萬"亦是一表示懇切叮嚀之語，猶務必，作狀語修飾"好去"義同變文中常見的表勸勉囑託之"努力"一語。

好住，謂行人臨去時慰囑居留者之詞，猶言安居保重，頻見於唐宋筆記詩文中。敦煌變文亦多見，如《伍子胥變文》："好住，不須啼哭淚千行。"敦煌文獻伯2713、斯5892等共載有14首以"好住娘"三字為主題詞及和聲的佛曲，鋪陳佛徒出家辭別娘親之時的複雜心態，如斯5892卷《辭娘贊文·好住孃》：

> 娘娘努力守空房，好住娘。兒欲入山修道去，好住娘。
> 兄弟努力好看孃，好住娘。兒欲入山坐禪去，好住娘。
> 迴頭頂禮五台山，好住娘。五台山上松柏樹，好住娘。
> 正見松柏共天連，好住娘。上到高山望血海，好住娘。
> ……

【懷躭】——懷擔，懷孕

25. 第一懷躭守護恩。（《十恩德》，〇二九八）

26. 第一懷躭受苦難，不知是男還是女，慈悲恩愛與天連。（《十種緣》，〇三〇八）

27. 憂愁煩惱道場邊，逢人即道損容顏。且母懷躭十個月，常怕起臥不安然。（《十種緣》，〇三一八）

28. 第一囑甚囑，發願耶娘長萬福。十月懷躭受苦辛，乳哺三年相養欲（育）。（失調名，〇五四一）

上引四例"懷躭"《總編》均寫為"懷躬"，《匡補》已對此做出修正："'躭'通作'擔'，'懷擔'即懷妊，乃唐人俗語。"（71頁）元雜劇中"懷躭"一語亦頻頻出現，如（元）關漢卿《蝴蝶夢》第三折："十月懷躭，乳哺三年。"（元）李五《虎頭牌》第三折："俺兩口兒雖不曾十月懷躭，也曾三年乳哺。""懷躭"即懷擔，今江淮官話、吳語中仍稱懷孕為擔身、擔肚、擔身子、擔身體、擔身了等等。懷孕何以和"擔"有聯繫呢？孫錦標《南通方言疏證》卷一云："《說文》：'妊，身懷孕也。'按：妊者任也，任者擔也，故通俗以妊身為擔身。"① 此為一說；《父母恩重經講經文》"經云，阿娘懷子，十月之中，起座不安，如擎重擔""十月懷躭弟子身，如擎重擔苦難論""慈母身從懷妊，憂惱千般，或坐或行，如擎重擔"。懷孕後如負重擔，是為"懷擔"，此又可作一說。

【J】

【及時】——時尚，時髦

在敦煌歌辭中，"及時"有"時尚，時髦"之義，"及"仍取其本義"趕上，抓住"，如：

29. 兩眼如刀，渾身似玉，風流第一佳人。及時衣著，梳頭京樣，素質豔麗情春。（《內家嬌》，〇〇二三）

衣著"及時"、梳頭"京樣"，都是說趕潮流。又如：

30. 少年英雄爭人我，能系裹。相呼相喚動笙歌，笑仙娥。酒席誇打巢（梢）雲令，行弄影。及時大是好兒郎，不免也無常。（《十無常》，〇六〇二）

《漢語大詞典》收有"適時"之義，"時"亦僅指時間，歌辭中的用例

---

① 許寶華、宮田一郎：《漢語方言大詞典》，中華書局1999年版，第3211頁。

很難用"適時"一詞概括，宜另列義項。

【揀】【揀點】——論

歌辭中"揀"有論義，不揀即不論。如：

31. 或公私，或營討，不揀高低皆擾擾。一生多是聚眉愁，百年少見開顏笑。（《十二時》，一二一〇）

"不揀高低"即不論高低，變文中亦常見，如《廬山遠公話》："妙法經名既立，如來宣說流行，眾生不揀高低，聞經例皆發善。"歌辭還有寫成"不諫"的，如《感皇恩》：

32. 乾符蓋帝光明年，從此我□出聖賢。福日百憑南山。滿口歌揚，情唱快活年。不諫（揀）老少盡鹹歡。得見君王遑禮拜，恰似菩薩繞舍延。①

饒《補》錄"不諫"為不管，雖義貫，但離本字相差太遠，"諫"當為"揀"的誤字。敦煌變文《廬山遠公話》："是人皆老，貴賤亦同，不揀賢愚，是共勞苦。"此"不揀"原卷即寫"不諫"。

今河南、山西等方言仍有如是說，如河南安陽："不揀誰都行，只要把事辦成。"河南汲縣："你不揀啥時候兒來都中。"②"揀"有論義，如：

33. 不論貴賤與高低，揀甚僧尼及道侶。除卻牟尼一個人，餘殘總被無常取。（《無常取》，〇六四一）

34. 若夜起得悉平等，不以玉石金土，一等燋然；揀甚大地山河，一時傾滅。（《維摩詰經講經文》

"揀甚"即論什麼之義，和"不論"對文同義，"揀"即論。"揀"有論義，這亦可從歌辭中的另外一個詞語"揀點"中看出來，如：

35. 縱發心，無忍耐，揀點師僧論過罪。雖逢善境暫回心，忽遇違緣還卻退。（《十二時》，一三一二）

36. 懈慢心，難誘勸，揀點師僧論貴賤。說凡道聖有偏頗，也是於身為大患。（《為大患》，〇六五五））

兩例"揀點"均和"論"對舉，"揀點"為評論義無疑，"點"有"點評，評論"義，"揀點"應為同義連文，"揀""揀點"二詞之"議論，評論"義《漢語大詞典》均未收。

【交頭】——頭尾相接，從頭到尾

---

① 此首歌辭《總編》未收錄，饒宗頤《敦煌曲訂補》有錄文。

② 許寶華、宮田一郎：《漢語方言大詞典》，中華書局1999年版，第611頁。

37. 何樂鑊，何樂鑊，第五俗流廣貪托。不知眾生三界惡，男女妻子交頭樂。積寶陵天不肯博（撥），魯流盧樓何樂鑊。　　春秋冬夏營農作，鋤田劚地努筋脯，遍體血汗交頭莫（瘼）。一朝命斷深埋卻，閻老前頭任裁度。無善因緣可推託，受罪從頭只須作，緣牽不用諸繩索。藥略鑊鑠。此言真不錯。（《悉曇頌》，〇四六四）

"交頭" 謂頭尾相接。如《醒世姻緣傳》第二八回："其水經夏不壞，烹茶也不甚惡，做極好的清酒，交頭吃這一年。"《漢語方言大詞典》亦引此例，釋為 "整整"。[①] "交頭樂" 句說富者整天樂，"交頭莫" 句說貧者整日 "莫"。"莫" 疑是 "瘼" 的借音。

【K】

【苦】——極、甚

苦本義為苦菜，引申泛指各種苦味（膽汁、黃連等），進而抽象為辛苦、痛苦、愁苦等義，後進一步虛化為表示程度之深的副詞。如曹丕《善哉行》之一："上山采薇，薄暮苦饑。" "苦饑" 即甚饑。至唐宋表極、甚之義的 "苦" 用例多了起來。

38. 切須欽敬自家身，孝養苦恭勤。（《求因果》，〇三四一）

39. 見其壽考苦歡喜，終始供甘美。（《求因果》，〇三四二）

40. 遠近稱傳道姓名，遙聞談說人皆美。世人不敢苦欺凌，都為文章有綱紀。（《十二時·勸學》，一一〇三）

前兩例，惜《總編》均校改為 "要"，應據改。苦恭勤、苦歡喜即非常恭勤、非常歡喜。唐宋詩詞常用。如杜甫《戲贈閬鄉秦少府短歌》："今日時清兩京道，相逢苦覺人情好。" "苦覺" 即甚覺。韓愈《贈崔立之》："崔侯文章苦捷敏，高浪駕天輸不盡。" "苦捷敏" 即非常捷敏。宋蘇軾《徑山道中》詩："玲瓏苦奇秀，名實巧相稱"，"苦奇秀" 即甚奇秀。李清照《攤破浣溪沙》詞："梅蕊重重何俗甚，丁香千結苦粗生。" "苦粗生" 猶云太粗生。

今中原官話、冀魯官話還有此種用法，如徐州話、晉語還把 "很辣" 說成 "苦辣"，"很鹹" 說成 "苦鹹"；天津話把 "太過分" 說成 "苦過分" 等。[②]

【困憊】【困掇】——疲乏衰弱

41. 縱為人，神氣劣，短命多災形困憊。爭如蔬素遣飢腸，免被冤家

---

① 許寶華、宮田一郎：《漢語方言大詞典》，中華書局 1999 年版，第 2170 頁。

② 同上書，第 3143 頁。

隨後撮。(《十二時》，一二三六)

此"困憹"，伯 2054 卷、上博 48 號及俄 Φ319、361、342 綴合本作如是寫；伯 2714、3286 卷作"困掇"。憹，疲弱。困憹，同義連文。如宋洪邁《夷堅甲志·方禹冤》："眾昇禹，寸步歸家，困憹殆絕。""掇"用同"憹"，疲乏貌。如明歸有光《祭外姑文》："癸巳之歲，秋冬之交，忽遘危疾，氣息掇掇，猶日念母。"

二詞《大詞典》均未收。

【L】

【來過】——來到，到來，過來

在現代漢語中，"過"用在動詞後，常用來表示動作完畢，"來過"就表示"來"這一動作已完成。而在敦煌歌辭中"來過"卻無此義，而義同於"來到"。《呂覽·異寶》："五員過於關。"高誘注："過，至也。""來過"表示從另一個地點向說話人(或敘述的對象)所在地而來。如：

42. 潘郎妄語多，夜夜道來過。賺妾更深獨弄琴，彈盡相思破。(《喜秋天》，○○三○)

43. 寒雁來過附書蹤，謂君憔悴損形容。教兒淚落千重。(《再相逢》，○○四八)

44. 娘子面，砲了再重磨。昨來忙蓦行李少。蓋緣傍畔迸數多，所以不來過。(《望江南》，○○八○)

45. 日日搥鐘吹法螽，修善意輕羅。一前一步踏蓮窠，諸佛競來過。此是上方行步處，識者皆來聚。(《求因果》，○四一○)

46. 者鬼意如何？爭敢接來過。(《還京洛》，○五四六)

例 42、例 44、例 45"來過"皆用於句尾，有倒文以叶韻的目的，"來過"即"過來"。例 46"爭敢接來過"中的"來"不是動詞"接"的趨向補語，"來過"仍然成詞。"接"於此作"靠近"講，詳參《漢語大詞典》"接"之"靠近"義項。此句話是說"小鬼怎敢靠近過來"。"來過"多用於句尾，"過來"之義由"來過"承擔，從以上句子來看蓋與行文押韻相諧有關。殆久之，"來過"亦可如例 43 用於句中。

【練】——翻滾

47. 就中第五更難陳，阿娘日夜受殷勤。勝處安排與兒臥，心中猶怕練兒身。(《孝順樂》，○三二六)

練，今西南官話、湘語都把"翻滾"說成"練"。如：

雲南騰沖：不要在床上練。不要練稻草。湖南長沙：練噠一身灰。①

上例是說把乾燥的地方安排給孩子臥，心裏仍舊害怕孩子翻滾到潮濕的地方去。表達同樣意思的說法，敦煌歌辭中還有："專心縛，怕磨研，不離孩兒體邊。記之慈母苦憂憐，恩德過於天。"（《十恩德》，○三○三）關於"磨研"一詞，請參看例 51 "磨研"條。《匡補》云："練，俗語也，指在灰土、泥水等之中滾爬展轉，現今四川方言中尚有此語。通常寫作'驂'或'展'。"（79 頁）

【略】——偶爾

在敦煌歌辭中，"略"可作"偶爾""偶然"講。不明此義的人在校釋相關歌辭時難免會出錯。如：

48. 寶髻釵橫綴鬢斜，殊容絕勝上陽家。蛾眉不掃天生綠，蓮臉能勻似早霞。無端略入後園看，羞煞庭中數樹花。（《拋球樂》，○○二七）

辭中"無端"和"略"連用，"略"之含義也就基本上被限定了。"無端"即"無心，無意"，既然"無意，無心"，"入後園看"當是"無意之中"，即"偶然，偶爾"而已。高《賞》指出："'略'者，巡行之意也。"（286 頁）顯然高說曲解了原文本義。還有學者認為"略"當作"少微"解，如張次青曰："'略'當作'少微'解。與下文'數'相貫穿，言少微入後園一看，即羞殺數樹花，較之徘徊流連玩賞，羞殺全園花，更覺此女之妍麗，意境也高一籌。"② 此種解釋亦是未顧及"無端"一語。"略"的此種用法，歌辭多見，又如：

49. 半含嬌態，逶迤換步出閨門，搔頭重慵憁不插。只把同心，千遍撚弄。來往中庭，應是降王母仙宮，凡間略現容真。（《內家嬌》，○○二三）

此處之"略"之偶爾義更覺明顯，"稍微""暫時"等義更是於此不洽。"略"作偶爾、偶然講，當是由其"暫時"義進一步引申而來。"略"之暫時義在中古近代文獻中有頗多用例，歌辭中有一"暫"與"略"對用的語例，從中我們可以體會"略"之偶爾或暫時義之間的關係。如：

50. 兩兩共吟金口偈，三三同演梵音詩。暫離峰頂巡朱戶，略出雲房下翠微。（《千門化》，《總編》第 1058 頁）

詩中"暫""略"對舉，"略"即暫時之義，亦可釋為"偶爾"。另，

---

① 許寶華、宮田一郎：《漢語方言大詞典》，中華書局 1999 年版，第 3777 頁。

② 陳人之、顏廷亮：《雲謠集研究匯錄》，上海古籍出版社 1998 年版，第 183 頁。

"略"之偶爾義亦可參見王锳《詩詞曲語辭例釋》（以下簡稱《例釋》）152頁"略（二）"條，因其未有敦煌歌辭用例，特此補綴。

【M】

【磨研】——磨擦，浸淹

磨研，《漢語大詞典》僅列兩個義項：一是細磨，亦指磨研至損；二是用石磨研碎，迷信傳說陰司懲治惡鬼的一種酷刑。然而歌辭中的出現的"磨研"一語卻無法用上述兩義括之，如：

51. 幹處與兒眠，不嫌污穢及腥膻，慈母臥濕氈。專心縛，怕磨研，不離孩兒體邊。記之慈母苦憂憐，恩德過於天。（《十恩德》，〇三〇三）

此處之"磨研"應是民間俗語，意思大體指皮膚被水或尿浸濕後磨蹭而發紅生疼。"研"應不是本字，僅記音。"研"似應作"醃"，"醃"一般指汗液、眼淚等浸漬皮膚使感到痛或癢。如老舍《四世同堂》三四："他身上流著血汗，汗把傷痕醃得極痛，可是他不停止前進。"

【覓】——猶云爭、逞

"尋找，求"是"覓"之常義，歌辭中許多"覓"字卻很難拿常義來理解。如：

52. 只趁事持誇窈窕，鬥豔爭輝呈面俏。酒市茶莊盡恣情，見說講開卻失笑。幼時光，且覓好，阿誰聽你閑經教。看看面皺尚覓強梁，猶不悟無常拋暗號。（《拋暗號》，〇六七一）

"覓好"就是誇鬥美貌，亦即上文之"呈（逞）面俏"；而"覓強梁"就是逞豪強（詳參下文"覓強梁"條）。《孔子項託相問書》："弓刀器械沿身帶，腰間寶劍白如霜，二人登時卻覓勝，誰知相托在前亡。"王重民校記："戊卷'卻覓勝'作'各覓強'。"[1] 此"覓勝"即爭勝，"覓強"即爭強。《五燈會元》卷十五："師以拄杖指面前曰：'乾坤大地，微塵諸佛總在裏許爭佛法，覓勝負，還有人諫得麼？若無人諫得，待老漢與你諫看。'""覓勝負"即爭勝之義。敦煌變文《燕子賦一》："他家頭尖，憑伊覓曲。咬齧勢要，教向鳳凰邊遮囑。""覓曲"，《詞典》釋為"找門路"（216頁），筆者以為，此"覓"仍為"逞""爭"之義，"曲"有邪僻，不正派之義，"覓曲"意即逞兇，充歹種。歌辭中另有"索強"一語，義亦為"爭強"（詳參下文"索強"條）。

---

[1] 王重民、向達等編：《敦煌變文集》，人民文學出版社1957年版，第235頁。

【索強】——爭強

53. 遍見索強爭意氣，全是凡夫智。不能方便禮圓融，剛強作愬愬。（《求因果》，〇四三一）

54. 索強之人風火性，愛共人爭競。等閒村戀便爭論，追領入公門。（《求因果》，〇四三五）

此處兩"索強"《總編》皆改為"豪強"，顯然由於不解"索強"之故，"索強"即爭強，如《李陵變文》："前頭有將名蘇武，早向胡庭自索強。自為高心欺我國，長交北海牧羝羊。""索強"之"索"和"覓強"之"覓"義相通，蓋與二字同有"求取"之義有關。今方言中有"找事""找茬""找茬兒"等語，都有逞強滋事之義，"索強""覓強"等之"索""覓"之義或與"找事""找茬"之"找"相關，"索""覓""找"三詞均有"求取"義。

【覓強梁】——逞好漢

55. 看看面皺尚覓強梁，猶不悟無常拋暗號。（《拋暗號》，〇六七一）

《總編》認為"覓"字待校。（1126 頁）《匡補》按曰："'覓'字不誤，猶云爭、逞。而'覓強梁'就是逞豪強。"（160 頁）項說是。強梁，《老子》："強梁者不得其死。"魏源《老子本義》："焦氏竑曰：'木絕水曰梁，負棟曰梁，皆取其力之強。'"唐司馬紮《獵客》："更以馳驟多，意氣事強梁。"宋魏了翁《水調歌頭》："但願國安人壽，更只專城也好，不用較強梁。""逞強梁"同"覓強梁"。如明徐元《八義記·孤兒耀武》："今日小將逞強梁，和他論一場。"

今冀魯官話亦如是說，1936 年版《壽光縣誌》："逞強曰好漢，亦曰強梁。"吳語亦稱強壯為"強梁"。如江蘇丹陽：隔小仵蠻強梁格，身哩都是勁道。[①]"覓強梁"亦作"索強梁"，如《二十年目睹之怪現狀》第五十八回："陡發財一朝成，眷屬狂騷擾，遍地索強梁。"

【命】【屈命】【邀命】——邀請

"命"在歌辭中有邀請、宴請義，非指命令，或者叫、喚之義。且多與"屈""邀"等對用或連用。如：

56. 獲幸相邀命，攀連坐未閑。（《南歌子》，〇一一一）

57. 天將曙，命無垢，與君今為不請友。（《十二時》，一〇七九）

---

① 許寶華、宮田一郎：《漢語方言大詞典》，中華書局 1999 年版，第 6349 頁。

58. 命親鄰,屈朋友,撫掌高歌飲醲酎。(《十二時》,一二〇五)

59. 殺豬羊,羞玉饌,屈命親情恣歡宴。(《十二時》,〇六五四)

"邀命"即邀請,"邀"與"命"同義連言。命無垢,《總編》認為"命"字用在維摩(無垢)長老身上不合適(1506頁)。其實,這裏的"命"也是請的意思,與無垢的長老身份並無不合之處。"命"的此種意義,從後兩個例子中可以很清楚地看出來。第三例"命"和"屈"對用,第四例"命"和"屈"連用,"屈"指邀請無疑,詳見《詞典》259頁"屈"條。所以"命"即請。(唐)元稹《鶯鶯傳》:"鄭厚張之德甚,因飾饌以命張,中堂宴之。""命"字義同。《詞典》亦收有"命"條,卻釋"命"為"喚,叫",其所舉之例恰有上述後兩例(217頁),《詞典》誤。

【莫非】——若非,如果不是

莫非,《漢語大詞典》僅列義項二:沒有一個不是;副词,表示揣測或反问可譯為或许,难道。然無法賅括歌辭中的例句:

60. 飢火侵,難制遏,道俗僧尼無揀別。若非尖刃陌心穿,即是長槍胸上剗。(《十二時》,一二三九)

"若非"伯3087卷、俄Ф319、361、342綴合本又作"莫非"。從句義看,"若非……即是"構成了一組假設性的選擇連詞,可譯為"如果不是……就是"。"莫非……即是"意義用法當與之相同。顯然《漢語大詞典》所列兩個義項均無法做出合理解釋。

【N】

【難】——難得;難以忍受

"困難,不易"是"難"的常義,"使困難""不好"等義都是在"難"之常義基礎上的引申,但歌辭中有些"難"字卻不好直接用這些意義來理解,如:

61. 第六乳哺恩最難,如餳如蜜與兒餐。母吃家常如蜜味,恐怕兒嫌腥不餐。(《十種緣》,〇三一三)

62. 三月季春春極暄,忽念遼陽愁轉難。賤妾思君腸欲斷,君何無行不歸還。(《十二月》,〇八一五)

例62《總編》改"難"為"添"。(1259頁)估計亦是覺得"難"字於此義晦。曾良《〈敦煌歌辭《總編》〉校讀劄記》曾對這兩例"難"字進行過考釋,茲錄全文如下:"'添'字原卷作'難','難'字不好隨便改掉,'難'有深的意義。[〇三一三]首:'第六乳哺恩最難,如餳如蜜與兒餐。'‘恩最難’即恩最深。《詩·小雅·隰桑》：‘隰桑有阿，其葉有難。’毛傳：‘難然，盛貌。’鄭箋：‘隰中之桑，枝條阿阿然長美，其葉又茂盛，可以庇蔭人。’茂義與深義相關聯。《史記·司馬相如列傳》：‘且夫清道而後行，中路而後馳，猶時有銜橛之變，而況涉乎蓬蒿，馳乎丘墳，前有利獸之樂而內無存變之意，其為禍也不亦難矣。’‘難’即是深的意義。"①

按，曾氏據毛傳釋"難"為"茂盛"，進而解"難"為"深"，證據尚嫌不足。另外，曾氏所舉《史記》例之"難"亦不當釋為"深"，"不亦難"即很容易的意思，句說出現禍患是很容易的事情。因此"難"當另有其義。筆者以為，例61此字作"難得"講。句說乳哺恩是最難得的，換句話說就是乳哺恩是最高尚的。例62此字作"難以忍受"講，是說憂愁變得更加難以忍受。此兩種意思在今南方方言如吳語中都還存在著，如："病才好，只坐一下兒就覺著難坐起。"　"難坐起"即坐不住了，受不了了。②

【能】——這樣；那麼

能，與"恁"音近義同，作代詞，指這樣或那麼。如：

63. 七月孟秋秋漸涼，教兒獨寢守空房。君在尋常嫌夜短，君無恒覺夜能長。（《十二月》，〇八三一）

《總編》認為"能"字俟校。（1270頁）《匡補》指出："‘能’字不誤，是唐人口語，猶云‘如此’，表強調、誇張的語氣，如《維摩詰經講經文》：‘朱唇旖旎，能赤能紅；雪齒齊平，能白能淨。’"（180頁）《匡補》所說甚是。此義蔣禮鴻《詞典》、張相《匯釋》卷二、劉淇《助字辨略》等均有論述及並有大量用例，茲不多舉。這裏筆者所要著重指出的是，"能"的代詞用法至今還保留在西南官話和吳語之中，如雲南昆明話：你打扮得能漂亮！你今天起得能早。上海話：生活做得能巴結。《曲藝選》：太陽出得能巴結，又紅又大滾圓的邊。③

【P】

【攀】——摘取；拗折

歌辭中"攀"有折取之義，如：

64. 莫攀我，攀我太心偏。我是曲江臨池柳，者人折了那人攀。恩愛

---

① 曾良：《〈敦煌歌辭總編〉校讀劄記》，《文獻》1998年第3期。
② 許寶華、宮田一郎：《漢語方言大詞典》，中華書局1999年版，第5225頁。
③ 同上書，第5230頁。

一時間。(《望江南》，〇〇三九)

宋代無名氏亦作過極其類似的《望江南》："這癡呆馱，休恁淚漣漣。他是霸陵橋畔柳，千人攀後到君攀。剛甚別離難。"此"攀"即"折取"之義。又如：

65. 悔嫁風流壻，風流無准憑，攀花折柳得人憎。夜夜歸來沉醉，千聲喚不應。(《南歌子》，〇〇五五)

66. 雲程漸喜將身上，月桂仍疑展手攀。每度下來回首望，如從天上到人間。(《十偈辭》，〇四九三)

從以上"者人折了那人攀"和"攀花折柳"兩處對文以及"攀月桂"來看，"攀"確有"折"義。又《大唐西域記》卷八："時假女父攀花枝以授書生曰：'斯嘉偶也，幸無辭焉。'""攀花枝"即折花枝。那"攀"的這層意義是怎麼來的呢？《說文解字》："攀，引也。"由"引"何來"折"？谷衍奎《漢字源流字典》指出，攀，本義指抓住東西向上爬，引申指拉扯，拉攏，又引申指攀附地位高的人①。那麼歌辭中有"折取"之義的"攀"也是從"攀"之本義引申而來的嗎？筆者認為，"攀"之"折取"義就是在"引，拉"之義的基礎上引申而來的，"引，拉"的結果會導致對象的"折斷"，攀之"折取"義由此而生。近代戲曲小說中常見，如關漢卿《南呂·一枝花·不伏老》："攀出牆朵朵花，折臨路枝枝柳。花攀紅蕊嫩，柳折翠條柔，浪子風流。憑著我折柳攀花手，直煞得花殘柳敗休。半生來折柳攀花，一世裏眠花臥柳。"馮夢龍《醒世恒言》卷二十："未行雪恥酬凶事，先作攀花折桂人。""攀""折"對文生義。在普通話中"攀"的這層意思已經消失了，但今許多北方方言，如山東臨沂一帶方言中仍然保留了此種用法，如把"折樹枝"說成"攀枝子"。

【鋪攤】——即攤蒱，四數也，賭博術語

"攤"是古代的一種賭博遊戲，即"攤錢"，《廣韻》"攤"字下云："攤蒱，四數也。"唐李匡乂《資暇集》卷中"錢戲"："錢戲有每以四文為一列者，即史傳所云意錢是也。"②"鋪攤"即"蒱攤"，如：

67. 遍見賭錢不賭命？幾個心平正。至親骨肉共鋪攤，遍伐也相護。(《求因果》，〇三三五)

今晉語中有"不攤"一語，意即將堆成小丘狀的東西攤平，如山西忻

---

① 谷衍奎：《漢字源流字典》，華夏出版社 2003 年版，第 852 頁。
② 轉引自項楚《王梵志詩校注》，上海古籍出版社 1991 年版，第 853 頁。

州：“把糧食不攤曬嘮曬。”“鋪”“不”音近，二詞或有相通之處。

【叵耐】【叵奈】——可恨

68. 叵奈靈鵲多瞞語，送喜何曾有憑據。（《鵲踏枝》，〇〇三七）

69. 叵耐金枝，扶入水精簾下。（《怨春閨》，〇〇四五）

70. 叵耐不知何處去，教人幾度掛羅裳。待得歸來須共語。（《柳青娘》，〇〇一八）

“叵耐”“叵奈”同，均有“可憎、可恨”之義，如（元）白樸《梧桐雨》楔子：“叵奈楊國忠這廝好生無禮。”《水滸傳》第十四回：“只叵耐雷橫那廝平白騙了晁保正十兩銀子，又吊我一夜。”今閩語如廣東潮汕仍如是說，翁輝東《潮汕方言·釋詞》：“潮人於極難忍受之事，亦叵耐。”[①]

【R】

【攘却】【穰鎮】——除（禍）鎮（災）

71. 利存亡，益家眷，凡是有求皆滿願。不唯攘却萬般災，兼乃蠲除千戶難。（《十二時》，一二四七）

攘却，伯2054、3087、上博48號及俄 Φ319、361、342 卷寫作“攘却”，伯 2714、3286 卷寫作“穰鎮”。“攘”“穰”音近互代，音義同“禳”，指除去邪惡或災異。“却”有“除，除去”之義，《太平廣記》卷三八〇引（唐）唐臨《冥報記·王璹》：“汝被搭耳，耳當聾，吾為汝却其中物。”“攘却”同義連文，複合成詞。“穰鎮”即禳鎮，祈禳鎮災，曾是道教常用術語，道教禳鎮科儀通過調和心性，使神靈相通，賜福消災，却病延年。於此，攘鎮則應釋家所倡除禍鎮災之軌儀。

二詞《漢語大詞典》均未收。

【S】

【申吐】【申說】申訴、申辯，訴說

“申”甲骨文、金文像閃電舒展之形，引申為伸展，進一步引申為陳述說明。“申吐”“申說”二詞均為同義連文複合成詞。

72. 只恨隔蕃部，情懇難申吐。早晚滅狼蕃，一齊拜聖顏。（《菩薩蠻》，〇〇九四）

73. 惡口穢言相點汙，出口難申吐。親情中內嬾聽聞，羞慙見他人。（《求因果》，〇四三三）

---

① 許寶華、宮田一郎：《漢語方言大詞典》，中華書局 1999 年版，第 143 頁。

74.最傷情，難申說。杖笠三冬皆總闕。寒窗冷惜一無衣，如何禦彼三冬雪。《三冬雪》【〇五五三】

"申吐""申說"敦煌文獻亦多見，如《秋胡變文》："忽而一朝夫至，遣妾將何申吐！"，"婆教新婦，不敢違言；於後忽爾兒來，遣妾將何申吐？"敦煌本《搜神記》："然元皓未送報之間，心憶子京欲囑後事，今為失音，無處申說，停經一旬，神靈見身，不許殯葬，須待子京。""若是嚴天月，苦惱難申說。"《廣異記》亦有："然素不樂此生受諸穢惡，求死不得，恒欲於人申說，人見悉皆恐懼。"

《漢語大詞典》二詞均未收。

【是】——雖；甚

75.第二臨產是心酸，命如草上露珠懸。兩人爭命各怕死，恐怕無常落九泉。（《十種緣》，〇三〇九）

76.第三母子是安然，棄忘孝順養殘年。親情遠近皆歡喜，渾家懷抱競來看。（《十種緣》，〇三一〇）

上二例《總編》改"是"為"足"。（769頁）《匡補》按曰："此首原寫'第二臨產是心酸'和下首原寫'第三母子是安然'，皆不誤。此類"是"字乃俗文常見用法，不必改'足'。如[〇三二二]首：'起初第一是懷胎。''是'字用法與此處同。"（75頁）

按，[〇三二二]首"起初第一是懷胎"之"是"和"第二臨產是心酸""第三母子是安然"中的"是"顯然是不同的，若同，則後兩句當成了"第二是臨產心酸""第三是母子安然"的機械僵化句子，毫無感情可言，與全辭勸勉之真切誠摯的感情基調完全脫離，因此後兩句之"是"當另有安排。《總編》改"是"為"足"顯然是考慮到了文法及感情方面，但這種改字的做法顯然不是校勘之首選，且"第三母子足安然"和"莫忘孝順養殘年"缺乏語義之連貫性，鑒於此，筆者以為此二"是"各有出處。首先，"第二臨產是心酸"中"是"即"甚"。"是""甚"音近，故常互代。張相《匯釋》："是，與甚同，以音近而假用之。……《董西廂》三：'姐姐為人是稔色，張生做事忒通疏。'此是字與忒字相對，是稔色即甚稔色也。《元草堂詩餘》，趙功可《氏州第一》詞，《送春》：'借問東風，甚漂泊天涯何處？'甚漂泊天涯何處，猶云是漂泊天涯何處也。"（13頁）"第二臨產是心酸"是說臨產之時心情非常悲痛。其次，"第三母子是安然"中"是"即"雖"，白居易《遊平泉宴浥澗宿香山石樓》詩："古詩惜晝短，勸我令秉燭。是夜勿言歸，相攜石樓宿。"言雖夜亦勿歸也。柳永《滿江紅》詞："中心事，多傷感。人是宿，前村館；想鴛衾今夜，共他誰暖。"言人雖獨宿孤館，而心中猶想念鴛衾也。此例頗多，茲不多舉，可詳參《匯釋》第 9 頁所著。"第三母子是安然，棄忘孝順養殘年"言產後母子雖平安，但不要忘記母親產子之悲痛，以孝養其殘年。

今方言中常說："（這件衣服）好是好，就是有點貴"，"（這個法子）好是好，就是不知道對他管不管用"等，前半句中的"是"即有"雖"義。

【T】

【調】

77. 遍見賭錢無利益，枉費人功力。曉夜驅驅不得眠，一調舍家緣。（《求因果》，〇三三四）

"調"義同今語之"走"或"跑"。今吳語仍稱呼"走"為"調"，"調"或寫為"跳"；亦有稱呼"走"為逃，"逃"與"調"音近。如餘杭臨平稱"走"為"調"，無錫新安、華泉、坊前、東亭等地稱跑為"逃"。"調""跳"或"逃"疑為"趒"的記音字。《廣韻·蕭韻》："趒，《說文》曰：雀行也，徒聊切。""趒來"即走來。[1] 作為"走"之義的"調"在近代戲曲小說中亦有保留。《金瓶梅》第二十六回中寫道："每日淡掃蛾眉，薄施脂粉，出來走跳。"此處之"跳"周振鶴等即認為是"走"的意思。[2] "一調舍家緣"的"調"字形象地刻畫出了賭博成性之人舍家揚長而去的情形。

【W】

【聞】——趁

78. 聞身健，速須達取，菩提彼岸。（《三歸依》，〇四八八）

79. 聞身強健行檀施，作福利。莫待合眼被分張，不免也無常。（《十無常》，〇六〇六）

80. 所以如來勸世人，不如聞健日先祗備。（《先祗備》，〇六六三）

81. 不如聞早學修行，一寶之身不空去。（《十二時》，〇九九六）

蔣禮鴻《敦煌文獻語言詞典》："聞，就是'趁'，表示及時。"（332頁）前三例"聞身健""聞身強健""聞健"都是趁身體健康之義。例 78

---

① 閔家驥、范曉：《簡明吳方言詞典》，上海辭書出版社 1986 年版，第 322 頁。

② 周振鶴、游汝傑：《方言與中國文化》，上海人民出版社 1986 年版，第 186 頁。

"聞早"即趁早。唐王建《冬至後招於秀才》詩："聞閑立馬重來此，沐浴明年稱意身。""聞閑立馬"一作"乘閑立馬"，聞即乘也，益可證"聞"有趁義。宋吳潛《滿江紅·上巳後日即事》詞："舴艋也聞鉦鼓鬧，秋千半當笙歌樂。"此"聞"亦"趁"之義。今中原官話（如河南沈丘、西華、開封、新鄭、太康、商丘）、晉語均仍稱"趁早"為聞早，例如：

山西運城：聞早；山西離石：聞早滾蛋；陝西綏德：聞早兒走吧。①

【X】

【下】【安下】——歇，宿

82. 夜飲宮人總醉醒，起來逢下在中庭。金爐排火珠簾外，每處曉曉鳥獸形。（《水鼓子》，○二五七）

"下"為"安"或"住"之義。如（宋）孟元老《東京夢華錄·東角樓街巷》："東去乃潘樓街，街南曰鷹店，只下販鷹鶻客。"（元）王實甫《西廂記》第一本第一折："官人要下呵，俺這裏有乾淨店房。""下"有住下、安歇之義，常與"安"連文組成"安下"，如《韓擒虎話本》："使君蒙詔，不敢久住，遂與來使登途進發，迅速不停，直至長安十裏有餘常樂驛安下。"《兒郎偉·驅儺文》："朔方安下總了，沙州差使衹迎。比至正月十五，球場必見喜聲。"（《敦煌願文集》958 頁）近代文獻亦常見，如（元）王實甫《西廂記》第一本楔子："因此俺就這西廂下一座宅子安下。"

【下生】——出生，生下

83. 燒香禮拜歸佛道，願值彌勒下生年。各自虔心禮賢聖，此是行孝本根原。（《十種緣》，○三二○）

在現代漢語中"下"有"生"之義，如柳青《創業史》第一部第十章："女人要生娃子，母馬要下騾駒，又添人口又添財。""下生"作出生講，今膠遼官話常作如是說，濰坊諸城一帶流行著這樣一個段子：

傻話傻話，窗戶臺上種著二畝紫瓜。下生孩子去偷瓜，聾漢聽著，瞎漢看著，瘸腿去斷（追），跑到溝裏，采（拉，扯）著頭髮，一看是個禿絲兒（禿頭）。

"下生孩子去偷瓜"是說剛出生的孩子就去偷瓜。

【限來】【當來】——將來

84. 強聞經，相取語，幻化之身無正主。假饒貪戀色兼聲，限來却被

無常取。（《無常取》，〇六三四）

　　敦煌歌辭《無常取》共八首，其中前七首末句都是"限來却/也被無常取"。此"限來"義應同敦煌文獻中一常見的俗詞"當來"一樣，猶將來。詳參蔣禮鴻《詞典》第 73 頁"當來"條。客話中仍稱"將來"為"限日子"①，此處"限"的用法應與歌辭是相通的。

　　【心思】——想，動詞

　　85. 一更初，太子欲發坐心思。奈知耶娘防守到，何時度得雪山穿。（《五更轉》，一〇五五）

　　"心思"一詞在伯 3083、2483 卷中共出現三次（《總編》、《全詞》本、《全詩》本均擬"心思"為"尋思"，不妥，詳見"商補"），當作動詞"想"講，是一方言詞。今冀魯官話、膠遼官話、中原官話中仍如是說，如

　　山東安丘：你在那兒心思什麼？

　　河南：他老早都心思要入合作社了。②

<h2 style="text-align:center">【Y】</h2>

　　【一畔】【一伴】——一頭，一邊

　　畔，本義為田界，引申為一邊、一側，"一畔"即"一邊""一頭"，表示一個動作跟另一個動作同時進行。敦煌文獻中"畔""伴"多通借，故"一畔"又多寫作"一伴"。敦煌文獻"一伴"多與"一頭"組合使用，類同"一邊……一邊"句式。如：

　　86. 一頭承侍翁婆，一伴又剗縛男女。（失調名，〇一四五）

　　敦煌變文《父母恩重經講經文》多處使用此種句式：

　　"一頭洗濁（濯）穢汙，一伴又餧飼女男""一頭訓誨交仁義，一伴求婚囑咐作媒""一頭出藥交醫療，一伴邀僧為滅災"。

　　【依頭】——可依靠的東西或人

　　87. 雪山成正覺，教我沒依頭。看花腸斷淚交流，榮華一世休。（《證無為》，〇三七六）

　　依頭，可依靠的東西，這裏指可依靠的人。今齊魯方言中常把"靠著的東西"叫"依頭"或"倚頭"。東北官話、冀魯官話稱"可以依靠的人"

---

① 許寶華、宮田一郎：《漢語方言大詞典》，中華書局 1999 年版，第 3749 頁。
② 同上書，第 939 頁。

作"靠頭"，如："她盼女兒嫁個好女婿，有個靠頭。"①

【畲私（菑）】——耕耘

88. 使府君，食香糗，須念樵農住山藪。捍勞忍苦自耕耘，美饭不曾沾一口。（《十二时普勸四眾依教修行》，一二九〇）

"耕耘"一詞僅伯 2714 卷作如是寫，其餘五個本子（伯 2054、3087、3286 卷，上博 48 號，俄 Φ319、361、342 綴合本）均寫作"畲私"。畲，原指焚燒田地裡的草木，用草木灰做肥料的原始耕作方法。（唐）元結《謝上表》："臣見招輯流亡，率勸貧弱，保守城邑，畲種山林，冀望秋後少可全活。"後泛指粗放耕種。（唐）元結《喻舊部曲》詩："勸汝學全生，隨我畲退穀。"私，疑是"菑"之音誤。菑，開墾、耕耘。《書·大誥》："厥父菑，厥子乃弗肯播，矧肯穫。"《齊民要術·耕田》引（漢）崔寔《四民月令》："正月：地氣上騰，土長冒橛，陳根可拔，急菑強土黑壚之田。"畲菑，耕耘。（金）張本《寄弟》詩："田居有素懷，行當事畲菑。""畲菑"多作"菑畲"，如《周易》："六二，不耕穫，不菑畲，則利用攸往"，"私意期望之心，故有不耕穫、不菑畲之象"。

【Z】

【在處】——處處

89. 一更每年七月七，此時受富日。在處敷塵乞巧盤，獻供數千般。（《曲子喜秋天》，〇八〇一）

在處，饒《曲》："在處猶到處也。周邦彦《夜遊宮》：'月白風清在處見。'"（56 頁）（清）陸心源《唐文拾遺》卷二十六："弟曰才應，官任清資，職司樞密，朝入公門，暮歸奉親，恭敬悲念，乳藥哺餐，在處求醫，藥餌無效。"明李時珍《本草綱目·草七·何首烏》〔集解〕引蘇頌曰："何首烏本出順州南河縣，今在處有之。"

今江淮官話、湘語中仍稱"到處、處處"為"在處"。蕭繼宗《湘語方言·語辭》："賈島《贈某翰林》詩：'看花在處多隨駕，召宴無時不及身。'張籍《贈別王侍御赴任陝州司馬》詩：'京城在處閒人少，惟共君行並馬蹄。'"②

【爭似】——怎比

"似"可用於比較，表示程度更深。常與"爭"字連用，用於反問句

---

① 許寶華、宮田一郎：《漢語方言大詞典》，中華書局 1999 年版，第 7116 頁。

② 同上書，第 1776 頁。

中，可解釋為"怎比"，如：

90. 休將舜日比堯年，人安泰，爭似聖明天。（《感皇恩》，○二一九）

《總編》把原卷"爭似"擬成了"真是"（686 頁）。其實"爭似"無錯，指怎比。句說古代聖君猶尚不及當今天子聖明。又如：

91. 為他男女受波吒，爭似隨時謀嫁遣。（《十二時》，一二八三）

此句說的是與其為了兒女的婚嫁而屠宰宴客，因此而死後受地獄之苦，還不如不事鋪張地隨時嫁遣，可免殺生惡業。此"爭似"亦是怎比之義。《漢語大詞典》認為"似"用於比較的情況，最早例為宋代，顯然滯後。且擬"爭似"為"怎似"，亦不如"怎比"恰切。

【展手】——伸手

92. 雲程漸喜將身上，月桂仍疑展手攀。每度下來回首望，如從天上到人間。（《十偈辭》，○四九三）

展手，伸手之義。《漢語大詞典》例取《再生緣》第二七回："這位神武軍師不令他展手，這黃冠前進不能，後退不得。"例太晚。李昉等《太平廣記》卷二百三十八《詭詐》："成都有丐者詐稱落泊衣冠。弊服襤縷，常巡成都市鄽。見人即展手希一文云：'失墜文書，求官不遂。'"王梵志詩《他家笑吾貧》："你富戶役高，差科並用卻。吾無呼喚處，飽吃長展腳。"《兀兀身死後》："窟裏長展腳，將知我是誰？""展腳"即伸腳。

今晉語仍把伸手說成"展出手來"[1]。

【支擬】【支料】【支分】【支持】【支准】——處置；安排

"支"本義為竹支，引申為支撐、支持，進一步引申為支配、安置。"擬""准"均有比較義，"支擬""支准"義為妥善安排，如：

93. 寒衣未施無支擬，便覺秋風意不停。（《三冬雪》末"側吟"）

94. 莫任運，要思忖。也須自覓些些穩。如今一向為生涯，前程將甚為支准。（《十二時》，一二一五）

95. 為人卻要心明瞭，莫學掠虛多諦了。只磨貪婪沒盡期，也須支准前程道。（《拋暗號》，○六七五）

96. 火宅驅牽長煎炒，千頭萬緒何時了。恰到病來臥在牀，一無支准前途道。（《拋暗號》，○六七四）

支擬，宋《古尊語錄》亦有用例："問大義爭權時如何支擬。""料"

---

[1]　許寶華、宮田一郎：《漢語方言大詞典》，中華書局 1999 年版，第 5207 頁。

有料理義，"分"有分配義，"支料""支分"均同義連文複合成詞，義為處置、安排。如：

97. 大丈夫，自支料。不用教人再三道。七十歲人猶自稀，何須更作千年調。（《十二時》，一二一四）

98. 勸莫忙，教且待。方便意圖為窒礙。何如少健自支分，莫教直到年衰邁。（《十二時》，一三一四）

99. 若姑姨，或弟姪，一分之中也兼失。爭如少健自家修，閑來更念彌陀佛。（《十二時》，一三〇三）

"爭如少健自家修"伯2714卷作"爭如少健作支分"。支分，唐白居易《自詠老身示諸家屬》有用例："支分閑事了，把背向陽眠。"

前舉"何如少健自支分"句，伯2714卷作"何如少健自支持"，顯然此"支持"亦作處置，安排講。《漢語大詞典》於"支持"條設"對付，應付"義項，義略近，但舉（元）蕭德祥《杀狗劝夫》第二折"他覺來我自支持他，包你無事"例，語例嫌晚。

"支料""支准"二詞《大詞典》均未收。

【直須】【直如】【直】【須】【直饒】【更饒】——即使

"直須"一詞敦煌歌辭中有兩義，一是應當，一是即使。"直須"的應當義傳世文獻多常見，如（唐）杜秋娘《金縷衣》詩："有花堪折直須折，莫待無花空折枝。"（宋）歐陽修《朝中措》詞："行樂直須年少，尊前看取衰翁。"（宋）王安石《和王司封會同年》詩："直須傾倒罇中酒，休惜淋浪座上衣。"歌辭中亦見兩例：

100. 分明招引經云教，淨土好。論情只是勝娑婆，有彌陀。直須早作行程路，休疑誤。常知佛國壽延長。決定沒無常。（《十無常》，〇六〇八）

101. 勸諸人，莫放慢，火宅驅忙無際限。別人吃物自家饑，功德直須自家辦。（《十二時》，一二七七）

此義之"直須"應是"直""須"同義連文，"須"有"必須，必要"之義自不待言，"直"有"應當"義有些曲折。其義應從"價值""抵，相當"引申而來。"直須"此義由於較常見，茲不多言。

"直須"還有一義，《漢語大詞典》亦未收，即"即使"，假定之辭。歌辭中兩見：

102. 愚人不信身虛幻，得久遠。英雄將謂沒人過，騁僂羅。　縱

然勸得教歸仰，招諛謗。直須追到閻羅王，不免也無常。（《十無常》，○
六○四）

103. 見他榮貴休生惱，富貴貧窮由宿造。但知穩自用身心，衣食自
然長恰好。　　　慢佛僧，輕神道，爭使這身人愛樂。直須折得形骸鬼不
如，猶不悟無常拋暗號。（《十無常》，○六七八）

後一例《詞典》認為"直須"之"須"疑為衍文（408 頁）。此說不
妥，估計蔣先生未見前例之用法，才做出如此判斷。"直須追到閻羅王"
句言即使追到閻羅王那裏，也不免一死。"直須折得形骸鬼不如"句言即
使被折磨得形骸連鬼都不如，也不醒悟。

"直"有即使義，《匯釋》"直（一）"條言："直，與就使、即使之就
字、即字相當，假定之辭。凡文筆作開合之勢者，往往用直字以墊起，與
饒字相似，特饒字緩而直字勁耳。"（132 頁）杜牧《池州送孟遲先輩》：
"人生直作百歲翁，亦是萬古一瞬間。"歌辭中此義之"直"亦有兩例：

104. 既盡知，須打撲，休更頭頭起貪欲。直垛黃金北斗齊，心中也
是無厭足。（《無厭足》，○六五七）

105. 莫恣懷，盡亂造。病來不怕君年少。直不病時耆年也耳聾，猶
不悟無常拋暗號。（《拋暗號》，○六七五）

前例句言即使累積黃金拄到天上去，心中仍然不滿足。後例句言人到
老年即使沒有疾病，也免不了耳聾。《總編》把"直不"擬成了"只不"
（第 1123 頁），蓋是其未領會"直"之是義。

"須"亦有即使義，如（金）董解元《西廂記諸宮調》卷二："您一行
家眷，須到三五十口，大小不教傷著一個。"《西遊記》第九六回："須住
年把，也不妨事。""須"的即使義蓋由"雖"而來，"即使"是"雖"之
常義，"須""雖"一聲之轉，古常通用。因此"直須"當亦為同義連文，
曲折生義。

另，"直"在歌辭中往往和"饒"連言以使假定之義更顯，曲筆之力
更足。如：

106. 強聞經，勤發願，煞鬼任君錢巨萬。直饒宅舍遍寰中，身謝得
木頭三四片。（《十二時》，一二八六）

107. 思人世流光速，時短促。人生日月暗催將，轉忙忙。　　　容顏
不覺暗裏換，已改變。直饒便是轉輪王，不免也無常。（《十無常》，○五
九九）

108. 勸君切莫為冤惡，用意錯。些些少少住心頭，免得結冤讎。

愚情恣縱身無用，如似夢。直饒彭祖壽延長，不免也無常。(《十無常》，〇六〇五)

109. 買莊田，修舍屋，買盡人家好林木。直饒滿國是生涯，心中也是無厭足。(《無厭足》，〇六五九)

110. 望兒孫，囑神鬼，把閻王子千回跪。直饒你跪得一千雙，不如聞健日先祇備。(《先祇備》，〇六六四)

又作"更饒"，如上舉《十二時》(一二八六)"直饒宅舍遍寰中"，伯3087 卷和俄 Φ319、Φ361、Φ342 綴合本均寫為"更饒宅舍遍寰中"。又如：

111. 自修行，辦前路，喫著殘年能幾許。更饒富似石崇家，誰免身為墳下土。(《十二时普劝四眾依教修行》，一三〇九)

亦作"直如"，如上句"更饒富似石崇家"，伯 2714 卷寫作"直如富過石崇家"，義皆同。

【湛（賺）】【閃湛（賺）】——欺騙，動詞

"賺"作欺騙講，歌辭中均寫作"湛"，如：

112. 潘郎妄語多，夜夜道來過。湛（賺）妾更深獨弄琴，彈盡相思破。(《喜秋天》，〇〇三〇)

變文中亦有此例，如《捉季布傳文》："分明出敕千金詔，賺到朝門卻殺臣。""賺"的欺騙義，文獻多見，如《全唐詩》卷八七二載《朝士戲任毂》佚名詩："從此見山須合眼，被山相賺已多時。"(元) 關漢卿《竇娥冤》第一折："誰想他賺我到無人去處，要勒死我。"今北京官話、冀魯官話、中原官話、江淮官話均作如是說，例如：

北京官話：我讓他賺了。

天津：這話經不住問，一問就瘔，誰當真誰挨賺。

中原官話：小李兒老實，叫那人賺了。[1]

"閃"亦有欺騙義，但所發現的用例時間比較靠後，如《漢語大詞典》最早用例為 (元) 鄭廷玉《忍字記》第四折："自家劉均佐便是。誰想被這禿廝，閃我這一閃，須索還我家中去也。"其欺騙義蓋由"閃"之"抛，抛撇"之義項引申而來，歌辭中有"閃賺"一語，亦指欺騙。如：

113. 假如有理教申雪，一一當頭說。也莫言詞抑壓人，閃（湛）賺

---

① 許寶華、宮田一郎：《漢語方言大詞典》，中華書局 1999 年版，第 6822 頁。

自家身。（《求因果》，〇四三三）

《總編》釋"閃賺"為蹉跌、失足之義（883 頁），不妥。唐宋筆記中有"脫賺"一語，亦指欺騙，詳見王锳《唐宋筆記語辭匯釋》154 頁。"閃"和"脫"均有拋離之義，此或是它們能夠和"賺"組詞的緣由。《漢語大詞典》收有"閃賺"一詞，用例取自（元）無名氏《凍蘇秦》第二折："則俺那一般兒求仕的諸相識，他每都閃賺的我難回避。"例嫌晚。冀魯官話仍稱"欺騙"為"閃賺"，1929 年版《熊縣誌》："《清波雜誌》：'脫籠乃京師虛詐閃賺之言語。"①

【咨】【咨告】【咨言】【言咨】——告訴，告知

咨、咨告、咨言、言咨等均不含徵詢，諮詢義，動詞。多用於下對上，如：

114. 侍奉比來居左右，索喚專祇候。假如出去疾來歸，咨告父娘知。（《求因果》，〇三三九）

115. 小鬼咨言大歌，審須聽。（《還京洛》，〇五四七）

首例"咨""告"連言，同義並用，句言若外出歸來須告知父娘。次例"咨""言"同義連用，句言小鬼稟告大哥（"歌"即為"哥"的音誤字）。"咨""言"亦可倒用，如：

116. 帝詔四海贊諸賓，黃金滿屋未為珍。難煞某乙無才學，且聽歌舞說千文。（《皇帝感》，〇二八九）

"帝詔"二字甲丙卷（斯 0289 卷，伯 3910 卷）寫作"言咨"，詔告。唐宋筆記中每有此用，如敦煌本《啟言錄·昏忘》："虢州錄事姓盧，家中有棗新熟，乃諮（同咨）刺史云：'有新棗願欲奉公。'"《玄怪錄》卷三《齊饒州》："王判曰：'付案勒回。'案吏咨曰：'齊氏宅舍破壞，回無所歸。'"詳見王锳《唐宋筆記語辭匯釋》"咨、咨白"條（221—222 頁）。《詞典》亦有"諮"條（428—429 頁），但未收"咨言""咨告"，茲補。

【姊姊】——乳母；母親

117. 當初姊姊分明道，莫把真心過與他。子細思量著，淡薄知聞解好麼。（《拋球樂》，〇〇二六）

"姊姊"之第二"姊"原文用重文符號表示，《總編》從冒本及唐校擬改為"姊妹"（264 頁），誤。古方言稱乳母為姊姊，虹惠疇《明代以前之

---

① 許寶華、宮田一郎：《漢語方言大詞典》，中華書局 1999 年版，第 1453 頁。

中國方言考略》：“北齊南陽人呼乳母為姊姊。《北齊書·南陽王綽傳》：‘綽兄弟皆呼乳母為姊姊。’”江淮官話亦稱母親為“姊姊”，清光緒十一年《續修廬州府志》：“北齊太子稱生母為姊姊。”①此處之“姊姊”作姐姐講，亦通。如唐司空圖《燈花》詩之二：“姊姊教人且抱兒，逐他女伴卸頭遲。”

【作】——使得

“作”之使得義，蓋最早見於《尚書·周書·梓材》：“庶邦享，作兄弟方來。”俞樾《群經評議·尚書三》按曰：“作者，使也。”但此義項在上古乃至中古並不常見。《漢語大詞典》援引最早例為（唐）杜甫《花底》詩：“深知好顏色，莫作委泥沙。”在敦煌歌辭中此義頗為常見，如：

118. 諸女彩樓伴（畔），燒取玉爐煙。不知牽牛在那邊，望作眼睛穿。（《曲子喜秋天》，〇八〇二）

此首詞共有兩個寫本，末句“作”字斯 1497 號寫作“作”，俄藏 2147 號寫“得”，《總編》擬為“得”（1237 頁）。按，兩寫均確。歌辭中表達“使得”義的時候，常用“作”，如：

119. 殺豬羊，修品饌，聚集親情作光顯。為他男女受波吒，爭似隨時謀嫁遣。（《十二時》，一二八三）

“作光顯”即使光顯。此義應是在“興起，發生”之義上的引申。

---

① 許寶華、宮田一郎：《漢語方言大詞典》，中華書局 1999 年版，第 3015 頁。

第五章

敦煌歌辭句法初探

古人行文有其固有之文法，互文、錯綜成文、由此而及彼、倒裝等都是古代漢語中比較常見的語言組織方式。由於敦煌歌辭特殊的表演性質，其實用性特別強，有許多歌辭其實就是驅儺、乞巧、化緣、鬧房等儀式上的講唱的文本①。因此其語言的民間性特別強，即敦煌歌辭具有相當程度的口語化特點，"敦煌歌辭適合場上演出的特點，決定了它必須在輕歌曼舞之中演唱歌辭，文字標準必須通俗易懂，不須揣摩咀嚼即可明瞭辭義，蘊藉高雅、意味深長則非其主要目的。"② 潘重規在《敦煌俗寫文字與俗文學》中曾說："凡欲研究一時代的作品，必須通曉那一時代人寫字的習慣，必須通曉那一時代人用字的習慣，必須通曉那一時代人思想的習慣，必須如此，才能領略到作品的真風格，才不會破壞作品的真風格。因此絕不可遇到讀不通處便自以為是，擅自改動，各逞臆說，敦煌歌辭信手抄錄，不拘形式，俗字異文所在多有，斷不可因之而妄加改易，若必定是非時，亦必當存其同異，以存其原貌。"③ 因此，敦煌歌辭的語言組織習慣又呈現出與一般古代漢語不同的地方，例如在同義詞的使用上，除了常見的單音節同義詞連用（雙音節的同義連言詞）、對用，雙音節同義詞連用、對用之外，敦煌歌辭中還有單音節雙音節詞語連用、對用，三字連言，"A_1+B+A_2"的三音節短語形式（A_1、A_2為同義詞，B多為A_1、A_2的動詞賓語，如"應心隨""抱冤結"等，詳見後文）。有些句子也是呈現出典型的民間性特點——重形式、輕內容，即上文所說的很多句子"不須揣摩咀嚼"，這也是表演文學藝術形式和供案頭閱讀的詩歌等的較大的區別。

---

① 詳參伏俊璉《文學與儀式的關係——以先秦文學和敦煌文學為中心》，《中國文化研究》2010年第4期。

② 孫廣華：《敦煌歌辭研究》，博士論文，南京師範大學，2008年。

③ 潘重規：《敦煌俗寫文字與俗文學》，《孔孟月刊》1980年7月，第38—46頁。

如"項莊舞劍殺漢王，乃得張良救樊噲"。（《十二時》，〇八四八）次句
"張良救樊噲"乃是一共用句式，這樣的句子雖形式完美、節奏和諧之外，
在意義的表達上卻容易引起誤解。但這樣的句子在演唱表演的過程中，觀
眾是完全能夠憑總體感覺理解大意的，此句意即"乃得救張良樊噲"或
"乃得張良樊噲救"，"救"是共用詞語。像這樣的句子歌辭中還有很多，
茲不多舉例。

　　黃征曾對敦煌俗語法，尤其是句法方面分成"糊塗句""緊縮句""倒
裝句""鬆散句""插入語"等部分進行過研究，然而從其所舉例子來看，
其著力點主要在敦煌變文方面，敦煌歌辭卻鮮有提及①。本書從一般古漢
語文法在敦煌歌辭校釋中的作用談起，再結合敦煌變文、王梵志詩歌等俗
文學作品以及傳世文獻等，具體地分析敦煌歌辭中的一些特殊句式，以便
充分瞭解和掌握這些語言的表達習慣。

第一節　古文法與敦煌歌辭校釋

　　古人行文有其固有之文法，俞樾在《古書疑義舉例》中將其總結為
88種，"參互現義""錯綜成文""由此而及彼"等文法是其中有代表性的
古代漢語語言組織方式，它提醒我們在閱讀這些古文獻的時候要特別注
意，且不可任意以今之語言習慣妄加篡改，曲為之說。《古書疑義舉例·
序》中有言："夫周、秦、兩漢，至於今遠矣。執今人尋行數墨之文法，
而以讀周、秦、兩漢之書，譬猶執山野之夫，而與言甘泉、建章之巨麗
也。"② 俞氏之說對我們今天閱讀校釋唐、五代敦煌文獻尤其是敦煌文學
作品仍然具有十分重要的意義。

一　不明"參互現義"誤校例

　　"古人之文，有參互以現義者。"③ 所謂"參互現義"，就是"互文"，
又叫"互言""互文現義""互以現義""互相足""互相備"等，即為了達
到語言簡潔凝練的效果，古人行文時在上下兩句或同一個句子的上下兩部
分各舉一端，而意義上互相補充、呼應。這種文法由於在相關聯的語言單

---

① 詳參黃征《敦煌語言文字學研究》，甘肅人民出版社2002年版，第224—243頁。
② 俞樾等：《古書疑義舉例五種》，中華書局2005年版，第6頁。
③ 同上書，第9頁。

位中只舉互相包含的意義之一端，也就容易造成人們理解上的偏差，在敦煌文獻的校勘中出現了不少此類誤校的情況，如：

1. 清涼寺住半山崖，千重樓閣萬重開。一萬菩薩聲讚歎，如若雲中化出來。（《五台山贊》，〇四〇〇）

《總編》："'千重樓閣'下曰：'萬重開'，嫌不辭；甲本寫'萬眾樓閣萬重開'，次字'眾'又嫌失粘，俟校。"（852頁）

按：此句在敦煌寫本中寫法不一，一是"千重樓閣萬重開"；一是"萬眾樓閣萬重開"；一是丁本斯4039卷"千利閣樓萬黑裏開"，其中"閣樓"二字之間有倒寫符號，"黑"右邊有刪除符號，因此丁本實際寫"千利樓閣萬裏開"。剔除音誤字如"重"寫"鐘""衆"，形誤字如"重"寫"黑""裏"（"裏"又音誤為"利"）之外，可共得兩寫：千重樓閣萬重開；萬重樓閣萬重開。後一種寫法僅一見，筆者以前一種寫法為是。《總編》嫌不辭的原因就是沒有認識到這是互文。"千重樓閣萬重開"意即打開了千萬重樓閣，非言有千重樓閣，卻打開了萬重。此句頗類唐王昌齡《出塞》之"秦時明月漢時關"，如說"萬重開"不辭，"漢時關"亦不辭，既然不辭緣何不改"時"為"朝"或"代"？蓋恐失於索然無味也。《木蘭詩》"開我東閣門，坐我西閣床"也是如此，非言開東門而去坐西床，而是講打開東閣西閣的門，坐在床上。敦煌文學作品中不乏這樣的語例，如王梵志詩《雷發南山上》："雷發南山上，雨落北溪中"，非言南山打雷卻北溪下雨。此種筆法往往使句子更加簡練，含義更加深刻，給人一種環繞交錯的美感。"千重樓閣萬重開"，"千""萬"相隔分用，前後語意互相包含，又兼"重"字疊出，極寫樓閣之高之多，意味雋永，內涵豐富，由此才引出下句的菩薩之多，這樣上下相接，水到渠成。相比之下，"萬重樓閣萬重開"則顯得單調呆板，索然無味。

2. 八十八，力弱形枯垂鶴髮。骨瘦窮秋怯夜風，身老霜天愁晝日。（《百歲篇》，〇九一七）

末句"晝日"各校本皆作"盡日"。

按：此辭見於伯3361、斯1588。"盡日"無論於形於義都不確。經檢視原卷影本發現，尤其是在斯1588卷中此字寫為畫，下半部分明顯是"旦"之連寫，而非"皿"底，因此此字是"晝"而非"盡"無疑。同本中緊跟這句後文有"筋瘦力盡"一句，其"盡"字寫為盡，下半部分寫成

"皿"底，和此字截然不同。"盡（盡）"和"晝（晝）"形相似，在敦煌寫本中更是多有相混，如俄藏 Дx01629《樂入山》辭"誓願晝夜不安眠"中，"晝夜"之"晝"原卷寫盡。"晝日"成詞，《周易》晉卦有"康侯用錫馬蕃庶，晝日三接"，《齊民要術》卷三有"晝日不用見日"，凡此種種，文獻多見，且與上句"夜風"相對，因為老人怕風怕光，故"晝日""夜風"相對。"晝日"誤為"盡日"，亦是校勘者沒有認出後兩句實為互文的緣故。後兩句意思說，"骨瘦窮秋"也好，"身老霜天"也罷，既怯"夜風"，又愁"晝日"，由此道出了此年紀之弱不禁風。

　　3. 有理有錢多破用，官典相原縱。無理無錢吃棒人，自損自家身。（《求因果》，○四三六）

　　《總編》擬改首句起二字為"無理"，第三句起二字為"有理"，並言"原文義反，茲正"。（884 頁）

　　按：經《總編》一改，所講內容看似合理了，實際上卻不符合或者說未能準確把握此佛曲表達的主旨，此唱詞是說不管你有錢沒錢，有理無理，只要打官司就沒好處。而《總編》所改，顯然不能涵蓋上述意義。因此上文之"有理有錢"，下文之"無理無錢"，乃互文見義。如需改，可將"縱"後句號改為分號。《匡補》曰："原文不必改。本辭主旨在'息爭'，'有理'與'無理'的區別在作者看來並不重要。作者的意思是：無論有理或無理，有錢或無錢，打官司都要蒙受損失，或破財，或傷身，兩敗俱傷，不必從字面上錙銖計較。"（107 頁）項說甚是。

　　4. 離卻沙場別卻妻，教我兒聟遠征行。（失調名，補○○九）

　　《總編》改首字為"上"，並言："'上卻'原作'離卻'，意反，故改。"（1759 頁）

　　按：首句原寫自通，"離"不必改"上"。"離卻沙場別卻妻"亦是互文，其中"離"和"別"雖形式上分開，實際上意義卻是相互補充，所指亦相同。"離卻沙場別卻妻"非指離開了沙場，告別了妻子，而是"兒聟上沙場從而與妻離別"之義。

二　不明"錯綜成文"誤校例

　　"古人之文，有錯綜其辭以見文法之變者。"[①] 歐陽脩《醉翁亭記》

---

　　① 俞樾等：《古書疑義舉例五種》，中華書局 2005 年版，第 7 頁。

"臨溪而漁，溪深而魚肥；釀泉為酒，泉香而酒洌"末句"泉香而酒洌"意即"泉洌而酒香"。在"以俗為主，以樸見長"的敦煌文學作品中，像這樣的錯綜其詞，以求其變的句子，更是居多，如："窗間客至風難立，影裏僧居日易曛。"（《五台山贊》，○四九四）"客至風難立"意即"風至客難立"，錯綜成文與下句"僧居日易曛"平仄相對，這樣全句平仄為"平平仄仄平平仄，仄仄平平仄仄平"，如改成"風至"就與"僧居"失對。敦煌變文中亦有，如《大目乾連冥間救母變文》："天堂啟戶，地獄門開。"上言"啟戶"，下言"門開"，動賓結構對主謂結構，錯綜其詞，以引人注意，強調地獄之門開，突顯目連救母之難之切。《降魔變文》："演微言愛河息浪，談般若煩惱山摧"，"三邊息浪，四塞塵清"。上言"息浪"，下言"山摧""塵清"，亦是錯綜其詞。王梵志詩《夜夢與晝遊》："夢惡便生懊，夢好覺便喜。"末句"覺便喜"若依上句來則應為"便覺喜"，顛倒上下句同一"便"字，以引人注意，錯綜而見其變。因此我們在理解的時候就要撥其紛亂，識其真貌，而不是妄加改動，需"恢復原位"。如：

1. 行住坐臥纖毫無，影逐隨身移轉了。（《取性遊》，○五一六）

《總編》改"隨身"為"身隨"（1101頁）。《匡補》曰："'身隨'原卷作'隨身'，應據改。"（134頁）

按：項說是。《總編》改"隨身"為"身隨"是為求與"影逐"成對。但上言"影逐"，下言"隨身"，乃錯綜其詞，不應改。類似的用法在古文中比比皆是，切不可隨意"復位"。又如《廬山遠公話》："兀發眉齊，身掛短褐。""眉齊"，江藍生校為"齊眉"①。上言"兀發"，下言"眉齊"，亦是錯綜其詞，不應改。

2. 多言多語多有過，多事多饒禍。少語無過少發言，少事少因緣。（《求因果》，○四三七）

《總編》改第三句之"少語"為"少禍"，言"據上句改"（884頁）。

按：《總編》的改法不審代為古人作文，是毫無道理的。很顯然第三句應和第一句相對應，怎麼能據第二句去改第三句呢？"少語"確。"少語"對"多言"。《總編》為何會出現如此低級的錯誤，原因在於其未識古人文法之變。"少語無過少發言"若承第一句應為"少言少語少有過"，相

---

①　劉堅、蔣紹愚：《近代漢語語法資料彙編》（唐五代卷），商務印書館 1990 年版，第 270 頁。

信如果作者寫成這個模樣的話，《總編》是絕不會改動原文的。敦煌變文中亦有校錯的語例，如：

3. 胡兔怕而爭奔，驚龍蛇而競竄。（《伍子胥變文》）

黃征、張湧泉校注改"驚龍蛇"為"龍蛇驚"，並言："此徑乙轉，以與上句中'胡兔怕'相對。"（52頁）蔣紹愚校錄："'驚'疑應在'蛇'字下。"[1]

按：據黃征、蔣紹愚所校，"驚龍蛇"改為"龍蛇驚"，恰和前文之"胡兔怕"形成工對。但這種改動顯然和原文不符。原文故意求變，以顯句子之靈動性，而我們卻硬要讓其再回到工整的對仗上去，不妥。

三　不明"因此以及彼"誤校例

俞樾曰："古人之文，省者極省，繁者極繁，省則有舉此見彼者矣，繁則有因此及彼者矣。《禮記·玉藻篇》：'大夫不得造車馬'因車而及馬，非謂造車兼造馬也。"[2]"因此以及彼"類似我們常說的偏義複指，敦煌文學作品中亦屢見此類用例，如敦煌歌辭："青一隊，紅一隊，敲磕玲瓏得人愛。前回斷當不贏輸，此度若輸後須賽。"（《杜前飛》，○二六七）"不贏輸"即不贏，因言贏而及輸，非言不輸不贏。又如"性悟不愁衣食薄，終日心頭樂"。（《求因果》，○四二八）"衣食薄"非言吃穿單薄，而是因衣而及食，謂衣裳單薄。又"煞縛熟持三五度，也合知甘苦"。（《求因果》，○四三八）首句言屢次被官府嚴屬捆縛囚押，因此後言"甘苦"僅指苦，"也合知甘苦"乃因苦而連言甘也。又如《漢將王陵變》："前後修書招兒，兒並不信。""前後"，因前而及後，"後"不表義。《捉季布傳文》："嫌日月，愛星辰，晝潛暮出怕逢人。""日月"，因日而及月，非言嫌日兼嫌月。王梵志詩例亦頗多，如《身如圈裏羊》："有錢多造福，吃著好衣裳。"因"著"兼及"吃"，非言著好衣裳兼吃好衣裳；《遙看世間人》："一家有死生，合村相就泣。""死生"，例同上，僅指"死"；《鄰並須來往》："急緩相憑仗，人生莫不從。""急緩"謂急，例同上。因此碰到類似用例應多加注意，不可盲目改之，曲為之說。

1. 東台岌岌最清高，四方巡禮莫辭勞。東望海水如觀掌，風波泛浪水滔滔。（《五台山贊》，○三九四）

---

① 劉堅、蔣紹愚：《近代漢語語法資料彙編》（唐五代卷），第217頁。

② 俞樾等：《古書疑義舉例五種》，中華書局2005年版，第41—42頁。

《總編》定最後一句"泛浪"為"氾濫"，並注曰："'氾濫'之'濫'六本皆寫'浪'，一本寫'眼'，亦'浪'之訛，無一寫'濫'者，大可注意。"（840頁）

按：既然各本皆寫"泛浪"，《總編》亦已注意，但為何卻輕易改之？原因就出在其對前面"風波"一詞的理解上。按常義，"風波"指風浪，和後"浪"複，因此《總編》在"浪"字上動心思，徑改為"濫"，義複的問題解決了。但顯然二字音形均相去甚遠，改"浪"並非最佳。筆者以為此句，不須做任何改動。此句之"風波"即為"因此而及彼"例，"風波泛浪"非言風浪掀起波浪而謂風掀波浪。這樣一來，前後義貫，自然可通。

2. 第八為造惡業緣，舡輕負重蟇關山。若是長男造惡業，要共小女結成緣。（《十種緣》，〇三一五）

《總編》改此句首二字"舡輕"為"躬親"（771頁）。《匡補》曰："下句原寫'舡輕'就是'擔輕'，'擔輕負重'的重點在'負重'，形容父母為子女承受惡業的重擔。"（77頁）

按：項說甚是，其實"擔輕負重"亦是一"因此而及彼"例。因"負重"而言"擔輕"，非言"擔輕"，只說"負重"。此意義之"擔輕負重"於文獻常見，唐釋道世《法苑珠林》卷八十三"何謂老苦，謂父母養育至年長大，自用強健，擔輕負重不自裁量"；明汪機《外科理例》卷四"貧者擔輕負重"；南宋時溫州九山書會才人編撰的《張協狀元》甚至還出現將"擔輕負重"調換位置的"嫌殺拽犁使耙，懶能負重擔輕"的說法。

3. 連明曉夜下長釘，眼耳之中皆泣血。（失調名，〇六一四）

《總編》認為"泣"應是"瀝"。（1095頁）

按："泣"不必改，"泣血"成詞，《周易》卷一中早就有了"泣血漣如"的說法，直到現在人們要表示悲痛至極還說"泣血"。"泣血"指淚如血湧。"眼耳"，因言眼而及耳，"耳"於此不表義。《匡補》曰："原文'泣血'不改亦可，蓋承上文'眼'字而下。"（153頁）項說甚是。

4. 往日塵勞今消滅，福壽延長。（《蘇莫遮》，一五二〇）

《總編》："乙本'長'寫'年'。按'延年'之'年'義不能兼'福'，故訂為'長'。"（1734頁）

按：甲本寫"長"，乙本寫"年"，均是。《總編》說"延年"之"年"義不能兼"福"，恰恰是沒有認識到古文之"因此而及彼"文法，因壽而及福，“福”不表義，説“福壽延年”自然可通。

5. 有女欲嫁娶，不用絕高門。（王梵志詩《有女欲嫁娶》）

“女”字，伯 718、3558、3716、3656 卷、斯 2710、4669 卷均作如是寫，伯 3266、斯 3393 卷作“兒”。

按：此處“女”字是。“嫁娶”，因言嫁而及娶，非言有女欲嫁兼娶，而是偏義複指，單言嫁。王梵志詩中還有《有兒欲娶婦》詩，言兒娶婦之事，和此首言女子出嫁之事相對應。

上舉三類誤校例僅是俞樾提到的古漢語文法之典型，除此之外，還有許多文法都是我們在校讀敦煌文獻的時候應當特別注意的，尤其是在閱讀校勘“以俗見長”的敦煌文學作品的时候更是要留心其中出現的特殊的句式、句法等，切不可盲目改之。

第二節　敦煌歌辭所見特殊句式分析

上一節我們簡單介紹了一些常見的古漢語文法如互文、錯綜、因此而及彼等在敦煌歌辭以及敦煌變文、王梵志詩校釋中的作用，本節重點探討敦煌歌辭所見的一些不太常見的特殊句式。

一　倒裝句

（一）一般倒裝句

文言文中有時為了強調重點或者平仄押韻的需要而經常採用與現代漢語正常語序不同的倒裝句形式，倒裝句文言文中有，口語性較強的敦煌文學作品中亦有。黄征《敦煌俗句法研究之一——句法篇》中就列舉敦煌變文中比較典型的九例倒裝句[①]，敦煌歌辭中亦是屢見不鮮，如：

1. 金釵頭上綴芳菲，海棠花一枝。（《虞美人》，〇一七六）
2. 甘脆盤中莫使空，時時奉上知饑飽。（《十二時》，〇八七九）
3. 話苦辛，申懇切，數個師僧門仿列。（《三冬雪》，〇五五一）
4. 恨狂夫，不歸早，教妾實在煩惱。（《漁歌子》，〇〇五二）
5. 春去春來春複春，寒暑來頻。月生月盡月還新，又被老催人。（《楊柳枝》，〇一二七）

---

① 黄征：《敦煌語言文字學研究》，甘肅人民出版社 2002 年版，第 237—239 頁。

6. 曾來不信，人說道，相思苦。如今現，嗔交我，勞情與。①

7. 人定亥，世間父子相憐愛。憐愛亦得沒多時，不保明朝阿誰在。（《十二時》，〇八七五）

8. 弓馬學來陣上騁，似虎入丘山。勇猛應難比。（《蘇莫遮》，〇一九九）

9. 寒號常聞受凍聲，山雞攀折起花毦。（《取性遊》，〇一七〇）

10. 針頭料得鍬頭擲，終是無成益。（《求因果》，〇三三四）

例 1、例 2 是定語後置，"頭上""一枝""盤中"各作中心語"金釵""海棠花""甘脆"的定語。例 3、例 4 是狀語後置，"懇切""早"各作中心語"申""歸"的狀語。狀語後置的情況，敦煌變文中非常普遍，如"大怒非常""驚懼非常""歡喜非常"等多見。例 5、例 6 是補語前置，"老催人"即催人老；"嗔交我"即交我嗔。變文中亦有，如《大目乾連冥間救母變文》："鐵鑽長交利鋒刃，饞牙快似如錐鑽。""交利鋒刃"即交鋒刃利。後 4 例是動詞賓語前置，"寒號常聞受凍聲"即"常聞寒號受凍聲"；"針頭料得鍬頭擲"即"料得針頭擲鍬頭"；"憐愛亦得沒多時"即"得憐愛亦沒多時"；"弓馬學來陣上騁"即"學來弓馬陣上騁"。這種動詞賓語前置的情況在敦煌講唱文學作品中比較常見，如《王昭君變文》："昭軍（君）一度登千山，千回下淚，慈母只今何在？君王不見追來。""君王不見追來"即"不見君王追來"；又如《八相變》："仙人忽見淚盈目，顙嗟傷歎手頓腮。""仙人忽見淚盈目"即"忽見仙人淚盈目"。而且這種句式由於動詞賓語處在主語的位置，所以也特別容易引起人們的誤解，如敦煌歌辭中有這樣幾個例子：

11. 日昃未，入門莫取外堦意。六親破卻不須論，兄弟惜他斷卻義。（《十二時》，〇八七一）

12. 美人背看內園中，猶自風流著褪紅。（《水鼓子》，〇二四四）

13. 王母一見甚玲瓏，花林玉樹競開紅。比聞仙桃難可見，不期今日得相逢。（失調名，〇一八五）

例 11 "兄弟惜他斷卻義"中"兄弟"非句子主語，而是動詞"惜"的間接賓語，句當解為"惜他兄弟斷卻義"。《十二時·勸學》有"羨他德義美三端"（一一〇七）一句可與此相證。例 12 "美人背看內園中"、例

---

① 此辭《總編》未收錄，見柴劍虹、徐俊《敦煌詞輯四校》，《古籍整理出版情況簡報》1987 年第 4 期。

13"王母一見甚玲瓏"均是賓語前置,兩句當解為"背看美人內圍中""一見王母甚玲瓏"。諸如此類的倒裝多有突出強調賓語的意味,是為了句子臨時表達的需要。然而也有些倒裝,更確切一點說應當是倒詞,似應不是為"強調"而提前,更像是一種語言習慣。如"惡發"一詞:

14. 第二囑甚囑,事須兄弟且和睦。莫聽鄰里外人言,便即惡發別開口。(○五四二)

"惡發"意即發惡,發怒,發脾氣。又如《難陀出家緣起》:"連忙取得四個瓶來,便著添瓶。才添得三個,又倒卻兩個;又添得四個,倒卻三個。十遍五遍,總添不得。難陀惡發不添,盡打破。"此處之"惡發"意同上。從構詞來看,顯然"惡"是"發"的賓語。又如"茶吃"一語:

15. 茶吃只是腰疼,多吃令人患肚。(《茶酒論》)

16. 茶吃發病,酒吃養賢。(《茶酒論》)

"茶吃"即吃茶,今青海藏民聚居區仍有人稱"吃茶"為"茶吃"。

上面簡單談了敦煌歌辭中一些定語、狀語後置、動詞賓語前置的一些情況,實際上有時為了表達感情的需要,甚至謂詞亦可前置,如:

17. 囑親情,托姑舅,房臥資財暗中袖。更若夫妻氣不和,乞求得病誰相救。(《十二時》,一二○七)

末句"乞求得病誰相救","乞求得病"即"得病乞求"的倒文。這句話中作者想要強調凸顯的顯然是"乞求"而非"得病",全句的重點意思是"乞求誰相救",因此"乞求"提前了。而巧合的是,"乞求"和"得病"又能形成形式上的動賓關係,因此這個倒裝句也就容易產生誤解。項楚指出此處的"乞求"當有別解,"乞求"猶云"巴不得",並舉皮日休《新秋紀事三首》之二"乞求待得西風起,盡挽煙帆入太湖"等證之。[①]"巴不得"即熱切盼望之義,"巴不得對方得病"不太合人之常情,即使雙方不和,哪里有熱切盼望對方得病的呢?其實項先生所舉例子仍離不開"乞求"之本義——請求,祈求。

(二) 特殊倒裝句——狀語隔開式前移

除了這幾種較常見類型的倒裝句或倒詞之外,敦煌歌辭作品中還有一類在其他文獻中很難見到的倒裝句,為方便敘述,我們暫且把它擬為"狀語隔開式前移"。

---

① 項楚:《敦煌歌辭總編匡補》,巴蜀書社 2000 年版,第 226 頁。

在這種倒裝句中，狀語都遠離它所修飾的中心語，形成"狀語＋其他＋中心語"的倒裝句式，充當這些狀語的副詞主要有"不""須""最"等。

1."不"字倒裝句

（1）二更催，大圓寶鏡鎮安臺。眾生不了攀緣病，由斯障閉不心開。"（《五更轉》，一〇三一）

（2）第四咽苦更難言，驅驅育養轉加難。好物阿孃不都吃，調和香美與兒餐。（《孝順樂》，〇三二五）

（3）爭不教人憶，怕郎心自偏。近來聞道不多安，夜夜夢魂間錯，往往到君邊。（《南歌子》，〇〇六〇）

（4）貪戀火宅不性悟，終日居迷路。（《求因果》，〇四二三）

（5）少顏回，老彭祖，前後雖殊盡須去。無常一件大家知，爭奈人心不性悟。（《十二時》，一二六二）

例（1）"不心開"，《總編》寫作"心不開"，伯2045、伯2270卷皆作"不心開"。例（2）"不都吃"，《總編》無"都"字，且在"吃"後設空待補，今檢視伯3934卷影本（《總編》此歌辭僅據伯2843卷錄），"不"和"吃"中間補一"都"字。由例（1）可確知"不心開"意即"心不開"；例（2）由句意可知，"不都吃"非言母親只吃一部分，而是凡是"好物"阿孃都不吃，故"不都吃"即"都不吃"。例（3）"不多安"亦應為"多不安"之義。例（4）"不性悟"即"性不悟"，如"性悟不愁衣食薄，終日心頭樂。本性原來好唱歌，心裏念彌陀。"（《求因果》，〇四二八），由是句句首可知例（4）是講"性悟"還是"性不悟"的問題，也由此可知張湧泉在《〈敦煌歌辭總編〉校議》指出"性悟"當讀作"惺悟"的論斷是站不住腳的。[①] 例（5）"不性悟"，《總編》寫"不驚悟"，由上述來看"不性悟"似更佳。敦煌變文中亦有如此用法，如《大目乾連冥間救母變文》："世尊當聞羅蔔說，知其正直不心邪。""不心邪"即"心不邪"。

2."須"字倒裝句

（1）食時辰。□□□□□□□。□□□寧心莫慢。逢人禮節切須存。（《十二時》，一一〇二）

---

① 張湧泉：《〈敦煌歌辭總編〉校議》，《語言研究》1992年第1期。

（2）只恐當年小後生，學道切須平。（《求因果》，〇三三七）

（3）小鬼咨言大歌，審須聽。（《還京洛》，〇五四七）

（4）前回斷當不贏輸，此度若輸後須賽。（《杖前飛》，〇二六七）

（5）專須縛，怕磨研，不離孩兒體邊。記之慈母苦憂憐，恩德過於天。（《十恩德》，〇三〇三）

例（1）副詞"切"應修飾動詞"存"。"切須存"即"須切存"。同樣的意思在《十二時》中寫作："利益言，須切記，功果教君不虛棄。"（《十二時》，一二五四）可以互相參證。例（2）"切須平"亦當為"須切平"。例（3）"審須聽"，孫廣華錄為"須審聽"，曰："原卷作‘審須聽’。疑有倒文。"[1]孫疑不無道理。"審須聽"即須仔細聽。例（4）"後須賽"即"須後賽"。例（5）除伯2843寫"專心縛"外，其餘各本如斯0289、斯4438、斯5591、斯5601、斯5687、伯3411等均寫作"專須縛"，"心"字疑是"須"的音誤字（詳參《總編》759頁"龍例"），"專須縛"即"須專縛"。《舊唐書·列傳》第八十八："又言吐蕃必無信約，專須防備，不可輕易。""專須防備"即須專心防備。

3．"最"字倒裝句

（1）西戎最沐恩深，犬羊違背生心。（《破陣樂》，〇〇八六）

"最沐恩深"中的副詞"最"語義指向應當是"深"，也就是說"最沐恩深"當讀為"沐恩最深"，雖然在歌辭中僅發現一例這樣的"最"字倒裝句，但在其他敦煌文學作品中，我們也發現了類似的例子，如：

（2）有無實說莫沉吟，人間乳哺最恩深。（《大目乾連冥間救母變文》）

（3）煞生最罪重，吃肉亦非輕。（王梵志詩《煞生最罪重》）

（4）深山寂靜最身貞，故窟龕幽與岫平。（《贈禪師居山詩》，斯6923卷）

"最恩深"即"恩最深"。敦煌歌辭中有表達同樣意思的句子："第六乳哺恩最難，如餳如蜜與兒餐。母吃家常如蜜味，恐怕兒嫌腥不餐。"（《十種緣》，〇三一三）敦煌變文《大目乾連冥間救母變文》："天下之中何者重，父母之情恩最深"，"父母人間恩最深，憂男憂女不因循。"可以與之相互參證。"最罪重"即"罪最重"，"最身貞"即"身最貞"。

除"不""須""最"之外，其他的副詞亦可提到某些句法成分之前，

---

① 孫廣華：《敦煌歌辭研究》，博士論文，南京師範大學，2008年，第114頁。

而遠離中心語，如"盡"字：

彎弓如月射雙鵰，馬蹄到處盡雲消。（《望遠行》，〇一〇六）

"盡雲消"三字，《總編》《初編》①　均認為"盡"是"陣"的音誤字，實不必。"盡雲消"即"雲盡消"，和上面"最"的用法一樣，只不過是副詞"盡"前移了而已。孫其芳言："'盡'字，河西方言均為都、全之意。盡雲消，意即是雲盡消，雲全消。"②　孫說確。又如：

一十一，池上新荷行花出。珠彈近追黃雀年，玉縅初影青春日。（《百歲篇》，〇九二〇）

"行花出"中的"行"字亦是副詞遠離它所修飾的中心語的一個語例。"行"於此作副詞，"將，將要"之義，"行花出"即"花行出"，同樣的意思在同《百歲篇》中寫作："一十一，春禾壟上苗初出。東園桃李花漸紅，西苑垂柳更齊密。"（《百歲篇》，〇九一〇）"苗初出"可與之相互參證。

小結

以上簡單地介紹了帶"不""須""最"等副詞的倒裝句，我們可以把這種倒裝句做一個整理歸納：

首先，在這種倒裝句中，狀語無一例外的遠離它所修飾的中心語，其中充當狀語的副詞是單音節的，中心語是單音節的，夾在狀語和中心語之間的詞語也是單音節的，即這種倒裝多出現於七言句或五言句的末尾三音節短語部分。如"不都吃"，三音節短語，位於句末，狀語"不"遠離它所修飾的中心語"吃"。唯"專須縛""切須記"是單用的；"最沐恩深"雖非三音節短語，但其中的"沐恩"實際上可看作一個意義整體。

其次，這種倒裝有一個共同點就是其正確的讀法都是只需把這三音節短語中的中間一詞提前即可。"不都吃""不性悟""切須存""最恩深""盡雲消"等無不是如此。

最后，上述所舉例子多是佛教歌曲、變文或者民間俗曲或者僧詩，而在所謂正統"詞"中卻較少。這可能與這些文體多流行於民間，語言通俗、句式靈活有莫大的關係。

（三）其他

除了上述規律性較強的倒裝句之外，歌辭中還有一些貌似抄手"誤

---

① 林玫儀：《敦煌曲子詞斠正初編》，（台北）東大圖書公司1987年版，文中簡稱《初編》，下同。

② 孫其芳：《敦煌詞中的方言釋例》，《甘肅社會科學》1982年第4期。

倒"的句子，如：

1. 化生童子舞金鈿，鼓瑟簫韶半在天。舍利鳥吟常樂韻，迦陵齊唱離攀緣。（《化生子》，〇六二六）

2. 化生童子問冬春，自到西方見未分。極樂國中無晝夜，花開花合辨朝昏。（《化生子》，〇六二四）

3. 日入西，日入西，觀看榮華實不久。劫石尚自化為塵，富貴那能長得壽。（《十二時》，〇九四九）

4. 四更月已偏，乘雲到雪山。端身正坐向欲前，坐禪筵。（《五更轉》，一〇四九）

例 1 "半在天"即在半天；例 2 "見未分"即未見分；例 3 "長得壽"，"鳥"藏 10 號寫"常得受（壽）"，斯 0427 寫"得長受（壽）"；例 4 "向欲前"即欲向前。

顯而易見，上面四個例子和前面提到的倒裝句形式上非常相似，唯一不同的是，前面提到的倒裝是副詞狀語的隔開式前移，而這幾個句子隔開式前移的並非是副詞狀語，例 1 "半"，名詞作定語；例 2 "見"是謂詞；例 3 "長"是形容詞作定語；例 4 "向"是謂詞。所以這些句子看上去隨意性更強一些，缺乏規律，因此這些句子很容易被人們認為是"手誤"所致，而遭到"徑改"，如例 2《總編》改成了"未見分"，例 4 改成了"欲向前"。當然敦煌寫本手卷尤其是實用性較強的歌辭、變文、王梵志詩等在傳抄的過程中的確存在著誤、倒、漏、刪等種種問題，但也不可否認，上面提到的例子在"倒"的形式上有極大的相似性，因此它們更可能是一種倒裝俗句法。

二　共用句

（一）歌辭中共用句的特點

共用是指由兩個意義相同或相近的詞或短語共用一個詞語或短語的情況。敦煌歌辭中這種共用句式主要有兩種表現形式，我們暫擬為 $B_1 A B_2$；$B_3 A B_4$。字母 A 即為共用詞語或短語，B_1 和 B_2 即為意義相同或相近的單音節詞語，B_3 和 B_4 為意義相同或相近的雙音節詞語或短語。雖然 A 僅僅位於 B_2 或 B_4 之前，但它實際上也關涉著位於其前的 B_1 或 B_3。顯然這和郭錫良先生在《古代漢語》（下）中"修辭"一節講到的共用句式有著本質的區別。郭氏提出的"共用"，其共用部分的位置在兩個相連接的詞語或片語的前面，如其所舉例1："武罵律曰：'女為人臣子，不顧恩義，畔主背親，為降虜於蠻夷，何以女為見！"（《漢書·蘇武傳》）"女為人臣子"中的"人"是"臣、子"二詞的共用成分。① 類似郭氏所說的例子敦煌歌辭中亦有：

　　　　却掛綠襴用筆章，不藉你馬上弄銀槍。罷却龍泉身擐甲，學文章。（《浣溪沙》，○○七三）

　　"罷却龍泉身擐甲"，"罷却"一詞即是"龍泉"和"身擐甲"共用的謂詞（《總編》不解此句的用法，遂改"擐"為解，義恰反。詳參《匡補》9頁）。顯然它和本文主要講的"共用"是截然不同的。為更好地認清及掌握敦煌歌辭中共用句式的特點，下面我們結合具體的例子分別對這兩種類型加以介紹。

　　（二）歌辭中共用句的表現形式

　　1. B₁AB₂式

　　（1）奉勸有男須入學，莫言推道我家貧。（《十二時》，一一○○）

　　（2）窗間客至風難立，影裏僧居日易曛。經歷歲深微故暗，再修今遇聖明君。（《十偈辭》，○四九四）

　　（3）日入酉，閻浮提眾生化難誘。願求世尊陀羅尼，若有人聞誦持受。（《十二時》，一○六九）

　　（4）一只黃鷹薄天飛，空中羅網嗟長碁（慧）②。（《浣溪沙》，補○○四）

　　例（1）"言推道"之"推"為共用部分，"言""道"均有"說"義，義近。"言推道"即推言，推道。"莫言推道我家貧"即為"莫推言/推道我家貧"。例（2）"微故暗"之"故"為共用部分，"微""暗"義近。"微故暗"即故微，故暗。"經歷歲深微故暗"是說寺院年久失修，所以衰微、晦暗。例（3）"化難誘"，"化""誘"義近，"難"不僅僅修飾"誘"，亦修飾"化"，即難化，難誘。例（4）"嗟長碁"中的"嗟"和"慧"在表達不滿的感情方面是相通的，因此"長"字亦是一共用詞語，"嗟長慧"即長嗟，長慧。

　　其他敦煌文學作品中亦有此類語例，如王梵志詩《見病慈須滑》："見病慈須瘥①，知方速療醫。""慈""瘥"同義，"須"是共用詞語。又如伯 2621 等卷《孝子傳》："少失其父，獨養老母恭甚敬，每得甘果美味，馳走獻母，每（母）常肥悅。""甚"亦應是共用詞語，兼飾"恭"和"敬"。敦煌本韋莊《秦婦吟》："須臾主夫乘奔至，下馬入門癡似醉。"② "癡似醉"即似癡似醉。

顯然上述共用句式符合語言的經濟原則，語言簡練且又緊湊。但相較而言，共用詞語修飾單音節詞語的情況不如共用詞語修飾雙音節詞語普遍。

2. B₃AB₄式

（1）命親鄰，屈朋友，撫掌高歌飲醁酊。為言恩愛永團圓，將謂榮華不衰朽。（《為大患》，一二〇五）

（2）二更深，孝經一卷不曾尋。之乎者也都不識，如今嗟歎始悲吟。（《五更轉》，〇八五〇）

（3）一更初，自恨長養枉生軀。耶娘小來不教授，如今爭識文與書。（《五更轉》，〇八四九）

（4）休將舜日比堯年，人安泰。爭似聖明天。（《感皇恩》，〇二一九）

（5）羅帶舊同心，不曾看至今。（《菩薩蠻》，〇一九四）

（6）前生種得今生福，富貴多財祿。（《求因果》，〇四二九）

例（1）"恩愛永團圓"中"永"雖僅位於"團圓"一詞之前，而實際上也是兼飾其前"恩愛"一詞，"恩愛永團圓"即永恩愛，永團圓。例（2）"嗟歎始悲吟"之"始"字亦是貫穿"嗟歎"和"悲吟"。例（3）"長養枉生軀"即枉長養，枉生軀。例（4）"舜日比堯年"中的"比"是共用詞語，但由於"比"作動詞時有"和……相比"之義，因此此句話很容易讓人產生誤解，這句話不是拿"舜日"和"堯年"相比，而是比之舜日堯年。這首辭是說當今天子聖明，百姓安泰，即使是古代聖君猶尚不及啊！例（5）"羅帶""同心"多有愛情之寄寓，因此往日之"羅帶""同心"，至今不敢拿出來看，怕惹起傷心之往事，即"舊"修飾的對象亦是兼之"羅帶"和"同心"。例（6）"富貴多財祿"中的"多"字亦是共用詞語。

---

① 此辭伯 3558、伯 3716、斯 2710、斯 3393、伯 4094 及日本奈良甯樂美術館藏敦煌寫本王梵志詩均作"慈須瘥"，唯伯 3656 寫為"須慈瘥"，項楚認為"慈須瘥"乃"須慈瘥"之誤倒，不妥。詳見項楚《王梵志詩校注》，上海古籍出版社 1991 年版，第 550 頁。

② 見張錫厚《敦煌文學源流》，作家出版社 2000 年版，第 111 頁。

敦煌變文中也有不少這樣的用例:

(7) 阿孃昔日勝潘安,如今憔悴頓摧溌(殘)。(《大目乾連冥間救母變文》)

(8) 如來今日起慈悲,地獄摧殘悉破壞。(《大目乾連冥間救母變文》)

(9) 楚帝輕盈憐細腰,宮裏美女多餓死。(《伍子胥變文》)

(10) 無端詐計設潛謀,方便欲興篡國意。(《降魔變文》)

(11) 不能玉殿坐瓊樓,舍父逃走深山裏。(《降魔變文》)

(12) 因兹息苦得停酸,免受倒懸三惡道。(《盂蘭盆經講經文》)

(13) 倘若事明君,榮華取富貴。(《伍子胥變文》)

(14) 休誇出水妙高山,並比耆闍又即難。(《雙恩記》)

"憔悴頓摧溌(殘)""摧殘悉破壞""輕盈憐細腰""詐計設潛謀""玉殿坐瓊樓""息苦得停酸""養奴多養婢""膿流皆虺瘆""榮華取富貴"中的"頓""悉""憐""設""坐""得""多""皆"均是共用詞語,其句法特點和前面講的歌辭中的例子毫無二致,理解起來也很容易。王梵志詩中也有這樣的句式:

(15) 廣貪多覓財,養奴多養婢。(《大有愚癡君》)

(16) 上下九穴門,膿流皆虺瘆。(《身是五陰城》)

例(15)"養奴多養婢"一語,意義可能會產生分歧,此句話非言養奴的時候多養女奴,而是說多養奴,多養婢,"奴"應指男奴,"多"是共用語詞。例(16)"皆"是共用詞語,"膿流皆虺瘆"即皆膿流,皆虺瘆。敦煌的一些其他的應用文獻中亦偶見這種句式,如斯 4472 卷《修建寺殿募捐疏頭辭十首》:

(17) 而今快樂須歡喜,已往煩苟可歎嗟!

"須"是共用詞語,"快樂須歡喜"即須快樂,須歡喜。

3. 其他式

上引例證是共用成分"A"為單音節詞語的情況,實際上"A"既可如上舉例子為單音節詞語,亦可為雙音節詞語,甚至是短語或句子。如:

(18) 某等眷屬,別無報答,恐和尚有難,特來護助,先來莫怪後到。(《韓擒虎話本》)

(19) 舜子是有道君王,感得地神擁起,遂不燒毫毛不損。①(《舜子

---

① 不燒毫毛不損,黃征、張湧泉校注少錄前一"不"字,今據原卷斯 4654、伯 2721 改。

變文》）

（20）逆臣須達為頭首，勾扇妖訛亂政真。君王不朝父母拜，輕凌尊貴敬愚人。（《降魔變文》）

（21）常遊紫殿之傍，瑞氣盤旋，不離朱樓之側。（《廬山遠公話》）

例（18）引自《韓擒虎話本》，話本中講到法華和尚朝朝轉念，日日看經，感得八大龍王皆來聽經。有一天，七人先來，一人後到。法華和尚心內有疑，發言便問：“啟言老人，住居何處？姓字名誰？每日八人齊來，君子因何後到？”例（18）便是後來之龍王答辭的一部分，由上引來看，“莫怪”應為共用詞語，“先來莫怪後到”即莫怪先來，莫怪後到，而非指先來之人莫怪後到之人①。例（19）“不燒毫毛不損”，黃征、蔣紹愚均疑第一個“不”字為衍文②。今按，“不燒毫毛不損”確，不必改。“不燒”“不損”並列，同為陳述主語“毫毛”，此句說毫髮不燒，毫髮不損，即說毫髮沒有燒損。例（20）“不朝”一詞是共用詞語，此句意為“不朝拜君王，不朝拜父母”，例（21）“A”是一個主謂短語，前後部分均是動賓短語，此主謂短語作前後動賓短語的主語。全句應讀為“瑞氣盤旋，常遊紫殿之傍，不離朱樓之側”。

（三）小結

首先，共用部分“A”以單音節詞語為主，其詞性以副詞居多，動詞次之，因此其共用詞語和前後部分的語法關係也主要有兩種——偏正關係和動賓關係。在由偏正關係構成的共用句中，如上述“化難誘”“恩愛永團圓”等，其所表達的語義其實只要稍加留意就可明瞭，切不可盲目的將共用詞語擅自搬到其前面的詞語之前或另作他說。由動賓關係構成的共用句，更是容易產生誤解，如上文論及的“舜日比堯年”一句，又如“楚帝輕盈憐細腰”一句，此句非言楚帝輕盈，憐愛細腰。因此碰到這樣的句子我們應當慎之又慎。

其次，共用部分的前後詞語或片語其形式及意義範疇都應當是一致的，換句話說共用詞語的前後兩部分應是並列關係。如例（12）中的“息苦得停酸”一語，“息苦”和“停酸”從形式上都是動賓式，其意義也是

---

① 江藍生的《敦煌俗文學熟語初探》一文把“先來莫怪後到”當作熟語看待，顯然未解此句之句法。

② 詳參黃征、張湧泉《敦煌變文校注》，第 209 頁；劉堅、蔣紹愚《近代漢語語法資料彙編》（唐五代卷），第 241 頁。

同言免除苦辛的，"息苦"和"停酸"無論是形式還是意義都是並列的。

最後，我們再看一下這種句式句法在語義的表達上的特點。"A"之所以被置於它所修飾或陳述的兩個對象之間，而不是放在之前，應主要是基於內容和形式兩方面的考慮。首先從內容上來看，抽出兩個並列性質的詞語之一放到"A"的前面，乃"語急"使然，作者急於要強調中心語或受事賓語等所要表達的內容，所以迫不及待地先把一個對象提了出來。如上舉例（13）"倘若事明君，榮華取富貴"一語中，提取"榮華"放到"取"之前，顯然是歌辭急於表達"倘若事明君"的結果。除了內容方面的考慮外，講究句子結構的勻稱和語言節奏的一致，亦是"A"居中的重要原因。"A"居中而"肩挑"前後兩部分，平衡而對稱，且和對句保持了一致的音節節奏，辭氣順暢而不紊亂。我們知道韻文中不管是五言句，還是"七言句"，一般而言，其語言節奏主要有兩種，如五言句一般是"二二一"或"二二二"，七言句是"二二二一"或"二二一二"，其"二一二"或"二二一二"的音節節拍，即是形成此"XXAXX"倒裝句式的重要原因。如例1，"為言恩愛永團圓"讀成"為言/恩愛/永/團圓"，且和下句"將謂榮華不衰朽"音節節拍一致。若把"永"字提前，寫成"為言永恩愛團圓"，顯然句子的音節節奏會變得紊亂，辭氣不暢。

其實我們講到的這種共用句法，《總編》中曾隱約提到過，茲錄文如下：

> "如今嗟歎始悲吟"，以"始"字貫嗟歎悲吟，與前首"自恨枉長養身軀"，同一句法，難云"特色"。此類句法他辭尚有，如[〇八六一]曰："結交承仕須朋友"，乃"承仕須結交朋友"；[〇八七一]曰："兄弟惜他斷却義"乃"惜他兄弟斷却義"。（1287頁）

《總編》把"如今嗟歎始悲吟""自恨枉長養身軀"歸入同一句法，至於這種句法的特點、表達作用等，惜隻字未提。至於他所提到的後兩句與前述句法一致，顯然不夠嚴謹。而且《總編》亦沒有把他所講的這一句法貫徹到整個《敦煌歌辭總編》的校釋中去，如歌辭"人定亥，項伯投門都敬愛。項莊舞劍殺漢王，乃得張良救樊噲"。（《十二時》，〇八四八）其中最後一句，《總編》即改末句"救"為"教"，並注曰："按史事救漢王，非救樊噲。此用張旭光校，形聲兼洽，極是。"（1282頁）

的確，依據史實，鴻門宴上確是張良秘授樊噲機宜，漢王方得逃脫。但原卷伯3821"救"字筆畫清晰，且與上文"殺"字遙相呼應，又似無誤。改"救"為"教"，雖說"形聲兼洽"，但畢竟與本字相去較遠，"救"屬尤韻，去聲字，而"教"屬肴韻，平聲字，且二字左邊偏旁筆畫亦相差甚遠，因此"救"為"教"之誤的說法值得商榷。其實這也是一共用句式。在這句話中雖然"救"字置於張良和樊噲之間，但表達的意義並不是張良救樊噲，而是"乃得張良救""乃得樊噲救"，即乃得救張良樊噲之義。"張良"之所以置於"救"字之前，從内容上來講，是為了突出其在救漢王一事中的重要性；從形式上來講是為了句子結構的匀稱和語言節奏的一致。顯然"救"在這個句子中是"教"所無法替代的。

又如前面在談"$B_1 A B_2$"式共用中提到的"言推道"和"微故暗"二語，《總編》都對原文進行了臆改，"言推道"成了"推言道"，"微故暗"成了"徽故暗"（詳見後訂）。

因此總結和掌握這種句法的特點及表達作用，在敦煌俗文學語言的研究中有著非常重要的意義。

三　三音節同義連文

（一）三音節同義連文的特點及分類

為了加強語義的明確性等原因，古人在行文中常常把同義的兩個單音節詞語或兩個雙音節詞語排比在一起，組成同義連言詞或同義四字短語。由於這兩種形式和漢語雙音化趨勢是一致的，所以也得到了長足的發展和使用，今天的許多並列式複合詞、並列式四字成語都是通過這種方式形成的。然而隨著中古大量漢譯佛經的出現，在一些通俗文獻中開始大量出現諸如"悉皆盡、美妙好、非常最、徒然枉"等三音節同義連文的情況。而這種語言表現形式又分為兩種類型，一種是這三個字（詞）都有意義，且構成同義詞，如"悉皆盡"，"悉""皆""盡"三個詞均有"都"義。"美妙好"亦為此類。我們一般把這種類型稱之為"三字連文"，其三字之間的意義關係用字母表示就是"A＝B＝C"。第二種是兩個非同義關係的字組合成詞，同時和第三個字（詞）構成同義關係。"非常最"中"非"和"常"不是同義關係，但二字合成"非常"一詞意義卻和第三個字"最"相同。"徒然枉"亦為此類。我們把這一類型稱之為"同義單、雙音節詞語連用"，其三字之間的意義關係用字母表示就是"A＝B＋C"。無論是哪種形式，顯然這種三音節的表現形式和雙音節、四音節的表現形式有著很大的不同。敦煌歌辭中三分之二的作品是佛教歌曲、道教歌辭，類似的用法更是屢見不鮮，因此本書主要就敦煌歌辭，兼及敦煌變文、王梵志詩歌、俗賦等唐五代口語文獻，對這兩種形式的特點、性質、及語法特點等做一個簡單的歸納性整理。

（二）三字連文的出現、發展及其研究

三字連文即三個同義單音節詞語的連用。據筆者所知，較早對這種三字連文現象進行關注的現代學者當是張亞初先生，其在《周厲王所作祭器簋考——兼論與之相關的幾個問題》一文中分析"用康惠朕皇文剌（烈）且考"一句時說道：

> 應該指出，皇、文、烈三字，對於祖先一般是單獨使用，有時也兩字連用。例如，《牧殷》"朕皇文考益白"，"皇文"二字連用。《尚書·洛誥》"越乃光烈考武王"，"光烈"二字連用。二字連用已屬少見，殷銘文卻"皇文烈"三字連用，實屬罕見。形容詞或動詞三字連用在過去最早見之於春秋中期的秦公𣪘，"嚴龔夤天命"，嚴、龔（恭）、夤三字重文迭義，都訓敬。《尚書·無逸》作"嚴恭寅"。《多方》有"夾義乂"，西周銘文卻只有"臺夾"或"夾臺"（大盂鼎、禹鼎、師詢殷等）。《詩經·周頌·我將》有"刑式儀"，西周銘文卻作"帥井"或"井帥"。從金文材料看，三字重文迭義是比較晚才出現的，其上限似不能早於西周晚期（文獻與銘文相比，當以銘文為准）。瞭解這一點，對於我們確定簋的年代，是有一定的意義的。①

從上文來看張氏對三音節同義連文出現於西周晚期的擬測是比較可信的。《詩經·周頌·我將》："儀式刑文王之典、日靖四方。"朱熹《詩集傳》："儀、式、刑，皆法也。"《楚辭·離騷》："覽相觀於四極兮，周流乎天餘乃下。"覽、相、觀，皆觀望也。西漢以來，這種語言現象數量開始增加，如《史記·滑稽列傳》："至今皆得水利，民人以給足富。"《李將軍列傳》："就善水草屯舍止，人人自便。"例中的"給足富""屯舍止"皆為三字連文。中古時期，隨著漢語複音化的迅速發展，三字連文也急劇增

---

① 《古文字研究》第五輯，中華書局 1981 年版，第 154—155 頁。

加，特別在一些口語色彩較濃的中土文獻和漢譯佛經及道教典籍中，這種現象頻見。而唐宋以後，三字連文現象漸趨衰落，至現代漢語則除了殘留在個別成語裏外，罕見其例。

　　由於"三字連文"與語言雙音化的發展趨勢似有些背離，人們對這種語言現象理解時有偏頗。如：

　　　　繕完葺牆以待賓客。（《左傳·襄公三十一年》）

唐李涪《刊誤》："繕完葺三字於文為繁，當是繕宇葺牆以書之，峻宇雕牆為此。"清段玉裁對唐氏擅自改文的做法予以批判，其於《說文解字注》云："古三字重疊者時有，安可以今人文法繩之？"王引之曰："段說是也……其上三字平列而下一字總承之者，內外傳中亦往往有之，《桓六年傳》云：'嘉粟旨酒。'《文十六年傳》云：'賦斂積實。'《齊語》云：'論比協材。'《晉語》云：'假貸居賄。'《楚語》云：'蓄聚積實。'文義並與此同。而李以為繁複，自未曉古人屬文之例耳。"① 段、王所言無疑是正確的，因為上文只提到"使盡壞其館之垣"而未提"壞宇"，李涪的解釋與上下文不符。

　　這種語言現象是如何形成的呢？清代學者俞樾稱之為"語緩"："古人語急，則二字可縮為一字；語緩，則一字可引為數字。"並同舉"繕完葺"例予以說明："急言之，則止是'修葺牆以待賓客'耳。乃以'葺'以上更加'繕完'二字，唐李涪《刊誤》遂疑'完'字當作'宇'矣。"② 俞氏分析雖然獨到，但僅僅從發聲的角度去關注它們，顯然不夠具體和詳審。董志翹在《訓詁類稿·古文獻的多音節同義複詞》中認為："'……抑或當時為了文句音節上的需要而疊用；抑或為了同義互注，以便確定詞義。'"③ 董文從語用的微觀角度對俞氏的觀點進行了補充。徐流在《論多音節同義並列複用》則認為："……周秦之際，漢語辭彙由單音節向雙音節轉化，在雙音節同義複用產生後，多音節同義並列複用這種複用辭彙現象受雙音節同義複用的影響也在這個潮流中湧現。"④ 徐文則從語言發展

---

①　見（清）王引之《經義述聞》卷十八《春秋左傳中》"繕完葺牆"條，第 447 頁上。

②　俞樾等：《古書疑義舉例五種》，中華書局 2005 年版，第 28 頁。

③　董志翹：《訓詁類稿》，四川大學出版社 1999 年版，第 83 頁。

④　徐流：《論多音節同義並列複用》，《古漢語研究》1996 年第 3 期。

的宏觀角度分析多音節同義連文（包括三字連文）出現的原因。換句話說，三字連文仍是漢語複音化的產物。"複音化的過程並不是一開始就完全向雙音節轉化，它可以有三音節，也可以有四音節，甚至五音節。《太平經》中不僅有大量的雙音節語詞，還有數量不少的多音節語詞。如卷97《事師如事父言當成法訣第一百五十五》：'所以相欺詐者，其臣多知邪猾佞偽巧，所以相驚動惑之道，或乃過其君。'（436 頁）其中'邪猾佞偽巧'就是五音節同義並列複用，只不過雙音節是主流，隨著雙音節發展的規範、成熟，多音節顯然不符合人們的語用習慣和審美習慣而漸被淘汰。"① 王雲路認為："'三字連言'的方式在上古文獻多，顯示了漢語由單音詞向複音詞發展的一個過程，是一個不成熟的發展階段（狀態）。上古雙音詞不發達，要構成四字句，就要用同義或近義詞湊足音節，所以'三字連言'是上古時期漢語雙音詞不發達的產物，換句話說，是雙音詞不發達時期構成四字句的一個臨時性手段。"②

綜上所述，我們認為，三字連文現象仍然是漢語複音化的產物，同時由於受到佛道文獻及佛道世俗化宣傳的廣泛影響③，三字連文（如"悉皆盡"）在中古時期格外流行起來，換句話說，佛道典籍的出現和流行對三字連文的發展起到了推波助瀾的作用。同時由於受到三字連文現象的影響，同義單、雙音節詞語連用（如"徒勞枉"）的現象也逐漸多起來，而且此類同義連文無論是在使用範圍，還是表情達意上都比之三字連文更有優勢（關於這一點後文有詳述）。儘管在中古時期三字連文，包括同義單雙音節詞語連用有過蓬勃發展的經歷，但由於雙音節化更符合人們的語用和審美習慣，因此在漢語複音化的道路上，三音節同義連用的現象逐漸被淘汰，從此淡出了人們的視野。

關於三字連文的性質，即三字連文是詞還是短語的問題，目前學界有分歧。黃征對此形式做過探討，並對"三字連文"下了這樣的定義："三字連文是指三個意義相同或相近的字（單音詞）連用而構成的一個並列式

---

① 王敏紅：《從〈太平經〉看三字連文》，《寧夏大學學報》2004 年第 1 期。

② 王雲路：《關於三字連言的重新思考》，《寧波大學學報》2011 年第 1 期。

③ 佛曲，作為佛教世俗化的產物，三音節同義連文的語言現象是一大特色，竺家寧《魏晉佛經的三音節構詞現象》（載《紀念王力先生百年誕辰學術論文集》，商務印書館 2002 年版）曾就佛經譯文中的三字連文進行過探討。關於這一點後文有詳述。道教歷來是中國土生土長的宗教派別，眾多道教經典中雙音節以上的多音節同義連文現象也是非常普遍，詳參王敏紅《從〈太平經〉看三字連文》，《寧夏大學學報》2004 年第 1 期。

複合詞。"且從語法學的角度分析了三字連文的特點。① 黃先生擬定三字為複合詞的說法似仍有值得商榷的地方。我們知道，如果是詞，那麼它的內部結構緊密，不能在中間加入任何成分，否則意義會改變。但是從黃先生所舉例子來看，此類三字結構比較鬆散，且有明顯的語流停頓，中間大部分都能加入"又""且""和"等表示並列的詞語。如其所舉竺法護譯《佛說滅十方冥經》："諸法無所生，亦無所滅。曉了知此者，則為無恐懼。""曉了"和"知"之間有明顯的語流停頓，可以說成"曉了又知此者，則為無恐懼"。又如：

> 其山峰秀端嚴，是五山之最高也。（《水經注》卷一引康泰《扶南傳》）
> 於時遠方有大賈來，人馬車馳，填咽塞路，奔突猥逼。（西晉竺蘭法護譯《生經・舅甥經》）

"其山峰秀端嚴"可以說成"其山峰秀又端嚴"，而意義沒有任何改變。"人馬車馳，填咽塞路"亦可以說成"人馬又車馳，填咽且塞路"。因此概括"三字連文"為複合詞的說法很難成立。確切地說應當是三個同義的單音節詞語連用而組成的三字短語，而非詞語。而這三字短語，從語流及語音停頓以及與相鄰前後語詞的搭配來看，其實我們完全可以認為是一單音節詞語和雙音節詞語的同義組合，或讀為 AB/C，或讀為 A/BC，如上述"皇文烈""嚴鼙鼛""曉了知""人馬車""填咽塞"宜讀為 AB/C，"秀端嚴"宜讀為 A/BC，而且這樣的劃分也是符合漢語由單音節向複音節化轉化的趨勢的。我們知道，上古漢語是以單音節詞語為主的，但隨著漢語雙音化的發展，很多同義單音節詞語相互結合，組合成新詞，且逐漸固定下來。這時候我們是不好再把它們當作一個一個的單音詞來看待的。如黃文提及的"曉了知此者"，"曉了"二字我們就不便再把它當作兩個單獨的音節，而應把它們看成一個整體，看成一個詞語。如《弘明集・正誣論》："曉了本際，暢三世空。故能解生死之虛，外無為之場耳。"唐賈島《送僧》詩："曉了《蓮經》義，堪任寶蓋迎。"敦煌歌辭中的一些三字連文亦應作這樣的劃分：

---

① 詳參黃征《敦煌語言文字學研究・論三字連文》，甘肅人民出版社 2002 年版，第 224—227 頁。

1. 三載方達王命，豈辭辛苦艱。為布我皇綸綍，定西番。（《定西蕃》，〇〇九五）

2. 百僚卿相列排班，呼萬歲，盡在玉階前。（《感皇恩》，〇二一九）

3. 各自虔心禮賢聖，此是行孝本根原。（《十種緣》，〇三二〇）

4. 如針刺汗微微，吐逆黏滑脈沉細，胃脈潰。斯須兒女獨孤淒。（《定風波》，〇一七七）

5. 一種聲響音，何如刮缽聲。（王梵志詩《本巡連索索》）

上二辭中的"辛苦艱""列排班""本根原""獨孤淒""聲響音"無論從哪個角度講，都宜讀成"辛苦/艱"（AB/C 式）、"列/排班"（A/BC 式）、"本/根原"（A/BC 式）、"獨/孤淒"（A/BC 式）、"聲/響音"（A/BC 式）。敦煌變文中亦有：

1. 莫慮寶難會，何愁理不精，此時申講說，隨類心均平。（《維摩詰經講經文》）

2. 忽然參差失墜地，擬於何法申論訴？（《雙恩記》）

3. 年來年去暗更移，沒個將心解覺知。（《破魔變》）

4. 聞健直須知覺悟，當來必定免輪回。（《破魔變》）①

5. 國王之位大尊高，煞鬼臨終無處逃。（《八相變》）

6. 遂乃偃息停流，取得平王骸骨，並魏陵昭帝，並悉總取心肝。（《伍子胥變文》）

7. 臣為慈父早亡，惟母獨居，乳哺養臣，今得成立。（《秋胡變文》）

8. 舜子問曰："冀郡姚家人口，平善好否？"（《舜子變文》）

9. 又從今日簾前講，名字還交四海聞。只把宣揚申至道，別無門路展功勳。（《長興四年中興殿應聖節講經文》）

"申講說""申論訴""解覺知""知覺悟""大尊高"宜讀為 A/BC 類，

---

① 知覺悟，黃征訂為"疾覺悟"，今按：伯卷 2187 原寫"知覺悟"，"知"旁寫"疾"；斯卷 3491 寫"知覺悟"。

"傴息停""並悉總""乳哺養""平善好""宣揚申"宜讀為 AB/C 類。因此，綜上所述，三字連文，即三個同義單音節詞語的連用，構成的是一個三字短語，而非複合詞。同理，同義單、雙音節詞語連用（如"非常最""一切皆"）構成的亦為三字短語。

（三）同義單、雙音節詞語連用的分類、特點

同義單、雙音節詞語連用雖形式上與三字連文類似，亦為三個音節，讀法亦為 A/BC 類或 AB/C 類，但由於其中連讀的雙音節其組合關係不是同義並列式，所以二者有所不同。為便於與三字連文的情況相互比勘，我們再舉幾個三字連文的例子：

1. 悉皆咸臻知罪福，勤耕墾苦足餱糧。（斯 778《王梵志詩集並序》）

2. 總持祕密，無不通和，上中下類之音，悉皆盡會。（《維摩詰經講經文》）

3. 多足者，萬福皆通，是無不會，世間之事，盡總皆之（知）。（《廬山遠公話》）

"悉皆咸""悉皆盡""盡總皆"均為三字連文，讀為"悉皆/咸""悉皆/盡""盡總/皆"，其連讀的雙音節"悉皆""盡總"中的"悉""皆"或"盡""總"意義都相同。而同義單、雙音節詞語連用之形式卻有所不同：

4. 道安答曰："眾生沉淪惡道，從無明妄想而生，佛證無餘涅盤，從一切皆盡。"（《廬山遠公話》）

5. 隋時有婆羅門僧藏法師，能持《金剛經禁咒》，斷除一切諸惡。（《持誦金剛經靈驗功德記》）

6. 施為一切皆和合，所作多應總得成。（《父母恩重經講經文》）

7. 唯有目連阿孃為餓鬼，地獄一切並變化。（《大目乾連冥間救母變文並圖一卷並序》）

8. 如王舍勝一切諸國。（《雙恩記》）

9. 諸佛演說三乘教，普益一切諸眾生。（《頻婆娑羅王后宮綵女功德意供養塔生天因緣變》）

10. 經絲一切總尉了，明機妙解織文章。（《董永變文》）

11. 汝自造一卷，所有諸罪悉得除滅。（《持誦金剛經靈驗功德記》）

上文所舉"一切皆""一切諸""所有諸"和三字連文"悉皆咸"無論形式、意義還是語法作用都是相類的，唯一不同的是其中的連讀音節"一切""所有"不是同義連言。而"一切""所有"和"皆""諸"分別構成了同義關係，顯然也是同義詞的連用。除表統括範圍副詞的兩兩組合，程度副詞亦可以連用，如：

12. 見盧綰帳中不問，霸王非常大怒："帳中飲酒飯盧綰，適來見驅過人否?"（《漢將王陵變》）

13. 後阿孃……高聲喚言舜子："實若是阿耶來，家裏苦無供備；阿孃見後園果子非常最好，紅桃先（鮮）味，我兒若嘀（摘）得桃來，豈不是於家了事!"（《舜子變文》）①

"非常大""非常最"亦是三字短語作狀語修飾動詞"怒"和形容詞"好"。此類例子不在少數。在唐五代敦煌文獻尤其是在歌辭、變文、話本等講唱文學作品中，這種三音節構成的並列式短語更是靈活多樣，這為我們進一步探討此種短語形式的特點、發展以及在句中所起到的作用提供了豐富的語料。下面我們就以敦煌講唱文學作品，尤其是敦煌佛教歌曲為例，具體地總結和歸納這種短語形式的種類、特點、用途，等等。

我們先看分類。從形式上考慮，可以簡單地把這種三音節（三字）短語分成兩大類：

1. 單音節詞語＋雙音節詞語式：

（1）何時值遇般若船，生死大河造浮橋，快逍遙。一切煩惱漏已盡，諸結熾火不能燒。（《空無主》，○四八○）

（2）千年舊雪在，溪穀又冰多。草木峻嶒掛綠蘿，石壁險嵯峨。（《證無為》，○三八二）

（3）故知俗諺云有語："人發善願，天必從之；人發惡願，天必除之。"（《廬山遠公話》）

---

① "非常最"三字，黃征《校注》原文分屬上下兩文："阿孃見後園果子非常，最好紅桃先（鮮）味。"似不妥，茲從劉堅、江藍生《近代漢語語法資料彙編》第235頁所校。

（4）只此身智，不遇相逢，所以沉淪惡道。身智若也相逢，便乃生於佛道。（《廬山遠公話》）

（5）輪回數遍，不遇相逢，已是因緣，保債得債。（《廬山遠公話》）

例（1）"快"有愉快、暢快之義，"逍遙"有悠閒自得之義，二者在表示心情的愉悅方面意義相近。例（2）"嵯峨"形容山之高峻貌，"險"亦可指高峻，高峻。如《易·坎》之《象》曰："天險，不可升也。"孔穎達疏："言天之為險，懸邈高遠，不可升上，此天之險也。"例（3）"云"即言，和"有語"同。例（4）、（5）"遇"和"相逢"義同。此種"先單後雙"式的短語，一般只能存在於句子的末尾，因此用例不多。

2. 雙音節詞語＋單音節詞語式。"先雙後單"式的短語則可位於句子中間，又可位於句子開頭，用例也比前者多。如：

（6）不是三冬總沒衣，誰能向此談揚說。（《三冬雪》，〇五五八）

（7）從茲更奠回顧戀，好去千萬一生身。（《百歲篇》，〇九三九）

（8）焚香火，除人我，速須出離舍娑婆。（《三歸依》，〇四八九）

（9）日昳未，造惡相連累。恒將敗壞身，徒勞漫破壞。（《十二時》，〇九七九）

（10）雪山嵯峨峻，峻嶒□□□。石壁重重近天河，險峻沒人過。（《證無為》，〇三八一）

敦煌變文中亦有：

（11）秋胡行至此山，遂登磽入穀，遠澗巡林，道路崎嶇峻，泉原滴瀉。（《秋胡變文》）[1]

（12）且見其山非常，異境何似生？嵯峨萬岫，疊掌千嶒，崒屼高峰，崎嶇峻嶺。（《廬山遠公話》）

（13）一似門徒彈指頃，須臾直到雪山中。（《八相變》）

（14）只別人間彈指頃，難陀從佛到天宮。（《難陀出家緣起》）

上舉 9 例皆是先雙後單式的短語，其中連讀音節和第三個音節均構成了同義關係，談揚＝說、回顧＝戀、出離＝舍、徒勞＝漫、嵯峨＝峻、崎嶇＝峻、崒屼＝高、彈指＝頃，除例（6）"談揚說"、例（7）"回顧戀"、例（10）"嵯峨峻"、例（13）（14）"彈指頃"位於句子的末尾外，其餘幾

---

[1] 崎嶇峻，黃征訂為"崎嶇"，疑"峻"為衍文，今據原卷斯 133 號改。

例皆位於句子中間或開頭。

　　以上所講無論是單音節詞語＋雙音節詞語式三音節短語，還是雙音節詞語＋單音節詞語式三音節短語，其中的連讀音節均不是同義並列關係，如上例（4）、（5）、（9）的“相遇”和“徒勞”均是偏正結構的詞語，例（1）、（10）、（11）、（12）中的“逍遙”“嵯峨”“崎嶇”崒屼均是聯綿詞。例（3）、（13）、（14）中的“有語”“彈指”均是動賓結構的詞語。

　　從上述所舉例子來看，這些三字短語既有形容詞的連用（崎嶇峻、崒屼高），亦有動詞的連用（云有語、談揚說）、副詞的連用（徒勞漫、非常最），還有名詞的連用，如：

　　（15）只磨貪婪沒盡期，也須支准前程道。（《拋暗號》，〇六七五）

　　（16）戒身心，少嗔妒，遮莫身為家長主。（《十二時》，一三〇五）

　　“前程道”“家長主”是名詞的連用，但這種由名詞連用組成的短語，敦煌講唱文學作品中並不多見。據統計這種三字短語使用頻率最高的是動詞的連用，其次是形容詞的連用，再次是副詞、名詞的連用。這些由不同詞性的詞構成的短語在句子中可作謂語、賓語、狀語等不同的句法成分，如例（6）、（10）中的“談揚說”“嵯峨峻”均作句子的謂語，例（15）、（16）中的“前程道”“家長主”均作動詞“支准”“為”的賓語，再如：

　　（17）兩情准擬過千年，轉轉計較難。教汝獨自孤眠。（《送征衣》，〇〇四七）

　　（18）皇帝既被有於夫人再三頻問，唯唯惆悵，轉轉悲啼。（《歡喜國王緣》）

　　例（17）“獨自孤”、例（18）“再三頻”分別作“眠”和“問”的狀語。

　　以上我們主要從三音节短語的内部結構及語法意義等方面介紹了三字連文與單、雙音節詞語連用構成的三字短語的特點，下面我們就從三音節短語本身的聲音及所表達的意義出發，再進一步探討這種語言形式的特點及所起到的積極表達效果。

　　（四）三音節短語的語用效果及校勘價值

　　我們先從聲音的角度談一下這種三音節短語的特點。

　　前面我們提到，俞樾曾從發聲即語流快慢的角度談了三字連文的形成，顯然僅以“語速”來概括三字連文的成因未免失之偏頗。由上面所舉的例子我們可以看出這些三字短語大多是並列式雙音詞和同義單音詞的組合，如"痛/悲傷""曉了/知"。其中關於漢語中兩個單音詞構成的並列式雙音詞的語音排布規律前賢時哲已作過歸納總結，南朝梁文學家沈約在《宋書·謝靈運傳論》中所說的"前有浮聲，後須切響"是最好的注解。趙小剛進一步指出這種由兩個單音詞構成的並列式雙音詞在語音排布上遵循"異調先平後仄，同調先清後濁"的規律。① 如"聲響音"中"聲響"一詞，"聲"是平聲，"響"是仄聲，先平後仄；"曉了知"中"曉了"一詞，"曉""了"均是上聲字，"曉"是曉母，"了"是來母，先清後濁。然而當在這個並列雙音詞的基礎上再綴加一同義單音詞的時候，其語音排布又是呈現出什麼特點呢？是不是只顧意義上的同義疊加而不顧語音上的搭配？由於此項工作前人未曾做過，因此筆者就簡單地把見過的敦煌講唱文學作品中此類三字短語進行了窮盡式整理，以期探得三字短語語音排列規律。共得此類三字短語 58 例：所綴加單音詞與相鄰語素異調的 48 例，其中平仄相間的 37 例，仄仄並用的 11 例；所綴加單音詞與相鄰語素同調的 10 例。

1. 平仄相間例：若相鄰語素為仄聲，則單音詞必為平聲，反之亦然。（例中平仄以《廣韻》為準，同調的並標出聲紐，以示清濁。並列雙音詞用下畫線標出。下同）

談揚說：平平入　掃蕩匡：上上平　出離舍：入平上　照察看：去入平

棄舍離：去上平　舍離去：上平上　痛悲傷：去平平　攀緣逐：平平入

歸卻還：平入平　隱潛藏：上平平　傴息停：上入平　悉皆盡：入平上

聲響音：平上平　寒霜雪：平平入　辛苦艱：平上平　竊盜偷：入去平

凍栗寒：去入平　剛強戾：平平入　落荒漫：入平去　清涼冷：平平上

英聰哲：平平入　列排班：入平平　解覺知：上入平　快逍遙：去平平

所有諸：上上平　一切皆：入入平　一切諸：入入平　崎嶇峻：平

---

① 趙小剛：《"前有浮聲，後須切響"別解》，《中國語文》1996 年第 1 期。

平去

云<u>有</u>語：平上上　　獨<u>自</u>孤：入去平　　獨孤<u>悽</u>：入平平　　徒勞<u>漫</u>：平
平去

<u>嵯</u>峨險：平平上　　險嵯<u>峨</u>：上平平　　非常<u>最</u>：平平去　　非常<u>大</u>：平
平去

解寫（卸）除：上去平

2. 仄仄並用例：單音詞雖與相鄰語素同為仄聲，但有上去入三聲
之別。

<u>娉</u>許事：去上去　　漫<u>落</u>荒：去入平　　聚集<u>會</u>：去入去　　乳哺<u>養</u>：上
去上

並<u>悉</u>總：去入上　　平<u>善</u>好：平上上　　訪<u>覓</u>看：去入去　　散蓋<u>覆</u>：上
去入

知<u>覺</u>悟：平入去　　並<u>悉</u>總：去入上　　子細<u>審</u>：上去上

3. 同調例：調雖同，但聲紐均不同。

<u>本</u>根原：上平（見）平（疑）　　　大<u>尊</u>高：去平（精）平（見）

安<u>化</u>治：平去（曉）去（澄）　　　申<u>論</u>訴：平（書）去（來）去

啟<u>告</u>訴：上去（見）去（心）　　　破<u>壞</u>故：去去（匣）去（見）

再<u>三</u>頻：去平（心）平（並）　　　彈<u>指</u>頃：平上（章）上（溪）

家<u>長</u>主：平上（知）上（章）　　　回<u>顧</u>戀：平去（見）去（來）

這 10 例聲紐不同的詞語基本上是按照先清後濁的語音規律排列的。
黃征在《三字連文論析》中提到的一些例子也基本上和上述所講規律吻
合，如：

人<u>馬</u>車：平上平　　珍<u>好</u>異：平上去　　悉<u>皆</u>咸：入平（見）平（匣）
曉<u>了</u>知：上（曉）上（來）平　　秀<u>端</u>嚴：去平（端）平（疑）

“人馬車”屬“平仄相間”例，“珍好異”屬仄仄並用例，其餘的可歸
到前述“聲紐不同”例。

因此從上舉例子我們可以簡單地將論證結果歸納如下：

在這種三字短語中，綴加的單音詞語和相鄰語素的語音若調不同，則
以平仄相間為主；若調同，則遵循先清後濁的語音排列規律。顯然這種語
音的排布是符合漢語語音結構“輕重錯落，抑揚頓挫”的音樂美的特點
的。劉勰《文心雕龍・聲律篇》中說道：“故言語者，文章關鍵，神明樞
機，吐納律呂，脣吻而已。”范文瀾注：“言語為聲音。此言聲音為文章之

關鍵，……至於律呂之吐納，須驗之以脣吻以求諧適。"① 看來這種特殊的三字短語的出現亦是說漢語、寫漢語的人為達到語流順口和諧、詞美理善的目的，憑藉口頭音感而不斷調整的結果。這種語音表現形式顯然是有益於以口耳相傳為重要手段的佛經的宣傳的。

很顯然，由同義單、雙音節詞語連用而構成的三字短語的意義要比單純的單音節詞語或者雙音節詞語的意義要明確得多，如前舉例"國王之位大尊高"之"大尊"猶至尊，是臣對君的奉承之詞。"高"亦有尊貴之義，二詞意義完全相同，"大尊高"連用既寫出了國王之位的至高無上，又體現出人們對一國之君無以復加的阿諛奉承。除了單純的同義疊加之外，單、雙音節詞語意義之間往往有互補性，如前舉例"獨孤淒"，"獨"指單獨或引申指孤單，但無"淒涼"之義，而"孤淒"顯然既指"孤單"，亦有"淒涼"。因此通過這種同義詞語的簡單疊加或者意義的互補使得三字短語的意義更加嚴密和明確。除此之外，其中單音節詞語和雙音節詞語在運用上還表現出如下特點：

1. 新老並用

據統計，其中的單音節詞語大多是自先秦兩漢就已出現，且一直在使用的"老詞"，而與其搭配的雙音節詞語卻相對較新，多是南北朝或唐以後的新詞或新義。如：

（19）目連啟言："貧道阿孃名青提夫人，故來訪覓看。"（《大目乾連冥間救母變文》）

（20）子細審思量，此言有道理。（王梵志詩《敬他保自貴》）

"看"之探望義《漢語大詞典》例引自《韓非子・外儲說左下》："梁車為鄴令，其姊往看之。"而"訪覓"一詞卻晚見於南北朝文獻，如南朝梁沈約《宋書》："於是師便訪覓休若左右人，不能得。""審"之詳細義始見於《書・顧命》："病日臻。既彌留，恐不獲誓言嗣，茲予審訓命汝。"孫星衍疏："《說文》云：'詳，審議也。'審亦為詳。"同義之"子細"出現得卻晚得多，《漢語大詞典》引最早用例為唐代。又如上舉例"偃息停"，"偃息"之"停止"義，《大詞典》例引唐杜甫《初冬》詩："干戈未偃息，出處遂何心。"而"停"之此義，卻是常義，先秦已見。

---

① 劉勰著、范文瀾注：《文心雕龍注》，人民文學出版社 1962 年版，第 552 頁。

2. 雅俗並舉

這些三字短語往往口語和書面語並存，雅俗共賞。如上舉例（3）"云有語"，"云"是一個書面性較強的文言語詞，顯得比較莊重，而其後緊跟的"有語"一詞卻是一個半文半白的俗語，一雅一俗，盡顯敦煌說唱文學作品的樸中有雅的藝術特色。例（13）"彈指頃"，"彈指"，撚彈手指作聲，佛家多用以喻時間短暫。而表時間不久的"頃"字卻是一個地道的文言語詞。例（8）"出離舍"，"出離"是佛家所謂的涅槃，是佛教用語，和"舍"相得益彰。

這些獨具特色、特點鮮明的三字短語，為敦煌講唱文學作品的語言注入了一股新鮮的血液，尤其是對敦煌地區佛教的宣傳，教義的闡釋起到了舉足輕重的作用。林仁昱於《敦煌佛教歌曲之研究》中指出："當然，無法具體言說的'佛'境界，如何要讓中國民眾接受、信服，就必須在教義的詮釋上，以及傳播的方式上，做合適的調整。"① 而三字短語恰恰可以看作是對此進行的一個大膽嘗試。說其大膽，是因為這種由三音節構成的語言形式是有悖於漢語雙音節化發展趨勢的，雙音節詞語或者四字短語才是主流。這從後來三字短語的消失可見一斑。但是這種別具特色的語言形式在當時確實發揮了獨到的作用。

首先，便於記憶。我們知道，在演唱佛曲，或者是講唱變文的時候，觀眾主要是通過耳朵來聆聽教義、把握佛教宣傳內容的，這種口耳相傳的講唱藝術形式有很大的局限性，人們一般都不能通過精心閱讀，仔細揣摩的方式來攝入相關內容，因此，個別語詞的重遝複唱，同義詞語的疊加連用便非常有利於廣大俗眾僧侶的對佛教宣傳內容的背誦和強化記憶。

其次，便於理解。通過上面的介紹我們已經看到，這些配對的單、雙音節詞語文白夾雜，新老並舉，同義互補，這樣的語言表現方式能完美地將佛教意識與民間話語形態無間地融合在一起，拉近與底層俗眾之間的距離，取消交往者之間的等級界限，而且更主要的是能幫助廣大底層沒有文化的俗眾更好地理解教義內容，以達到佛教宣傳的目的。如上舉"峚岋高"一語，"峚岋"一詞對於廣大文化程度不高的僧俗來說是不好理解的，而其後緊跟的"高"字卻起到了很好的釋惑作用。"偃息停"一語，"停"字簡直就是對"偃息"一詞的解釋之詞。例"子細審"亦是如此，憑著這

---

① 林仁昱：《敦煌佛教歌曲之研究》，佛光山文教基金會 2004 年版，第 513—514 頁。

樣的互補互釋，相信再沒文化的群眾也能對講唱內容有所瞭解。

認清這種三字短語的格式，掌握它們的特點，對於準確把握詞語含義、句子內容有著非常重要的意義。如"燕聞拍手笑：'不由事君落荒。'"（《燕子賦二》）

"落荒"一詞於此顯然不是向荒野逃去之義，那麼究竟是什麼意思呢？單從這一處文字是不好給它下定義的，再看下面這兩個句子：

（21）燕子啟大王："雀兒漫洛荒，亦是窮奇鳥，構架足詞章。"（《燕子賦二》）

（22）雀兒杠硬，猶自落謊漫語："男兒丈夫，事有錯誤，脊被揎破，更何怕懼！"（《燕子賦一》）

例（21）"洛荒"同"落荒""漫落荒""落謊漫"兩個短語的意思應是一樣的，分別是前面我們所說的"先雙後單""先單後雙"式的三字短語。"漫"既有胡亂之義，還往往通"謾"，有欺騙之義，因此按照這種三字短語的特點，再結合上下文之內容，我們可推知"落荒""落謊"亦應有亂言誑語之義。又如：

（23）二十笄年花蕊春，父孃娉許事功勳。香車暮逐隨夫壻，如同蕭史曉從雲。（《百歲篇》，〇九〇一）

《總編》："'事'猶'侍'。實質為'出賣女兒入豪門，在夫權下，終身當奴隸'，當非戴氏所能意識。"（1318 頁）今按，《總編》釋"事"為"侍"，進而有奴隸之說，義恐嫌遠。"娉許事"亦上述之三字短語，"娉""許"皆有嫁娶或許配之義，同義連言，複合成"娉許"一詞，"事"亦作出嫁講，"娉許事"帶出賓語"功勳"（詳見第六章《敦煌歌辭校釋商補》部分）。

再比如我們上面提到的例（4）和例（5）：

（4）只此身智，不遇相逢，所以沉淪惡道。身智若也相逢，便乃生於佛道。（《廬山遠公話》）

（5）輪回數遍，不遇相逢，已是因緣，保債得債。（《廬山遠公話》）

關於"不遇相逢"這句話，人們在理解上也出現了偏差，黃征注曰："'不愚（遇）相逢'即不相逢遇之意。"[①]劉瑞明指出："'只此身智，不

---

① 黃征、張湧泉：《敦煌變文校注》，中華書局 1997 年版，第 287 頁。

遇相逢'，必為'不遇不逢'之誤。"① 兩種解釋都把"相逢"一詞給拆開了，不妥。例（4）前兩句講"身智不相逢"會怎樣，後兩句講"身智相逢"會怎樣，因此"相逢"一語不能拆。出現誤解的原因就是沒有真正認識到"遇相逢"的句式句法，此句話的準確解釋只能是"不遇、不相逢"，"遇"和"相逢"同義。

又如：

（24）青提夫人聞語，良久思惟，報言獄主："我無兒子出家，不是莫錯？"（《大目乾連冥間救母變文》）

"不是莫"，有人建議讀成"莫不是"，因為"莫不是錯？"似更流暢。實際上這種改法是錯誤的，"不是"和"莫"亦應是同義連文。吳福祥先生指出："'不是莫'蓋為'不是'與'莫'同義連文。'不是'用於疑問句也可表示測度疑問。在變文裏雖未撿得這類用法的'不是'，但可見同類用法的'非是'……"② 吳氏所說甚是。

在敦煌歌辭、變文以及俗賦、詩話等講唱文學作品中還有許多類似的由於沒有從整體上認識它們的特點而亂改原文的語例。下面這些句子都應作出相應修改，如：

（25）年少將軍佐聖朝，為國掃蕩狂妖。（《望遠行》，○一○六）

（26）嶺上煙雲起，散蓋覆山坡。（《證無為》，○三八五）

（27）戶外多應凍栗寒，筵中不若三春日。（《高興歌》，補一一八）

（28）柳條垂處也，喜鵲語零零，焚香稽首表君情。（《宮怨春》，○○三六）

（29）何得交兒仕漢王？竊盜偷蹤研營去！（《漢將王陵變》，《校注》69 頁）③

（30）解寫除卻名，揩赤將頭放。（王梵志詩《佐史非臺補》）

（31）三教同一體，徒自浪褒揚。（王梵志詩《道士頭側方》）

例（25）"狂妖"原寫"匡妖"，諸校本均改為"狂妖"，實不必。"匡妖"猶匡邪，謂糾正妖邪，"掃蕩"和"匡"同義連用。例（26）"散蓋覆"，《匡補》改"散"為"傘"，即"傘"，謂煙雲覆蓋山坡，形如傘蓋。

---

① 劉瑞明：《〈廬山遠公話〉再補校》，《新疆文物》1992 年第 2 期。

② 吳福祥：《敦煌變文語法研究》，嶽麓書社 1996 年版，第 169 頁。

③ 竊盜偷，黃征《校注》亦改原卷"盜"為"道"，實不必。"竊""盜""偷"均可表示"私下裏""偷偷地"之義，三字同義連文。

今按，"散蓋"和"覆"連用，不必改。例（27）"凍栗寒"三字龍晦、任半塘、項楚、柴劍虹等都先後作過訂補，龍校作"侳栗寒"，《總編》作"凍栗寒"，《匡補》作"極栗寒"，柴補作"侳漂寒"，經比照原卷影本，此三字宜訂為"凍栗寒"，"凍栗"和"寒"同義連文。例（28）"稽首表"三字原卷寫"稽告素"，應為"啟告訴"三字，"啟"和"告訴"同義連用。例（29）江藍生校錄疑"盜"應為"道"，今按，"盜"不必改，"竊"和"盜"均有"暗地裏，私下"之義，"竊盜"連言，和"偷"同義連用。例（30）"解寫除"《王梵志詩校輯》作"解須除"，今按，"解寫"應同"解瀉"或"解卸"，和"除"同義。例（31）"徒自浪"，《匡補》注云："'自'原作'白'，乃形偽字。"今按，"白"亦有枉然義，"徒白浪"亦可說，所以不必改"白"為"自"。以上對卷子誤校的補正，詳見本書第六章《敦煌歌辭校釋商補》。

四　同義單、雙音節詞語的對用

同義的單、雙音節詞語既可以連用組成三字短語，亦可以分割開來構成對用，敦煌歌辭中就有不少這樣的用例。如：

1. 天地玄黃辨清濁，籠羅萬載合乾坤。（《皇帝感》，〇二九二）
2. 自歎宿緣作他邦客，辜負尊親虛勞力。（《鵲踏枝》，〇一〇八）
3. 不能知分感天恩，厭賤糧儲輕粟豆。（《十二時》，一二九二）
4. 君自去來經幾春，不傳書信絕知聞。（《五更轉》，〇八〇七）
5. 更不回流生死河，永別泥黎辭渴愛。（《十二時》，一〇九八）
6. 春復秋，旦復暮，改變桑田易朝祚。（《十二時》，一二五九）
7. 嫌善人，親惡友，習狎熏猶行乖醜。（《十二時》，一二九五）
8. 或渾炮，或細切，盡逞無明恣餐啜。（《十二時》，一二三三）

這八例中"籠羅—合、辜負—虛、厭賤—輕、不傳—絕、永別—辭、改變—易、習狎—行、盡逞—恣"都在各自的語境中構成了同義關係。這種對用和我們所常見的同義詞對用在形式上存在著很大的區別，一般來講，對用的兩個詞語的字數是相等的，一般是單音節對單音節，雙音節對雙音節。而我們現在所見到的上述八例對用卻是雙音節對單音節。顯然這種對用的形式有悖於中國傳統的追求"成雙成對"的文化理念，也不符合漢民族喜歡成對的使用詞語的習慣。此種形式的出現是偶然的嗎？或者說這僅是同義詞對用的一個特例而不值一提嗎？筆者認為這種特殊的同義詞對用的出現必定有它現實的原因，而且這種對用的形式對我們考察漢語詞彙由單音節向雙音節轉化的過程大有裨益。為了更好地揭示這些問題，下面將分節介紹這種同義詞對用的特點、形成的原因以及這種掌握對用規律的意義等。

（一）對用特點

從上文所引的這些例子來看，這種對用一般都出現於七言韻文中。我們知道，七言詩句中上四字與下三字意思相近、相對或補充者不在少數，但筆者遍查七言詩盛行的唐代文人詩卻絕少能見到像敦煌歌辭中這樣的對用現象。如《唐詩三百首》中所有的七言樂府、古詩、絕句、律詩竟無一如此用例①。佛經中有不少七言偈語，但亦偶見類似情況。鑒於此，筆者認為有必要對敦煌歌辭中出現的這類同義詞對用的特點進行具體分析。

這種同義詞對用有它自己的顯著特點。先看此種同義詞對用出現的語境。經筆者對敦煌歌辭窮盡式的搜索並觀察後發現，這種對用出現於兩種固定的格式中。一是出現於上下文均是七言的對句中，如上述所舉前五例即是。二是出現於三三七式音樂節拍的七言句中，如上述所舉後三例即是。其所在的七言的音樂節拍均為二二一二。而這兩種固定的格式恰是敦煌歌辭比較擅長使用的（關於此兩種句式下文還要涉及，茲不贅述）。不管是處於哪種格式，歌辭中同義雙音節詞語和單音節詞語的交叉使用都使得歌辭節奏鮮明而富於變化。

再看這對同義詞在句中所表達的作用上的特點。整體來看，其雙音節動語＋賓語和單音節動語＋賓語所表達的內容是一致的。如上舉例1中的"籠羅萬載"和"合乾坤"表達的都是包羅天地萬物之義。但從細微處來看，雙音節動語結構和單音節動語結構在句中表達的意義上有互相補充的作用。一般情況是，如果雙音節動語領起的賓語是抽象的或是整體的，那麼單音節動語後緊跟的賓語是具體的或是個體的；反之，如果雙音節動語領起的賓語是具體的或是個體的，那麼單音節動語後緊跟的賓語是抽象的或是整體的。如："文宣王，五常教，誇騁文章麗詞藻。"（《驅催老》，○六三○）其"誇騁"領起的是一整體概念"文章"，而"麗"即接其"文章"中的具體所指"詞藻"以作補充；如"不能知分感天恩，厭賤糧儲輕粟豆。"（《十二時》，一二九二）其"厭賤"後跟的是糧食的總括"糧儲"，

---

①　金性堯：《唐詩三百首》，上海古籍出版社 1980 年版。

而"輕"跟的是糧食的個體"粟豆"；又如："君自去來經幾春，不傳書信
絕知聞。"（《五更轉》，○八○七）"不傳"後跟的是具體的概念"書信"，
而"絕"後跟的是抽象概念"知聞"。這種同一句話中單音節詞語和雙音
節詞語同義互現互補的現象在文獻中並不多見。

最後再重點看一下其中的雙音節詞語的構成特點。王力說："漢語大
部分的雙音詞都是經過同義詞臨時組合階段的。"① 趙克勤指出："……其
他結構（如偏正、動賓等）片語的固定化也是複音詞產生的重要原因。"②
經筆者對其中的雙音節詞語的研究後發現上述結論是正確的。據初步統計
這些雙音節詞語的形成管道主要有兩種。一是同義連言，即同義單音詞的
連用，如上所舉例中的"籠羅""辜負""厭賤""改變""習狎"等皆為此
種情況。另外一種是修飾語加中心語，即採用偏正式的結構，如上所舉例
中的"不傳""永別""盡逞"等。由於在這種特殊的同義詞對用中出現了
單音節詞語和雙音節詞語在同一句話中同時出現的現象，因此這又對考察
漢語詞彙發展中單音節詞語向雙音節詞語轉化的過程有著非常重要的作
用。敦煌歌辭中在同一句話裏出現的這些同義的單音節詞語和雙音節詞語
說明了像"永別——辭""籠羅——合""追尋——訪""就荒——著""改
變——易"等組詞在漢語詞彙由單音節向雙音節發展的歷史上曾經經歷過
一個並存發展的過渡階段。

（二）表達效果

一種語言現象的產生是離不開它所賴以存在的社會現實的。因此要想
瞭解一種語言及其發展規律，必須首先要瞭解社會的歷史以及創造和使用
這種語言的人民③。鑒於此，研究此類同義詞對用的語言現象亦應從此處
下手。據統計這些同義詞對用的現象大都出於敦煌歌辭中佛教歌曲類，因
此可以說這種形式的產生是與敦煌地區佛教的廣泛宣傳、佛教的世俗化，
以及佛教歌曲的演唱分不開的。林仁昱於其《敦煌佛教歌曲之研究》中指
出："當然，無法具體言說的'佛'境界，如何要讓中國民眾接受、信服，
就必須在教義的詮釋上，以及傳播的方式上，做合適的調整。"④ 而這種
同義詞對用恰恰可以看作是佛教歌曲世俗化在語言上所做的嘗試。首先，

---

① 王力：《古代漢語》修訂本第一冊，中華書局 1981 年版，第 86 頁。

② 趙克勤：《古代漢語詞彙學》，商務印書館 2005 年版，第 70 頁。

③ 葉蜚聲、徐通鏘：《語言學綱要》，北京大學出版社 1997 年版，第 173 頁。

④ 林仁昱：《敦煌佛教歌曲之研究》，佛光山文教基金會 2004 年版，第 513—514 頁。

由上文可知，此種同義詞對用大都出於與近體詩通用的七言句式或是以三三句與七言相配的情形。顯然前種情形可以採取"套用"固有曲調的方式來演唱，而三三句與七言相配的情形使得聲情表達更為豐富多彩。這種三七言相配的形式是民間曲子常用的歌辭形式，這恰可說明佛教歌曲民間化、世俗化的語言表現。與此同時，七言句中同義雙音節詞語和單音節詞語的交叉使用都使得歌辭節奏鮮明而富於變化。這些都對佛教歌曲在民間的普及、淨土信仰的流行，對佛教教義的傳播、對俗眾的接受大有幫助。另外，雙音節詞語和單音節詞語對同一內容的反復詠歎更是為人們準確地掌握佛教歌曲所講唱的內容提供了較大的便利。據統計，其中的雙音節詞語大多是南北朝或唐代以後的新詞，而單音節詞語多是自上古以來一直在使用的"老詞"。比如上文提及的"改變"一詞，其"改換，更改"義晚見於《全唐詩》卷八九九載《賀朝詞》："長安道上行客，依舊利深名切。改變容顏，消磨今古，隴頭殘月。"而與其同義的"易"卻早見於《書·盤庚中》："今予告汝不易。"又如"厭賤"一詞，其"厭惡，鄙視"義晚見於唐白居易《偶作》詩之二："事無小與大，已得多厭賤。"而其同義詞"輕"卻早見於《莊子·秋水》："我嘗聞少仲尼之聞，而輕伯夷之義者。"這樣一來，在同一句話中就出現了同義的"新詞""老詞"並用而又相得益彰的現象，深奧難解的教理也就變得通俗易懂了，而這無疑會給那些渴望擁有信仰而又文化水準較低或者是毫無文化水準的群眾在理解佛教教義上提供非常大的方便。以上談的主要是佛教歌曲，當然這種同義詞對用的現象有的還出現在附著於隋唐燕樂曲式的曲子詞或者出現在附著於民間音樂曲式的俚曲俗調中，筆者認為，便於流傳、便於理解仍然是這些曲子詞或者是俗曲採用這種同義詞對用的一個非常重要的原因。我們知道這些曲子詞、俗曲中的絕大多數作品，均系出自民間無名氏之口或手，其所面對的聽眾也大多來自民間鄉間，因此其中所採用的通曉自然、便於理解的表達方式也就不難為人們所理解了。

　　（三）語言研究價值

　　瞭解和掌握敦煌歌辭中的這種特殊的同義詞對用規律對敦煌歌辭的語言研究具有重要的價值。

　　首先，它能幫助我們準確地理解詞義。詞義也是處在不斷的發展變化當中的。有些詞義是經過不斷的引申、轉化而來的，所以不為人所盡知。這種特殊的同義詞對用規律可幫助我們準確地理解這些詞義。例如：

1. 縱發心，無忍耐，揀點師僧論過罪。雖逢善境暫回心，忽遇違緣還卻退。（《十二時》，一三一二）

2. 懈慢心，難誘勸，揀點師僧論貴賤。說凡道聖有偏頗，也是於身為大患。（《為大患》，〇六五五）

"揀點"一詞《漢語大詞典》有收錄，意義為"選取士兵"，顯然此非歌辭中的"揀點"之義。其他辭書也未錄是詞之義。"揀點"究為何義？根據這種特殊的同義詞對用規律，我們可非常輕易地找到答案："揀點"和其後第三字"論"是同義詞。歌辭中的另外兩個例子也證明了這個答案是合理的。如：

3. 不論貴賤與高低，揀甚僧尼及道侶。除卻牟尼一個人，餘殘總被無常取。（〇六四一）

4. 或公私，或營討，不揀高低皆擾擾。一生多是聚眉愁，百年少見開顏笑。（一二一〇）

例3"揀甚"和"不論"對用，"揀"即"論"之義。例4中的"不揀"為"不論，儘管"之義。至於"揀，揀點"何有"論"之義，蓋由其義"選擇、挑選"引申而來。

其次，它還能幫助我們糾正歌辭中出現的錯訛之處。敦煌歌辭中俗寫眾多，訛誤滿紙，很需要我們做一番辨偽去妄的工作。利用這種同義詞對用的規律可較好地幫助我們解決這個問題。例如：

高意郎君勞敬縛，忽然得奪旋高初。悔不當初人心負，□你兩個沒因緣。（《浣溪沙》，補〇〇四）

《總編》說"高意""勞敬縛"難訂，特訂"高意"為"得意"，"勞敬縛"為"牢緊縛"，以使文義串通（1755頁）。其實根據這種特殊的同義詞對用規律可以看出"高意"和"勞"乃一組同義詞。"高意"和"勞"均是敬辭。如果此說成立的話，那麼"敬縛"當有別解。項楚認為，"'敬'是'更'字音誤，如《維摩詰經講經文》：深深擬證無為，念念堅修功德，敬要何為……'敬要何為'便是'更要何為'……'高意郎君勞敬縛……'意思是說，有勞郎君厚意，將黃鷹重新縛住……"[1] 項先生所說恰好證實了我們的上述看法。[2]

---

[1]　項楚：《敦煌歌辭總編匡補》，巴蜀書社2000年版，第240頁。

[2]　關於同義單、雙音節詞語對用，筆者有拙文《試析敦煌歌辭中一類特殊的同義詞對用》，《現代語文》2010年第3期，本書略有改動。

五　同義單音節詞語的對用

敦煌歌辭中還有一類比較特殊的單音節同義詞對用，其大多出現於單音節名詞賓語或中心語的前後位置，從而構成"動₁＋賓語＋動₂"或"形₁＋中心語＋形₂"的句式。其中動₁和動₂是同義動詞，且為單音節詞語；賓語均有名詞充當，且亦為單音節詞語。形₁和形₂是同義形容詞，且為單音節詞語；中心語亦由名詞充當，且為單音節詞語。下面就讓我們分而敘之。

（一）同義單音節動詞的對用

1. 痛一般，命無別，爭不教他抱冤結。業鏡無情下待君，此時巧口難分雪。（《十二時》，一二三四）

2. 春秋冬夏營農作，鋤田劚地努筋膊。徧體血汗焦頭莫，一朝命斷深埋卻。（《悉曇頌》，○四六四）

3. 此之四句甚慈悲，能去邪魔顛倒疑。誦讀觀照證菩提，流布咸令遣受持。所求之者應心隨，得出三界不思議。（《悉曇頌》，○五三二）

4. 難思努力現真宗，色聲香味染塵蒙。大般若廣言六百卷，講勸人間多少空。（《十空贊》，○六七九）

例1"抱冤結"，"抱"是動₁，"結"是動₂，"冤"是動₁和動₂的賓語，因此"抱冤結"的語法關係可析為：抱冤，結冤；抱結冤。"抱"和"結"於此均作"藏，懷有"之義。例2"營農作"即"營農，作農"或"營作農"。"營""作"義同。"應心隨"和"染塵蒙"亦作如上解說。

（二）同義單音節形容詞的對用

5. 脫緋紫，著錦衣，銀鐙金鞍耀日暉。（《杖前飛》，○二六八）

6. 迷即眾生悟是佛，能出或能沒。慧日消除凍水冰，本性湛然凝。（《求因果》，○四二五）

例5"耀日暉"是用來比喻"銀鐙金鞍"的，"耀"是形₁，"暉"是形₂，"日"是定語中心語，"耀日暉"即"耀日，暉日"，聯繫前文是說"銀鐙金鞍"像閃耀明亮的太陽。"凍水冰"亦可作如上解說。同時期的敦煌說唱文學作品中亦有不少類似的語言現象，如：

7. 黃羊野馬撚槍撥，鹿鹿從頭吃劍川（穿）。（《王昭君變文》）

8. 無心念二親，有意隨惡伴。（王梵志詩《天下浮逃人》）

9. 配罪別受苦，隔命絕相覓。（《天下浮逃人》）

10. 見苦長聞起對治，於人未省生怨結。(《雙恩記》)

11. 城外哭聲震地動，何期今日寶山崩。合國眾生皆灑淚，門徒不憑見行蹤。(斯 5572《向山贊》)

12. 高低迥與須彌等，廣闊周圓耀日明。(斯 2165《廬山遠公話》)①

13. 心神激箭直，懷抱徹沙清。(王梵志詩《第一須景行》)

　　前五例為同義單音節動詞的對用，後兩例為同義單音節形容詞的對用，其中最後一例有點特殊，"徹沙清"之"徹""清"並不是直接修飾"沙"字，作"沙"的定語，而是說"水清徹見沙石，以喻懷抱清白無私"②。其中"徹"通"澈"。除了上述同義單音節動詞或單音節形容詞的對用外，還偶見同義單音節副詞的對用情況，如：

14. 一願眾生普請遍，二願一切莫生疑。(《阿彌陀念佛贊》)③

　　上面講的都是三音節形式的同義單音詞對用，即對用的同義單音節動詞、形容詞或副詞中間的詞語亦是單音節的，除此之外，亦偶見中間詞語是雙音節的情況，如：

15. 青絲髻綰臉邊芳，淡紅衫子掩素胸。出門斜撚同心弄，意恟惶。故使橫波認玉郎。(《柳青娘》，○○一八)

16. 有緣得遇諸佛見，蓮花會裏與君倚。(《盂蘭盆經講經文》)

17. 阿孃擬收孩兒養，我兒不儀（宜）住北方。(《董永變文》)

　　"撚同心弄"即撚弄同心，"遇諸佛見"即遇見諸佛，"收孩兒養"即收養孩兒。"撚"和"弄"，"遇"和"見"，以及"收"和"養"均是同義單音節詞語的對用。

　　從上舉十七例同義單音節詞語對用情況來看，這種語言形式大都出現於句子的末尾（唯例 9 除外），因此對用之末字有湊足音節、造成押韻之目的，如例 1 "抱冤結"之"結"和"別""雪"通押。例 2 "營農作"之"作"和"膊""莫"通押。除此之外，這種特殊的語言形式還有其他的語法作用：通過同義關係加強語義的明確性。"抱""結"對用顯然要比單說語義明確得多，而且對用的這兩個單音詞雖然是同義詞，但畢竟意義之間

<hr />

① 此處兩句錄文，黃征《校注》未收錄，見於斯 2165，徐俊在《〈廬山遠公話〉的篇尾結詩》(《文學遺產》1995 年第 6 期) 一文中有錄文。

② 項楚：《王梵志詩校注》，上海古籍出版社 1991 年版，第 387 頁。

③ 例引自柴劍虹《俄藏敦煌詩詞寫卷經眼錄（二）》，《敦煌吐魯番學研究》（第二卷），北京大學出版社 1996 年版，第 49—57 頁。

還是同中有異的，因此有明顯的補充強調之作用。如上例 15 "撚同心弄"，"撚"和"弄"雖是一對同義詞，但二詞在表現人物心理、動作、感情等方面還是有差別的，"撚"側指用手指搓或轉動之細微動作，表達比較精細；"弄"一詞在說明動作上卻沒有如此精細，而是較粗疏，等同於"把玩"，"撚""弄"合說非常具體而又準確地描摹出人物的神態、動作，乃至心理。例 16 "遇諸佛見"，"遇"側重過程，"見"卻側重結果，先說"遇"，後說"見"，語義更加明確。

儘管這種語言形式有其特定的語法作用，但除了敦煌講唱文學作品中較廣泛的存在這種語言形式之外，其他文獻中卻絕少見到。究其原因，我認為這與敦煌講唱文學作品所表現的特殊題材有密切關係。上面所舉 17 例，全部來自與佛教宣傳有關的敦煌佛教歌曲、變文以及王梵志詩等文學作品。如前所言，同義詞的對用、重章復沓，這種語言形式對廣大底層沒有文化的俗眾更好地理解佛教教義內容有著重要的意義。

（三）對用的校釋價值

認清這種同義詞對用的特點，顯然對於正確理解作品內容，糾正人們校釋過程中的錯誤有著不可忽視的作用。如：

18. 花正新，草複綠，黃鶯睍睆遷喬木。汧流活，古樹攢，隴阪高高布雲族。（失調名，〇一八一）

《總編》認為"族"乃訛火，"端"形與"族"近；"雲端"與"高高"貫，無憾（625 頁）。《匡補》亦對此字進行了商榷，認為"族"是"簇"之誤，"簇""木"為韻，"隴阪高高布雲簇"是說隴阪之上散佈著團團白雲（44 頁）。今按，《匡補》所說"簇"是，但言"布雲簇"是說散佈著團團白雲，又是對這一語言形式的誤解。"布雲簇"即為前述同義單音節動詞的對用形式，"簇"和"布"義同，均指聚集，是對"布"的同義補充和強調，和"木"同作韻腳。《匡補》所說"散佈著團團白雲"，顯然是把"簇"看成了一後置定語，從而未能真正領會作者文意。

19. 誰家臺樹深，嘹亮宮商足。暮恨朝愁不忍聞，早晚離塵出。（《喜秋天》，〇〇三三）

"出"字原卷寫土，敦煌寫卷中"土"字多作如是寫，但"土"字姥韻，其入聲又為鐸，與"足"之燭韻不叶，由此看來"土"非本字。《總編》訂為"俗"（298頁），黃征先生訂為"出"①。今按，訂"土"為"出"是，"出"之草書不僅與土似，而且符合歌辭的用語特點。如[○四七八]："身心無知如灰土"，原本"土"正寫"出"。"離塵出"即前述同義單音節動詞對用形式，"離""出"義同，共同指向賓語"塵"。黃先生雖然擬"土"為"出"，但未能從敦煌歌辭的用語特點方面去考慮，特補。詳見本文第六章《敦煌歌辭校釋商補》部分。

20. 何忍剌他殺，曾無阡許惶。（王梵志詩《眾生眼盼盼》）

"剌他殺"三字《王梵志詩集》《王梵志詩校輯》均錄作"他剌殺"。（《王梵志詩校注》333頁）"剌他殺"即"剌殺他"，即說怎麼忍心去殺生，竟無些許惶恐。

21. 南北擲蹤藏，誑他暫歸貫。（王梵志詩《天下浮逃人》）

項楚《王梵志詩校注》："'擲蹤藏'原作'擲蹤橫'。從戊三本。校輯改作'蹢縱橫'。'蹤藏'猶云蹤跡、行藏。"（687—688頁）今按，"擲蹤橫"和"擲蹤藏"的寫法都正確。釋"蹤藏"為詞，顯然是不瞭解上述句法所致。"擲蹤藏"有"擲蹤""藏蹤"，是說"天下浮逃人"的行為。"擲蹤橫"亦如斯。

22. 活時吝不用，塞墓慎何益。（王梵志詩《暫得一代人》）

《王梵志詩校注》："'慎'，校注作'填'，詩集作'真'。"（720頁）今按，原卷寫"慎"字，但"慎"與上句言"吝"並非一回事，因此"慎"於此意義難通，恐非本字。詩集作"真"，意義尚說得過去，但筆者傾向於"填"字，"塞墓填"，即塞墓，填墓。"填"義同"塞"，"塞墓填"即陪葬之義。

23. 後衙空手去，定是搦你勒。（王梵志詩《村頭語戶主》）

《王梵志詩校注》："'搦'本義為捉……此處相當於介詞'把'。"（136頁）按，釋"搦"為介詞"把"，從句意上來講應當沒啥問題，但這不符合敦煌文獻作品的語言表現方式，若按常見的表現方式此處應為"把你勒"或"捉你勒"（捉，義同介詞"把"）。如：

五色雲裏化金橋，大悲和尚把幡招。（《五臺山贊》，○四○八）

自今以後把槍攢，卸金甲。高唱快活年。（《臨江仙》，補○○七）

馬困時時索鞍揭，人乏往往捉樹攀。（《水調詞》，○一二二）

---

①　黃征：《〈敦煌歌辭總編〉校釋商榷》，《敦煌研究》1990年第2期。

鳳凰嗔雀兒："何為捉他欺！彼此有寃窟，忽爾輒行非。"（《燕子賦二》）

用"搦"表示"把"，在敦煌文獻中還是絕少見到的。"搦"的常義為"捉取，捕捉"，和"勒"呼應，應屬於上述同意義單音詞對用的情況。

24. 兒搦腳拽，婦下口齩。（《燕子賦一》）

《校注》："'搦腳拽'原錄作'搦拽腳'。按：乙卷作'搦腳拽'，丙卷作'拽搦腳'，'曳'同'拽'。此據乙卷改。《伍子胥變文》：'遙聞空裏打紗聲，屈節斜身便即住。慮恐此處人相掩，搦腳攢形而暎樹。''搦腳'即屈節斜身，故'搦腳拽'意即斜身使勁拖拽。江藍生謂'搦'與文義不合，當為'搦'之音借字，未確。"（385 頁）

按，首先釋"搦腳"為"屈節斜身"，誤。《伍子胥變文》"搦腳攢形而暎樹"之"搦"當同"躡"，"搦腳"即躡腳，義同輕手輕腳。"兒搦腳拽"顯然是說雀之子痛打燕子之事，怎會"躡腳"為之？江藍生釋"搦"為搦，義同"把"，"搦腳拽"義同"把腳拽"，無論形式和意義似乎都講得通，但如何解釋丙卷"拽搦腳"？因此"搦腳拽"當有別解。

首先，"搦腳"同躡腳，應無誤。除了上述《伍子胥變文》"躡腳"寫為"搦腳"之外，近現代話本小說中多見，如凌濛初《初刻拍案驚奇》："知觀前行，吳氏又與太素搦手搦腳的暗中抱了抱，又做了一個嘴，方才放了去。"但這裏的"躡腳"非輕手輕腳之義，而是用腳踩踏的意思。如王梵志詩《朝廷來相過》："雇人即棒脊，急手攝你腳。""攝你腳"即躡你腳，用腳踩踏你的意思。又如北魏賈思勰《齊民要術·種瓜》："又以土一斗，薄散糞上，復以足微躡之。"以足微躡之，用腳輕踏的意思。宋孫光憲《北夢瑣言》卷十五："皇后自捧玉盆以賜全忠，內人唱歌，全忠將飲酒，韓建躡其足。全忠懼，辭醉而退。"躡其足，即踏他的腳的意思。"拽"疑為"踹"的音借字，亦是踩踏之義。"搦腳拽"即"搦腳""拽腳"，用腳踩踏之義。這樣丙卷"拽搦腳"自然解釋得通了。

除了上述講到的一些比較典型的句式之外，敦煌歌辭中還有一些雜糅句式，這裏僅舉兩個簡單的例子，說明一下。

1. 兄弟亡，男女幼，財物是他為主首。每逢齋七尚推忙，更肯追修添福佑。（《十二時》，一二〇八）

2. 五十連夫怕被嫌，強相迎接事壓孃。尋思二八多輕薄，不愁姑嫂阿家嚴。（《百歲篇》，〇九〇四）

　　例1中"財物是他為主首"是一雜糅句式，按現代漢語的語法來看，這無疑是病句。句中"是"和"為"分別引起了兩個不同的敘述主體，可分解為"財物是主首""他以財物為主"。例2"五十連夫怕被嫌"也應分解為兩層意思來理解："五十連夫也嫌""怕被夫嫌"。像這樣的句子歌辭中還有不少，這也很可能是一種俗句法。

第六章

敦煌歌辭校釋商補

　　《總編》是迄今為止收錄歌辭作品最多的一個總集，共收錄包括聲詩、曲子詞、大曲詞、以及一般所謂的"俚曲""小調"等多種歌辭品種或音樂文學形式的作品1239首。不但廣收博取，而且校釋詳贍，同時從一般概念和總體視角出發來觀照和處理這些敦煌音樂作品的方法無疑為人們在日後更廣泛的領域裏研究它提供了極為廣博的文獻基礎。但是，《總編》也存在著明顯的錯誤，比如憑空臆造出了《雲謠集》抄卷的"小娘本"，憑空給諸多作品擬曲調（如給斯4277卷王梵志詩擬《回波樂》曲調），校錄時隨意改字，造成新的閱讀困難。又如，《總編》對《雲謠集》以外的所有歌辭均按照體裁、題材的不同重新歸類編排，使一些本為同一寫本甚至同一首的作品割裂分居（如《山僧歌》），而且失去了寫本中與歌辭傳播形態有關的可貴資訊。[①] 因此《總編》問世之後，針對任先生對敦煌歌辭的整理和研究，學界展開了廣泛的討論。項楚《匡補》對除《雲謠集》以外的歌辭中的校錄錯誤進行了全面清理。另外張湧泉《〈敦煌歌辭總編〉校議》，蔣冀騁《敦煌歌辭總編》校讀記》，黃征《〈敦煌歌辭總編〉校釋商榷》，曾良《〈敦煌歌辭總編〉校讀劄記》《〈敦煌歌辭總編〉商補》《敦煌歌辭校讀記》，段觀宋《〈敦煌歌辭總編〉校議》等都為敦煌歌辭原貌的恢復做出了很大的貢獻，但是正如蔣禮鴻所說："'校書如掃落葉'，掃不盡的疑誤之處仍然存在著，也有本來沒有錯而給校錯了的，要給敦煌詞寫本清洗出一個真目來，仍然需要一番努力。"[②]

　　本書在認真核對原卷影印本，參考諸家校釋的基礎上，對《總編》收錄以及見於敦煌文獻而《總編》未收錄的歌辭，做了一個初步清理，重點校改了《總編》中設疑俟訂以及諸家對《總編》校改失當的地方，共得商

---

①　參伏俊璉《敦煌文學論著提要》，待刊。

②　蔣禮鴻：《敦煌變文字義通釋》，上海古籍出版社1997年版，第579頁。

補之處 182 條，希望能對敦煌歌辭的輯錄研究工作有所增益。

從語言學研究的角度來講，《總編》正文對文字的移錄非常不嚴謹，如項楚曾就《總編》把“元來”改為“原來”的做法作出過批評，“總編凡遇原本中此等‘元’字一律改為‘原’，大失唐人面目，應回改為‘元’”。《總編》正文掩蓋了諸如古今字、異體字、通假字等很多古代的用字現象，茲之商補不再一一指出，有須特別說明的再加注釋。

校補凡例

1. 校勘以《總編》為底本，再列其他校本，最後是筆者的商榷補正。對於《總編》未收的歌辭，本書多以敦煌寫卷影本為底本，再列相關校本；若採用其他校本為底本，會單獨註明。

2. 文中所引敦煌寫本資料，一般據《英藏敦煌文獻》《法藏敦煌西域文獻》《俄藏敦煌文獻》《中國國家圖書館藏敦煌文獻》等。文中“伯”指巴黎圖書館敦煌卷子伯希和（P. Plliot）編號；“斯”指倫敦不列顛博物館藏敦煌卷子斯坦因（M. A. Stein）編號；“俄 Дx”為俄羅斯科學院東方研究所聖彼得堡分所藏孟列夫編號；“北”指國家圖書館所藏敦煌文獻編號。

3. 本文所校改的歌辭例句，《總編》大都有收錄，但也有部分歌辭《總編》未收，凡《總編》有收錄的，皆以其所擬各首歌辭的序號依次列出，如：“素臂未消殘雪，透輕羅。”（《鳳歸雲》，〇〇〇三）括弧中的數字為《總編》所擬歌辭序號；凡《總編》失收的，另行標出，如：“攢眉立，欹枕睡，日夜懸腸（各）割肚。”（《別仙子》，斯 7111）括弧中先標曲名，再說歌辭所在寫卷編號。

4. 所校補的句子若有個別地方學者已做修訂者則擇善而從，徑改，不另做說明。

5. 凡引用文獻均以簡稱出之，其全稱、簡稱對照如下：

羅振玉	《敦煌零拾》	簡稱《零拾》
王重民	《敦煌曲子詞集》	簡稱王《集》
任半塘	《敦煌歌辭總編》	簡稱《總編》
饒宗頤	《敦煌曲》	簡稱饒《曲》
饒宗頤	《敦煌曲訂補》	簡稱饒《補》
林玫儀	《敦煌曲子詞斠證初編》	簡稱《初編》
曾昭岷等	《全唐五代詞》	簡稱《全詞》
項楚	《敦煌歌辭總編匡補》	簡稱《匡補》
張錫厚等	《全敦煌詩》	簡稱《全詩》

周紹良	《補敦煌曲子詞》	簡稱周《補》
高國藩	《敦煌曲子詞欣賞》	簡稱高《賞》
劉堅等	《近代漢語語法資料彙編》（唐五代卷）	簡稱《彙編》
蔣禮鴻	《敦煌變文字義通釋・〈敦煌曲子詞集〉校議》	簡稱蔣《議》
黃征	《〈敦煌歌辭總編〉校釋商榷》	簡稱黃《校》
柴劍虹、徐俊	《敦煌詞輯校四談》	簡稱柴《校》
柴劍虹	《俄藏敦煌詩詞寫卷經眼錄（一）》	簡稱柴《錄》
柴劍虹	《敦煌唐人詩文選集殘卷（伯二五五五）補錄》	簡稱柴《補》
蔣冀騁	《〈敦煌歌辭總編〉校讀記》	簡稱蔣《校》
曾良	《敦煌歌辭校讀記》	簡稱曾《校》
曾良	《〈敦煌歌辭總編〉商補》	簡稱曾《補》
張湧泉	《〈敦煌歌辭總編〉校議》	簡稱張《校》
魏耕原	《敦煌詩集殘卷校釋》	簡稱魏《校》
段觀宋	《〈敦煌歌辭總編〉校議》	簡稱段《校》

1. 素臆未消殘雪，透輕羅。（《鳳歸雲》，○○○三）

《總編》："'未消殘雪'，已染塵，不皎潔，甚至遭踐踏，何足以象'素胸'？'殘'字訛，待訂。"（104 頁）

按，此首及下二首歌辭均見於斯 1441 卷。"殘"字無問題。言嬌娥臆上"殘雪"未消，即極力贊其臆之白。"素臆"是描繪女子潔白臆部的民間俗詞，與"殘雪"相映。歌辭在描寫女子臆部或是身體的時候尤喜用身上的雪或是臆上的雪"怎麼樣"等說法，別具風格，極具民間特色，如：

　　絲碧羅冠，搔頭墜髻，寶妝玉鳳金蟬。輕輕浮粉，深深長畫眉綠。雪散臆前，嫩臉紅脣，眼如刀割，口似朱丹。渾身掛異種羅裳，更熏龍腦香煙。（《內家嬌》，○○二二）

辭中"雪散臆前"與"素臆未消殘雪"有異曲同工之妙。又如：

　　年二八久鎖香閨，愛引猧兒鸚鵡戲。十指如玉如蔥，銀酥躰雪，透羅裳裏。堪娉與公子王孫，五陵年少風流聟。（《傾杯樂》，○○二一）

"銀酥躰雪，透羅裳裏"和"素臆未消殘雪，透輕羅"均言潔白如雪的身體或是美胷從羅裳裏透出來。再如：

> 淡匀妝，周旋少，只為五陵正渺渺。胷上雪，從君咬，恐犯千金
> 買哭。（《漁歌子》，〇〇二九）

傳世文獻詩詞中亦有此種用法，如宋劉過《鷓鴣天》："風垂舞柳春猶淺，雪點酥胸暖未融。""胷上雪，從君咬"，本來是俗之又俗的内容，但經詩人別具一格的運用之後，化俗為美，讓人产生無盡遐思。

2. 徒勞公子肝腸斷，謾生心。妾身如松柏，守志強過魯女堅貞。（《鳳歸雲》，〇〇〇四）

《總編》："'謾'謂'莫'……岑參《行軍》詩：'早知逢世亂，少小謾讀書'同……'言'旁與'氵'旁之形易混，故'謾''漫'亦易混。'漫'作'枉'解，'枉'，'莫'義之引申。"（107 頁）高《賞》："儘管有富家公子生了'謾（欺騙）之心，即使痛斷肝腸也徒勞，她絕對不會做出有損愛情之事。"（253 頁）

按，"謾"字斯 1441 卷寫作"謾"；《零拾》為"漫"。"謾""漫"兩寫均是。"謾"或"漫"應與句首"徒勞"相對，意義相同。"謾""漫"均有"徒然"之義。《總編》、高《賞》由於誤解了"謾"的意思，而曲解了原詞。"生心"為產生疑心之義，因此此兩句詞所指為："公子您痛斷肝腸也罷，對我有疑心也罷，這些都是徒勞的，因為我是一位'守志'的女子。""謾"通作"漫"，作"徒然"解為近代文籍所常見，如元無名氏《漁樵記》第一折："空學成七步才，謾長就六尺軀。"清吳偉業《宮扇》詩："舊内謾懸長命縷，新宮徒貼辟兵符。"敦煌歌辭亦有："何用更回頭，謾添春夜愁"（《菩薩蠻》，〇〇五八）。此"謾"即"漫"，徒勞義。歌辭中表此義的"漫"還常寫作"曼"或"蠻"，如：

> 獨坐幽閨思轉多，意如何。秋夜更長難可度，曼（漫）憐他。
> （《阿曹婆詞》，一五〇二）
> 蠻（漫）畫眉端柳，虛匀臉上連（蓮），知他心在阿誰邊。（《南歌子》，〇一九八）

"漫"或"謾"除了和"徒勞"對用之外，歌辭中還經常和"徒"

"空""虛"等表徒然義的詞語對用，如：

> 漫搥胸，徒下淚，前路茫茫沒依倚。（《十二時》，一二七四）
> 日入酉，莫學渴鹿趁焰走。空走功夫漫波波，法水何時得入口。
> （《十二時》，〇九九三）

也見"徒勞"和"漫"連用的情況，如：

> 日昳未，造惡相連累。恒將敗壞身，流浪生死地。（《十二時》，
> 〇九七九）

其中最後一句"流浪生死地"伯 3821 卷作"徒勞滿破費"，"滿"即
"漫"，義同"徒勞"。

3. 華燭光輝，深下帡幪。恨征人久鎮邊夷。酒醒後多風醋，少年夫
聟。向綠窗下左偎右倚。擬鋪駕被，把人尤泥。（《洞仙歌》〇〇一〇）

《總編》："況校改為'風措'，朱本從之……朱本向以謹慎保存原寫本
之原貌為職志者，對此'風醋'二字，忽反常態，而輕於取捨，何
歟？……風醋之民間性強，宜重視，並保存。……二字在民間本有寒酸微
妒之意……"（154 頁）《全詞》本寫"風醋"。（805 頁）

按，敦煌歌辭還有一例"風醋"："暢平生，兩風醋，若得丘山不負。"
（《漁歌子·五陵兒女》，〇〇二八）《總編》以"民間詞"為由，兼之
"風""醋"二字所含"醋意"，認為"風醋"成詞，不能改。其謹慎保存
原寫本之貌的精神是可贊的，但又略顯保守，這也不太符合其校釋歌辭的
一貫做法。況、朱的做法是可取的。謹檢敦煌歌辭之前代文獻無一例"風
醋"，而降至宋代，尤其是宋詞，盛行"風措"一詞。如宋柳永《合歡帶》
詞："身材兒，早是妖嬈。算風措，實難描。"宋周邦彥《木蘭花令》詞：
"歌時宛轉饒風措，鶯語清圓啼玉樹。"宋李德載《早梅芳近》詞："雪難
欺，霜莫妒。別是一般風措。"而意義和敦煌歌辭"風醋"相同，即風流
之義。因此我們可以猜測敦煌歌辭之"風醋"與後世流行的"風措"實為
一詞。措、醋，《廣韻》均注："倉故切，去暮，清。"二字聲韻全同。

4. 自嗟薄命，緣業至於思。（《拜新月》，〇〇二四）

按，此辭見於伯 2838 卷。可能受"斯""思"互注之慣例，此辭

"思"字各本俱校為"斯"。筆者以為此"思"可不改。"思"在此應作"悲傷，哀愁"講。如《禮記·樂記》："亡國之音哀以思，其民困。"唐韓愈《與鄂州柳中丞書》之二："夫遠征軍士，行者有羈旅離別之思，居者有怨曠騷動之憂。"句言今天的悲傷哀愁是業緣註定。

5. 誰家臺樹深，嘹亮宮商足。暮恨朝愁不忍聞，早晚離塵俗。（《喜秋天》，〇〇三三）

《總編》："'土'字語義太重，愁恨雖深，何至於自裁？若謂'離塵土'是上升天界，則有天界可登，尚有何朝愁暮恨？又有何音樂之不忍聞？故'土'終非原文，宜改'俗'。從音韻言：'俗'與本辭之'足'及前辭之'觸''促'，均在'燭'韻。正合。'土'則姥韻，其入聲又為鐸，與燭不叶。故以'俗'易'土'，正以叶易不叶也，無疑。或校作'出'，形近，〔〇四七八〕：'身心無知如灰土'，原本'土'正寫'出'。惟在此辭，離塵而出，究竟出向何方？意未安；不如肯定是'離塵俗'，則意在歸隱或出家，較朗暢。"（298 頁）黃《校》："今謂'土'改作'俗'，證據不足，二字形、音、義皆無任何聯繫，難以互代，讀者恐未必'無疑'。倘以韻例而言，校作'出'亦可。'出'為術韻，'足'為燭韻，二韻雖較少通押，但俗文學作品中異韻通押卻多有其例……'早晚離塵出'謂幾時出離塵俗，'塵'指'塵俗'乃其常義。"《全詩》本作"離塵土"（4889頁）。《全詞》本作"離塵土"。（823 頁）

按，此辭見於伯 2838 卷。末字"俗"原卷作"土"，黃《校》從韻例的角度論證改"俗"為"出"的可行性，其說甚是。筆者所要補充的是，"出"之草書不僅與土似，"出"字於此亦符合敦煌歌辭行文之語法，且能解開《總編》對"離塵出"的疑惑。"土"疑是"出"的形誤，《總編》已經提到，歌辭中即有將"出"寫成"土"的用例，茲不多談。"離塵出"亦符合敦煌歌辭或是敦煌變文的行文習慣。先說"離"，又說"出"，"出"是對"離"的進一步補充和強調，"離""出"義同，其共同的賓語是"塵"。"離塵出"即"離出塵"。敦煌歌辭或是變文中此種行文比比皆是，詳見第五章"同義單音節詞語的對用"部分，茲不贅詞。因此本文之"離塵出"並非如《總編》所說"離塵而出"，"離"和"出"是兩個不同動作的承接，而是"離出塵"，出離塵俗之義。

6. 良人去，住邊庭，三載長征。萬家砧杵搗衣聲。坐寒更，添玉漏，懶頻聽。（《搗衣聲》〇〇三四）（309 頁）

《總編》："'漏'寫'淚'，從蔣校，形聲俱近，而意又較是。"（309頁）《匡補》："原寫'淚'字極是。蓋'懶頻聽'者乃是上文'萬家砧杵搗衣聲'，而非玉漏之聲。改'淚'作'漏'，反不易見思婦垂淚憶人的索寞心情了。以'玉'形容淚，猶如稱淚為'玉筯'，如沈佺期《雜詩》：'為許長相憶，闌干玉筯齊。'"（1頁）

按，此辭見於伯2748卷。《總編》是，項補不確。一則暫未發現除本卷外其他文獻"玉淚"的用例，相反"玉漏"在詞中出現情形多與本詞非常接近，詩人喜歡采擷"寒更""玉漏""懶聽""催"等詞言情抒志。唐劉方平《秋夜寄皇甫冉鄭豐》："寒更玉漏催，曉色禦前開。"蘇味道《正月十五夜》："金吾不禁夜，玉漏莫相催。"王涯《秋思》："網軒涼吹動輕衣，夜聽更長玉漏稀。"敦煌變文《妙法蓮華經講經文》："寒更漏永睡綢繆，魂夢將心處處遊。"二則"添"緊承前文"萬家砧杵搗衣聲"而來，搗衣聲已經足以使獨自在家的閨婦難以平靜，又平添"寒更玉漏頻"，"懶聽"自然在情理之中了。三則，淚、漏形聲兼近，易混。所以校"淚"為"漏"更諧。

7. 願天下銷戈鑄戟，舜日清平。（《宮怨春》，〇〇三六）

《總編》："唐制，貴顯之家門多列戟，向平民示威，雖附會和平之象，曰：'毀戈鑄戟，散馬休牛'，終是假和平。《唐六典》四：'開府儀同三司、嗣王……門十四戟。'高祖子壽位郡王，墓壁畫門戟，左右各七枝，列於架，架後各立衛士十五人……"（315頁）

此辭見於斯2607卷。《總編》對"銷戈鑄戟"理解有誤。其舉唐制所言為"列戟"，而非"鑄戟"。"鑄"即指把金屬熔化後倒在模子裏製成器物，與"銷"對稱。"銷戈鑄戟"即指銷熔戈戟等兵器，借指結束戰爭，實現和平。伯3702卷亦有："十道銷戈鑄戟，三邊罷戰休征。"（《失調名·恩賜西庭》，〇二二四）"銷戈鑄戟"與"罷戰休征"對舉，意義更顯。還有"鑄甲銷戈"的說法，即指銷熔鐵甲兵器。明劉基《丙申歲十月還鄉作》詩之七："修文偃武君王意，鑄甲銷戈會有期。"

8. 照淚痕，何似兩眉雙結？（《別仙子》，〇〇四一）

《總編》（324頁）、王《集》（57頁）、饒《曲》（106頁）、《全詞》本（860頁）、《全詩》本（5140頁）等均訂"何以"為"何似"。其中《總編》、王《集》、饒《曲》、《全詞》本等讀兩句辭為"照淚痕何似，兩眉雙結？"《全詩》本讀為"照淚痕，何似兩眉雙結？"

按，此辭見於斯 4332、斯 7111 卷。經檢視原卷影本，其中斯 4332 卷寫似，斯 7111 卷寫"何把"，兩相對照，前者當是"以"字，"何以"义同"何把"。敦煌俗寫中"以"常寫作仳似，與"似"極易相混。① 如敦煌歌辭："端坐寶花樓，千秋似萬秋。"（《望月婆羅門》，○三九○）"似"當是"以"的誤字，"以"通"與"。"何以"同"何把"，義極貫。另外，聯繫敦煌寫本所見六首《別仙子》來看，最後兩句以"三、六"句式為主，如"長思憶，莫負少年時節"（斯 7111 卷是句寫：早回事，莫負少年時節），"羅帳裏，特地再論心甦"，因此將此辭讀為"照淚痕，何以/把兩眉雙結？"意更洽。

9. 山牟分手，低聲問，忩忩恨闕良媒。（《思越人》，○○四三）

《總編》於正文訂"忩忩"為"忽忽"，校釋部分又說"忩忩"為"悤悤"。（329 頁）饒《曲》亦校"忩忩"為"忽忽"。（52 頁）高《賞》："'忽忽'，'忽'為'悤'的俗體字。'悤悤'，急遽貌。意為匆匆忙忙未加細審，便把她馬馬虎虎嫁出去，所以她'恨'這個有過失的媒人。"（367—368 頁）

按，此首《思越人》見於伯 2748 卷。"忽忽"原卷作"忩忩"，"忩忩"是。"忩忩"這一寫法在敦煌寫本中有三層意思，一是如上所說為"忽忽"，匆忙貌，此為"忩忩"之常義；二是悲哀貌，如《敦煌變文集·目連緣起》："我佛慈悲告目連，不要忩忩且近前。"又《搜神記》管輅條："卿且去，宜急告父母知，莫令忩忩。"；三是紛爭貌，如《敦煌變文集·茶酒論》："阿你兩個，何用忩忩？"。② 後兩層意思都是"忽忽"所不具有的，而恰恰本辭之"忩忩"所取為第二義"悲哀貌"，意思是說姑娘對無良媒而嫁一好男人，又恨又悲。高《賞》言"匆忙之中嫁人"與媒妁之婚的本質亦不相稱，"匆匆忙忙""馬馬虎虎"嫁女亦不合實情。

10. 今世共你如魚水，是前世因緣。兩情准擬過千年，轉轉計較難。教汝獨自眠。（《送征衣》，○○四七）

饒《曲》依照原本行款及字體，描畫全辭，"獨自眠"寫作"獨自孤眠"；後作楷體校錄時卻刪掉了"孤"字，無說明。（107 頁）《總編》用

---

① 詳參黃征《敦煌俗字典》"似"條（384 頁）、"以"條（494 頁）條，上海教育出版社 2005 年版。

② 關於"忩忩"的後兩層含義，詳見蔣禮鴻《敦煌變文字義通釋》，上海古籍出版社 1997 年版，第 318 頁。

饒《曲》亦刪"孤"字并云："殆使前後片句法一致，此意甚善；惟'獨自孤眠'又費解，因采饒校。"（339 頁）《匡補》添"孤"字，但也未作解釋。（5 頁）　《全詞》本（870 頁）、　《全詩》本（5165 頁）均有"孤"字。

按，此首《送征衣》見於斯 5643 卷。"獨自眠"原卷確寫"獨自孤眠"，"孤"字不應刪去，且不說敦煌歌辭句無定式，字數不統一，單就"獨自孤"這種同義單、雙音節詞語連用的句式句法來說，就本是敦煌歌辭所具有的一大特色，詳見第五章"三音節同義連文"部分。

11. 情懇切，氣填胸，連襟淚落重重。（《再相逢》，〇〇四八）

《總編》："'連襟'待校。意在'沾襟'。"（340 頁）

按，"連"有遍、滿義，意自通。如唐李頎《古從軍行》："野雲萬裏無城郭，雨雪紛紛連大漠。""連大漠"即滿大漠。韓愈《寄盧仝》詩："國家丁口連四海，豈無農夫親末耜。""連四海"即滿四海。此辭"連襟"即滿襟。

12. 出帡幄，整雲鬐，鶯啼濕盡相思淚。共別人好，說我不是，得莫辜天負地。（《漁歌子》，〇〇五三）

《總編》："'鬐'從王校。'鶯啼'費解。鶯非子規，其啼乃好音。〔〇〇五二〕所謂'簾外鶯啼聲聲好'是。鶯啼無血，無從比淚。勉強認為思婦由鶯啼興感至於痛哭；兩字暫存，仍待校。……'淚'意合，形與'菱'亦近，尤有音理……"（348－349 頁）

按，此辭見於《敦煌零拾》《敦煌詞掇》，此段有兩點值得商榷：

一、"鶯啼"是。不知《總編》為何非要把"鶯啼"和"子規泣血"聯繫在一起、難道"濕盡相思淚"僅能用"子規泣血"來稱說？實際情形是"鶯啼"除指"好音"外，也常用來表相思憂愁：

惆悵曙鶯啼，孤雲還絕巘。（唐·錢起《酬王維春夜竹亭贈別》）

曉日早鶯啼，江城旅思迷。（唐·錢起《崔十四宅問候》）

雲鬢飄去香風盡，愁見鶯啼紅樹枝。（唐·王麗真《與曾季衡冥會詩》）

花落傷容鬢，鶯啼驚夢魂。（唐·王貞白《長門怨》）

聞說鶯啼卻惆悵，詩成不見謝臨川。（唐·王表《清明日登城春望寄大夫使君》）

美人睡起薄梳洗，燕舞鶯啼空斷腸。（宋·蘇軾《續麗人行》）

曉鶯啼破眉心事，舊愁新恨重重。（南宋·康與之《風入松·閨思》）

二、"淚"原卷寫"菱"，菱是。菱指菱花鏡，古代銅鏡名。鏡多為六角形或背面刻有菱花者名"菱花鏡"。《趙飛燕外傳》："飛燕始加大號婕好，奏上三十六物以賀，有七尺菱花鏡一奩。"唐楊淩《明妃怨》詩："匣中縱有菱花鏡，羞對單于照舊顏。"唐宋詩詞中多有閨中女兒對菱整妝憶情人的情節，如：

對菱花、空自斂雙蛾，傷離別。（宋·華嶽《滿江紅》）

暗記得、憑肩語，對菱花、啼損晚妝。（宋·李太古《戀繡衾》）

零亂雲鬟慵梳掠，傍菱花、羞對孤鸞影。（宋·韓玉《賀新郎》）

對菱花、與說相思，看誰瘦損。（宋·陸睿《瑞鶴仙》）

近代文獻亦有，如清《白雪遺音·卷一》有一首《馬頭調》："整殘妝，挽烏雲才把菱花照。"以上文獻所言之情形與本辭"整雲髻，鶯啼濕盡相思菱"如出一轍，故"菱"是。改"菱"為淚，雖意通，但音形皆不近，故應舍。

13. 問道些須心事，搖頭道不曾。（《南歌子》，〇〇五五）

《總編》："'些須'從盧本及唐校改；王集作'與頃'；劉書、饒編（七三頁）均守'與頃'，而不云所以。孫本'問道'句作：'問須道與須心事'，愈趨愈遠。"（354頁）《全詩》本作"些須"。

按，此辭見於伯3137卷。"些須"原卷作"與須"，與須即"與誰"。以上各校本誤。晚唐五代止攝與遇攝通押現象比較常見。須，遇攝虞韻；誰，止攝脂韻。脂虞混押。二字聲母一為心，一為禪，同為齒音。因此須、誰二字聲韻俱近，敦煌文獻中常通借。如斯3050卷《不知名變文（二）》："須人買（賣）却蓮花者付五百文錢須人"，兩處"須"皆通"誰"。又伯2718卷《王梵志詩》："頻來論即鬥，過在阿須邊？""阿須"即"阿誰"。另，敦煌文獻中"雖""須"亦常混用，"雖"亦為止攝脂韻字，與"須"音近，茲不贅舉。

14. 爭不教人憶，怕郎心自偏。近來聞道不多安。……願作合歡裙

帶，長繞在你胸前。（《南歌子》，〇〇六〇）

《總編》："'偏'寫'讁'，'道'寫'遂'……'繞'寫'鏡'……以'讁'代'偏'，韻不合，改'偏'據［〇〇三九］之'太心偏'，［〇一九八］之'因何用意偏'，可通；惟字形不近，或尚非原件真像。王集校為'怯'，仍失韻；又疑是'煎'，形意俱遠。……料'劫'或'讁'在方音，亦必有可注者。茲循辭內諸韻腳求之，字意能與上下文相融洽者，僅得'偏'字，暫以充數，仍俟續訂。他如'牽''愆'等字，聲母並與'劫'合，惟文意不如'偏'字洽。王集及饒編（七三頁）守'讁'。"（377—378 頁）

按，此辭見於伯 3836 卷。此段有三處可議：

一、"偏"原卷寫"讁"，《總編》多方權衡，遂定為"偏"，然"偏"形終與原卷相去太遠。其他諸如"劫""怯""牽""愆"等改法或形近音遠，或音近形遠，終未洽暢。筆者疑"讁"或為"朅"，二字形音皆近。"朅"有"去"意。如《楚辭·九辯》："車既駕兮朅而歸，不得見兮心傷悲。"洪興祖《補注》："朅，去也。"《呂氏春秋·士容》："富貴弗就而貧賤弗朅。"《漢書·司馬相如傳下》："悲世俗之迫隘兮，朅輕舉而遠遊。"顏師古注："朅，去意也。"怕郎心自"讁"即擔心丈夫移情別戀，萌生去意。

二、"遂"不必改為"道"，"聞遂"義自通，如《昭明文選》："寵既積怨，聞遂大怒，舉兵攻浮。"《資治通鑑》："盜賊聞遂教令，即時解散。"

三、"繞"原卷寫"鏡"，擬"鏡"為"繞"無不可，二者形近，文義亦通。然原卷畢竟寫"鏡"，因此我們還是先以原卷為主，若原卷自通，自不必改。由於唐五代西北方音"青""齊"可互注[①]，筆者疑"鏡"為"系"之音誤。如敦煌歌辭《浣溪沙·是船行》"子細看山山不動"句之"子細"伯 3155 卷抄成了"子姓"，顯然"姓"抄手讀"細"，再如敦煌歌辭《搗练子》："孟姜女，杞梁妻，一去燕山更不归"之"妻"字，原卷寫"清"。同理"鏡"抄手讀"系"。"系胸前"義通。

15. 一張落雁弓，百只金花箭……先望立功勳，後見君王面。（《生查子》，〇〇六八）

《總編》："（一張落雁弓）寫'金落雁一張弓'，……'先望'寫'未

---

①　羅常培：《唐五代西北方音》，台灣"國立中央研究院"歷史語言研究所 1933 年版，第99 頁。

望'。"（395 頁）《全詩》本作"落雁一張弓"。

　　按，此辭見於伯 3821 卷。"一張落雁弓"原卷寫"金一張落雁弓"，金即今，依《廣韻》，金、今皆為侵韻見母字，音同。金（今）當為襯字。先望，原卷寫"未望"，即未忘。依《廣韻》，望、忘皆為漾韻字，音同。"金—今"與"望—忘"兩組詞敦煌文獻多混用，茲不贅舉。

　　16. 一樹潤生松，迴向長林起。勁枝接青霄，秀氣遮天地。（《生查子》，〇〇六九）

　　《總編》："上片'潤'寫'間'，'向長'寫'長誰'……按'長林''高峰'與'長林豐草'同喻為雄才培育之地，'勁枝'與'秀氣'聯文：因茲訂正如上。惟去'誰'字，補'向'字，雖意較順，而字形未近，難信原作如此，仍俟校。……饒編（八〇頁）校作'迴長誰林起'，不顧文理。"（397 頁）《初編》本作"迴長誰林似"，《全詩》本從饒《曲》，作"迴長誰林起"。

　　按，此辭及以下二辭見於伯 3821 卷。"潤"原卷寫"間"，間是。"迴向長"原卷寫"迴長誰"。"迴長"是，"迴"有高義，唐詩中多有"迴樹""樹迴"之說法，"迴""長"同義連言，複合成詞，極言此松之長特貌。"誰"當為"隨"之音誤字。敦煌文獻"須"與"雖""須"與"誰"常通借，"雖"亦寫作"隨"，如敦煌歌辭："此時模樣，算來是秋天月。無一事，堪惆悵，須圓闕。"（《別仙子·此時模樣》，〇〇四一）須圓闕，斯 4332 卷作"須圓闕"，斯 7111 卷作"隨圓闕"。"誰"直接訛為"隨"的情況亦有，如敦煌歌辭："除母更交誰，三冬十月洗孩兒。"（《十恩德·報慈母十恩德》，〇三〇四一）"交誰"，"周" 87、斯 0289 卷均寫作"交隨"。依《廣韻》，誰，脂韻禪母；隨，支韻邪母。禪邪二紐同為濁齒音，支脂二韻敦煌變文、歌辭等常合用，故誰、隨音近可通。如此一來，此句當校為"迴長誰（隨）林起"，與首句"一樹間生松"呼應，其義頓顯。

　　17. 金殿選忠良，合赴君王意。（《生查子》，〇〇六九）

　　《總編》："'赴'有趨奉意，在右辭對'君王'言，正治，不必改'副'。"（398 頁）蔣《議》認為"赴"當作"副"。（589 頁）饒《曲》亦保留"合赴"原形，但未有校語。（80 頁）《初編》作"副"，《全詩》本作"赴"。

　　按，原卷寫"合赴"，保留"合赴"原形無疑是正確的，如清朝同治年間古文獻學家陸心源掇拾遺文所成《唐文拾遺》之卷十一："所有諸色常選人，皆自有選限，合赴常調，今後不得妄有陳乞，及不依格敕論理功課。”此“合赴”與上文之“合赴”義同。又如《唐會要》卷三十五：“國子祭酒劉瑗奏：‘准故事，釋奠之日，群官道俗等，皆合赴監觀禮。請依故事，著之常式。’”但“赴”之義並非如《總編》所言“赴有趨奉意”。“合赴”應是同義複合而成的雙音節詞語。“合”作“符合”“適合”講，“赴”亦有“應合”“順應”之義，如《陳書·周弘正傳》：“今宜赴百姓之心，從四海之望。”“赴”“從”對文生義。因此視“合赴”為一個詞更恰切。

18. 鬱鬱覆雲霞，直擁高峯頂。（《生查子》，○○六九）

《總編》：“‘直擁’寫‘且擁’……‘直擁’較‘且擁’語氣為激，茲依〔○○九八〕‘直到’，〔○二○○〕‘直向’，〔○二一四〕‘直至’等例，作‘直擁’。蔣議主用‘且’字，不改。‘擁’字仍待校。”（398 頁）《全詩》本作“且擁”。

按，“直擁”原卷寫“且擁”，且擁是。“擁”乃簇擁環繞之義，義同簇。敦煌歌辭《失調名·清明日登張女神廊廟》：“汧流活，古樹攢，龍阪高高布雲簇。”同寫古樹高聳雲端。“且擁”一語，歷代詩文亦有，如宋張元幹《水調歌頭》：“且擁笙歌醉，廊廟更徐還。”宋《五燈會元》：“休思紫陌山千朵，且擁紅爐火一攢。”

19. 直道守遲頻負命，子鱗何必用東西。（《浣溪沙》，○○七六）

《總編》：“原本‘遲’寫‘池’……《開蒙要訓》注音‘遲’旁注‘池’，據改。……或校‘守池’為‘守雌’，‘雌伏’也，乃等待之義，亦可。”（412 頁）《匡補》：“校改‘守池’為‘守遲’，殊覺不詞。……歌辭原寫‘守池’當從或校作‘守雌’，‘雌’之與‘池’，僅聲母稍別，音實相近。《老子》二十八章：‘知其雄，守其雌，為天下谿。’正合本辭柔弱退讓之意。”（10 頁）

按，此辭見於斯 2607 卷。原卷“守池”，或為“守時”之音誤。元朝建安虞氏《武王伐紂平話》卷下：“姜尚因命守時，直鈎釣渭水之魚，不用香餌之食，離水面三尺，尚自言曰：‘負命者上鈎來！’”《封神演義》：“子牙一意守時候命，不管閑非，日誦黃庭，悟道修真。”“異人歎曰：‘賢弟不必惱，守時候命，方為君子。’”“娘子，我同你往西岐去，守時候命。”

20. 雲掩茅庭書滿床，冰川松竹自清涼。（《浣溪沙》，○○七七）

《總編》“‘冰川’待校。”（412 頁）《匡補》：“‘冰川’乃嚴冬氣象，‘松竹自清涼’乃夏季景象，顯然矛盾。此二字應作‘水川’。”（11 頁）

高《賞》："'冰川'是'清涼'的比喻，'清涼'又是'冰川'的概括，主要是描述清爽與涼快的生活環境。"（117頁）

按，此辭見於伯 3821 卷。"冰"校為"水"，是。但"川"當不是本字，項氏未注。據文義，"川"當為"穿"，敦煌文獻二字多混用。"雲掩茅庭"恰對"水穿松竹"，語義通暢。

21. 忽覘雙飛鷰，時聞百囀鶯。日惠處處管弦聲。公子王孫，賞玩惜芳情。（《南歌子》，〇〇八三）

《總編》："'惠'費解，或校作'會'，王集、饒編（七二頁）校作'思'，均尚未的，懸疑待析。"（428頁）

按，此辭見於伯 3836 卷。原卷確寫"惠"，顯然"日惠"不辭。文獻多見"惠日"一語，如《壇經》："煩惱暗宅中，常須生惠日。""惠日"多與"慈風""熙風"相對，如敦煌變文："惠日照摧心上惡，慈風吹散國中災。"故"惠日"或可釋為"暖日"，但"惠日"實佛教用語。"暖日"倒是可以的，而且姚合《揚州春詞三首》："暖日凝花柳，春風散管弦。"句與本辭情境頗為相似。但畢竟"日惠"與"暖日"相去太遠。因此"日惠"當另有所指。王、饒所訂"思"亦不確。本辭所繪乃公子王孫管樂賞春圖無疑，與此情景相合者多言"日暮"或"日曛"，如唐代朱光弼《銅雀妓》："魏王銅雀妓，日暮管弦清。"唐崔泰之《奉酬韋嗣立祭酒偶遊龍門北溪，忽懷驪山別業》："落日低幃帳，歸雲繞管弦。"歐陽脩《壽樓》："樓中女兒十五六，紅膏畫眉雙鬢綠。日暮春風吹管弦，過者仰首皆留連。"日曛即日暮，《蒙學》云："片晌即謂片時，日曛乃云日暮。"因此，疑"惠"乃"慕"誤，慕、暮音同常混。或"惠"為"熏"誤，"熏""曛"音同常混。

22. 楊柳連隄綠，櫻桃向日紅。□吟迎氣陌秋風。滿院殘花梜竹，緩緩脫簾櫳。　荷葉排青沼，雲峯簇碧空。舉杯搖扇畫堂中。時聽笙歌消暑。思無窮。（《南歌子》，〇〇八四）

《總編》："'秋'不合節序，……待訂。"（431頁）《初探》："右辭一首中，春夏秋三季之景物皆備，而以消暑作結，既非七絕中所謂'四時詠'，殆如宋人所譏之'一年景'歟？"（287頁）

此辭見於伯 3836 卷。《總編》對於辭中出現的時序混亂現象不解，實際上辭中，最後一句"思無窮"一語點破其中玄妙。本辭乃盛夏消暑之時覘物情發之作，憶及好春殘秋自在情理之中。

23. 紅爐煖閣佳人睡，隔簾飛雪添寒氣。小院奏笙歌，香風簇綺羅。

　　酒傾金盞滿，蘭麝重開宴。公子醉如泥，天街聞馬嘶。歐陽炯《菩薩蠻》，〇〇八五）

　　《總編》：“《尊前集》‘麝’作‘燭’，較勝。”（432 頁）

　　按，此辭見於伯 3994 卷。此辭作者為歐陽炯無疑。傳世本《尊前集》“蘭麝”作“蘭燭”。若較“蘭燭”與“蘭麝”二詞孰勝孰劣，筆者認為“蘭麝”不在其下。蘭麝、香氣、綺羅三種意象多為詩人所採擷，如唐代詩人李郢《中元夜》：“香飄彩殿凝蘭麝，露繞青衣雜綺羅。”唐韋莊《浣溪沙》：“日暮飲歸何處客，繡鞍驄馬一聲嘶，滿身蘭麝醉如泥。”尤其是韋詞，馬嘶、醉如泥、蘭麝竟與敦煌卷驚人相似。

24. 良臣安國步，今喜回鸞輅。從此後泰階清，齊欽主聖明。（《菩薩蠻》，〇〇九一）

　　《總編》：“‘鳳’之意乖，又失韻。改‘輅’，與［〇一〇〇］［〇一〇二］［〇〇九八］之‘鑾駕’同義。”（443 頁）

　　按，此辭見於伯 3128 卷。“鸞輅”原卷寫“鸞鳳”，“鸞鳳”是。鸞鳳比喻君王。《舊唐書·馬周傳》：“太宗嘗以神筆賜周飛白書曰：‘鸞鳳凌雲，必資羽翼；股肱之寄，誠在忠良。’”星、征、鳳、清、明韻相叶。

25. 好是身霑聖主恩，紫襴初降耀朱門。合郡人心咸喜賀，拜聖君。

　　竭節盡忠扶社稷，指山為誓保乾坤。看着風前雙旌擁，賀明君。（《浣溪沙·合郡人心》，〇〇九三）

　　《總編》：“龍例謂‘襴’‘寧’二字從聲韻兩母及等第求之，均不合。足見民間書手亦有不受此類繩墨者。向柳谿校‘襴’作‘衣’。‘襴’本是衣，改‘衣’，於音義俱失據。……‘前’之作‘苗’可據《字書》‘廟’之作廐。‘前’與‘朝’形近。”（449 頁）《全詞》作“寧”“苗”。（899頁）

　　按，此辭見於伯 3128 卷。此段有兩處可議：

　　一、“紫襴”原寫“紫寧”，校“紫寧”為紫衣、紫襴均不確。由辭之內容看，乃歌詠皇帝降旨，臣民沾恩之事。此“紫寧”乃“紫泥”。古人以泥封書信，泥上蓋印。皇帝詔書則用紫泥。唐楊炯《崇文館宴集詩序》：“封紫泥於璽禁，傳墨令於銀書。”宋趙彥衛《雲麓漫鈔》卷十二：“古印文作白字，蓋用以印泥，紫泥封詔是也。”後即以指詔書。唐白居易《代書一百韻寄微之》：“恩隨紫泥降，名向白麻披。”此處之“恩隨紫泥降”

恰同此辭之"好是身沾聖主恩，紫泥初降耀朱門"。依《廣韻》，泥，齊韻；寧，青韻。唐五代西北方音中以—n收聲的庚更清青四韻變成了i，因此唐五代西北方音中青齊可互注。如敦煌歌辭《搗練子》"辭父孃了入妻房"，伯2809卷作"詞（辭）孃入孃房"，"清"即妻。因此"紫寧"當為紫泥之音誤。

二、"風前"之"前"原寫"畄"，顯然是"留"字，留即流，敦煌文獻二字多混。"看着風流雙旌擁，賀明君"與敦煌卷子《感皇恩·四海清平》："朱紫盡風流，殿前卿相對。列諸侯，叫呼萬歲願千秋"所言如出一轍。

26. 會將鑾駕，一步步，却西遣。（《獻忠心》，〇〇九八）

《總編》："訂'迴'為'遣'，乃從韻，與上片'遷移'應。"（461頁）

按，此辭見於斯2607卷。《總編》對此辭原卷割裂甚多，茲據原卷先訂全辭於此："自從黃巢作亂，直到今年，傾動遷移每驚天。京華飄颻因此荒。空有心腸，思戀明皇。　　願聖明主，久居宮宇。臣等然始有望。常輸弓劍，更抛涯計。會將鑾駕，步步卻西迴。""迴"應與"計"相押，依《廣韻》，計為霽韻，迴為灰韻，霽、灰同為假攝字，可相叶，故"迴"不必改為"遣"。

27. 紅耳薄寒，搖頭弄耳擺金轡。曾經數陣戰場寬，用勢卻還邊。

入陣之時，汗流似血。喊一聲而呼歇。但則收陣卷旗旛，汗散卸金鞍。（《酒泉子·詠馬》，〇一一五）

《總編》："'用勢'待校。"（495頁）

按，此辭見於伯2809（甲）、伯3911（乙）卷。二卷均寫"用勢"。"用勢"實乃本辭之"詞眼"。勢，氣勢也。《孫子兵法》之"兵勢第五"篇："激水之疾，至於漂石者，勢也；鷙鳥之疾，至於毀折者，節也。故善戰者，其勢險，其節短。勢如擴弩，節如發機。"簡言之用兵要講究氣勢和迅猛，即"勢險節短"。此辭詠馬，馬之威猛全在一個"勢"字。上闋點出馬屢立戰功之原因——用勢，下闋詳寫其"勢"——"齊喊一聲而呼歇"，戰鬥隨著一聲吶喊而結束了，馬之勢不可當可見矣。"用勢"一語文獻也多見，如蕭統《昭明文選》："但鳥跱則形定翼住，飛則斂足絕據，踶則舉羽翻用勢，若將飛而尚住，故言雲雀踶薨而矯首也。"此言鳥之"用勢"，與馬之用勢頗類。

28. 仙境美，滿洞桃花綠水。寶殿瓊樓霞閣翠。六銖常掛體。（《謁金門》，○一二九）

《總編》："'瓊''秦'之歧，緣'仙境'中難有'秦樓楚館'，易訂。'瓊樓'與'寶殿''霞閣'並稱，庶幾諧和。……饒編（八○頁）作'秦樓'，不求甚解。"（520 頁）

按，此辭見於伯 3821 卷。"瓊樓"原卷作"秦樓"，"秦樓"是。《總編》僅以秦樓為歌舞妓院的代名詞，殊不知"秦樓"一詞本與神仙之事有關。秦樓亦名鳳樓，漢劉向《列仙傳》載："相傳秦穆公女弄玉，好樂。蕭史善吹簫作鳳鳴。秦穆公以弄玉妻之，為之作鳳樓。二人吹簫，鳳凰來集，後乘鳳，飛升而去。"因此，秦樓與此詠仙境之詞恰相諧，不必改。

29. 年少將軍佐聖朝，為國掃蕩狂妖。（《望遠行》，○一○六）

《總編》："'狂妖'寫'匡夭'……'狂'用王集所校。"（478 頁）王《集》引孫楷第云："匡應作狂。"（52 頁）《全詞》本、《全詩》本等俱徑改"匡妖"為"狂妖"。高《賞》注為："原卷為'匡'，音同致誤。從各家校。"（380 頁）

按，此辭見於伯 4692 卷，原卷作"匡妖"，作"匡妖"亦通。"掃蕩"和"匡"乃同義單、雙音音節詞語的連用形式，"掃蕩"和"匡"的賓語皆是"妖"。"匡妖"如同"匡邪"，有"糾正邪惡，夭邪"之義。"掃蕩匡"之形式猶如上例 10 中之"獨自孤"。

30. 休寰海，罷槍刀，迎鸞駕上超霄。行人南北盡歌謠。莫把堯舜比今朝。（《望遠行》），○一○六）

《總編》："'寰'寫'還''迎鸞'寫'銀鸞'，'超'寫'超'，下衍'走'字。……《望遠行》調上片'七六七七三三六七七'；下片僅換頭異，餘同上片。'走'因下文'超'字而衍，應刪，句仍六字。惟六字未能作上二下四，與上片小異。'超'亦訛，仍待校。……（饒編）又保存'還海'及'銀鸞駕走'，不知抑有所謂'借字'否，欠周到。"（478－479 頁）

按，此辭原見於伯 4692 卷。"還海"同寰海，唐孟郊《汴州留別韓愈》詩："坐見遠岸水，盡為還海波。"敦煌曲子詞："四海天下及諸州，皆言今歲永無憂，長途歡宴在高樓，還海內，束手願歸投。"（《感皇恩·四海清平》○二一八），故"還海"不必改為"寰海"。"迎鸞駕上超霄"句原卷寫"銀鸞駕走上超霄"，原卷是。《總編》刪為六字句，自然節奏混亂，語義不通。《望遠行》調《欽定詞譜》收七體，其中李璟體共雙調五十五字，後段四句二十七字，句式與此辭全同，亦為三三七七七。如其《望遠行》：“遼陽月，秝陵砧，不傳消息但傳情。黃金窗下忽然驚，征人歸日二毛生。”

31. 馬困時時索鞍揭，人乏往往捉樹攀。（《水調詞》，〇一二二）

《總編》訂前一字為“索”，後一字為“捉”。（509 頁）饒《曲》亦選前字為“索”，而後一字卻取“投”，並認定上句末字“揭”為“歇”之誤。（82 頁）

按，此首《水調詞》見於斯 6537 卷和伯 3271 卷。此辭第一句中的“索”字有兩寫：斯卷作“臺”，伯卷作“索”；第二句中的“捉”字也有兩寫：斯卷作“投”，伯卷作“捉”。筆者以為前一字取“索”為好，後一字則取“捉”“投”均可，“揭”不誤。先看末句。第二句末字“攀”的詞義就上下文來看僅一種可能即“依附，依靠”義。“捉”於“捉樹攀”這一語境，詞義也僅有一種可能，即“捉”虛化為介詞，猶“把”，“將”。“捉樹攀”猶“把樹靠”。“投樹攀”的情況與此相類。“投”有靠近義，虛化為介詞，猶“向”，“投樹攀”猶“向樹靠”。所以，末句的“投”或“捉”於句義均講得通。再看前一句。“馬困時時索鞍揭”和末句“人乏往往捉樹攀”其實是對句。馬困對人乏，時時對往往，鞍對樹，揭對攀，照此類推，前一句第五字應與末句第五字相對，而末句第五字上文已定為虛詞“把”或“向”，所以據此我們可斷定前一句之第五字亦應為虛詞，“索”字於此非常恰切。“索”常作“須”解，《助字辨略》卷五：“又李義山詩：單棲應分定，辭疾索誰憂。此索字，猶須也。”[1] 又如唐杜甫《舍弟觀赴藍田取妻子到江陵喜寄》詩之二：“巡簷索共梅花笑，冷蕊疏枝半不禁。”此“索”即為“須”。“索鞍揭”即“須鞍揭”，此與“捉（把）樹攀”“投（向）樹攀”對文生義。《總編》解“索”為“求”，謂“求揭去鞍轡”，當屬望文生義，不可取。饒《曲》臆改“揭”為“歇”，蓋因未顧及對文之情況，亦不足取。

32. 四海征□，喜天雨降。□□□□。□□唐堯。鴻恩四溥。海內樂無憂。陣雲收。（失調名，〇一三四）

《總編》：“‘征’下原寫‘弊’，必訛。此字或叶尤韻，若須形、聲、

---

① （清）劉淇：《助字辨略》，中華書局 2004 年版，第 269 頁。

義俱合，為不易得，姑闕。‘天’上一字原寫‘惜’，入派上聲，故取‘喜’代之。”（530 頁）《全詞》采原卷寫法，用“弊”“惜”，未作注。（835 頁）

此辭見於斯 2607 卷。“征”下一字原卷寫“弊”，是，應據補。“弊”通“敝”，疲乏之義。諸葛亮《出師表》：“今天下三分，益州罷弊，此誠危急存亡之秋也。”《左傳·襄公九年》：“許之盟而還師，以敝楚人。”杜預注：“敝，罷也。”“四海征弊”言天下連年征戰之疲敝。“喜天雨降”之“喜”原卷寫“惜”，不必改，惜是。“惜”字恰與上句“四海征弊”相呼應，極言舉國人民對“雨降”之“珍愛”。

33. 興未□。望休□。迢逍邊塞長。（失調名，○一四三）

《總編》：“‘迢逍’寫‘逍遙’。”（542 頁）

按，此辭見於斯 1040 卷。“迢逍”原卷寫“逍遙”，原卷“逍遙”是。“逍遙”除有徜徉、悠閒之義外還有徘徊、彷徨之義。《楚辭·離騷》：“欲遠集而無所止兮，聊浮游以逍遙。”南朝梁殷芸《小說·週六國前漢人》：“仲尼聘楚，為令尹子西所譖，欲如吳未定，逍遙此境。”此卷“逍遙邊塞長”之“逍遙”即有徘徊躊躇之義。

34. 約束時只要諦聽，嗔罵則莫生衹對。（失調名，○一四七）

衹對，《總編》無校。

按，“衹”當讀為“抵”，形近致誤。抵對，敵對、對抗之義。宋司馬光《乞不貸故鬥殺劄子》：“你共我不是抵對，休扯著我。”

35. 舵頭無力一船橫，波面微風暗起。撥棹乘船無定止，拜詞處處聞聲。（《西江月》，○一七二）

《總編》：“原本‘撥’寫‘嬾’……‘撥’誤‘嬾’，不可解。《百歲篇》[○九○二]：‘撥棹乘船采碧蓮。’許書《佛本行集經變文》：‘撥棹乘船過大江。’又：‘撥棹乘船過大池。’《教坊記》曲名內有《撥棹子》。蔣校謂‘嬾棹’與‘無力’及‘無定止’意相成，應存，可備一說。”（607 頁）《全詞》本（838 頁）、《全詩》本（5098 頁）從《總編》寫“撥”。饒《曲》持“嬾棹”原形。（97 頁）高《賞》徑改“嬾棹”為“懶棹”，並言所謂“懶棹”，就是說遊玩的少女們誰都懶得再去搖櫓劃槳。（211 頁）

按，此首及下一首歌辭見於斯 2607 卷《西江月·女伴秋江》。“撥棹”原卷寫“嬾棹”。嬾，此俗寫在敦煌歌辭中常指兩個詞，一是“嫩”，一是“懶”。如：

　　一架嬾藤花簇簇，雨微微。(《浣溪沙》，○○八二)

　　一笑千花羞不坼，嬾芳菲。(《浣溪沙》，○○一六)

　　爭向金風飄蕩，搗衣嘹亮。嬾寄回文先往。戰袍待穩，絮重更熏香。(《洞仙歌》，○○一一)

　　前兩例"嬾"皆為"嫩"，第三例"嬾"即"懶"。此辭之"嬾"是"嫩"，抑或"懶"？還是如《總編》所言為"撥"？顯然"撥"說證據不足，"嬾""撥"音形相去太遠。即使文獻多用"撥棹"一語，亦不能就此認定此處"嬾"為"撥"之誤，儘量維持寫本原形是校勘非常重要的原則。高《賞》校"嬾"為"懶"，其對句意的解讀稍顯勉強。"懶"既然修飾的對象是"棹"，那麼又如何說"少女們懶得再去搖櫓劃槳"？筆者疑"嬾棹"為是，蔣《校》可以給我們諸多提示。"嬾"即"嫩"，"嫩"如蔣《校》所說和"無力"及"無定止"意相成。而"嫩棹"所傳遞的意思，歌辭中另外一處類似語例可以幫助我們互相比勘。如："五兩竿頭風欲平，張帆舉棹覺船行。柔櫓不施停卻棹，是船行。"(《浣溪沙》，○一一七)"柔櫓"謂操櫓輕搖。"柔櫓"一作"柔棹"，在唐宋詩文中屢見不鮮。筆者疑"嫩棹"或仿"柔櫓"或"柔棹"而來。"嫩""柔"義通，"棹""櫓"所指相近，所以歌辭舊詞翻新，而所指相同。

　　36. 船壓波光搖夜艫，貪歡不覺更深。(《西江月》，○一七四)

　　一、《總編》："原本'壓'寫'押'，'搖'寫'遙'，'夜'寫'野''艫'寫'虜'，次句缺'貪'字。……〔○一一七〕既以'虜'代'艫'，則於右辭之'虜'複代'艫'，當肯定，不必疑。……以'押'代'壓'，例甚多，見《別字表》。下片首句依格應七字，設空待補。"(608頁) 蔣《議》："劉盼遂孫貫文等校這兩句作'船押波光搖櫓，野歡不覺更深。'案：所校不一定正確。第一句不必改，'波光遙野'和'星垂平野闊，月湧大江流'意境相近。'虜歡'應當是'歡娛'，'娛'字用同音字寫作'虜'，寫錯了變成'虜'，又倒在'歡'字上罷了"。(583頁) 饒《曲》亦有錄文："船押(狎)波光遙野，虜(擄)歡不覺更深。"(99頁)《全詞》本(839頁)、《全詩》本(5100頁)錄為：舡押波光搖櫓，野歡不覺更深。

　　按，"野"原卷左下部分缺筆，"野"後有斷句，"虜"和"歡"之間有一字的空格，其他字都能依稀辨認。《總編》所改與原文出入較大，恐非如此。蔣《議》所說有很大的啟發性，如“‘虜’是‘虞’的形誤字”一說令全辭頗有豁然冰釋之感。但總覺此辭仍有疑惑之處，特此指出，權作參考。

“押”本身即有“壓”之義，且敦煌寫本多有用例，所以“押”不必改為“壓”或“狎”。

二、“遙野”二字蔣《議》認為其與“星垂平野闊，月湧大江流”意境相近，單就二字而言意義恐嫌深。原卷“野”左下部分缺筆，筆者疑是“曳”的誤字。“曳”與“野”左邊部分相似，書手恐是想寫“曳”而順手添筆誤寫成了“野”。“遙”和“搖”歌辭中多混同，如：“五色雲擎寶座搖”（《化生子》，〇六二〇）伯卷 2122 和伯卷 3210 寫“搖”，“殷”卷六二號寫“遙”，又“不得搖頭自意專，祇為不周旋”（《求因果》，〇三四〇），原卷“搖”寫“遙”。這樣一來，原本“搖曳”被抄成了“遙野”，且“波光搖曳”一語亦更符合當時的情境，南朝宋鮑照《代棹歌行》即有類似用例：“颸庚長風振，搖曳高帆舉。”

三、蔣《議》所言“虜”是“虞”的錯寫是可信的，但言“虜歡”是“歡娛”所誤，筆者不敢苟同。“虜歡”徑改為“虞歡”即可，“虞歡”成詞。《呂氏春秋·盡數》：“百節虞歡，咸進受氣。”《昭明文選·雜詩下（三）》：“零落悲友朋，歡虞宴兄弟。”所以“虞歡”二字亦不必倒寫，因此上兩句宜讀為：舡押波光搖曳，虞歡不覺更深。

37. 東風吹綻海棠開，香榭滿樓臺。香和紅豔一堆堆，又被美人和枝折，墜金釵。（《虞美人》，〇一七五）

《總編》：“‘綻’謂裂，‘開’之始也。含義有別，尚不算複。”（611頁）高《賞》指出：“‘綻’與‘開’並不重複，綻指裂開一道縫。故此句言東風吹裂了蓓蕾催開了海棠，‘綻’後連著‘開’，表明了開放的過程。”（198 頁）

按，此首《虞美人》見於伯 3994 卷。從歌辭欣賞的角度看，以上對“綻”和“開”的分析是合理的，但是遺憾的是人們並沒有從句式或句法的角度去認真考察此句“東風吹綻海棠開”，而是僅僅抓住“綻”和“開”有沒有重複的問題展開討論。其實在這句詩中討論二詞有沒有重複是沒有任何意義的，即使重複，這種語言表達方式也是正確的，因為這是近代漢語中的一種特殊句式，尤其是見於口語性較強的作品中。這種句式的特徵是：動＋補$_1$＋名詞＋補$_2$。“吹綻海棠開”即“吹綻、吹開海棠”，補$_1$

"開"和補₂"綻"遙相呼應，在句中起進一步強化突出事情結果的作用。《壇經》中亦有："他非我有罪，我非自有罪，但自去非心，打破煩惱碎。""打破煩惱碎"即"打破、打碎煩惱"。這種句式還有一個特點就是除去"動語"，句中"名詞"和補₁、補₂又構成主謂關係，如"吹綻海棠開"變成"海棠綻開"，"打破煩惱碎"變成"煩惱破碎"。歌辭中還有一例："潘郎妄語多，夜夜道來過。賺妾更深獨弄琴，彈盡相思破。"（《喜秋天》，○○三○）"彈盡相思破"即"彈盡相思、彈破相思""相思盡破"。《總編》擬《相思破》為曲名，蓋不解句法之緣故①。此辭下闋最後兩句"拂下深深紅蕊落，汙奴衣"之"拂下深深紅蕊落"句亦為此類用法。動詞"拂"帶出賓語"紅蕊"，"下"和"落"分別是"拂"的兩個補語。

38. 上氣喘粗人不識，鼻顫（扇）舌焦容顏黑。明醫識。垛積千金醫不得。（《定風波》，○一七八）

《總編》："原本'焦'寫'㯲'……'焦'從羅鄭范之校。范引《脈經》'喘脈'云：'肩息、直視及唇焦、面腫、蒼黑也，難逃！'與此辭'上氣喘粗'及'醫不得'之意合。"。（621頁）蔣《校》訂為"舌卷"，謂曰："'㯲'當讀作'卷'。二字雙聲（清濁合一的結果），韻僅平去之別，故音近。舌卷，指舌體卷縮。久病舌卷，在中醫看來是病危之狀。《脈經》卷五：'病人汗出不流，舌卷黑者死。'是其證。故下文說：'垛積千金醫不得。'意正相承。"②《全詩》本從《總編》校為"舌焦"。（4922頁）

按，此《定風波》見於伯3093卷。舌焦，原卷寫"舌㯲"。蔣《校》讀為"舌卷"，是。今從敦煌變文《廬山遠公話》中找到一旁證，茲補於此。其文云："病苦者，四大之處，何曾有實。眾緣假合，地水火風，一脈不調，是病俱起。忽然困重著床，魂魄不安，五神俱失，唇幹舌縮，腦痛頭疼，百骨節之間，由如鋸解。曉夜受苦，無有休期，求生不得，求死不得。"（《校注》265頁）文中"舌縮"意即"舌卷"，病重之症狀。

39. 花正新，草復綠，黃鶯睍睆遷喬木。汧流活，古樹攢，隴阪高高布雲端。（失調名，○一八一）

---

① 黃征先生在其所著《敦煌語言文字學研究》中《踏破賀蘭山缺》（甘肅教育出版社2002年版）一文對此種句式進行過討論，他把此種句式概括為 $VC_1 + N + VC_2$，其所舉例子當中就有"彈盡相思破"一句，詳參黃書第221頁。

② 蔣冀騁：《〈敦煌歌辭總編〉校讀記》，《湖南師大社會科學學報》1994年第1期。

《總編》："（原本）'端'寫'族'。此首末韻，有問題。或曰：原寫'雲族'，為雲聚，見［○○八四］；以'族'叶'木'，變格而已，可存。曰'族'乃訛火，阪縱高，難入雲。'端'形與'族'近；'雲端'與'高高'貫，無憾。"（625 頁）《匡補》："至於原寫'族'字，竊謂是'簇'字之誤，而非'端'字之誤，'簇''木'為韻。'隴阪高高布雲簇'是說隴阪之上散佈著團團白雲，這個'布'字用得恰當。若改作'雲端'，則'隴阪'可以說'入雲端'等等，卻不能說'布雲端'，可知作'端'字非是。"（44 頁）

按，此失調名歌辭見於伯 3619 卷。《匡補》言"族"是"簇"，是，但對"布雲簇"的解說卻是值得商榷的。《匡補》認為"布雲簇"謂"散佈著團團白雲"，顯然其釋"簇"為"團團"，其實這是對"布雲簇"一類句式的誤解。此"簇"作動詞，聚集之義，和"布"同義。歌辭中此類用例頗為習見，如：

> 春秋冬夏營農作，鋤田劚地努筋膊。（《悉曇頌》，○四六四）
> 所求之者應心隨，得出三界不思議。（《悉曇頌》，○五三二）
> 難思努力現真宗，色聲香味染塵蒙。（《十空贊》，○六七九）
> 痛一般，命無別，爭不教他抱冤結。（《十二時》，一二三四）

例一"營農作"，先說"營農"再說"作"，"作"亦可作"農"的動詞謂語，構成"作農"，義同"營農"。其餘兩例亦可分解為：應心——隨心；染塵——蒙塵；抱冤——結冤。同理，上例"布雲簇"亦即布雲——簇雲。不僅兩個動詞能和賓語組成這樣的句式，兩個形容詞亦能組成這樣的句式，共同修飾中心語，關於此種句式，詳見本文《敦煌歌辭語法初探》部分，茲不贅言。

40.張騫尋河放逍遙，正見織女摘仙桃。（失調名，○一九一）

《總編》："'放'待校。"（633 頁）曾《校》："'放'為縱心、肆意之義。《文選·東京賦》：'必以肆奢為賢，則是黃帝合宮，有虞總期，固不如夏癸之瑤臺，殷辛之瓊室也。'薛綜注：'肆，放也。'敦煌文獻俄Дx242 卷《文選》張茂先《勵志詩》：'雖有淑姿，放心縱逸。'《太平廣記》卷四十四《穆將符》：'穆將符者，唐給事中仁裕之侄也。幼而好學，不慕聲利，不窺世祿，而深入玄關，縱逸自放。''放逍遙'的語意與'放心縱逸’相近。"①

　　按，此辭見於伯 3910 卷，原卷寫 "放"。此失調名歌辭共有九首組成，每首四句，上文是其中第八首的前兩句。"放逍遙" 一語委實頗為費解。單獨看這三個字，曾《校》亦通，但此字 "放" 不是游離於整首詩之外的。其實此字當讀為 "方"，副詞，"正，當" 之義，和下文首字 "正" 在句義上相呼應。這可從本辭第三首中找到佐證，第三首前兩句是這樣寫的："張騫尋河值朦朧，正見藥樹在月中。"此處的 "值" 和 "正" 句義上也是相呼應，兩處對照可以看出 "放" 和 "值" 後均跟的是疊韻聯綿詞，由此可以斷定，"放" 和 "值" 應當同義，"放" 於此通 "方"。二字古相通，如《管子・小問》："桓公放春三月觀於野。"郭沫若等集校引洪頤煊云："‘放’字古通作 ‘方’"。

　　41. 斜影朱簾立，情事共誰親，分明面上指痕新。羅帶同心誰縮，甚人踏破裙。　　蟬鬢因何亂，金釵為甚分，紅妝垂淚憶何人。分明殿前實說，莫沉吟。(《南歌子》，○一九五)

　　自從君去後，無心戀別人。夢中面上指痕新，羅帶同心自縮，被猻兒踏破裙。　　蟬鬢朱簾亂，金釵舊股分，紅妝垂淚哭郎君。妾是南山松柏，無心戀別人。(《南歌子》，○一九六)

　　《總編》："原本 ‘破’ 寫 ‘裰’……‘破’ 與 ‘裰’ 右邊之形略近。‘裰’ 補也，與此辭之文意不合。"(639 頁)王《集》擬上首 "裰" 為 "綴"，下首 "裰" 為 "裰"。(64 頁)《初編》、《全詞》本(926 頁)亦訂為 "破"。饒《曲》保留敦煌寫本之原形 "裰"。(73 頁)高《賞》亦對這句話進行了推敲，並訂 "裰" 為 "綴"，並云："‘踏綴’ 是民間動詞雙謂語，‘踏’ 指 ‘踏破’，‘綴’ 指 ‘縫補’，意思是說問她甚麼人踏破過裙子而又縫補好了?"(201 頁)

　　按，以上兩首《南歌子》諸家均據伯 3836 卷而訂，而未參考俄藏 Дx. 2430 號卷背，Дx. 2430 卷背亦抄有《南歌子》一首，且內容與上兩首大同小異，為便於對照，筆者迻錄如下：

　　　　自從軍(君)去後，無心戀別人。分明夢中枕恨(痕)身(深)。羅帶上同心自縮，被猻兒踏綴(掇)裙。禪(蟬)嶺(鬢)因何亂，

---

① 曾良：《敦煌歌辭校讀記》，《古漢語研究》1998 年第 3 期。

金釵為甚今（分）。紅妝睡（垂）淚哭郎君。妾是南山松柏，無心戀別人。

柴劍虹《俄藏敦煌詩詞寫卷經眼錄（一）》曾刊錄是文，文字稍有出入，其中"枕恨身"三字柴文未出校；"猾兒"錄為"喝須"（猢猻）；"踏綴"錄為"踏綻"。①

由這兩個卷子可見上文所校的字原卷有兩種寫法，一是"裰"②，一是"綴"。《總編》《初編》擬為"破"，去形太遠。筆者以為二字是"掇"的誤字。依《廣韻》，"裰""掇"二字均是丁括切，入聲末韻，端母字。既然二者有著相同的中古音，所以出現"掇"誤讀為"裰"的情況亦在情理之中。另外，"裰""掇"二字的"衤"部和"扌"部在敦煌歌辭寫卷中常混寫，如："囑親情，托姑舅，房臥資財暗中袖。更若夫妻氣不和，乞求得病誰相救。"（《十二時》，一二○七）其第三句中的"袖"，伯2054卷寫作"抽"，伯2714、伯3087卷等寫作"袖"。因此，無論是從語音來講，還是從詞形來看，"裰""掇"二字都有混用的情況。"綴"亦是"掇"之形音近同致誤。掇，踏也，敦煌俗語詞。《敦煌變文集·燕子賦》："問燕何山鳥？掇地作音聲。""'掇地作音聲'就是'踏地叫喚'。"《敦煌掇瑣·白話五言詩》："雖然畜兩眼，終是一雙盲。向來黑如柒（漆），直掇入泥坑。""可證'掇'與'踏'字是同聲通用。"③"踏掇"，同義連言複合成詞，踩踏之義。句言丈夫追問妻子是什麼人踩了她的衣服（肯定是衣服比較骯亂），而妻子回答是猻兒踩踏的。

42. 當身勇猛無敵，自有□志皆從。（失調名，○○二二二）

《總編》"自有"一詞後設空待補。（697頁）其他諸家校補如項楚、蔣冀騁、曾良等諸位先生的校補均未有異議。

按，此首失調名歌辭見於斯0289卷，以下例43、44、45、46、47均出於該辭。經過諸家整理，部分內容幾近原貌，但由於書寫潦草，原文改動較多，仍有個別地方前輩們未曾提及，或解說勉強，茲特指出，以求

① 柴劍虹：《俄藏敦煌詩詞寫卷經眼錄（一）》，《敦煌吐魯番研究》第1輯，北京大學出版社1996年版，第107—108頁。"猾兒"亦見於敦煌歌辭《傾杯樂》"年二八久鎖香閨，愛引猾兒鸚鵡戲"。柴錄之"綻"字原卷實寫"綴"。

② 原卷"裰"即"裰"（duō）也。

③ 蔣禮鴻：《敦煌變文字義通釋》，上海古籍出版社1997年版，第125頁。

指正。

原卷"自有"後兩字寫為"䑙"，"之（志）"前一字是"䑙"字無疑。"䑙"當為"膽"之音誤字。歌辭中多處寫有"懷䑙"一語，"懷䑙"亦作"懷擔"，"䑙""擔"相通，蔣禮鴻《詞典》"懷䑙、懷擔"條已有詳述。因此此處之"䑙"即"擔"，遂為"膽"的誤字。"膽志"指膽量和意志，如《三國志·魏志·陳登傳》："備因言曰：'若元龍文武膽志，當求之於古耳，造次難得比也。'"宋朱熹《朱子語類》卷五十二："孟子亦是如此，所以皆做得成。學聖人之道者，須是有膽志。""膽志"後一字"皆"正指"膽"和"志"，因此此兩句言自己勇猛無敵賴於自己有膽有志。

43. 會陵騰空沙漠，終該永定西東。（《失調名·當身無敵》，○○二二二）

《總編》："'陵''騰'意復，俟校。……'沙'寫'戍'。"（698頁）蔣《校》："今謂'陵'當是'得'字之誤。'陵''得'二字草書相近，故誤。得，應也，須也，與'會'同義連文。'得''應'對文。'會得'連文，得亦會也。'會得'與下文'終該'相對。"《匡補》："改'戍'為'沙'，根據既嫌不足，文義亦未甚佳，皆可不必。"（54頁）

按，此段有兩處可議：

一、"陵"字不必改。《伍子胥變文》："佈陣鋪雲垂曳地，神旌集鶴發陵空。"末尾三字"發陵空"義同"陵騰空"，句式亦完全一樣。"陵騰空"即"陵空、騰空"之義，歌辭中諸如此類"意復"的情況比比皆是，因此我們不能簡單地藉此來否定它，詳參第五章"三音節同義連文"部分。

二、《總編》言"沙"寫"戍"，不知何據。原卷影本"沙漠"二字清晰，何來"戍"？《匡補》亦被《總編》蒙蔽，應據改。

44. ．一去由來北地，諸侯誰敢爭功。（失調名，○○二二二）

《總編》："'誰'寫'復'。"（698頁）

按，"誰"原卷寫"浹"，《總編》校此字為"誰"，應無異議，但畢竟"復"和"誰"音形相去太遠，《總編》亦未給出解釋，頗費解。筆者仔細校對原卷影本發現，此字疑似"須"字（此卷號所抄詩文另有三處寫"須"，分別謄錄如下，其中第一幅為疑似字）。

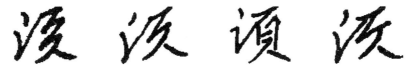

歌辭中大有“須”“誰”混同的例子，如：

正南午，四大無梁柱，須知假合空，萬物皆無主。（《十二時》，〇九七八）

除母更教誰，三冬十月洗孩兒。（《十恩德》，〇三〇四）

第一例“須”字，甲本伯 3604 卷、乙本伯 3116 卷均寫為“誰”。第二例“誰”字，癸本伯 341 卷 1 寫“須”。“誰”“須”音近，常通借。關於二者聲韻讀法，詳見前訂。“誰”“雖（雖）”形音皆近，如：

八十雖存力已殘，夢中時復到天關。還遇道人邀說法，請師端坐上金壇。（《百歲篇》，〇九七一）

首句“雖”，唯丁本伯 4525 如是寫，餘甲乙丙本均寫“誰”。而“須”“雖”常通。如：

人定亥，君子須貧禮常在。松柏縱然經歲寒，一片貞心長不改。（《十二時》，〇八六三）

此“須”即通作“雖”。《大目乾連冥間救母變文》：“目連硬噎啼如雨，便即回頭咨獄主：‘貧道須是出家兒，力小那能救慈母？’”此“須”亦作“雖然”講。要之，由於“雖”“須”常通，而“雖（雖）”與“誰”又形近，“誰”隨之常混同“須”，上文“誰”寫成“須”應屬於此類情形。

另：北地，原寫“無敵”。原卷影本，“北”之右側寫有“無”，下一字為“敵”，“無敵”和下文“諸侯須（誰）敢爭功？”相得益彰，而“一去由來北地”卻無此表現。應據改。

45. 驟馬先驅北地，揚鞭復壓西戎。（失調名，〇〇二二三）

曾良《敦煌歌辭校讀記》於此兩句，惜只校“揚鞭”為“揚兵”，餘皆無補。

按，“驟馬”原卷作“戰馬”，戰馬是。“北地”原卷作“北狄”，北狄是，“北狄”與後文“西戎”對舉。“復”原卷寫傻，應為“後”字，與上文“先”對舉。“壓”原卷作“押”，押是，“押”本身即有“鎮壓”之義，詳見前訂，茲不贅述。以上四處應據改。

46. 塞上曾經提劍，河邊幾度彎弓。是以名書竹帛，能令萬國皆通。（失調名，〇二二三）

《總編》：“‘塞’寫‘互’，‘曾經’寫‘秦口’，‘劍’上一字殘，僅存‘扌’旁，‘幾’寫‘須’，‘以’闕，‘書’寫‘星’。”（698 頁）

按，原卷"互"之右側書有"隴"字，"隴上"是，亦符合此首詩所詠張議朝收復河湟諸州之史實。"提劍"，既不貼近原卷字形，亦不符合歌辭用語習慣。"提"字原卷影本寫"扳"，顯然"拔"是。此辭第三句即有"拔劍"一語，"拔"字寫法於此字亦近；此辭抄完，其後又有"腰間寶劍長拔"一說，鑒於此，訂為"拔劍"更好。

"幾"原卷寫"須"，校"須"為"幾"，未確。"曾經"對"幾度"，雖義通，但"須""幾"二音音不近，茲校"須"為"數"。依《廣韻》，須為虞韻心母，數為遇韻生母。"虞""遇"常合用，"生""心"同為齒音，故"須""數"音近。"數度"對"曾經"，義亦洽。

"以"字，《總編》云此字闕，非是。原卷自有"以"字書於正文右側。書，原卷寫"星"，《總編》訂為"書"，但未作說明，顯然，無論於音於形，"書"與"星"都相去太遠。筆者以為此"星"為"姓"的音誤字，"姓""性""行""星"等字音近通用之例，敦煌文書屢見。"帛"原卷寫"白"，應是"帛"的誤字。白、帛，依《廣韻》，二字均是並母陌韻入聲，故二字常通借。如《禮記·玉藻》："大帛不緌。"鄭玄注："帛，當為白，聲之誤也。大帛謂白布冠也。"《伍子胥變文》："孤情難立，見此艱辛，皂白難分，龍蛇混雜。"校記曰："'白'為'帛'之誤。""名姓竹帛"即言青史留名。

由於此辭校改多處，便於釋讀，茲重錄全文如下，以資比勘：

　　　　自有軌志皆從，神兵開山拔劍。橫行振地威風，會陵騰空沙漠。終須永定西東，一去由來無敵，諸侯須（誰）敢靜（爭）功？

　　　　戰馬先驅北狄，揚兵後押西戎。南蠻摽如落葉，東夏（夷）卷似飛崩（蓬）。隴上曾經拔劍，河邊須（數）度彎弓。是以名星（姓）竹白（帛），能令萬國皆通。

47. 南蠻垂衣順化，北軍伏歆欽明。（失調名，○二二四）

此首及以下兩首見於伯3702卷，該文書共殘存13行，共計159字。上述文字是其中的第4行。校補這段文字之前，先談一下此文書的定名。歷來此文書的定名意見不一，《總編》定為"失調名"歌辭；《敦煌遺書總目索引》定名為"太平頌"；1989年出版的《敦煌文學》又說此文是用兒郎偉體式寫成的"頌"；1995年黃征、吳偉《敦煌願文集》收錄此辭，並定為"兒郎偉"。從本文所寫內容及其體式來看，應是"兒郎偉驅儺文"。

順化，原卷寫"𩖀化"，《總編》及其他各校本皆錄為"順化"。但從原卷看，"𩖀"其左邊部首絕非"川"旁。𩖀，疑似"頌"，"頌化"和對文之"欽明"都是對君主的頌詞。如《明史》卷八十七："會化龍丁艱去，總河侍郎曹時聘代，上言頌化龍功。"又或𩖀即"項"字，"項化"即"向化"，歸服義。如《後漢書·寇恂傳》："今始至上穀而先墮大信，沮向化之心，生離畔之隙，將複何以號令他郡乎?"《新唐書·岑文本傳》："大王誠縱兵剽系，恐江嶺以南，向化心沮，狼顧麕驚。"《兒郎偉·驅儺文》："座儔以歸北狄，行伏向化南蠻。"後例和上文可互參。

北軍，原卷寫北"单"，錄為"北軍"，於形於義皆不夠準確。或為"單"字，宋元文獻中"單"多寫作"单"，詳參《宋元以來俗字譜》第10頁"單"字條。敦煌歌辭云："彎弓直向單于北，拔劍仍過瀚海南。"（《百歲篇》，〇九一二）此"單"字兩本伯3361卷、斯1588卷均寫作"单"。且"北單"對"南蠻"比之"北軍"對"南蠻"更為具體。"單于北"即指北單。

48. 皇帝對封徧獎，馹騎已出龍城。昨聞甘州告捷，平善過□邠寧。（失調名，〇二二四）

《總編》："原本'徧'寫'偏'，'過'下一字寫似'以'……'對封徧獎'俟考。"（701頁）

按，此段有兩處可議。

一、"徧"原卷寫"偏"，偏是。"偏獎"即特別的獎勵、獎賞，義同"偏賞"。關於封賞之事，伯2762卷等《敕河西節度兵部尚書張公德政之碑》有記載："（張議潮）事有進退，未可安然，須拜龍顏，束身歸闕。朝廷偏寵，官授司徒，職列金吾，位兼神武。"又稱："司徒自到京師，官高一品，兼授左神武統軍，朝廷偏獎也。""偏寵""偏獎""偏賞"義同。

二、"過"下一字原卷寫込，或為"近"，義可通。

49. 家國倉庫盈滿，誓願飯飽無爭。（失調名，〇二二四）

《總編》："末字校作'爭'，意合，韻諧，而形未近，仍俟校。"（702頁）無頃，汪泛舟錄為"無損"。（95頁）黃征、吳偉《敦煌願文集》直接錄為"無傾"。（958頁）

按，末字原卷寫頃，"頃"字無疑，但原文"頃"字行文靠右，左邊有空缺，從此判斷此字乃"傾"之缺筆。"無損"雖意義相通，字形較近，但無疑"損"字出韻。"無爭"，如《總編》所說"形未近"，俟校。"無傾"典出《論語‧季氏》："丘也聞有國有家者，不患貧而患不均，不患寡而患不安。蓋均無貧，和無寡，安無傾。"此句意為祈願人們吃上飽飯，國家富有安定，免遭傾覆。

51.　夜飲宮人總醉醒，起來逢下在中庭。金爐排火珠簾外，每處矓矓鳥獸形。（《水鼓子》，〇二五七）

《總編》："'逢下'待校"。（719 頁）《匡補》曾對此首詩作過校補，但僅修正了最後一句中的"鳥"字（《匡補》據原卷改"鳥"為"真"，是），"逢下"未作說明。（61 頁）

按，此首《水鼓子‧宮辭》見於斯 6171 卷。校釋"逢下"二字的關鍵在"下"字，"逢"字無深意，其與前文"醉醒"相應，醒無定時亦無定居，故用"逢"。"下"顯非方位詞，當釋為"安"或"住"。"逢下"相當於"隨遇而居"。"下"有住下、安歇之義，常與"安"連文成片語成"安下"，如敦煌變文《韓擒虎話本》："使君蒙詔，不敢久住，遂與來使登途進發，迅速不停，直至長安十里有餘常樂驛安下。"敦煌願文《兒郎偉‧驅儺文》："朔方安下總了，沙州差使祗迎。比至正月十五，毬場必見喜聲。"近代文獻亦常見，如元王實甫《西廂記》第一本楔子："因此俺就這西廂下一座宅子安下。""下"字亦可單用，如宋孟元老《東京夢華錄‧東角樓街巷》："東去乃潘樓街，街南曰鷹店，只下販鷹鶻客。"元王實甫《西廂記》第一本第一折："官人要下呵，俺這裏有乾淨店房。"

52.　上說明王行孝道，下論庶俗事先親。儒教之中是第一，孝感天地動鬼神。（《皇帝感》，〇二八三）

《總編》："（乙本）'親'寫'宗'。'神'下丙丁均衍'通'字，費解。"（739 頁）全詞本（1210 頁）從之。《匡補》："丙丁二本'神'下有'通'字，則全句作'孝感天地動鬼神通'八字，必衍一字，但衍字並非'通'字，而是'動'字，此句應作'孝感天地通鬼神'，即《孝經‧感應章》'孝悌之至，通於鬼神'之意。由此上推，第二句末字乙本作'宗'是對的，'宗''通'為韻，並無費解之處。"（68 頁）

按，此首《皇帝感‧新集孝經十八章》見於伯 2721 卷（甲）、伯 3910 卷（乙）、斯 0289 卷（丙）、斯 5780 卷（丁）。《匡補》徵引《孝經‧感應章》"通於鬼神"一句，使得此首辭丙丁本所寫頓時有了出處，功莫大焉。然而筆者以為，此句當有兩解。其一如《匡補》所說，定為"孝感天地鬼神通"，"通"與乙本"宗"押韻。其二為"孝感天地通鬼神"，"神"與"親"押韻。因為從丙丁本"孝感天地動鬼神通"來看，"動"乃"通"的音誤字，或許書手抄寫過程中已經發現了這個問題，於是於其後補出了這個正字"通"，而未及刪掉前面的"动"。

53. 父母恩重十種緣，第一懷妊受苦難。不知是男還是女，慈悲恩愛與天連。（《十種緣》，○三○八）

《總編》："'還'寫'及'，乙同。"（769頁）

按，此首及以下四首歌辭見於斯2240（甲）、斯0126（乙）。還，原卷寫"及"，"及"字是。"及"是連詞，於此"及"連接"是男""是女"，同作"不知"的賓語。改為"還"，雖不錯，但有代古人作文之嫌。歌辭中凡是連接兩個所指相同或相關的詞語時，大都用連詞"及"，與表"不論"義的詞語連用，連接列舉成分，還表示周遍性，如：

不論貴賤與高低，揀甚僧尼及道侶。除卻牟尼一個人，餘殘總被無常取。（《無常取》，○六四一）

此句中的"與"和"及"義同"還是"，但顯然同上例一樣亦不便改之。敦煌變文亦如是，《金剛般若波羅密經講經文》："五嶽四瀆（瀆）皆總受，不論江海及諸山。"《佛說阿彌陀經講經文》："莫同大石縱愚癡，不揀前頭及後面。"

54. 第二臨產是心酸，命如草上露珠懸。兩人爭命各怕死，恐怕無常落九泉。（《十種緣》，○三○九）

《總編》："二本'露'寫'霜'。甲本'各'寫'不'，從乙。'各'之意亦乖，據〔○三一八〕，或是'常'字。"（769頁）

按，今檢視原卷影本，甲本斯2204卷亦寫"各"，《總編》所言不實。前寫"兩人爭命"，後言"各"，義貫，改"常"無據。又《總編》改"霜"為"露"，似不妥。以"草上霜"來喻人命危淺，亦是古之常用之說，如王梵志詩《愚夫癡杌杌》："似露草頭霜，見日一代畢。"（442頁）清李光庭《鄉言解頤》卷一《霜》："俗語云：'富貴草頭霜'。"

55. 第三母子是安然，莫忘孝順養殘年。親情遠近皆歡喜，渾家懷抱競來看。（《十種緣》，○三一○）

《總編》："甲本'莫忘'寫'寀妄'，乙本'莫忘'寫'秉妄'。"（769頁）蔣《校》："'莫忘'甲本寫'寀妄'，任氏校'莫忘'，無說明。今按，'妄'固可通'忘'，但'寀'絕不是'莫'字，任說可疑。今謂'寀'即

'乘'字。參《碑別字新編》。'乘妄'讀作'承望'。承望，指望也。"①
曾《補》："校作'莫忘'二字未確。當是'棄妄'字，通作'豈望'。言
母生子之後，豈指望子女孝順養殘年，即在小孩生後根本沒有往孝養殘年
這方面去考慮，而心裏非常喜歡。"②

　　按，"莫忘"斯 2204 卷作"棄妄"，斯 126 作"棄妄"。關於第一個字
以上共有三種意見，一是"莫忘"，二是"承望"，三是"棄妄（豈望）"，
究竟孰是孰非，誰更接近作者原意，茲略作簡要分析。的確原寫為"承"
字，顯然《總編》訂"莫"字音形均相去甚遠，非是。"承望"一詞於本
句"承望孝順養殘年"雖義貫，和下文三四句"親情遠近皆歡喜，渾家懷
抱競來看"之表現卻又缺乏聯繫。三四句極言產後孩子備受關註的情形，
而未顧及母親，與"承望"不符。因此，"承望"估計亦非最佳。"豈望"
一詞與三四句義正洽，但改"棄忘"為"豈望"畢竟有些曲折，亦恐非原
意。筆者以為此"乘"乃"棄"字形誤。"妄""忘"常混，此二字當為
"棄忘"。"忘"為遺棄，不顧念。如《詩·秦風·晨風》："如何，如何！
忘我實多。"馬瑞辰通釋："忘我實多，猶云棄我實甚。""棄"與"忘"同
義連文。如晉傅玄《鴻雁生塞北行》："靈氣一何憂美，萬裏馳芬芳；常恐
物微易歇，一朝見棄忘。"此辭是說雖然（"是"有"雖"義，前已訂）產
後，母子平安，但人們卻大都流露的是對新生兒的喜愛（親情遠近皆歡
喜，渾家懷抱競來看）而不顧念孝順贍養阿孃（棄忘孝順養殘年）。

　　56. 第五漸漸長成年，愁饑愁渴又愁寒。幹處常回兒女臥，濕處母身
自家眠。（《十種緣》，○三一二）

　　《總編》："甲本'饑'寫'飯'，乙本'又'寫'及'。"（770 頁）

　　按，今檢視原本影卷，甲本斯 2204 寫飢字，敦煌文獻中"飢"均如
是寫，非"飯"字。另"又"字，乙本寫"及"，若按歌辭的用語習慣，
"及"更符。

　　57. 第八為造惡業緣，躬親負重驀關山。若是長男造惡業，要共小女
結成緣。（○三一五）

　　《總編》："甲奪'成'字，擬補。"（771 頁）《匡補》改"成"為
"良"，注曰："'良'字原本脫，《總編》擬補'成'，今改補'良'，'良

---

① 蔣冀騁：《〈敦煌歌辭總編〉校讀記》，《湖南師大社會科學學報》1994 年第 1 期。
② 曾良：《〈敦煌歌辭總編〉商補》，《敦煌吐魯番研究》（第二卷），北京大學出版社 1996
年版。

緣’與上句‘惡業’為對。”（77頁）

按，今檢視原卷影本，末句之“成”字，甲本斯2204並未脫，末句原本即寫“要共小女結成緣”，《總編》誤錄，《匡補》再訛，應據正。

58. 第二臨產更艱辛，須臾前看喪其身。好惡只看一晌子，思量爭不鼻頭辛。（《孝順樂》，〇三二三）

《總編》：“‘前看’待校。”（776頁）

按，此首及以下五首歌辭見於伯2843、伯3934、伯4560卷。此首辭中有兩“看”，義各不同。第二個“看”為照看之義，“前看”之“看”為“眼看，即將”之義，和前“須臾”相應。關於“看”的“眼看，即將”之義《漢語大詞典》未收，蔣禮鴻《詞典》列有此義項，如伯2292卷《維摩詰經講經文》：“況汝位超十地，果滿三祇，障盡習除，福圓惠滿，將成佛果，看座（坐）花台。”伯3079《維摩詰經講經文》：“天門極遠，上界程遙，白雲嶺上漸生，紅日看將欲沒。”此兩處“看”字皆有“眼看，即將”之義，詳參《詞典》182頁。

59. 第三生子得身安，多般苦痛在身邊。眼見孩兒生草上，阿娘歡喜百般。（《孝順樂》，〇三二四）

《總編》曰：“原本‘歡喜’寫‘勸善’。按原本‘善’下尚有‘舌’，其下文又空一格，俟校。”（776頁）《全詩》本逕錄為“歡喜喜百般”。（5229頁）

按，如前所記，敦煌本《孝順樂》除主要見於伯2843卷外，還見於伯3934、伯4560卷，《總編》及《全詩》本僅據伯2843卷而訂，所以難免有誤。今檢視原卷影本，伯2843卷“歡喜”寫“勸喜”，非寫“勸善”；原本‘喜’下有舌，《總編》描畫非是；下文緊接著寫“百般”，並未有空格，《總編》誤。伯3934卷“歡”字後有一空格，後跟“喜百般”。伯4560卷最清晰，寫“歡喜百千般”，茲從之。伯2843卷“喜”下一字應當仍是“喜”字，應是衍字；此本和伯3934均脫“千”字。

60. 就中第五更難陳，阿娘日夜受□勤。勝處安排與兒臥，心中猶怕練兒身。（《孝順樂》，〇三二六）

《總編》曰：“‘受’下原寫‘殷勤’，左錄作‘殷勤’，與‘受’意不貫，作‘辛勤’較合，俟校。”（776頁）

按，原卷三本俱寫“慇懃”，即“殷勤”。《總編》不敢確認“殷勤”的原因是不知其亦有“辛勤、辛苦”之義。此義《漢語大詞典》亦未收。

王鍈《詩詞曲語辭例釋》"殷勤"條收有此義，如范成大《菩薩蠻》詞，"冰肌玉潤天然色，淒涼拼作西風客。不肯嫁東風，殷勤霜露中"①，此義顯然與"受"義貫，應據補。

61. 苦哉第八長成人，殺害命禍□姻親。兒大長成娶新婦，女還長大是（事）他門。（《孝順樂》，〇三二九）

《總編》："（姻）上一字寫'母'，難通，故空格俟補。"（776 頁）

按，"母"字是。"禍"通"過"，罪過。此句言母親為了兒女的婚嫁，造了殺生惡業。因為男女婚嫁須邀請賓客，屠宰殺生必不可免，母親冒殺生之罪過是此首歌辭句首所說"苦哉"是也。歌辭《十種緣》《十恩德》亦談到了此內容，且同為"第八首"，如《十恩德》："第八造作惡業恩，為男女作姻，殺個豬羊屈閒人，酒肉會諸親。信果報，下精神。阿娘不為己身，由他造業自難陳。為男為女受沉淪。"（〇三〇五）"為男女作姻"亦即上文所言"母姻親"，"殺個豬羊屈閒人，酒肉會諸親"亦即上文所言"殺害命"，"造業"猶上文所言"禍（過），"受沉淪"猶上文所言"苦哉"。《十種緣》亦有："第八為造惡業緣，躭（擔）輕負重驀關山。若是長男造惡業，要共小女結成緣。"（〇三一五）"若是長男造惡業，要共小女結成緣"所言亦是"母姻親"為子女造惡業之事。此首歌辭伯 3934、伯 4560 卷均寫"殺生害命禍姻親"，義更顯。

62. 第十男女不思量，高言忤逆阿耶娘。約束將來盡不肯，曾參日夜淚千行。（《孝順樂》，〇三三一）

《總編》："'忤逆'原寫'柸義'，姑從左錄，未明所據。"（777 頁）《全詩》本從之。（5235 頁）

按，"忤逆"伯 2843、伯 3934 卷均寫"抵義"，"抵"有抗拒之義，於此極洽，應據改。另伯 4560 卷寫"俉語"，疑是"悖語"之音誤。

63. 願得今生行孝道，□□□□□□□。《孝順樂》，〇三三二）

《總編》："全文至第三句止，應有一末句作結。依〔〇三二一〕，次句'是須'云云乃末句，則次句須另求。"（777 頁）《全詩》本從之。（5236 頁）

按，"願得今生行孝道"下句伯 4560、伯 3934 卷均不闕，前者寫為"來生的定往天堂"，後者寫"來生速定往天堂"。"的定"，肯定之義，同

---

① 王鍈：《詩詞曲語詞例釋》，中華書局 1980 年版，第 359 頁。

"的畢"①。"速定"，當是"註定"之誤。應據補。

64.遍見賭錢無利益，枉費人功力。曉夜驅驅不得眠，一調舍家緣。針頭料得鋤頭擲，終是無成益。（《求因果》，〇三三四）

《總編》："'一調'待校。"（779 頁）

按，此辭及下辭見於斯 5588 卷，乃奉勸人們戒賭之辭。"曉夜驅驅不得眠"描述賭博之人圍攏在一起徹夜賭博的情景。"調"在這裏應當是個俗語詞。據辭義來看，"調"義同今語之"走"或"跑"。"調"的此種義項在吳語中可以得到求證。吳語仍稱呼"走"為"調"，"調"或寫為"跳"；亦有稱呼"走"為逃，"逃"與"調"音近。如餘杭臨平稱"走"為"調"，無錫新安、華泉、坊前、東亭等地稱跑為"逃"。"調""跳"或"逃"疑為"趒"的記音字。《廣韻·蕭韻》："趒，《說文》曰：雀行也，徒聊切。""趒來"即走來。② 作為"走"之義的"調"在近代戲曲小說中亦有保留。《金瓶梅》是被公認為用山東方言寫成的名著，但也有學者指出該書中夾雜著不少吳語辭彙，如第二十六回中寫道："每日淡掃蛾眉，薄施脂粉，出來走跳。"此處之"跳"周振鶴等即認為是"走"的意思。③ "一調舍家緣"的"調"字形象地刻畫出了賭博成性之人舍家揚長而去的情形。

另，鋤頭一詞之"鋤"，原卷寫鍬，當為鍬，應據改。

65.更有三端並六藝，廣學多周被。（《求因果》，〇三三七）

"周被"，總編無校。

按，周被當為周備。依《廣韻》，被，紙韻並母；備，至韻並母。紙、至同屬止攝字，因此備、被聲韻近同。同卷（斯 5588 卷）本辭後緊抄《求因果·悌讓》："恩從上報兄饒弟，禮讓多周備。"可為證。

另，斯 5588 卷乃一冊子，筆跡為同一人所抄，《總編》據內容割裂為《求因果·孝義》《求因果·悌讓》兩首，且未把該冊子的內容全部錄完。其所擬結尾為"不忍當頭飛"，其實"飛後"還有半頁損壞比較嚴重的文字緊承而來，《總編》全然不顧。《匡補》於此有說明（87 頁），但因有個別文字錄入仍有出入，茲再錄如下，以資比勘："飛禽上（尚）自存見義，（缺）田真（中）兄弟最相親，（缺）孝義相見常歡喜，□采婦嫂語。相和

---

① 詳參蔣禮鴻《敦煌文獻語言詞典》"的畢"條，杭州大學出版社 1994 年版，第 78 頁。
② 閔家驥、范曉：《簡明吳方言詞典》，上海辭書出版社 1986 年版，第 322 頁。
③ 周振鶴、游汝傑：《方言與中國文化》，上海人民出版社 1986 年版，第 186 頁。

孝順向翁婆（後缺）"。

66.（父言）來日見男女，啼哭苦申陳。我心不許見，退卻菩提恩。（失調名，○三五四）

《總編》："據經文，舍男女之全部情節，俱在一日之內；辭曰：'來日'，未合。二字疑是'爾母'之訛。'心'或是'今'之訛，似校。"（796頁）《匡補》："'來日'並非明日之義，而是'來時'之義。"（91頁）

按，此首失調名《須大拏太子度男女》見於斯1497、斯6923卷。"來日"不錯。但這裏的"來日"並非"明日，次日"之義，亦非"來時"之義，而是指"往日，過去的日子"。《總編》所疑"心"是"今"之訛是有道理的。句說父親以往見過兒母啼哭訴說的場景，所以今天他不允許兩兒見母親。"來日"的此種用法所見頗早，如《樂府詩集·相和歌辭十一·善哉行》："來日大難，口燥唇乾。今日相樂，皆當喜歡。"在唐宋文學作品內屢見，如唐李白《來日大難》詩："來日一身，攜糧負薪。道長食盡，苦口焦唇。今日醉飽，樂過千春。仙人相存，誘我遠學。"張相《匯釋》曰："來日一身，往日一身也；與下文今日字相應。"① 又宋陳與義《和王東卿》詩之二："來日安榴花尚稀，壓牆丹實已垂垂。"言往日則榴花尚稀，而今則榴子已結也。在文中"來日"多與"今日"對舉，此辭中的"來日"和下文的"我今"一脈相承，語義連貫。

67.嶺上煙雲起，散蓋覆山坡。彩畫石壁奈人何，太子出娑婆。（《證無為》，○三八五）

《匡補》："'散'當作'傘'，同'傘'。此二句言煙雲覆蓋山坡，形如傘蓋也。"（98頁）

按，此首《證無為·太子讚》見於斯2204、斯0126、斯1523卷。"散蓋覆"不錯。覆，指覆蓋，遮蔽。"覆"和"散蓋"所指相同，共同帶出賓語"山坡"，此同義之雙音節詞語和單音節詞語連用的情況，詳參第五章"三音節同義連文"部分，茲不贅言。

68.望月曲彎彎，初生似玉環。漸漸團圓在東邊，銀城周回星流徧。錫杖奪天關，明珠四畔懸。（《望月婆羅門》，○三八九）

《總編》："'奪'疑是'撥'之訛。"（825頁）

按，敦煌《望月婆羅門》詞共四首，每首六句，上舉為第三首第五

---

① 張相：《詩詞曲語辭彙釋》，中華書局1977年版，第793頁。

句，見於斯 4578、斯 1589、伯 2702 卷。"奪"字各本皆然，無誤。第一首第五句有"錫杖撥天門"一語，義同"錫杖奪天關"。但這並不是疑"奪"為"撥"的證據。"撥"於此作"分開，撥開"講，"奪"亦有此意，只不過表示的動作力度稍強，有"破，奮力衝開"之義，"奪門"一語亦常見。因此"奪"字是。

69. 道場乞請蠶時間，至心聽贊五台山。（《五台山讚》，〇三九一）

《總編》曰："'乞'甲本合，餘本皆寫'屈'。"（833 頁）

按，此首及下一首《五台山讚》見於伯 4625（甲）、斯 4429（乙）、"鹹" 18（丙）、斯 4039（丁）、斯 5487（戊）、斯 5473（己）、斯 5456（庚）、蘇 1269（辛）、俄 Дx.2147（壬）、斯 5573（癸），其中壬癸兩本《總編》未收。"屈"是，甲本"乞"乃"屈"音誤。"屈"乃敬辭，猶言請。"屈請"同義連文，邀請之義。如《醜女緣起》："其時大王處分：排備燕會，屈請王郎。"《吐魯番出土文書》第七冊《唐咸亨三年（公元六七二年）新婦為阿公錄在生功德疏》："並請洛通法師出罪懺悔；因此亦即屈請通法師受菩薩戒。"歌辭中亦不乏單用"屈"或以"屈"組成的詞語的情況。如：

殺豬羊，羞玉饌，屈命親情恣歡宴。烹宰殺自家嘗，也是於身為大患。（《為大患》，〇六五四）

命親鄰，屈朋友，撫掌高歌飲醲酎。為言恩愛永團圓，將謂榮華不衰朽。（《十二時》，一二〇五）

為男女作姻，殺個豬羊屈聞人，酒肉會諸親。（《十恩德》，〇三〇五）

首例"屈命"亦是邀請之義，"命"有"請"義，"屈命"同義連用。例二"屈""命"對舉，例三"屈""會"對舉。

70. 佛光寺裏不思議，瑪瑙珍珠鎮奠基。解脫和尚滅度後，結跏趺坐笑微微。（《五台山讚》，〇三九九）

《總編》："'鎮奠基'乙合，甲寫'清奠其'，丙寫'清電韝'，丁寫'青殿巷'，己寫'青殿基'。"（849 頁）

按，今據原卷影本發現《總編》所指乙本（斯 4429）並未如其所說寫"鎮奠基"，斯 4429 原寫是這樣的：馬惱鎮珍珠青殿基。其中

"鎮"字右方有刪除符號。由此可見"鎮"字當是"珍珠"之"珍"的音誤字。這樣一來《總編》提到的甲（伯4625）、丙（咸一八）、丁（斯4039）、己（斯5473）四本敦煌寫卷"鎮"字皆寫"青"或"清"，無一處寫"鎮"字。另筆者發現此五台山讚文除了《總編》所提到的八個寫本之外，斯5573、伯4560卷亦載有此文，斯5573卷寫"青殿基"，伯4560寫"砌殿基"。結合上述種種表現，筆者以為"鎮奠基"當為"砌殿基"。"奠基""奠其""電驪"當是"殿基"的音誤。"清""青"混寫在敦煌文獻中常見，而此二字當是"砌"之音誤字。唐五代西北方音"青""齊"可互注，如敦煌歌辭《搗練子》"辭夫娘了入妻房"，伯2809作"詞（辭）娘入清房"，"清"即妻。珍寶砌基的說法，敦煌歌辭中亦有，如："葉開花展回頭望，金作闌幹玉砌階。"（《水鼓子》，○二四三）

71. 貪戀火宅不性悟，終日居迷路。（《求因果》，○四二三）

《匡補》："第一句'性'當作'醒'。"（124頁）張《校》："'生悟'當讀作'惺悟'，'惺悟'為同義複詞。《集韻·迴韻》：'惺，悟也。'《抱樸子·極言》：'至於問安期以長生之事，安期答之允當，始皇惺悟，信世間之必有仙道。'正作'惺悟'。"[1]

按，此首《求因果·真悟》見於斯5588卷。《總編》"性悟"是，如敦煌歌辭"性悟不愁衣食薄，終日心頭樂。本性原來好唱歌，心裏念彌陀"。（《求因果》，○四二八）此兩例說的是"性悟""性不悟"的話題。"不性悟"即性不悟，將"不"字提前是敦煌俗文學中的常見用語習慣，如"二更催，大圓寶鏡鎮安臺。眾生不了攀緣病，由斯障閉心不開"。（《五更轉》，一○三一）"心不開"，壬本伯2045、子本伯2270皆作"不心開"。《大目乾連冥間救母變文》："世尊當聞羅蔔說，知其正直不心邪。""不心邪"即"心不邪"。除"不"之外，其他的副詞亦可提到某些句法成分之前，而遠離中心謂詞，如"最""盡"等，如《大目乾連冥間救母變文》："有無實說莫沉吟，人間乳哺最恩深。"（《校注》1030頁）"最恩深"即"恩最深"。王梵志詩《煞生最罪重》"煞生最罪重，吃肉亦非輕"。"最罪重"即"罪最重"。敦煌歌辭《望遠行》："彎弓如月射雙鵰，馬蹄到處盡雲消。"（○一○六）"盡雲消"即"雲盡消"。

---

① 張湧泉：《〈敦煌歌辭總編〉校議》，《語言研究》1992年第1期。

72. 父母髮膚何要毀，只為無明嘴。結終兩個競虛空，相罵不成功。（《求因果》，〇四三二）

《總編》："'何要'待校，疑是'何可'。"（883頁）

按，此首及以下三首《求因果·息爭》見於斯5588卷。"何要"是，"何"為疑問代詞，"何要"即"為什麼要"，後句指出了原因："只為無名嘴。"

73. 假如有理教申雪，一一當頭說。也莫言詞抑壓人，閃賺自家身。（《求因果》，〇四三三）

《總編》："原本'壓'寫'押'，'賺'寫'湛'。……'閃賺'有蹉跌、失足之意。"（883頁）

按，此處有兩點可議。

一、"押"字是，不必改為"壓"，"押"有"壓"義。如《隋書·梁睿傳》："幸因平蜀士眾，不煩重興師旅，押獠既訖，即請略定南寧。"敦煌文獻中"押""壓"多通寫，如"船押波光遙野（搖曳），虜（虞）歡不覺更深"。（《西江月》，〇一七四）"押"即"壓"義。又如"六戎盡來作百姓，壓壇河隴定羌渾，雄名遠近聞"。（《望江南》，〇一〇三）"壓壇"，斯5556寫"押壇"。

二、擬"湛"為"賺"，是。如"潘郎妄語多，夜夜道來過。賺妾更深獨弄琴，彈盡相思破"。（《喜秋天》，〇〇三〇）此"賺"原卷（伯2838）即寫"湛"。但言"閃賺"為蹉跌、失足之義，不妥。此詞乃欺騙之義，唐宋筆記中多見"脫賺"一語，意即欺騙。（詳參本文《敦煌歌辭俗語詞考釋》"賺、閃賺"條），"閃"和"脫"均有拋、撇之義，因此"閃賺"義同"脫賺"。如元無名氏《凍蘇秦》第二折："則俺那一般兒求仕的諸相識，他每都閃賺的我難回避。"此"閃賺"即欺騙的意思。

74. 不能忍辱經官斷，便是嘍囉漢。因何潑口罵尊親，笑煞四邊人。（《求因果》，〇四三五）

《總編》："'潑'原寫'喚'，形近之訛。"（883頁）

按，改"喚"為"潑"，不妥。二字字形雖部分相似，但畢竟相去較遠，疑"喚"為"換"之誤。"換""喚"二字敦煌文獻常通借，如："先喚音聲看打毬，獨教一部在春樓。"（《水鼓子·宮辭》）喚，原卷即寫"換"。"換口"即改口，改變原先說話的內容及語氣。

75. 自若敬他還自敬，大智菩提性。若也欺他也自欺，料算沒便宜。

（《求因果》，〇四三五）

《總編》："'若'下'也'字宜作'是'。"（883頁）

按，此"也"無誤，其為語氣助詞，與表假設語氣的"若"連用，以表示此語氣，"若"即若是，所以不必改"也"為"是"。變文中多見"若也"之用，如《舜子變》："當時便擬見官，我看夫妻之義。老夫若也不信，腳掌上見有膿水。"（《校注》235頁）《廬山遠公話》："若也老病來侵，白髮無緣再黑。"（《校注》265頁）"若也來遲，遣左右捉來，只向馬前腰斬三截，莫言不道。"（《校注》256頁）《茶酒論》中亦有："若也服之三年，養蝦蟆得水病報苦。"（《校注》333頁）若是非要去"也"、改字的話，改為"若自"更佳，意即上文的"自若"。

76. 何樂鑊，何樂鑊，第五俗流廣貪托。不知眾生三界惡，男女妻子交頭樂。積寶陵天不肯博，魯流盧樓何樂鑊。　　春秋冬夏營農作，鋤田劚地努筋膊，遍體血汗交頭莫。一朝命斷深埋却，閻老前頭任裁度。無善因緣可推託，受罪從頭只須作，緣牽不用諸繩索。藥略鑊鑠。此言真不錯。（《悉曇頌》，〇四六四）

《總編》："原本'妻子交頭'寫'妻交子頭'，'焦'寫'交'；'斷'下衍'盡'字（此句僅應七字）；'言真'寫'真言'。按'交頭'原本內兩見。上片'交頭'猶言'交頸'，詆富者驕奢淫逸；下片改作'焦頭'，傷貧農生活困苦，焦頭爛額；'莫'待訂。"（937頁）

按，此首及下一首《悉曇頌》見於鳥字64（北8405），此段文字有四處可議。

兩"交頭"不必改，"男女妻子交頭樂"與"遍體血汗交頭莫"是作者為凸顯俗流之富者和窮人驅驅奔波之情形而作的對照之語。"交頭"亦非交頸，當為古方言，謂頭尾相接。如《醒世姻緣傳》第二八回："其水經夏不壞，烹茶也不甚惡，做極好的清酒，交頭吃這一年。"詳參《漢語大詞典》"交頭"義項二。《漢語方言大詞典》亦引此例，釋為"整整"[1]。"交頭樂"句說富者整天"樂"，"交頭莫"句說貧者整日"莫"。

"莫"當是"瘼"的借音。依《廣韻》，"瘼"和"莫"均是明母鐸韻字，音同。瘼，病痛，泛指困苦，於此意洽。"樂""莫（瘼）"正相對。

"斷"下"盡"字可看作襯字，此句應為"一朝命斷盡身埋却"，其語

---

[1]　許寶華、宮田一郎：《漢語方言大詞典》，中華書局1999年版，第2170頁。

流停頓在"盡"後。"盡"與"斷"義同，如："一朝祿盡死王來，生事落然難顧藉。"（《十二時》，一三三一）"一朝祿盡"與"一朝命盡"句相似。所以"盡"字不宜刪。

"積寶陵天不肯博"一句中"博"字各本均未出校，筆者以為此字是"撥"的音誤字，應據正。王梵志詩《父子相憐愛》中有"千金不肯博"一語，貌與上例似，但"千金不肯博"意思為千金不肯換（詳參《王梵志詩校注》413頁），顯然和上例不同。因此，上例之"博"應不是本字。敦煌變文中亦有"撥"寫成"博"的情況，如《漢將王陵變》："憶昔劉項起義鎮爭雄，三尺白刃，博亂中原"。"博亂"即撥亂。此"博"（撥）"應為"拋開"之義，此句言貪婪之人貪心不盡，即使"積寶陵天"也不肯放棄拋開一點。歌辭中表達是義的句子不少，如：

諸菩薩，莫多慳，多慳積寶縱似山。見有貧窮來乞者，一針一草不能拌。貪心不識知厭足，當來空手入黃泉。（失調名，○六一六）

此辭言及慳貪之人"積寶如山不能拌"和上文之"積寶陵天不肯撥"意義完全相同，"拌"讀如判，捨棄之義，和"撥"義同。

77. 貪求財物養妻兒，勤苦艱辛亦不辭。入門妻兒云索衣，出戶王官怪責遲。那何邐移。此苦真難提。（《悉曇頌》，○四六六）

《總編》："'云'待校。"（938頁）

按，"云"字是。此首所唱乃俗流被"六賊"欺，被塵迷之苦。"云"即"言"，"入門妻兒云索衣，出戶王官怪責遲"言回到家妻兒每每言索要衣服之事，離家供職卻每每被嫌遲，極言塵迷之苦，以勸俗流出離。伯3125卷抄有描寫西北穴居男女生活的俗曲①，極言世俗生活之艱辛，其中有"亦見男女索皮裘，阿郎許皮十三個"一句，上文"索衣"可和本句"索皮裘"一語相參。《李陵變文》中亦有"云索"一語，原文曰："得至明年，差公孫遨（敖）領兵五萬騎，兵到龍勒水北，峻（浚稽）山南，與單于兵戰，云索蘇武、李陵。"此"云索"義與上同。

78. 崔嵬霄漢出金輪，雁陣沖來到此分。勢聳三層百里見，名通十絕八方聞。窗間客至風難立，影裏僧居日易曛。經歷歲深徵故暗，再修今遇聖明君。（《十偈詞》，○四九四）

《總編》："膠片所見'絕'寫'極'、'徵'寫'微'，均從陳訂改補。

---

① 饒宗頤：《敦煌曲》（法國國家科學研究中心1971年版）錄有此文，詳參第130頁。

應龍例曰：'極'，職韻，群母，'絕'，薛韻，從母；二字之聲與形相去均遠，在書手難於通假，不知陳訂改'絕'，有何依據，應予保留。"（980頁）《匡補》按曰："膠片所寫乃'微'字。'故暗'即陳舊暗淡，云'微'者，稍微之義，是委婉的說法。"（122頁）

按，此首及下一首《十偈辭》見於伯2603卷。此首有兩處可補。

一、陳訂為"絕"，是。影本原寫絕，顯然是"絕"，非《總編》所說"極"，應據正。

二、徵，原卷寫微，當是"微"字，《匡補》是。另同卷中有兩處"微僧"，一處"細微"，"微"字均作如是寫。因此上文之寫必為"微"字無疑。此"微"為衰微，衰敗之義，"微故暗"即"故微暗"，此句是說寺窟已曆深歲，所以衰敗陰暗。"故微暗"寫為"微故暗"，乃歌辭中之常見形式，詳見第五章"倒裝句"部分，茲不贅言。《匡補》解"微"為"稍微"，此顯然與前兩句"窗間客至風難立，影裏僧居日易曛"提到的窗破窟漏的情形自相矛盾，其認為"故暗"成辭，顯然是未解敦煌歌辭行文之文法。

79. 春天曾上看京華，景行吟情到日斜。（《十偈辭》，〇四九六）

《總編》："膠片所見，'景'下寫'行'，陳訂改'引'。詩小雅'景行'謂大行，'行'原讀去聲，敬韻，不必改，改'景引'，無所取義。"（981頁）《匡補》："下句'行'字原卷實寫'引'字，'景引吟情'即風景喚起詩興之意。"（122頁）

按，據原寫影本，"景"下寫引，乃"引"字。陳訂、《匡補》是。《總編》"景行"說無根據，且《詩經》之"景行"謂高尚的德行，於此風馬牛不相及。"引"為引發，惹起之義，句說京華之景引發人們吟唱之情，此句頗類唐劉禹錫《秋詞》："晴空一鶴排雲上，便引詩情到碧霄。"

80. 始知虛空以為屋宅，大地以為牀席。水火畢竟相隨，如風無有蹤跡。離散各不相知，合即五家共一。既知自身狀跡，何處更有親戚。（《行路難》，〇五〇一）

《總編》："乙本'既知'寫'既委'。"（994頁）饒《曲》訂為"既委"。（113頁）

按，此辭見於斯3017卷、伯3409卷。斯卷寫"既知"，伯卷寫"既委"，"既委"是。"離散各不相知，合即五家共一"句原卷寫"合即五家共一，離散各不相知"，原卷是，《匡補》已指出其謬。（127頁）因此

"既知"之"知"乃承前末字"知"而誤。委，捨棄、丟棄之義，與"離散"句一脈相承。言"五大"之空、地、水、火、風聚合乃成人身，一旦離散，"自身狀跡"即丟，更何談"五家共一"，"何處更有親戚"。

81. 十月懷躭受苦辛，乳哺三年相養畜。（失調名，○五四一）

《總編》："'畜'寫'畞'；或以為'育'，去'畞'形太遠。"（1030頁）曾《校》："'養'的下一字《敦煌寶藏》原卷照片不甚清，字左邊為'每'旁。任校：'畜'寫'敏'；或以為'育'，去'獻'形太遠。按：'養畜'當校作'養毓'。'毓'與'敏'形近，'敏'蓋是'毓'的草書。"①

按，此失調名歌辭見於斯 2702 卷，此字原卷影本寫欿，此字應是"欲"，"育"的音誤字。"欲""育"二字敦煌寫本常混寫，如《十恩德》"第五乳哺養育恩"（○三○二），伯 3411 卷"育"即寫"欲"。又如《百歲篇》"寒暑無端來逼逐，怨家肯教寡情育"，"育"當是"欲"的誤字②。應據改。

82. □□□□者鬼，意如何？□□□，□□□爭敢接來過。（《還京洛》，○五四六）

《總編》多處設空俟補，並注曰："'接'字亦俟校。"（1037頁）

按，此首《還京洛》見於俄藏 Дx. 1468 卷。原本無闕，"接"字亦是，"接"為靠近義。"來過"即過來，歌辭中屢見，詳見前文《敦煌歌辭俗語詞考釋》"來過"條。此句言這鬼怎敢靠近過來。"接"的靠近義自上古即習見，如《儀禮·聘禮》："公揖入，立於中庭，賓立接西墊。"鄭玄注："接，猶近也。"又宋曾鞏《亡弟湘潭縣主簿子翊墓誌銘》："少年飲酒歌呼、饒樂放縱之事，未嘗一接焉。"

83. 是以共邀流輩，同出精藍。諷寶偈於長街，□深懷於碧碉。（《三冬雪》，《總編》1049頁）

按，此首及下兩首《三冬雪》見於伯 2704（甲）③、斯 5572（乙）卷。此辭見於伯 2704 卷，乙本闕。原卷"懷"字前有兩字，一是"心"字，另外一字不清，寫作𢜽。鑒於其和上句"諷"對文，暫擬"吟"，俟校。《總編》把這兩個字誤認為一個字"深"，另添空格，誤。

---

① 曾良：《敦煌歌辭校讀記》，《古漢語研究》1998 年第 3 期。
② 饒《曲》訂"育"為"欲"（307 頁），《總編》訂"育"為"慾"（1328 頁）。
③ 《總編》注此辭見於伯 2107（甲），《總編》誤，應是伯 2704，應據改。

硼，原卷影本寫砳，當是"砌"字。"碧砌"和同辭中多次提到的"軒砌"一語同。

84. 恨嚴凝，兼臘月，既是多寒且無熱。怕怖憂煎將告來，垂慈禦彼三冬雪。(《三冬雪》，〇五五九)

《總編》："甲本'將'寫'将'，又似'特'。此首乙本無。"(1055頁)

按，經檢視原卷影本，甲本寫特；此首乙本雖較模糊，但依稀可辨，乙本寫特，二本當為"特"字。"將"字的寫法和"特"還是有區別的，如同辭(〇五六〇)"教將禦彼三冬雪"之"將"寫将。此辭是僧徒們沿門募化寒衣時所唱，直接面對的是如後文所唱的阿孩子、小娘子、諸郎君、尊夫人、賢哲等社會各階層的人，具有很強的實用性和目的性，"特"字於此義洽，此句是說由於害怕嚴冬的煎熬特地前來以求垂慈施捨，而"將"不具備這種特點。

85. 寒衣未放無支擬，便覺秋風意不停。結侶共吟花院側，遂將肝膽一時傾。(《三冬雪》，《總編》1050—1051頁)

《總編》："甲本'放'寫'於'，乙本'於'下三字闕。"(1057頁)《匡補》："作'放'作'於'皆未洽，二字皆是'施'字形訛。本辭是僧徒請求佈施寒衣所唱，故有'未施'云云，以引起施主的同情。"(146頁)

按，此為《三冬雪》之"側吟"。檢視原卷影本發現，乙本亦寫"於"，且"於"下三字亦未闕，而"未"卻寫来，顯然是"來"，因此首句原寫"寒衣來於無支擬"。筆者以為"寒衣"是"寒意"的音誤，"意""衣"二字，聲同屬影母，在敦煌文獻中常混寫，如《季布罵陣詞文》"放卿意錦歸鄉井"，敦煌歌辭《十二時》"意錦還鄉爭拜秦""意錦還鄉朱買臣"，"衣"皆寫"意"。"於"即"以"，唐五代敦煌方音中，二者音同，敦煌文獻中多有"於""以"混用的情況，如《六祖壇經》："秀上座得法後，自可於止，請不用作。"宋紹年校錄："'於'疑通'以'。"[1] 又如"汝等盡誦此偈者，方得見性；於此修行，即不墮落。""於此"即"以此"[2]。"來以"即"已來"，此句是說寒意已來僧徒們沒有準備(支擬)，

---

① 劉堅、蔣紹愚：《近代漢語語法資料彙編》(唐五代卷)，商務印書館1995年版，第84頁。

② 同上書，第73頁。

緊接著下文是"便覺秋風意不停"，因此"結侶"吟於施主門前，請求施捨，前後意恰貫。

86. 久吟經，坐深夜，蟋蟀哀鳴吟砌下。蟬聲早響詣朱門，三衣佛敕千門化。（《千門化》，〇五六七）

《總編》："既曰'鳴'，又曰'吟'，重遝，俟校。（〇五七〇）後之'側吟'內亦然。"（1060頁）

按，此首及下一首《千門化》見於伯2704卷。（〇五七〇）後之"側吟"寫："又被蟬吟別樹鳴"，此句和"蟋蟀哀鳴吟砌下"之"鳴吟"，是。這是敦煌歌辭尤其是敦煌佛教歌曲吟唱的一種特定的方式，通過個別語詞的反復吟唱來達到充分刺激受眾的目的。像此類語言表達方式在歌辭、變文中屢見不鮮，如：

> 貪心不識/知厭足，當來空手入黃泉。（失調名，〇六一六）
> 如今盡狂/亂施為，冥司業鏡分明照。（《拋暗號》，〇六七二）
> 柳條垂處也，喜鵲語零零，焚香稽（啟）告/訴君情。（《宮怨春》，〇〇三六）
> 撥掉（棹）乘船過大池，盡情歌歡/樂神祇。（《悉達太子修道因緣》）
> 五祖忽見惠能偈，即善知/識大意，恐眾人知，，五祖乃謂眾人曰："此亦未得了！"（《六祖壇經》）

無論是例一中的"識"與"知"，例二中的"狂"和"亂"，例三中的"告"和"訴"，還是例四中的"歡"和"樂"等，它們在句中所處的位置，或是所起的作用都與"鳴"和"吟"的情況是相同的。這兩個意義相同的詞語分屬於上下兩個不同的語流節奏，反復詠唱，使得表達效果更加強烈。

87. 雁來親，燕去也，獨對孤燈歎福寡。漸掩茅房下翠微，三衣佛敕千門化。（《千門化》，〇五六九）

《總編》："原本'漸'寫'暫'。"（1061頁）《匡補》："原寫暫字亦非'漸'字，而是'暫'字。"（148頁）

按，敦煌寫本中暫通常來記錄兩個字，一是"漸"，一是"暫"。據文義此處應是"暫"而非"漸"，《匡補》所說是。句說佛徒暫時離開禪房外出募衣。從此組辭後的"側吟"七律中我們亦可看出此字為"暫"（此類組辭後都有七律詩歌以對前唱內容作結）。"側吟"言："暫離峰頂巡朱戶，略出雲房下翠微。"此對句所講即為上文"暫掩茅房下翠微"的注腳，"略"亦為"偶爾""暫時"之義。

88. 歸去來，娑婆世境苦難裁。急手專心念彼佛，彌陀淨土法門開。（《歸去來》，○五八○）

《總編》："'裁'甲丙作'哉'，從乙，裁減也。"（1069頁）

按，此首《歸去來》見於伯2250（甲）、"文"89（乙）、丙3373卷。訂為"裁"是正確的，如其下文所引《父母恩重經講經文》（集六七九頁）：'苦惱千般不可裁'，但釋"裁"為"裁減也"又是不妥的。此"裁"當取"裁"之引申義"消除；解除"。如唐張泌《碧戶》詩："詠絮知難敵，傷春不易裁。"因此此句非言娑婆苦難減或苦惱不能減，而是說娑婆苦不能除或苦惱不能消。

89. 舍利佛國難為。吾本出家之時，舍卻親兄熱妹，惟有同學相隨。（失調名，○五九○）

《總編》："此首在丙、戊、子三本，均分男女，化為二首：一寫'舍卻親兄熱弟，惟有法兄法弟'；一寫'舍卻親姊熱妹，惟有法姊法妹'。庚本'親兄熱妹'寫'親姊熱妹'。"（1074頁）

按，該讚文《總編》共標十個本字，其中甲本為斯5573卷，經檢視，該卷此本並無該讚文，而在斯5572卷中，《總編》未標此本，應據正。且斯5572卷"親兄熱妹"寫"親兄姊妹"。庚本所寫"親姊熱妹"即"親姊熱妹"，"姊"通"姊"。如此一來，各本均無"親兄熱妹"。此處應從上述原寫"親兄熱弟""親姊熱妹"或"親兄姊妹"中任選其一，而不是臆改原文。

90. 為利名譽惑眾生，欺誑師僧及父母。若能懺悔正思維，當來必離波吒苦。（失調名，○六一二）

《總編》："'為利名譽'謂因揚己之名，乃對人多誑，丁寫'為譽名利'，誤，茲從餘本。"（1094頁）

按，"為利名譽"和"為譽名利"的說法都是對的。"利""名譽"或"譽""名利"均作介詞"為"的賓語，歌辭中每有如此之說，如：

舍利佛國難為。吾本出家之時，捨卻親兄姊妹，惟有同學相隨。

（失調名，〇五九〇）

　　化生童子舞金鈿，鼓瑟簫韶半在天。舍利鳥吟常樂韻，迦陵齊唱離攀緣。（《化生子》，〇六二六）

　　例一斯5572卷寫"親兄姊妹"（詳見前訂），"親"同作"兄"和"姊妹"的定語；例二中"瑟"和"簫韶"同作"鼓"的賓語。

　　91. 化生童子上金橋，五色雲擎寶座遙。合掌惟稱無量壽，八十億劫罪根消。（《化生子》，〇六二〇）

　　《總編》："甲乙原寫'搖'。"（1101頁）

　　按，本首及下一首皆出自《佛說阿彌陀經講經文》，共三個本子，甲伯2122，乙伯3210，丙殷62，甲乙全，丙僅存第四以下之四首半。（詳參《總編》1100頁）此首原寫"搖"，是。句說化生童子於寶座手舉祥雲，"搖"和"擎"的動作同是"童子"於寶座發出。

　　92. 化生童子見飛仙，花落空中左右旋。微妙歌音雲外聽，盡言極樂勝諸天。（《化生子》，〇六二三）

　　《總編》："'花落'各本寫'落花'。"（1103頁）

　　按，三本俱寫"落花"，"落花"不煩改為"花落"，應據改。

　　93. 或入道，求仙侶，燒煉長生爐裏煮。饒君多有駐顏方，限來也被無常取。（《無常取》，〇六四〇）

　　《總編》："'燒''煮'重沓，待校。"（1110頁）

　　按，此首《無常取》見於伯2305卷。《總編》所說不確。與前述同，"燒""煮"復唱實是充分刺激受眾之感官的一種同義語詞堆砌的方式，敦煌歌辭、變文等說唱文學中多有類似語例，如《大目乾連冥間救母變文》："出入羅帷錦障行，那堪受此泥犁苦。"首句"出入"和末字"行"重唱復沓，遙相呼應，和"燒煉""煮"的情形一致。又如《捉季布傳文》："凌毀大王臣等辱，罵觸龍顏天地嗔。""凌"與"辱"義亦同。

　　上文此句可理解為一緊縮句，"長生"即長生丹，原句可拆為二：燒煉長生；長生爐裏煮。

　　94. 望兒孫，行施捨，鑄像寫經虛相為。饒你鑄得一千軀，也不如聞健先祇備。（《先祇備》，〇六六八）

　　《總編》："原本'虛'寫痛，從形意改，待校。此首所云，連注像與寫經二事亦概可捨棄，因像雖多，不能食；經雖多，不能衣也。故歸依佛

與法，皆虛耳，惟有歸依師僧是實。"（1122 頁）

　　按，此為《先祇備》第六首，見於伯 2305 卷。原本 "痛" 是。從前幾首來看第三句和第四句之間關係緊密，第三句一般極言一種行為，第四句又極力否定之，如第二首先言 "把閻王子千回跪"，後說 "直饒你跪得一千雙"。第四首先言 "報塞我一生錯使意"，後說 "饒你報塞總無騫"。第五首先言 "累七修齋兼遠忌"，後說 "饒你累七總周旋"。此首亦應是，而 "痛" 字正洽， "痛" 作 "竭力" 講。而 "虛" 與 "痛" 恰相反，和 "饒你鑄得一千軀" 意亦相反，因此， "痛" 是。 "痛" 作竭力講，習見，如唐韓愈《曹成王碑》："喪除，痛刮磨豪習，委己於學。"

　　95. 只趁事持誇窈窕，鬥豔爭輝呈面俏。（《拋暗號》，〇六七一）

　　按，此首及以下三首《拋暗號》見於伯 2305 卷《無常經講經文》。 "呈" 字各本均未出校，此字應為 "逞" "誇耀" 之義，既和上文 "誇" 對舉，又與本句 "鬥豔爭輝" 之 "爭" "鬥" 並說。歌辭中每有此說，如其上首："半夜秋風凜凜高，長城俠客逞雄豪。手執鋼刀利如雪，腰間恒掛可吹毛。"（《何滿子辭》，一五〇八）此 "逞" 即誇耀之義。"逞聰明，誇計較，計較得成身已老。"（《拋暗號》，〇六七〇） "逞" "誇" 對舉。又如："鬥文才，逞詞藻，三篋五車何足討。盡推松柏有堅貞，也被消磨見枯老。"（《十二時》，一二二六） "鬥" "逞" 並舉。另外歌辭亦有 "呈" 寫成 "逞" 的情況，如：

　　　　或渾炮，或細切，盡逞無明恣餐啜。教他忍苦受刀砧，猶嫌不美情無悅。（《十二時》，一二三三）

　　　　恣荒唐，逞奢侈，一日光陰半朝醉。思量能得幾多時，眼前便見成枯悴。（《十二時》，一二六九）

　　上二例 "逞" 均與 "恣" 對舉，"逞" 通 "呈"，恣意。如《左傳·僖公二十三年》"淫刑以逞"。唐陸德明《經典釋文》："呈，勑景反，本或作呈。"

　　96. 如今盡枉亂施為，冥司業鏡分明照。（《拋暗號》，〇六七二）

　　《總編》："原本 '枉' 寫 '狂'。"（1127 頁）徐震堮《〈敦煌變文集校記再補》（以下簡稱徐《補》）："'盡'字疑當在'狂亂'下。"① 《匡補》："原本'狂'字不誤。'盡'字應在'狂亂'之下，此句應是'如今狂亂盡施為'。"（160 頁）

按，《總編》、徐《補》《匡補》所說均不確。此句應按原文"如今盡狂亂施為"，不煩改動。"盡"既修飾"狂"，亦修飾"亂"，"狂亂"乃同義詞的連用，分屬不同的語流，全句語言節奏是"如今/盡狂/亂施為"，歌辭中有不少類似語例，如：

> 貪心不識知厭足，當來空手入黃泉。（失調名，〇六一六）
> 柳條垂處也，喜鵲語零零，焚香稽（啓）告素（訴）君情。（《宮苑春》，〇〇三六）
> 蟋蟀夜鳴吟砌下，恨長宵。（《浣溪沙》，〇〇六五）

例一應讀為"貪心/不識/知厭足"，例二讀為"焚香/啓告/訴君情"，例三讀為"蟋蟀/夜鳴/吟砌下"，因此不必如《匡補》所擬把"狂亂"歸入同一語流而讀成"如今/狂亂/盡施為"。

97. 火宅驅牽長煎炒，千頭萬緒何時了。恰到病來臥在床，一無支准前程道。（《抛暗號》，〇六七四）

《總編》："原本'支准'寫'支抵'，變文集校作'支抵'，茲據〔〇六七五〕及〔一二一五〕之'支准'改。'前途道'猶下首曰：'前程道'。"（1127 頁）

按，"抵"影本寫抙，變文集校作"支抵"是。斯 5431《開蒙要訓》："抵捍拒格"之"抵"即寫作抙，和上字同形。"支抵"猶"支捂"，對付；應付。裴駰《〈史記集解〉序》："或有抵捂"，唐司馬貞《索隱》："今屋樑上斜柱曰'柱捂'是也。直觸橫觸皆曰抵，斜觸謂之捂，下觸謂之抵。""支"有處理，應付之義，如："大丈夫，自支料，不用教人再三道。七十歲人猶自稀，何須更作千年調。"（《十二時》，一二一四）此義應是從其"支撐"義引申而來。"抵"亦有"撐"之義（詳參《漢語大詞典》"抵"第 10 個義項"撐，頂"），因此"支抵"當為同義連文，複合成詞。

另，原寫"前程道"，未見"前途道"之寫法，應據正。

---

① 　徐震堮：《〈敦煌變文集〉校記再補》，《華東師大學報》1958 年第 2 期。

98. 上論色界諸天子，下至輪王福最雄。七寶鎮隨千子遠，福盡然知也是空。（《十空讚》，〇六八〇）

《總編》："末句'然知'謂'然後知'，'終知'。張釋一列'然、然雖'條，舉例自宋詩始，不及唐代民間歌辭，憾事！陳訂曰：'然'者，乃也，不知'然'有'然'義。"（1136頁）

按，此首及下首歌辭見於伯3824（甲）、伯4608（乙）、蘇DX922（丙）、蘇DX1358（丁）、蘇DX2137（戊）、斯4039（己）、斯5569（庚）、斯5539（辛）。《總編》解"然知"為"然後知"，而後提及張相《詩詞曲語辭彙釋》的"然、然雖"的舉例早晚問題，其實，張釋所列"然、然雖"條與《總編》所說的"然"為"然後"義毫無關係，張釋提到的"然、然雖"為"雖然"之義（詳見18—19頁），估計任氏只看了張釋的目錄，而未及內容，以致引用有誤。另外需要重點指出的是，這裏的"然"並非"然後"之義，而恰恰是"雖然"之義。張釋中共舉是例九條，其中有八條"然"字在句中有相應之詞，如"未""奈""尚""卻""則"等，以示語義轉承關係，該句中"然"字亦有相應之詞"也"，表示輕微的轉折關係，是句說"福盡雖知也是空"。

99. 漢王項主爭天下，樓煩一喝勢龍鍾。一朝自刎烏江死，蓋代雄名也是空。（《十空贊》，〇六八五）

《總編》："甲、乙、丙、丁寫'項王漢王'，茲從戊。己、庚寫'項王漢主'，陳訂改'漢王項羽'。"（1140頁）

按，今檢視原卷影本發現，甲、乙本伯3824和伯4068均寫"項王漢主"，且以上六個本字均以"項王"開頭，"漢王"或"漢主"居後，應以眾本"項王"居前，"漢主"居後。此順序與下文重點討論項羽之事相合。

100. 為許癡計之所眯，八難三途□□□。（《行路難》，〇六九二）

《總編》："'為許'張釋曰：'為此也'。第十辭有'歎許'，應同義，皆助辭。古樂府曰：'奈何許！石闕生口中，含碑不得語'，可以助辭統一之。"（1167頁）

按，此辭見於斯6042（甲）、日本龍穀大學藏本（乙）。《總編》解"為許"為"為此"，"歎許"為"歎此"，確，但說二"許"乃助辭，不確。上所舉古樂府之"奈何許"，"許"的確為助詞，表示感歎。又，《樂府詩集·清商曲辭三·華山畿》："奈何許！天下人何限，慊慊只為汝。"此"許"同上，為助詞，但此歌詞之"為許""歎許"之"許"皆有實義，非助詞，指如此，這般。"許"的此種意義自漢魏始已見，《樂府詩集·清商曲辭一·子夜歌三十》："重簾持自鄣，誰知許厚薄。"又如唐杜甫《野人送朱櫻》詩："數回細寫愁仍破，萬顆勻圓訝許同。"

101. 或經營，逐利去，或住他鄉或道路。兒子雖然向外安，阿娘悲泣。（失調名，〇七一二）

《總編》："'逐利去'，原寫'去利去'，從向校。"（1223頁）黃征注曰："原校作'逐'，疑未確。下文：'經求仕宦住他鄉'，'求'即指求利。《目連緣起》：'兒擬外州經營求財，侍奉尊親。'《宋書·吳喜傳》：'侵官害民，興生求利。'可證'求'字是。"①

按，此首失調名歌辭見於伯2418卷。向校和《總編》均改第二句第一個"去"為"逐"，雖義洽，但音不近，逐，澄母屋韻，與"去"字溪母魚韻讀音相去甚遠。"求"雖義近，但音形均不近，筆者以為改"求"不若改為"驅"，一者"去""驅"古常通借，如《左傳·僖公十五年》："千乘三去，三去之餘，獲其雄狐。"清朱駿聲《說文通訓定聲·豫部》："去，叚借為驅。"二者"驅"有追隨，追逐之義，於此意合。近代亦有"驅""利"並說之例，如明歸有光《與潘子實書》："科舉之學，驅一世於利祿之中，而成一番人材世道，其敝已極。""驅一世於利祿之中"意即"驅利"。再者，"去""驅"二者音近，均為谿母，韻部僅有魚虞之別，讀音極近。因此，"去利"改為"驅利"更洽。"驅"或因後一"去"字連類而訛為"去"，如：少顏回，老彭祖，前後雖殊盡須去。（《十二時》，一二六二）盡，伯2714、伯3286卷作"去"。

102. 九月季秋秋欲末，忽憶貞君無時節。鴛鴦錦被冷如水，與向將□□□□。（《十二月》，〇八二一）

《總編》："'鴛鴦'原作'鴛鸞'。"（1261頁）饒《曲》亦訂"鴛鸞"為"鴛鴦"。（125頁）《全詩》本亦從《總編》、饒《曲》所校。（5613頁）

按，此首《十二月》見於斯6208卷，原卷寫"鴛鸞"，緣何改為"鴛鴦"？《總編》類似的臆改還有，如："仕女鸞凰，齊登金座。金絲線織成鴛鳳。"（失調名，〇〇八一）鸞凰，原寫"鸞鳳"；鴛鳳，原寫"鴛鸞"。"鴛""鸞"皆鳳族，"鴛鸞"並舉乃古人常語，可喻賢人，亦可喻朝官、同僚。如唐韓偓《和王舍人撫州飲席贈韋司空》："席上弟兄皆杞梓，花前

---

① 黃征、張湧泉：《敦煌變文校注》，中華書局1997年版，第993頁。

賓客盡鴛鸞。"《夢中作》詩:"紫宸初啟列鴛鸞,直向龍墀對揖班。"辭中
"鴛鸞錦被"指繡著"鴛""鸞"紋樣的被子。被子上、裙帶上、羅帕上、
帳帷上繡著鴛鴦、鳳鸞、合歡等是古民間風俗,常作愛情之象徵。敦煌歌
辭亦不例外。後來"鴛鸞"一語和"鴛鴦"一樣直接演化成了"情侶"的
代名詞,如明王錂《春蕪記·家門》:"不料奸徒設計,阻佳期拆散鴛鸞。"
因此宜尊重原文,取"鴛鸞"一語。

　　另,冷如水,原寫"冷如氷","氷"即冰,《總編》、饒《曲》均擬
"冷如水",應據改。

　　103. 夜半子,干將造劍國無二。臣劍安在石松間,為父報仇不惜死。
(《十二時》,〇八三七)

　　《總編》寫"臣劍"。(1278 頁)《全詞》本、《全詩》本從之。

　　按,本首《十二時行孝文一本》見於伯 3821 卷。臣,原卷寫"臣"。
據相關文獻記載,干將莫邪造雌雄二劍,以雌劍獻楚王,雄劍藏於北山之
陽,松石之下。但據原卷字形看"臣"非"雄"字,那麼"臣劍"作何
解?其實這裏的"臣"應是"巨"字,"巨"寫成"臣"在敦煌寫本中常
見,如斯 799 卷《隸古定尚書》:"散鹿臺之財,發臣喬之粟。""臣"即
"巨"。

　　石松,原寫"木松"。《總編》把"木松"改為"石松"可能出於兩種
考慮,一是據其所見《太平禦覽》引《列異傳》的文字記錄來看,"石松"
應是。二是"木松"似不辭。其實"木松"並舉是上古非常活躍的"類名
＋別名"(大名冠小名)一類構詞法,中古雖漸趨萎縮,但並沒有完全消
亡,不僅在歷代文獻中時有出現,還有一些遺存於現代方言口語之中①。
可見"木松"並舉並無不可。另外以《列異傳》記載從而把"木松"改為
"石松"的做法很難服眾,這無異於完全否定了敦煌民間文學的創造性,
類似的做法《總編》中還有很多,比如緊接著下一首的"會稽山中逢赤
眉"一語,《總編》據《敦煌雜詠》(伯 3929 號)詠史詩云:"唯文(聞)
報仇眉(間)赤,直諫忠臣伍子胥",將其改成了"會稽山中眉間赤",這
種做法實在多此一舉。

　　104. 人定亥,項伯投門多敬愛。項莊舞劍殺漢王,乃得張良教樊噲。
(《十二時》,〇八四八)

---

　　① 萬獻初:《"木桃、木李"新證》,《長江學術》第 3 輯,長江文藝出版社 2002 年版。

《總編》："原文'多'寫'都','教'寫'救'。按史事救漢王,非救樊噲。此用張旭光校,形聲兼洽,極是。"（1282 頁）鄭阿財仍照錄為"救",張錫厚指出鄭氏之誤,應從任氏校①。《全詩》本旋即又改校為"救",但未明所據。(5413 頁)

按,此首《十二時》見於伯 3821 卷,原卷寫"都""救",應從之。《總編》把"都"改為"多"不知出於何種考慮,"項伯投門"講的應是"項伯夜馳之沛公軍",密告張良項羽要"旦日饗士卒,為擊破沛公軍"一事,隨後受到漢王的"敬愛",即漢王"得兄事之",並"奉卮酒為壽,約為婚姻",若由此來看把"都"改為與之同聲部或同韻部的"得"或"受"似更易理解。但"都"在這裏究竟為何意,仍不敢妄下斷語,暫存疑。"乃得張良救樊噲"一語中"救"字不煩改動,"救"雖位於"張良"和"樊噲"之間,表達的卻是"張良、樊噲救漢王"之義,"救"是一共用語詞,關於此共用句式,詳參第五章"共用句"部分,茲不贅述。

105. 正南午,讀書不得辭辛苦。如今聖主召賢才,用爾中華長去武。（《十二時》,〇八五八）

《總編》："末句原作'去耳中華長用武',義逆,故順之。'耳''爾'同音,'爾'意與'用'貫。全句即辭前引子所謂'聖朝偃武卻修文'也。"(1294 頁)《全詞》本、《全詩》本從之。

按,此首《十二時》見於伯 3821 卷,原卷寫"去耳中華長用武"。"耳"即"爾",變文中多見,如《難陁出家緣起》："都無清淨之心,縱耳剃頭何益?"蔣紹愚校錄："'耳'為'爾'之誤。"②"爾中華"是同位語,改"去爾中華長用武"為"用爾中華長去武"是沒有必要的,因為"去爾中華長用武"本身所表示的意義就是"去武"之義。"去"的賓語應是"中華長用武",這個句子的結構類型和敦煌歌辭《浣溪沙》"罷却龍泉身擐甲,學文章"一句中的"罷却龍泉身擐甲"是一致的。"罷却"的賓語包括"身擐甲",根本不存在義反的問題。而《總編》對這兩處都進行了"平反","身擐甲"也改成了"身解甲"(405 頁)(此處錯誤《匡補》9 頁已經對其做出了修正)。類似的例子敦煌歌辭中還有,比如:

①　張錫厚：《〈敦煌文獻與文學〉書評》,《敦煌吐魯番研究》第 2 卷,北京大學出版社 1996 年版,第 396 頁。

②　劉堅、蔣紹愚：《近現代語法資料彙編》（唐五代卷）,商務印書館 1995 年版,第 376 頁。

彌陀國，兜率院，要去何人為障難。十齋八戒有功勞，六道三途無繫絆。（《十二時》，一二四九）

第三句"要去何人為障難"和"去耳中華長用武"句子結構類型非常相似，前者"去"的賓語是"何人為障難"，因此像這樣的句子在敦煌歌辭中是一種慣用的表達方式，不必任意改之而曲解原意。

106. 晡時申，懸頭刺股是蘇秦。貧病即令妻嫂棄，衣錦還鄉爭拜秦。（《十二時》，○八六○）

《總編》："又第三句'棄'皆寫'行'，聲既拗，意亦不順。此字應由'棄'訛化為'行'，待校。"（1294 頁）

按，此首《十二時》見於伯 3821 卷，"行"字義洽。此處之"行"當作"去，離開"講。全句是說蘇秦貧病之時其妻嫂即棄之而去，意思非常明瞭。"行"的此種用法自上古至近代皆習見。如王褒《洞簫賦》："時奏狡弄，則彷徨翱翔，或留而不行，或行而不留。"元馬致遠《薦福碑》第三折："雖然相公回、百姓安，則怕小生行、雨又來。"此兩處"行"皆作"離去"講。

107. 黃昏戌，五楁之人何處出。空裏喚向百街頭，惡業牽將不揀足。（《十二時》，○八七四）

《總編》："'不揀足'待校。"（1300 頁）

按，此首及以下兩首《十二時》見於《零拾》。"不揀"即"不論"。歌辭中還有一例，如：

或公私，或營討，不揀高低皆擾擾。一生多是聚眉愁，百年少見開顏笑。（《十二時》一二一○）

這裏的"不揀"亦是"不論"。變文是義"不揀"多見，歌辭中"揀點""揀"等多和"論"同義對舉。如：

（1）不論貴賤與高低，揀甚僧尼及道侶。除卻牟尼一個人，餘殘總被無常取。（《無常取》，○六四一）

（2）縱發心，無忍耐，揀點師僧論過罪。雖逢善境暫回心，忽遇

違緣還卻退。(《十二時》,一三一二)

(3) 憍慢心,難誘勸,揀點師僧論貴賤。說凡道聖有偏頗,也是於身為大患。(《為大患》,○六五五)

"揀"有"論"義,蓋有其義"挑選,選擇"引申而來①。"不揀足"即"不足論",和同辭第三首中的"不可論"、第六首中的"不須論"意思相同。之所以置"足"於"揀"後,為與本首"戌""出"叶韻而已。

108. 人定亥,世間父子相憐愛。憐愛亦沒得多時,不保明朝阿誰在。(《十二時》,○八七五)

《總編》:"叢書本'沒得'作'得沒','沒多時'意與 (○八六七) 複。"(1301 頁)

按,此處不煩改。"沒多時"確與"子父恩深沒多時"(○八六七) 複,而這是辭作者有意為之,從此句中"亦"字即可看出。把"得"移至"沒"之後,雖然所表述的意思一樣,卻改變了"得"的詞性。原文之"得"是謂語動詞,"憐愛亦得沒多時"義即"得憐愛亦沒多時",移至"沒"之後,"得"卻成了一個語助詞。變文中亦多見"得沒多時"等的說法,如《八相變》:"太子聞言情緒悲,少年全得沒多時。""直饒萬乘君王位,勢長風促得多少時。"王梵志詩《机机貪生業》:"漫作千年調,活得沒多時。"

109. 雞鳴丑,敗壞之身應不久。縱然子孫滿堂前,但是恩愛非前後。(《十二時》,○八七七)

《總編》注:"末句待校。"(1301 頁)

按,"但是恩愛非前後"所表述的意思和同辭前幾首中的"子父恩深沒多時""憐愛亦得沒多時"所表述的意思是一樣的。就是說,即將死去的人,縱然有眾多子孫,但是他們之間的恩愛情深卻不會隨著老人的逐漸逝去而隨之而去(非前後),意即恩愛沒有多時了。

110. 雞鳴丑,高樓大宅安得久。常勸父母發慈心,孝傳題名終不朽。(《十二時》,○八八九)

《總編》:"'安得久'原寫'得安久'。"(1306 頁)《全詞》本亦錄為"安得久"。

---

① 詳參拙文《試析敦煌歌辭中的一類特殊的同義詞對用》,《現代語文》2010 年第 3 期。

按，此首《十二時》見於伯3821卷。安得久，原寫"得安久"。"高樓大宅得安久"和同辭第八首"但願父母得長壽"無論是意義還是句式都是非常相似的。"安久"即"久安"，實出於押韻之需要，"久安"才寫成"安久"。《維摩詰經講經文》有"吾身稍似得安康，未肯慵於禮法王"一句，"得安康"與"得安久"結構同。

111. 六十驅驅未肯休，幾時應得暫優遊。兒孫稍似堪分付，不用閑憂且自愁。（《百歲篇》，〇八九五）

《總編》："甲丙'暫'寫'漸'，'遊'寫'柔'。'優柔'見下文（〇九〇〇）者，乃溫柔意，於此未合。"（1311頁）《全詩》本從之。（5452頁）

按，此首《百歲篇》見於斯2947、斯5549、伯3821及Дx.2147（《總編》校錄時未參俄卷）中，其中斯2947、伯3821、Дx.2147"暫"均寫"漸"，唯斯5549寫作🔲，亦當是"漸"的誤字，如敦煌歌辭："母哭兒，兒哭母，相送松間幾千度。升沉瞥瞥似浮漚，來往憧憧如鎮戍。"（一二六一）第四句"瞥瞥"字甲本（伯2054）寫🔲🔲，應是"漸漸"無疑。"漸"字和下文中的"稍似"義同。"稍似"猶如"漸漸"，"似"是有音無義的助詞，蔣《釋》有詳考[1]，"漸""稍"相映應更諧。

優遊，四本皆寫"憂柔"，"優""憂"互代的情況在敦煌寫本中習見，自不待言，但《總編》以"優柔"於此意不合為由，擅改為"優遊"是不對的。《總編》以為此處之"優柔"和（〇九〇〇）"一十花枝兩斯兼，優柔婀娜複壓孅。父娘憐似瑤臺月，尋常不許出朱簾"中的"優柔"同為"溫柔"義，其實不然，此處之"優柔"另有其義——寬舒、從容，此句是說人到六十忙忙碌碌，何時才能稍稍舒緩、放鬆？所以改為"優遊"是沒有必要的。"優柔"的此種意義亦是常見，如南朝梁劉勰《文心雕龍·書記》："言以散鬱陶，托風采，故宜條暢以任氣，優柔以懌懷。"唐李白《比干碑》："俾後人優柔而自得，蓋《春秋》微婉之義。"此兩例"優柔"均作寬舒講。

112. 二十笄年花藥春，父娘娉許事功勳。香車暮逐隨夫聲，如同蕭史曉從雲。（《百歲篇》，〇九〇一）

《總編》："'事'猶'侍'。實質為'出賣女兒入豪門，在夫權下，終

---

[1] 蔣禮鴻：《敦煌變文字義通釋》，上海古籍出版社1997年版，第524—525頁。

身當奴隸'，當非戴氏所能意識。"（1318 頁）

　　按，此首及以下三首《女人百歲篇》見於斯 2947（甲）、斯 5547（乙）、伯 3821（丙）、伯 3168（丁）卷。如此釋"事"為"侍"，抹煞了敦煌歌辭的用語特色。"娉許事"乃同義之"三字連文"。娉，按古代婚禮，男方遣媒向女方問名求婚謂之娉，引申為嫁娶，婚配。如《云謠集·傾杯樂》："一旦娉得狂夫，攻書業拋妾求名宦。縱然選得，一時朝要，榮華爭穩便。"（〇〇二〇）許，特指允婚；許配。如唐杜甫《送大理封主簿五郎序》："鄭氏伯父京書至，女子已許他族，親事遂停。"事，謂出嫁。《玉臺新詠·無名氏〈為焦仲卿妻作〉》："謝家事夫壻，中道還兄門。"唐李端《雜歌》："十三女兒事他家，顏色如花終索莫。"敦煌歌辭中亦有，如"兒大長成娶新婦，女還長大是（事）他門"。（《孝順樂》，〇三二九）《匡補》曰："此字實寫'是'，乃'事'字音誤，'事他門'謂嫁他人。"（80 頁）又如《伍子胥變文》："妾是公孫鐘鼎女，疋配君子事貞良。""事"與"疋配"對舉，謂"嫁"無疑。《醜女緣起》："金剛醜女年成長，爭忍令交不事人？""事功勳"謂嫁給了有功勳之人。故本辭"事"與"娉""許"同義連文，不煩釋"侍"。

　　113. 五十連夫怕被嫌，強相迎接事壓孃。尋思二八多輕薄，不愁姑嫂阿家嚴。（《百歲篇》，〇九〇四）

　　《總編》：" '連夫'各本同。'連'謂不離……原辭明謂妙年恃色，輕視家中上下；今即半百，對夫且須壓孃迎奉，恐遭嫌棄。"（1320－1321 頁）

　　按，《總編》所釋有兩處可議。

　　一、釋"連"為不離，不確。難道"不離"丈夫左右就不被嫌了嗎？"連"於此作介詞，表示包括、全部在內，如《太平廣記》卷十引晉葛洪《神仙傳》："餘注此經以來，一千七百餘年，凡傳三人，連子四矣。""連夫怕被嫌"是一緊縮句，口語中常有。[1] 此句句式緊湊凝縮，可拆為兩句：五十連夫（也）嫌，怕被夫嫌。緊接著說"強相迎接事壓孃"，語義貫通。

　　二、"輕視家中上下"不得落實。《總編》看來是把第三句中的"輕薄"一語給誤解了。"輕薄"一語在這裏既無"輕佻浮薄"之義，更非

---

① 關於緊縮句，黃征《敦煌語言文字學研究》（甘肅教育出版社 2002 年版）有專文討論，詳參第 233 頁。

"輕視鄙薄"，而是指"輕盈纖弱"之姿態。本辭是說，女人年過半百，年老色衰，受到包括丈夫在內的家人的嫌棄，不得不強顏事之。回想二八年紀，妙齡豔姿，優柔婀娜，即使姑嫂阿家如何挑剔，亦能從容周旋。此首詠"五十"相比詠"一十"時的內容發生了翻天覆地的變化。"一十"妙齡"兩斯兼"——優柔婀娜加壓孃，而今，只剩"壓孃"，"優柔婀娜"即"輕薄"已蕩然無存。"輕薄"的此種用法中古常見，如唐羅虬《比紅兒詩》："金粟妝成扼臂環，舞腰輕薄瑞雲間。"近代亦不乏用例，如明徐渭《眼兒媚·書唐伯虎所畫美人》詞："吳人慣是畫吳娥，輕薄不勝羅。"

114. 六十面皺髮如絲，行步龍鍾少語詞。愁兒未得婚新婦，憂女隨夫別異居。（《百歲篇》，○九○五）

《總編》："'龍鍾'各本皆寫'躘踵'。《埤蒼》：'躘踵'，行不進貌。《玉篇》謂為'小兒行'"（1320 頁）

按，《總編》訂"躘踵"為"龍鍾"，不妥。"躘踵"有行動不便義，用在這兒形容花甲老人步履蹣跚再合適不過，不必改為與其同義的"龍鍾"。如唐盧仝《自詠》之二："盧子躘踵也，賢愚總莫驚。"

115. 百歲山崖風已頹，如今身化作塵埃。四時祭拜兒孫在，明月長年照土堆。（《百歲篇》，○九○九）

《總編》："'在'乙丙丁寫'絕'，從甲。"（1322 頁）

按，此字斯 5549、伯 3821、伯 3168 卷均作"絕"，唯斯 2947 寫"在"。但《總編》劍走偏鋒，偏取"在"而舍"絕"，究其原因當是其認為"兒孫絕"不合適，"兒孫絕"怎會來祭拜？因此自然是"兒孫在"才能來祭拜。其實不管《總編》是怎麼想的，"在"於此遠沒有"絕"好。此句"四時祭拜兒孫絕"的語法結構關係和語義關係是不一致的，此句應是省略句，"四時祭拜"和"兒孫絕"之間省掉了介詞"與"，此句表達的語義應是"兒孫們四時都來祭拜他，而他卻與他們陰陽遠隔"，"絕"乃"遠隔，隔絕"之義。此種含義在敦煌文獻中多有闡發，如《廬山遠公話》："其死苦者：四大欲將歸滅，魂魄逐風摧，兄弟長辭，耶娘永隔，妻兒男女，無由再會。"《大目乾連冥間救母變文》："昨與我兒生死隔，誰知今日重團圓。"這樣來理解更符合此時之情境。

116. 一十一，春禾壟上苗初出。東蘭桃李花漸紅，西苑垂楊更齊密。（《百歲篇》，○九一○）

《總編》（1324 頁）、饒《曲》（122 頁）均寫"垂楊"。《全詩》（5349

頁）從之。

　　按，此首及以下七首《百歲篇》見於伯 3361（甲）、斯 1588（乙）卷。今檢視原卷影本，乙卷寫"垂楊"；甲卷寫"垂枊"。顯然是"柳"字，只不過"柳"字之"卯"部左右兩部分靠得特別近，以致容易讓人誤認為"楊"字。權其"楊""柳"二字，二者均可。垂楊即垂柳。古詩文中楊柳常通用，如南朝齊謝朓《隋王鼓吹曲·入朝曲》："飛甍夾馳道，垂楊蔭禦溝。"唐萬齊融《送陳七還廣陵》詩："落花馥河道，垂楊拂水窗。"

　　117. 二十二，蒼鷹出籠毛爪利。四歲駁寒初搭鞍，狐狸可得相逢值。（《百歲篇》，〇九一一）

　　《總編》："二本'蒼'寫'倉'，饒編（一二二頁）用'倉'字。"（1326 頁）《全詩》用"蒼"字，曰："蒼、倉省筆借音字。"（5353 頁）

　　按，饒《曲》寫"倉鷹"是較妥當的。"倉"通"蒼"，所以沒必要改動原文的"倉"字。如《戰國策·魏策四》："夫專諸之刺王僚也，彗星襲月……要離之刺慶忌也，倉鷹擊於殿上。"周師曠《禽經》："倉鷹之屬以象東方木行，朱鳥之屬以象南方火行。"此處就寫"倉鷹"。

　　118. 四十四，蛾眉鏡裏無青翠。紅顏夜夜改常儀，蟬鬢朝朝不相似。（《百歲篇》，〇九一三）

　　《總編》："饒編慣用'娥眉'，乃寫別字，致失義。"（1327 頁）

　　按，原卷二本均寫"娥眉"，無誤。"娥眉"之"娥"並非"蛾"之別字。"娥眉"用來形容女子的秀眉，自上古就有。如《楚辭·大招》："嫭目宜笑，娥眉曼只。"南朝宋鮑照《翫月城西門廨中》詩："始見西南樓，纖纖如玉鈎，未映東北墀，娟娟似娥眉。"敦煌文獻中亦有，如《敦煌變文集·醜女緣起》："於是娥眉不掃，雲鬢罷梳，遙口靈山便告世尊。""娥眉"與"蛾眉"兩種寫法都是正確的，自不必改。同理，"千秋不見娥眉態"（《百歲篇》，〇九二九）中的"娥眉"一詞，《總編》改為"蛾眉"亦不妥。

　　119. 九十九，臨崖摧殘一株柳。新生白髮頭上無，舊日紅顏更何有。（《百歲篇》，〇九一八）

　　《總編》："二本'頭'寫'身'。"（1329 頁）

　　按，經檢視原卷影本伯 3361 和斯 1588 卷，"頭上"均作"身上"，因此，若加改動當慎重。歷代文獻中常見"頭"作"身"講的用例。如《後漢書·賈逵傳》曰："身長八尺二寸，諸儒為之語曰：'問事不休賈長

頭'。"長頭"顯然指"身長"，非"頭長"。晉唐有俗語"藏頭"，亦即藏
身之義；唐宋有俗語"抽頭"，亦是抽身之義；王梵志詩《身臥空堂內》
有"避頭"一語亦作避身講。"可中五逆甘采□，死了掇頭入地獄"。（失
調名，○五四一）"掇頭"即墜身。由此可揣"頭"即"身"之義①。蓋
是由於經常性地以"頭"代"身"，以致出現了上文所見的以"身"代
"頭"的情況，當然這還缺乏足夠的例證。"身上"暫存，待校。

　　120. 一十一，池上新荷行花出。珠彈近追黃雀年，玉繅初影青春日。
（《百歲篇》，○九二○）

　　《總編》："甲本'行'寫'汙'，'近'寫'匠'，均從乙，仍待校。
'行花'說亦俟詳。"（1232頁）

　　按，今檢視原卷影本，"行"寫行，"近"寫近，《總編》所說有誤。
《總編》不解"行""近"之義，故另添他寫，不確。饒《曲》照錄原文，
用"行""近"。（122頁）《總編》以為"行花"為詞，故不得解。"行"
於此作副詞，"將，將要"之義，"行花出"即"花行出"，這是歌辭中一
類特殊的狀語前置，詳見前訂。與前舉（○九一○）中的"苗初出"義
近，謂即將開花。"行"這是從時間上來進行界定的一個詞。第四句中的
"初"字亦是一個與之相近的時間副詞"近"與之相對，這是從空間距離
上來說的。一"行"，一"近"，一"初"，旨在說明此年齡的可愛及蓬勃
朝氣。

　　121. 三十三，武略文章陌上談。十月角弓鳴塞北，五花駿馬獵城南。
（《百歲篇》，○九二二）

　　《總編》曰："'略'寫'用'，又似'周'。乙本'駿'寫'聰'，饒編
'略'作'用'，未顧文理。"（1333頁）饒《曲》訂"聰"為"𦗨"。（122
頁）

　　按，略，原寫"用"，兩本均作如是寫，改為"略"無道理。"武用"
和"武略"意義相近，"武用"即指軍事才幹。如《北史·厙狄盛傳》：
"〔厙狄盛〕性和柔，少有武用。"《北齊書·韓賢傳》："〔韓賢〕壯健有
武用。"駿，伯本此字不清，斯本此字筆畫清晰，寫"𦗨"，右半部分是
"悤"之連寫，因此此字為聰。"悤"通"忽"，又常寫作"悤"，因此聰
字還經常寫作悤或悤。伯2524《語對》有"聰馬。"詳參《宋元以來俗字

────────────

① 詳參項楚《王梵志詩校注》"避頭"條，上海古籍出版社1991年版，第213頁。

譜》108 頁之"驄"字條。《總編》亦認之為"驄"，但不知為何改為"駿馬"。唐駱賓王有《幽繫書情通簡知己》詩："驄馬刑章峻，蒼鷹獄吏猜。""驄馬"對"蒼鷹"，同辭辭詠"二十二"時亦有"倉鷹"，可於此釋惑。

122. 四十四，草木山川動殺氣。風光漸漸不依依，物色那堪太憔悴。（《百歲篇》，○九二三）

《總編》曰："若循'依依'推之，'物色'宜是'柳色'；再從辭意求之，倘作'柳色漸漸不依依，風光那堪太憔悴'，亦是一格。因鑒於入矢異文多無據而生，不敢恣肆主管，犯王氏'改詞'之戒，故仍原本。"（1334 頁）《全詩》本從《總編》。（5356 頁）

按，《總編》"仍原本"說不能落實。太，影卷甲本、乙本均寫不，《總編》由於未解"物色"和"那堪"之義而擅改"不"為"太"，不足據。原文"不"無錯，亦無須改動"風光"和"物色"。於此，"物色"和"風光"是一對同義詞，物色，指景色；景象。如南朝宋鮑照《秋日示休上人》詩："物色延暮思，霜露逼朝榮。"宋蘇舜欽《寄王幾道同年》詩："新安道中物色佳，山昏雲澹晚雨斜。""那堪"為"怎能禁得起"之義，因此改"不"為"太"，不成句。

123. 五十五，前王后帝何堪數。寂寂春光愁不明，凜凜寒風來入戶。（《百歲篇》，○九二四）

《總編》："甲本'風'寫'光'。乙本'風'寫'色'……按'凜凜'之下、'入戶'之上，作'寒光'或'寒色'，均未安。'光'字上句已見，故訂為'寒風'。"（1335 頁）饒《曲》訂"寒風"為"寒花"。（123 頁）

按，風，原卷乙本寫禿，《總編》認為此字是"色"，非是。此字當是"風"的草書，只不過是起筆缺失而已，如《雙恩記》："正夏生風送臘寒，子時雉叫交星晝。"此"風"原卷寫"庄"。《廬山遠公話》："道安答曰：'黑風義者，是眾生無名之風。'"第一個"風"字原卷寫秀。此二字寫法與上文寫法極似。甲本"寒光"乃因上"春光"而誤。

124. 歲有榮枯秋復春，千般老病苦相奔。從茲更莫回顧戀，好去千萬一生身。（《百歲篇》，○九三九）

《總編》："'莫'寫'奚'。"（1342 頁）魏耕原《敦煌詩集殘卷校釋》："疑'更奚'當為'更須'的音訛。更須，猶言豈須，何必的意思。'更須'自盛唐起多用為'還須、還要'義，見於岑參、包何、杜甫、嚴維、李商隱、司空圖等人詩中；而'豈須、何必'義，至晚唐始見，屬於口語俗詞的特殊意義。"①

按，此首釋悟真的《百歲篇》見於斯 0930、伯 3821、伯 2847 卷。《總編》和《敦煌詩集殘卷校釋》分別從字形、語音兼意義的角度對"奚"字進行了考釋，分別改為"莫"和"須"，其實"奚"字不必改。"奚"是。"奚"於此為疑問詞，猶"何，什麼"。如敦煌本《李陵蘇武往還書》："陵之苦鬥，又無後援，賊臣暗背，敗陵軍伍；事即不遂，知復奚言？""奚言"即說什麼呢？又如宋陸遊《老學庵筆記》卷十："吾兒遇蘇內翰知舉不及第，他日尚奚望？此"尚奚望"和"更奚回顧戀"義恰相近，"尚"對"更"，"望"對"回顧戀"，（"回顧戀"是三字連文）"奚回顧戀"猶"何回顧戀"，意即"有什麼可回顧留戀的呢？"。"更奚"一語亦可見到，如王夫之《宋論》卷十一："宋之積漸以亂德者孤之也。不得不孤，而終不能不自孤其德，則天下更奚望焉？"此處之"更奚望"和上文之"更奚回顧戀"義更近。

125. 雞鳴丑，雞鳴丑，不分年貶侵蒲柳。忽然明鏡照前看，頓覺紅顏不如舊。眼暗尪羸漸加愁，頭鬢蒼茫面復皺。不覺無常日夜催，即看強梁那可久。（〇九四一）

《總編》："'貶'待校。甲本'前'原寫'用'，'尪羸'寫'匡量'，'可'寫'不'。"（1351 頁）《全詞》本、《全詩》本均訂"貶"為"紀"，末句從《總編》。

按，此首及以下兩首《十二時》見於甲本斯 0427、乙本鳥字 10（北 8840）。貶，原卷寫既，顯然是"既"字。前，原卷寫用，顯然是"用"字。那可久，原卷寫那不久，顯然是"那不久"。《總編》訂"既"為"貶""用"為"前""不"為"可"，誤，原寫均不錯。饒《曲》即照錄原文為"既""用""那不久"（120 頁）。臆改的原因在於沒有弄清俗語或俗字的真實用法。"不分年貶侵蒲柳"之"不分"非今義之"不分辨，不分別"，而是"不料"之義，為唐時俗語詞，如（唐）陳陶《水調詞》之二："容華不分隨年去，獨有妝樓明鏡知。""既"有"終，已"之義，因此"不分年既"義同"不分隨年去"，歌辭中亦有類似語例，如：年既秋，漸蒲柳，起坐呻吟力衰朽。（《十二時》，一二九六）由此句可知《全詞》本、《全詩》本擬"年既"為"年紀"亦是錯誤的。"照用"改為"照前"完全是

---

① 魏耕原：《唐宋詩詞語詞考釋》，商務印書館 2006 年版，第 4—5 頁。

拿現今之語法來衡量古人之言語習慣的做法，不足取。"明鏡照用看"應是古之俗語倒裝，正常順序為"用明鏡照看"。敦煌變文中亦見"用"字此類用例，如《妙法蓮華經講經文》："夏中案磨勤消息，冬日茶湯用養神。""茶湯用養神"即"用茶湯養神"。句末"既"字作連詞，有"即""便"之義，表示前後兩事件緊密相連，如《戰國策·燕策三》："秦王謂軻曰：'起，取武陽所持圖。'軻既取圖奉之，發圖，圖窮而匕首見。""那不久"的"那"同"奈"，如《鳳歸雲》："萬般無那處，一爐香盡，又更添香。（○○○一）《五更轉》："美人無那手頤忙，聲繞梁。"（一○四一）兩處"那"均同"奈"。"強梁那（奈）不久"是說怎奈強壯不了多久的意思。"匡量"一詞除《總編》作過校正以外，各本均採取回避的態度，照錄原文。但此詞到底指什麼，還不清晰。筆者以為能否校為"尫羸"，仍待商榷。敦煌文獻寫本中"梁"常寫作"量"，或應是"尫梁"，和後文"強梁"對比，俟訂。

126. 日入酉，日入酉，觀看榮華實不久。劫石尚自化為塵，富貴那能得長有。（《十二時》，○九四九）

《總編》："甲本'尚'寫'上'，乙本'得長有'寫'長得受'。饒本'尚'作'上'，'長有'作'長壽'。疑原本作'長受'，饒氏改'受'為'壽'。按饒氏樂於見'受'改'壽'，不顧文理，看（○八○一）便知。"（1357 頁）

按，"上"字，是。此"上"通"尚"，《詩·豳風·七月》："嗟我農夫，我稼既同，上入執宮功。"俞樾《群經平議·毛詩二》："'上''尚'古字通。'上入執宮功'，言野功既畢，尚入而執宮中之事也。"《前漢書平話續集》卷上："〔高祖劉邦〕歎曰：'官高職貴，上有謀心，忘其乞食漂母，為胯下之人！'"敦煌寫本中更是多見"上""尚"相通之例，因此還是保留"上"字為是。

經檢視影卷斯 0427 發現，"得長壽"是。《總編》以上所疑饒《曲》改"受"為"壽"，誤。乙本"長得受"意即"長得壽"。

127. 榮華恰似風中燭，眼裏貪色大癡昧。一朝冷落臥黃沙，百年富貴知何在。（《十二時》，○九五一）

《總編》："兩本'似'均寫'是'，'冷'均寫'令'。饒本'冷落'作'合落'。"（1359 頁）

按，首先，"是"字不誤。恰是，烏字 10 和饒《曲》又作"總是"。

不管是"恰是"，還是"總是"，這是一個暗喻句，用"似"改成明喻，意義並無不同，實屬多此一舉。《總編》喜改"是"字句為"似"字句，如："此時模樣，算來是，秋天月。"①（《別仙子》，〇〇四一）又如："妾是南山松柏，無心戀別人。"（《南歌子》，〇一九六）《總編》均改"是"為"似"。其次，"令"字，是。兩本均無"冷"，饒《曲》"合"是"令"之形誤。

128. 七十連宵坐結跏，觀空何處有榮華。匡心直樂求清淨，永離沾衣染著花。（《百歲篇》，〇九七〇）

《總編》："'宵'各本皆寫'霄'。《下女夫詞》（集二七四頁）：何方貴客？侵霄來至。《字書》：'宵'俗，'霄'正，不可解。"（1372 頁）

按，此首及下首《百歲篇》見於斯 2947（甲）、斯 5549（乙）、伯 3821（丙）伯 4525（丁）。原寫"連霄"不必改。"霄"指夜時與"宵"通。如前蜀魏承班《黃鐘樂》詞："惆悵閑霄含恨，愁坐思堪迷。"《總編》所舉《下女夫詞》亦是。

129. 九十之身朽不堅，猶蒙聖力助輕便。殘燈未滅光輝薄，時見迎雲在目前。（《百歲篇》，〇九七二）

《總編》："各本'輝'皆寫'暉'。"（1373 頁）

按，"輝""暉"在指"光輝，日光"時同，如唐韓愈《宿神龜招李二十八馮十七》詩："荒山野水照斜暉，啄雪寒鴉趁始飛。"又如敦煌歌辭："脫緋紫，著錦衣，銀鐙金鞍耀日暉。場裏塵飛馬飛去，空中球勢杖前飛。"（《杖前飛》，〇二六八）"暉"字乙本伯 2544 寫"輝"。"光暉"的寫法常見，如《荀子·天論》："日月不高，則光暉不赫。"《維摩經押座文》："毗耶離國地中心，寶樹光暉金璨爛。"（《校注》810 頁）所以不煩改"暉"為"輝"。

130. 人定亥，吾今早已悔。驅驅不暫停，萬物皆失壞。（《十二時》，〇九八三）

《總編》："次句甲本寫'吾今早已叚'，'叚'乃'改'之訛，參看（〇六〇七）。乙本'悔'寫'改'；丙本寫'金烏早餘改'；丁本作'吾今早欲斷'，因'叚'而訛，失韻。"（1383 頁）

按，抄有此首辭的寫本共伯 3604（甲）、伯 3116（乙）、伯 3821

---

① 項楚《敦煌歌辭總編匡補》（巴蜀書社 2000 年版）對此句中的"是"字已經進行過糾正，第 4 頁。

（丙）、《零拾》（丁）四個本子，（《總編》還注有戊本斯5567，經檢視影卷未有）在這四個本子中沒有一個本子此處寫"悔"，"改"字是。

131. 日昳未，眾生須作出罪意。莫言出家空剃頭，不得隨風逐浪去。（《十二時》，〇九九一）

《總編》："'逐'甲所寫是'波'，因丙本'隨'寫'逐'，加以會通，故改'波'為'逐'。或'破'，有（〇九九二）之'坡'亦作'妝'可證。"（1398頁）

按，此首及下首《十二時》見於伯3113（甲）、斯5567（乙）、伯4028（丙）、伯2813（丁），經檢視原卷影本發現，這四個本子皆寫"波浪"，改為"逐浪"或者"破浪"均誤。隨風波浪去，"風"和"波浪"均作"隨"的介詞賓語，既言"隨風"，又言"隨波浪"，為何不可？歌辭中每每有此用法，如：

> 為利名譽惑眾生，欺誑師僧及父母。若能懺悔正思維，當來必離波吒苦。（失調名，〇六一二）

"為利名譽"即"為利""為名譽"。丙本寫"逐風波浪"，"逐"和"隨"義近，亦可。

132. 日入酉，莫學渴鹿驅焰走，空□功夫漫波波，法水何時得入口。（《十二時》，〇九九三）

《總編》："按'空'下一字與上'走'字形異，不是'走'，設空待補。"（1399頁）《全詞》本寫"走"。

按，該首同上，共四個本子，經檢視影卷發現，"驅焰"後一字寫走，"空"後一字寫走，二者均是"走"字無疑。斯388《正名要錄》："走走（上）正，（下）相通用。"估計《總編》設空的原因除了上面提到的與上字"走"形異而不敢妄斷外，和前"走"複，怕亦是一因。"走"字於此意義極洽，此"走"為"喪失，失去"義。《新編五代史平話·梁史上》："誑得尚讓頂門上喪了三魂，腳板下走了七魄。"今口語中仍然在用，如李六如《六十年的變遷》第二卷第七章："因為心不在焉，走了碰。這一手牌，本來只要一碰就可以落聽望和的。"

133. 二更長，三更嚴，坐禪執定苦能甜。（《十二時》，一〇二七）

《總編》："乙本'苦'寫'甚'，丙同。丁本第四五句寫'坐禪執定甚足時甜，不籍之天甘露蜜。'"《全詞》本從《總編》訂"苦"。

按，此《五更轉·南宗讚》見於斯 4173（甲）、伯 2963（乙）、北 8369（丙）、周〇七〇（錄文見許國霖《敦煌雜錄》下輯，簡稱丁本）、斯 4654（戊）、俄藏 Дx.171（己）、斯 5529（庚）。經檢視原卷影本，苦，除斯 5529"坐禪"句闕之外，其他六個本字均寫"甚"。《總編》改"甚"為"苦"，不妥。"甚能"一語常修飾一些形容詞，如《孔子項托相問書》："項托七歲能言語，報答孔丘甚能強""樹樹每量無百尺，葛蔓交腳甚能長"。"甚能甜"與"甚能強""甚能長"可相互參證。

134. 一更淺，衆要諸緣何所遣。但依正觀且□□，念念真如方可顯。（《五更轉》，一〇三五）

《總編》："'衆要'之'要'俟訂。宜是'衆生'。"（1456 頁）《匡補》："'要'應作'惡'，與'惡'字別體'悪'形近而誤。"（208 頁）《全詞》本、《全詩》本訂"衆生"。

按，此首《五更轉·無相》見於斯 6077 卷。今檢視原卷影本，"要"字原寫妄，顯然是"妄"字。"妄"即妄想，與"真"相對；"緣"即塵緣，謂心識所緣色、聲、香、味、觸、法六塵之境。應據改。

135. 太子無心戀，閉目不形相。將身不作轉輪王？只是怕無常。（《五更轉》，一〇四二）

《總編》："末句'不'字意覺不貫，或是'大作轉輪王'，待校。"（1463 頁）

按，此首及以下三首《五更轉·太子入山修道讚》見於伯 3065（甲）、伯 3061（乙）、李盛鐸舊藏本（丙）、伯 3817（丁）卷。《總編》未載丁本。"不"字，是，不必改。"將身不作轉輪王"是一問句，所表達的意思是肯定的，如同"常念彌陀轉法輪"（〇三七一）所講。

136. 五更夜月交，帝釋度金刀。毀形落髮紺青毫，鵲奠巢。（《五更轉》，一〇五二）

《總編》："（甲本）'奠'作'頂'。（乙本）'鵲奠'為'雀帝'。'雀帝巢'應訂為'鵲奠巢'，音義皆合。《周禮》'系帝世'，漢杜子春讀'帝'為'奠'，唐陸德明《經典釋文》'周禮音義'上於'而奠''奠賈'等之'奠'均音'定'。《廣韻》：'奠，書傳雲定也。'按'定'，徑韻，'青'之去聲字；'帝'，霽韻，'齊'之去聲字。'定''帝'二音或'奠''帝'二音正好互註。"（1469 頁）《匡補》："'雀帝巢'應訂為'鵲締巢'，'帝'

'締'音同而誤。甲本作'頂'者，唐五代西北方音'頂''締'音近，正和於'青''霄'互注之例。'締'者，構築也。佛經言悉達太子修道坐禪之時，有鴉鵲於頭頂築巢生子，'鵲締巢'即言此事。校作'鵲奠巢'，終不如'鵲締巢'為切當。"（213頁）《全詞》本、《全詩本》從項校。

按，原卷甲本、丁本俱為"頂"，乙本為"帝"，當以"頂"為是。《總編》擬"奠"，《匡補》擬"締"，均把此字看為動詞，其實此句動詞為"巢"，"巢"即"築巢"，此義亦常見。而"頂"作狀語，此句正如《匡補》所說，是句言悉達太子修道坐禪之時有鴉鵲於頭頂築巢。《八相變》中詳有此事：

> 入於禪室，定意安祥，食一麥而為齋，養四大之幻體。蘆穿透膝，頂鵲為巢。斷有漏之凡疑，逝無邊之上德；精專聖道，不起邪塵，獨住山間，唯祈淨行。云云：自別車匿住雪山，苦行殷懃志道專；日食一麻或一麥，鵲散巢窠頂上安。

《降魔變文》中亦載有此事：

> 勤苦累歲，瘦損其形。日食麻麥，引日偷生。烏鵲巢頂，養子得成。頭如蓬窠，項似針釘，肋如朽屋之椽，眼如井底之星。

《悉達太子修道因緣》亦如是說：

> 日食一麻或一麥，鴉鵲巢窠頂上安。

"頂鵲為巢"意即鵲於頂為巢，同上文之"鵲頂巢"，"烏鵲巢頂"意即烏鵲築巢於頂，"鵲散巢窠頂上安""鴉鵲巢窠頂上安"意思更加明白，是說烏鵲在頂上安巢。三處文字均強調了"頂部"之義，上文亦應是指"頂部"而非"奠"或"締"等動作行為，乙本"帝"如《總編》《匡補》所說是"頂"之音近而誤。

137. 牧女獻牛乳，長者奉香茅。誓當作佛苦海嶠，眉間放白毫。（《五更轉》，一○五三）

《總編》："乙本此首寫：'木（牧）牛女顯（獻）乳。'"（1470頁）

《匡補》："甲本亦寫'牧牛女獻乳'，應照錄，不必乙作'牧女獻牛乳'。"（213 頁）

按，甲乙丙丁各本俱作"牧牛女獻乳"，《總編》作"牧女獻牛乳"屬多此一舉，《破魔變文》亦載"獻乳"一事，原文是："廣鋪草座，供養殷懃；牧女獻乳於此時，四王捧鉢於是日。"此處直言"牧女獻乳"應和上文之"牧牛女獻乳"是相同的，而非"牧女獻牛乳"。項說，是。

138. 誓當作佛苦海嶠，眉間放白毫。（《五更轉》，一○五三）

《總編》："'嶠'甲乙寫'橋'。"（1470 頁）

按，"嶠"甲乙丁本俱作"橋"，丙作嶠。當作"橋"。敦煌變文《維摩詰經講經文》："且要身心不越常，能於苦海作橋樑"，"孝行昏衢為日月，孝心苦海作梯航。""嶠"指高山，於此無涉。

139. 一更初，太子欲發坐尋思。奈知耶娘防守到，何時度得雪山川。（《五更轉》，一○五五）

《總編》："'尋思'寫'心思'。（1473 頁）《全詞》本、《全詩》本從之。

按，此首《五更轉》見於伯 3083、伯 2483 卷，其中伯 2483 卷是首曲子共抄兩遍。經檢視原卷影本，三處均寫"心思"，擅改為"尋思"，不妥。此處之"心思"義同"尋思"，作"想"講，當為方言詞。今冀魯官話、膠遼官話、中原官話中仍如是說，如山東安丘：你在那兒心思什麼？河南：他老早都心思要入合作社了。①

另，"雪山川"，筆者疑"川"是"穿"的誤字，敦煌歌辭中多見，如《五更轉·太子入山修道讚》："耶輸憶我向門看，眼應穿。""穿"伯 3061 卷作"川"。《曲子喜秋天》："不知牽牛在哪邊，望得眼睛穿。"俄藏 Дx. 2147 "穿"寫"川"。"度得雪山穿"，"穿"的賓語亦是"雪山"，義同前"度"字，與"有緣得遇諸佛見""阿娘擬收孩兒養"等句中的末字"見""養"的用法是一致的。

140. 隅中己，庫藏金銀盡佈施，憐貧恤老又慈悲，每有苦災今日是。（《十二時》，一○六五）

《總編》："原本'又'寫'及'，形訛。按義，'總'字最宜。"（1482 頁）《全詞》本、《全詩》本從《總編》。

---

① 許寶華、宮田一郎：《漢語方言大詞典》，中華書局 1999 年版，第 939 頁。

按，原寫"及"不必改。改為"又"，意義相同，沒必要。本身此句和上句就未出對，所以亦不必強求"及"字和上文的"盡"的對仗。

141. 平旦寅，□□□□未安身。奉勸有男須入學，莫推言道我家貧。從小父娘□□□，到大傻羅必越人。（《十二時》，一一〇〇）

《總編》："'莫推言道'寫'莫言推到'。'越人'應作'過人'。從全辭是村坊（見卯辭）俗唱看，'越人'在當時或已入口語。"（1559頁）

按，此首及以下四首《十二時》見於伯2952卷。莫推言道，原卷寫"莫言推道"，不煩改為"莫推言道"，"推言"成詞，有"推斷論說"之義，於此易讓人誤解。"莫言推道"之"言"為動詞"說"之義，"推"作"推諉之話"，"道"相當於"曰"，因此此句是說，奉勸那些男童應當去上學讀書，不要說諸如"我家窮，上不起學"等推諉的話來搪塞。

"越人"亦不必作"過人"，"越"作"超過，越過"講在敦煌俗文學作品中已不鮮見，如歌辭《浣溪沙》："麗質紅顏越眾希，素胸蓮臉柳眉低。一笑千花羞不坼，懶芳菲。"（〇〇一六）又如《高興歌酒賦》："王公特達越今古，六尺堂堂善文武。但令朝夕醉如泥，不惜錢財用如土。（補一〇一）

142. 日出卯，□□□□□衣巧。不言官職作曹司，天下相欽酒飯飽。（《十二時》，一一〇一）

《總編》："原本'飯飽'寫'飯滿'。"（1560頁）《全詞》本、《全詩》本從之。

按，飽，原卷寫"滿"，"滿"字雖不諧，但亦不宜刪之。"滿"之"飽滿，足，滿足"之義和"飽"義通，如《八相變》："悉達太子時，廣開大藏，佈施一切饑餓貧乏之人，令得飽滿。"（《校注》338頁）因此，"滿"字還是留下為宜。

143. 遠近稱傳道姓名，遙聞談說人皆美。世人不敢苦欺凌，都為文章有綱紀。（《十二時》，一一〇三）

《總編》："原本'凌'寫'陵'。"（1560頁）

按，改原卷之"欺陵"為"欺凌"無必要。"陵"本身具有侵犯、欺侮等意義。如《禮記·中庸》："在上位，不陵下；在下位，不援上。"唐陳子昂《為喬補闕論突厥表》："單于桀驁，益陵漢家。"因此二字在很多時候是相通的。"欺陵"同"欺凌"，如《降魔變文》："到處即被欺陵，終日被他作祖。""欺陵"與"作祖"對舉。又如唐韓愈《送窮文》："子遷南荒，熱爍濕蒸，我非其鄉，百鬼欺陵。"因此此處應保持原形"欺陵"。

　　另，"文章"二字原文實寫"文才"，但《總編》《全詩》本等卻沒有對此詞寫卷情況進行任何描述，而是徑直錄為"文章"，不知何故。"文才"於此不通，改為"文章"是合理的，因為"丈"的俗寫𠀋和"才"非常相似，故此"才"當是"丈"的形誤，而"丈"又是"章"的音誤。"丈""章"均是澄母陽韻字，只有平上之分，致誤自然難免。

　　144. 名播其傳天下說，□□父母不及親。但教十年冬夏讀，不摟變作一貧人。(《十二時》，一一〇六)

　　《總編》："原本'父母'上寫'揚名'。'摟'是訛火，疑若虛字'啊'，有聲無義，待訂。'一貧人'寫'一歺人'，待訂。下片前二句內'名播'原與'揚名'重遷，'揚名'似應作'官高'或'身榮'，或'遠遊'；與(一一〇三)下片所有同。"(1562 頁)《全詞》本從《總編》。《匡補》按曰："原文'摟'字應是'捷'字形誤，原寫'歺'字乃是'官'的俗字，此句作'不捷變作一官人'，謂縱然科舉不第，也可作一名官員吏人。"(222 頁)《全詩》本從項校。

　　按，"其"字於此不通，今重檢伯 2952 影本發現，"其"誤。此字筆畫甚清晰，寫為：共，當是"共"字無疑。"播"前面的字根本看不清，但從"共"字來推，此字肯定不是"名"，而應當是一個和"共"同義的詞語，或"同"字，存疑待定。既然此二字非《總編》所說"名播"二字，也就無所謂與下文之"揚名"重遷的問題。"揚名"似應作"官高""身榮""遠遊"的揣測也就告流產了，因此"父母"前"揚名"二字應補上。

　　另外"揚名父母不及親"句意與前面的內容有乖戾之處，疑"不及親"當是"亦及親"之誤。"不""亦"之草書非常相似，常致訛。如《廬山遠公話》："無足者，雖即為人，是事不困，不辨東西，與牲畜無異。"郭在貽、黃征、張湧泉《〈廬山遠公話〉補校》一文指出："'不困'費解，疑當作'不會'。'是事不會'即任何事情都不懂"。劉瑞明指出，"然而'困'之與'會'，形音兩者相去遠甚，無由致誤，此校未得其確。實則必應校為'是事亦困'，即任何事也難。"① 劉說甚是。

　　《匡補》改"貧人"為"官人"是；"不摟"亦不錯。《總編》說

---

① 劉瑞明：《〈廬山遠公話〉再補校》，《新疆文物》1992 年第 2 期，又收于《中國敦煌學百年文庫·文學卷五》，第 83 頁。

"‘摸’若虛字‘啊’，有聲無義"，顯然這是一種避實就虛，逃避現實的處理方法；項楚擬"不摸"為"不捷"，顯然只是從前後語義關係的角度進行擬測的，"摸"和"捷"之形並不近。筆者以為"不摸"成詞，乃"一向；從來"之義。今粵語仍如是說，如"不摸都食煙"，即一向都抽煙①。上句是說只要苦讀書，總能謀個官府的差役。

145. 黃昏戌，官職比來從此出。文章爭不盡心學，有志勿令生愧悔。（《十二時》《一一〇八》）

《總編》："‘愧’寫‘悔’。"（1564 頁）《全詞》本、《全詩》本從之。

按，經檢視原卷影本，"愧"原寫怳，顯然是"怳"字，此二字作"怳悔"，應據正。"怳悔"和"怳悟"的形式是一致的，意義亦相仿，當作猛然後悔之義。

146. 終日貪生不覺老，鬢邊白髮實難除。面上紅顏千道皺，腰疼脊曲項筋粗）。眼暗耳聾□不辨。頭風腦轉手專遇（顫）。中口牙齒並落盡，皮肉瘦損遍身枯。（《五更轉》，一一一二）

《總編》："‘聾’下似‘虬’，待校。"（1568 頁）饒《曲》校"聾"下字為"見"（115 頁）。《全詩》從饒校。

按，此首及下一首《五更轉》見於伯 2976。經檢視原卷影本，"聾"下一字為"九"，疑是"究"的誤字，如俄藏 Дx. 2147 抄有《曲子穢收天》，其中"回心看北斗，吾得更深究"一句，"深究"原寫"深九"。若此此句便和上文第四句相參，"鬢邊白髮實難除"和"眼暗耳聾究（?）不辨"之"實""究"相映。

147. 二更分，閻浮眾生不可論。終日怱怱望富貴，誰□先業受饑貧。（《五更轉》，一一一三）

《總編》："原本‘怱’寫‘忩’（1568 頁）《全詩》本訂為"匆匆"。（5283 頁）

按，怱怱，原寫"忩忩"。改"忩忩"為"怱怱"或"匆匆"，實不必。敦煌文獻中多有"忩忩"作匆忙、匆匆講的用例，如《維摩詰經講經文》："忩忩獨自入城門，行止因由請宣唱。"近代文獻中亦有，如元薩都刺《送外舅慎翁之燕京》詩："揚子江頭柳色濃，小窗春雨去忩忩。"清錢泳《履園叢話·雜記下·題壁詩》："有人過邯鄲，見題壁云：生死世間原

---

① 許寶華、宮田一郎：《漢語方言大詞典》，中華書局 1999 年版，第 617 頁。

草草，功名夢裏太忿忿。"因此"忿忿"改為"愿愿"或"忽忽"毫無必要。

148. 從你男女頭前哭，千呼萬喚耳不聞。(《五更轉》，一一一三)

《總編》寫"從"，張《校》："'從'字當讀作'縱'，敦煌寫本中'從''縱'，多通用。"①

按，此"從"非"縱"，"從"本身作"任從""任由"講，於此其義自安。如白居易《九日醉飲》詩："身從漁夫笑，門任羅雀張。""從""任"對舉，可見"從"自有"任從"之義，李白《白頭吟》："莫卷龍須席，從他生網絲。""從"，張相《匯釋》曰："從他，任他也。"② 敦煌歌辭中每有此用，如：

> 五陵兒，戀嬌態女，莫阻來情從過輿。暢平生，兩風醋，若得丘山不負。"(《漁歌子》，○○二八)
> 八十八，筋疲力盡如枯剉。氈褥從君坐萬重，還如獨臥寒霜雪。"(《百歲篇》，○九二七)

敦煌變文中亦有：

> 冬天野馬從他瘦，夏月犎牛任意肥。(《王昭君變文》)

此處"從"和"任意"對舉，詞義更是一目了然。

149. 雞鳴丑，雞鳴丑，曙色才能分戶牖。富者高眠醉夢中，貧人已向塵埃走。(《十二時》，一二○一)

《總編》校曰："乙丁'人'寫'者'，'埃'寫'中'。'人''者'之互代，雖已見(○九五○)，卻不足據。"(1598頁)

按，此首及以下十一首智嚴的《十二時》見於伯卷2054(甲)、伯卷2714(乙)、伯卷3087(丙)、伯卷3286(丁)。歌辭不避複已是常見，後文就有連用四個帶"者"字的短語："孕者生，壽者夭，壯者衰殘小者老。古來美麗與英雄，誰免無常暗侵耗。"(《十二時》，一二二四)且"富者"與"貧者"對舉乃敦煌俗文學之常見形式，如王梵志詩《世間日月明》

---

① 張湧泉：《〈敦煌歌辭總編〉校議》，《語言研究》1992年第1期。
② 張相：《詩詞曲語辭彙釋》，中華書局1977年版，第109頁。

云："富者前身種，貧者慳貪生。"因此說"貧者"誤，不妥，應保留，同樣，"向塵中走"亦應保留。

150. 或城隍，或村藪，矻矻波波各營構。下床開眼是欺謾，舉意用心皆過咎。（《十二時》，一二〇二）

《總編》："乙丁'構'原本寫'勾'。"（1599頁）《全詞》本、《全詩》本亦沿用"營構"。

按，營構，《漢語大詞典》僅列三義項：1. 猶"建造"。2. 猶"勾引"。3. 構思；創作。很明顯，此三義於此很難勝任。"營勾"，是。"營勾"有謊騙之義，和下文"欺瞞"義同。張相《匯釋》收"營勾"條，茲舉數例以供比勘。《樂府陽春白雪》後一，止軒小令，《醉扶歸》："早知伊家不應口，誰肯先成就。營勾了人也罷手，吃得我些酪子裏罵，低低的呪。"此謊騙義。《雍熙樂府》十一，《新水令》套，《王魁負桂英》："王魁喋！你營勾了我當甚末（麼）便宜？"義同上。《風光好》劇三："好也囉，學士！你營勾了人卻便妝忘魂，知他是甚娘情分？"義同上。（697頁）此首歌辭之"營勾"可補收例滯後之不足。

151. 妻子情，終不久，只是生存詐親厚。未容三日病纏綿，限地憎嫌百般有。（《十二時》，一二〇六）

《總編》："乙丁'妻子'寫'夫妻'。"（1600頁）《全詞》本、《全詩》本從之。

按，甲丙本寫"妻子"，乙丁本寫"夫妻"。從此部分所唱辭意來看，用"妻子"不妥。乙丁寫"夫妻"，更合文意。此首辭所講應當是討論夫妻間的感情問題的，而不是單指夫妻之中妻子一方的。本辭認為，夫妻之間沒有真情實感，只是迫於生存才走到一起，一旦雙方中任何一方有病有災的，另一方定會百般厭煩。緊接著下一首歌辭直接點出："更若夫妻氣不和，乞求得病誰相救。"王梵志詩《夫婦相對坐》："夫婦相對坐，千年亦不足。一個病著床，遙看手不觸。"講的也是夫妻感情虛假不能長久的問題，因此甲丙之"妻子"誤，應改成"夫妻"。基於同樣的錯誤理解，下一首"兄弟亡，男女幼，財物是他為主首"中的"他"，《總編》認為是指"妻子"（1600頁），此種認識很明顯也是錯誤的，這裏仍然在講夫妻的感情問題，此句是說，不管發生什麼情況，他們（夫妻）都是金錢至上。

152. 要慈悲，莫慳吝，小小違情但含忍。聽法聞經勉力為，持齋念

佛加精進。（《十二時》，一二一六）

　　《總編》：“乙丁‘但’寫‘且’。”（1604 頁）《全詞》本、《全詩》本從之。

　　按，“但”乙本伯 2714、丁本伯 3286 作“且”。但，《漢語大詞典》給出了以下幾種解釋：1. 空；徒然，白白地。2. 只；僅。3. 就；徑直。4. 只管；儘管。5. 只是；但是。表示轉折。6. 只要。表示假設或條件。7. 通“誕”。瞞騙，欺哄。以上只有第 5 種解釋於此能勉強解釋得通，但是此處用一個表示強烈轉折關係的詞語來連接“小小違情”和“含忍”似乎有點過，因此“但”字於此並不合適。此處乙丁本寫“且”。“且”字於此意義就非常合適，無論是表“姑且，暫且”，還是“應當”，此字都能很好地體現“小小違情”和“含忍”之間的語義關係。

　　153. 鬥文才，逞詞藻，三篋五車何足討。盡推松柏有堅貞，也被消磨見枯槁。（《十二時》，一二二六）

　　《總編》：“三本‘槁’寫‘栳’，‘柏’寫‘栢’。”（1609 頁）《全詞》本、《全詩》本從之。

　　按，最後一字原卷影本皆寫“栳”，“栳”一般不單用，“栲栳”成辭，指用柳條編成的盛物器具，亦稱笆斗。顯然此處之“栳”不指此義。“栳”應是“老”之誤字，與上“枯”連類而增木旁，改成“槁”，義對，音也諧，但根據不足。另，“栢”為“柏”之異體字，應保留原形。

　　154. 見善人，相仿效，利益之門須愛樂。貪財嗜色險巇人，也莫嫌他莫嘲笑。（一二二九）

　　《總編》：“甲本‘仿’寫‘做’，乃因‘做’訛；乙丁寫‘做’。又‘效’寫‘効’。《說文》：‘仿’，相似也；‘做’，學也；此處原應作‘做’。‘做’俗文中既不用，亦舍之，均不脫民間文藝本色。”（1610 頁）《全詞》本從之，《全詩》本作“做效”。

　　按，認為“做”字俗文中已經不用，繼而說由此看出此文不脫民間文藝本色，實在是自欺欺人。此文中已出現了“做”字，為何要抹殺，難道僅僅因為這是俗文學？其實“做”字的市場仍然顯闊，《新唐書·隱逸傳·王績》：“兄通聚徒河汾間，做古作六經，又為《中說》以擬《論語》。”《舊五代史·世襲傳·錢鏐》：“所在英雄，遞相做斅。”（唐）元稹《上令孤相公詩啟》：“江湖間多新進小生，不知天下文有宗主，妄相做效。”“効”亦不必改，因此原文“做効”應保留。

155. 熱油澆，沸湯潑，號訴求他誰睬聒。貪饕之意若豺狼，毒惡之心似羅剎。(《十二時》，一二四〇)

《總編》："'饕'四本原皆寫'湌'。"(1616頁)《全詞》本、《全詩》本從之。

按，原寫"湌"不必改。"貪饕"有兩義，一是貪得無厭，一是貪吃，嘴饞。(詳見《漢語大詞典》"貪饕"條)原文之"貪湌"即指貪吃，"湌"同"餐"，《封神演義》第八十三回《三大師收獅象犼》："貪餐血食侵人體，畏避煙熏集茂林。"《總編》擬"湌"為"饕"，大概是認為"饕"由"湌"之正體"餐"形訛而來，然而四本皆寫"湌"，並未有"餐"字，因此還是保持原卷字形為好。(一二六七)有"飽湌腥血飲杯觴"，"湌"字《總編》改成了"餐"，應據正。

156. 立三才，經萬古，多少英雄似狼虎。咸隨落日影魂銷，盡溺遊波無覓處。(《十二時》，一二五七)

《總編》："甲本'隨'寫'墮'，'遊'寫'逝'。"(1628頁)《匡補》按曰："甲本寫'逝'。'逝波'猶云'逝水''逝川'，指流逝的時間，句言多少英雄盡隨時間的流逝而消失無蹤。"(230頁)《全詞》本作"隨""遊"，《全詩》本作"隨""逝"。

按，甲本寫"墮"，是。乙丁本"隨"應是"墮"之形訛。另，《匡補》改《總編》"遊"為"逝"亦是正確的。此兩句前四字對仗工整，"咸"對"盡"，"墮"對"溺"，落對逝。因此從這個角度來講，甲本的"墮""逝"是。

157. 三皇五帝總成空，四皓七賢皆作土。(《十二時》，一二五九)

《總編》："乙本'空'寫'塵'，丁同。"(1629頁)《全詞》本、《全詩》本作"空"。

按，乙丁"塵"更好。如失調名歌辭："吾師吾師須努力，年深已是成功積。桑田變海骨為塵，相看長似紅蓮色。"(〇四七七)此處也是用"塵"字表述世事滄桑，人終歸不免一死。另外歌辭中同樣的表達方式還有很多，如：

> 人居濁世逢劫壞，惡世界。星霜暗改幾多時，作微塵。(《十無常》，〇六〇七)
> 百歲山崖風似頹，如今身化作塵埃。四時祭拜兒孫絕，明月長年

照土堆。（《百歲篇》，〇九〇九）

　　日入西，日入西，觀看榮華實不久。劫石尚自化為塵，富貴那能得長有。（《十二時》，〇九四九）

　　晡時申，須見未來因。自軀終不保，終歸一微塵。（《十二時》，〇九八〇）

　　而且上文之"塵"字和下文"土"字對舉，相得益彰。如王梵志詩《不淨膿血袋》："體骨變為土，還歸足下塵。"（603頁）又如變文《歡喜國王緣》："定知玉貌終歸土，爭忍夫人化作塵。"均為"土""塵"對舉。若用"空"字單從意義上來講肯定沒問題，但估計到和下文的"土"字之關係，還是取用"塵"字較好，而且緊接此首之後同一位置上亦出現了一"空"字，原文是這樣的：虛幻身，無正主，假託眾緣成蔭聚。一朝緣散氣歸空，又把形骸葬堆阜。（《十二時》，一二六〇）因此，為避複，還是"塵"字更好。

　　158. 少謙和，沒仁義，兄弟何曾如手臂。親生父母似閒人，未省晨昏畧看侍。（《十二時》，一二六八）

　　《總編》："四本'略'字同，意謂疏略、稀少，仍待校，參看（〇〇二七）。"（1633頁）

　　按，（〇〇二七）"無端略入後園看，羞煞庭中數樹花"之"略"作副詞"偶爾，偶然"講，此處之"略"亦應是此義，句說子女把自己的父母看成毫不相關之人，不曾早晚偶爾去看望一下。《總編》釋為稀少，不妥。表達此義的"略"歌辭中還有一例："應是降王母仙宮，凡間略現容真。"（《內家嬌》，〇〇二三）關於"略"字的偶然義詳參第四章"敦煌歌辭俗語詞例釋"部分。

　　159. 鳳凰釵，鸚鵡盞，枕盉妝函金花鈿。搬將送與別人家，任你耶娘賣家產。（《十二時》，一二八〇）

　　《總編》："三本'搬'皆寫'般'。"（1641頁）《全詞》本、《全詩》本皆作"搬"。

　　按，原寫"般"字是，不必改。"般"和"搬"是一對古今字，後多作"搬"。但在中古的一些文獻中仍多見"般"字的使用。如（唐）白居易《官牛》詩："官牛官牛駕官車，滻水岸邊般載沙。"宋葉適《修路疏》："捐廩傾囊，眼界中裝見生功德；般沙運石，腳根下作穩實功夫。"變文中亦是多見，如《醜女緣起》："我佛當日，為救門徒六道輪回，猶如舟船，般運眾生，達於彼岸。"因此"般"不能改為"搬"。

160. 使府君，食香糗，須念樵農住山藪。旱溿忍苦自耕耘，美飯不曾沾一口。(《十二時》，一二九○)

《總編》："(甲本)'旱溿'寫'捍勞'，乙丙同。"(1645 頁)《匡補》："三本皆寫'捍勞'，不必改，'捍勞'即堅忍耐勞之義。"(232 頁)

按，"捍勞"是，《總編》改為"旱溿"，蓋因上下文出現"耕耘"等與農事有關的字眼有關。《匡補》所說甚是，但惜無例證。《八相變》複見"捍勞"一語，且仍和"忍苦"連用，原文如下："和尚道：'精懃行道，忍苦捍勞，救濟眾生，堅持戒學，乃獲此身。'""忍苦捍勞"應和"捍勞忍苦"同。《悉達太子修道因緣》亦如是說："悍勞忍苦，六時修行，饒益種種，乃獲此身。"[1] "悍勞"即"捍勞"，敦煌文獻"忄"與"扌"每多混寫，茲不贅言。"捍"有抵、禦之義，"捍勞"義即抗勞，耐勞，和"忍苦"義同。

161. 年既秋，漸蒲柳，起坐呻吟力衰朽。聞經業重睡昏昏，買肉腳輕行走走。(《十二時》，一二九六)

《總編》："甲本'走走'寫'起走'，丙同。'走走'與上句'昏昏'對；'行走走'與'行起走'均不辭。"(1648 頁) 段《校》："當依甲、丙本作'行起走'為是。'走走'之頭一'走'字當系'起'字之殘。唐宋文籍中有'行起'一詞，義為起身，'行起走'意為起身就跑，這既與'腳輕'相諧，又與上句'睡昏昏'相承。"[2]《全詞》本、《全詩》本均作"行起走"。

按，此首辭後兩句是對文，由此甲丙本寫"行起走"應舍之。的確，在 ABB 式構詞法中我們實在很難找到像"行走走"這樣動詞後再加重疊動詞作尾碼的例子，但由此就推說"行走走"不辭還是有點武斷。此語的形成是受到上句對文"睡昏昏"的影響而來，或者從大的方面來講是受到強大的 ABB 式構詞法的影響而來，其義亦從"睡昏昏"或者 ABB 結構所示含義而得到解讀，因此"行走走"無論是從形式上還是意義上都是讓人能夠接受的。只不過我們目前沒有發現更多的類似語例而已。"走走"意即"跑跑"，是形容"行"的一種樣子，一種姿態，非常形象，和"睡昏

---

① 例引吳福祥《敦煌變文十二種語法研究》，河南大學出版社 2004 年版，第 189 頁。

② 段觀宋：《〈敦煌歌辭總編〉校議》，《湘潭大學學報》(社會科學版) 1994 年第 3 期。

昏"形成了鮮明的對照。"X 跑跑"是汶川地震後躥紅的網絡流行語，這種名詞後加動詞重疊作尾碼的構詞亦是非常罕見，但由於未出 ABB 式的大框架而被人們所接受。當然這裏並不是說"走走"和"跑跑"是一貫而來的，而是說在一個業已成熟的造詞模式裏邊，有無限的新語詞會應運而生，我們不必因其陌生而否定之。

162. 齒漸疏，皮漸皺，行動原來一依舊。不須目下騁僂羅，波吒總在無常後。(《十二時》，一二九七)

《總編》："甲本'原'寫'元'，丙同。"(1646 頁)《全詩》本作"元來"。

按，此首辭共三個本子，經檢視原卷影本，甲乙丙三個本子均寫"元來"，《總編》未注乙卷此字情形，不知何故。歌辭中還有兩處"原來"應據改：

> 本性原來無損增，祇為迷途有言語。(《十二時》，一○八九)
> "真妄原來同一，一物兩名難合會。(《五更轉》，一○一二)

"元來"為唐習語，如唐張鷟《遊仙窟》："元來不見，他自尋常；無故相逢，卻交煩惱。"唐孫棨《贈妓人王福娘》詩："謾圖西子為妝樣，西子元來未得如。"

163. 平夜秋風凜凜高，長城俠客逞雄豪。手執鋼刀利如雪，腰間恒掛可吹毛。(《何滿子辭》，一五○八)

《總編》："甲'鋼'寫'剛'。乙本'鋼'寫'剬'。"(1686 頁)

按，此首《阿曹婆詞》見於斯卷 6537、伯卷 3271。黃征引顏元孫《干祿字書》："剬剛：上通，下正。"[①] 二本寫"剛"，是。"剛"有"鋼"義，如《北齊書·綦母懷文傳》："又造宿鐵刀，其法，燒生鐵精以重柔鋌，數宿則成剛。"《新唐書·卓行傳·元德秀》："穎士若百煉之剛，不可屈。"《再生緣》第二四回："衛煥推開身下馬，剛鎗一把點心苗。"

164. 上南臺，林嶺別，淨境孤高。岩下觀星月，遠眺遐方情思悅。忽聽神鐘，感愧撚香爇。(《蘇幕遮》，一五二○)

《總編》："'或'戊同，已據音義，訂為'忽'。乙本'或'寫'不'。

---

① 黃征：《敦煌俗字典》，上海教育出版社 2005 年版，第 124 頁。

‘或’‘不’均義乖，惟‘忽’意可采。”（1734 頁）

　　按，此首辭共見三個本子。“或”字影卷甲本伯 3360，戊本斯 4012 均作如是寫，乙本斯 0467 寫“不”。《總編》認為“或”“不”意均乖，惟“忽”意可采，並採用龍例之“忽”“或”“不”三字互注說（1734 頁）。筆者以為上述說法太過勉強，恐難以成立。“不聽神鐘”的“不”當然有誤，但不是“忽”的音誤字，而是“亦”的形誤字。“亦”的草書和“不”極為相似，以致“亦”“不”常常相混，如上訂（一一〇六）：“同（？）播共傳天下說，揚名父母不及親。但教十年冬夏讀，不摟變作一官人。”“不及親”講不通，“不”當為“亦”之訛。又如《廬山遠公話》：“無足者，雖即為人，是事亦困，不辨東西，與牲畜無異。”“亦”字郭在貽、黃征、張湧泉《〈廬山遠公話〉補校》一文指出“‘不困’費解，疑當作‘不會’。‘是事不會’即任何事情都不懂”。劉瑞明指出，“然而‘困’之與‘會’，形音兩者相去遠甚，無由致誤，此校未得其確。實則必應校為‘是事亦困’，即任何事也難。”[①] 劉說甚是。“亦”字於此作“又”講，和上文意貫。“或”於此亦作“又”講，而非指表示推測或選擇的連詞。如《史記·李將軍列傳》：“軍亡導，或失道，後大將軍。”唐杜甫《猿》詩：“慣習元從眾，全生或用奇。”上二例皆作“又”講。

　　165. 男兒出外逯前行，路上甚莫逢賊兵。（失調名，補〇〇三）

　　《總編》：“首句‘逯’原作‘進’，‘行’原作‘□’，擬校。”（1754 頁）

　　按，此首及以下六首見於周《補》。逯，周《補》原錄為“進”，《總編》改“進”為“逯”，非，原寫“進”自通。“進前行”之“前”既作“進”之狀語，又作“行”之狀語，“進”“行”同義，說完“進”，又說“行”，“行”是對前一動作的補充和強調。如敦煌變文《雙恩記》：“取二竹枝簽眼損，偷珠連夜發先行。”發先行，說了“發”，又說“行”，“先”是“發”“行”的狀語，與“進前行”相類。

　　166. 一只黃鷹薄天飛，空中羅網嗟長懸。喚取家中好恩眷，欺人言。高意郎君勞君縛，忽然得奪旋高天。悔不當初人心負，□你兩個沒因緣。（《浣溪沙》，補〇〇四）

　　《總編》：“原辭作……空中羅網嗟長碁……忽然得奪旋高初。‘高意’

---

①　劉瑞明：《〈廬山遠公話〉再補校》，《新疆文物》1992 年第 2 期。

'勞君縛'及'奉'字，均難訂。'貪'改'歎'，尚嫌不確。'高意'若改
'得意'，'勞君縛'若改'牢緊縛'，則較易解。"（1755頁）《匡補》："改
下句末字'初'為'天'，不如改'飛'。這兩句作：'高意郎君勞更縛，
忽然得脫旋高飛。'意思是說，有勞郎君厚意，將黃鷹重新縛住，倘若得
脫，又將飛向高天。"（240—241頁）《全詩》本校"碁"為"懸"，校
"初"為"天"，"貪""奉"保持原形。（5191—5192頁）

　　按，此辭有四處可議。

　　一、"懸"字。周《補》原錄作"碁"，旋改為"暮"；《總編》擬為
"懸"，雖義貫，但音形均相去較遠；《匡補》擬為"稀"雖音近義通，但
形不似。筆者暫擬"慧"，形音兼備，且意義也很恰切。"慧"有憎惡之
義，《左傳·哀公二十七年》："知伯不悛，趙襄子由是慧知伯。"《新唐
書·張宿傳》："宿怨執政不與己，乃日肆讒慧。""嗟"和"慧"在表達不
滿的感情方面是相通的，"長"字是一共用詞語，"嗟長慧"即長嗟，長慧。

　　二、"貪"字。《總編》擬"貪"為"歎"，但注明並非最佳。筆者以
為"貪"字不必改。"喚取家中好恩眷，貪人言"，是說女子貪信別人甜言
美語和男子結成婚姻。歌辭中有不少曲子提到女子因聽信讒言而未結成好
姻緣的例子，如《傾杯樂》：

　　　　每道說水際鴛鴦，惟指梁間雙燕。被父母將兒匹配，便認多生宿
姻眷。一旦娉得狂夫，攻書業拋妾求名宦。縱然選得，一時朝要，榮
華爭穩便。（○○二○）

　　三、"旋高初"的"初"字。周《補》原錄為"初"，《總編》校為
"天"，饒《曲》校為"飛"，雖然句意可通，但這兩個字無論於形於音和
原寫"初"都相去太遠。筆者以為校為"去"更洽。《廣韻》中"初"為
魚韻三等遇攝字，"去"為禦韻三等遇攝字，"魚""禦"二韻，音近。且
和前後句末字"縛""負"通押。"去"為離去，用在這兒極為恰當。

　　四、"奉"字《總編》未訂，以空格示。《全詩》本固守原寫，但未下
校語。筆者以為此字是"逢"的音誤字。依《廣韻》，"奉""逢"均是並
母腫韻三等通攝字，二者只有平上之分。王梵志詩《道士側頭方》："糧食
奉醫藥，垂死續命湯。"（92頁）"奉"即為"逢"。"逢"義於此亦洽。

　　167.大王處分靖烽煙，山路阻隔多般。寒風切切賤於丹，行路遠，

正見一條天。　　願我早晚奪山川，大王堯舜團圓。自今以後把槍攢，卸金甲，高唱快活年。（《臨江仙》，補〇〇七）

《總編》："'奪'原作'說'，揣應是'定'或'掌'之意，故改'奪'，俟訂。'高'原作'呈'，周校為'陳'，非。"（1758頁）高唱，《初編》《全詞》本、《全詩》本訂"齊唱"。

按，《總編》所得結論是可信的，改為"奪"亦義洽。但"奪"字究竟是如何得來的，所言"'說'為'定'或'掌'之意，故改'奪'"仍不足為據。筆者以為，"奪"由"脫"來。"奪""脫"二字古常通用。如上舉《浣溪沙》："高意郎君勞敬縛，忽然得奪旋高初。悔不當初人心負，奉（逢）你兩個沒因緣。"（補〇〇四）《匡補》曰："下句'奪'與'脫'通用。"（240頁）又如《十二時》："皮骨肉髓終莫惜，法水時時得潤身。一切煩惱漸輕微，解脫逍遙出六塵。"（〇九四八）此"解脫"，斯0427寫"解脫"而"鳥"號寫"解奪"。而"脫"即由本辭原寫"說"而來。原寫"說"，讀如"脫"，古例常見，如《易·蒙》："利用刑人，用說桎梏。"孔穎達疏："又利用說去罪人桎梏。"《左傳·僖公十五年》："車說其輹，火焚其旗，不利行師，敗於宗丘。"杜預注："在震，則無應，故車脫輹。"《國語·魯語下》："求說其侮，而豆於前之人，其釁不滋大乎。"韋昭注："說，猶除也。"因此此處之"說"當為"脫"，敦煌文獻中亦有"脫""說"混用的情況，如《廬山遠公話》："我佛如來妙典，義理幽玄，佛法難思，非君所會，不辭與汝解說。"江藍生校錄："'說'原作'脫'，今正。"[1]而"脫""奪"通，因此，由句意可訂此原寫"說"為"奪"。

另，"卸金甲"原作"舍金甲"，"高唱快活年"原作"呈唱快活年"。"呈"周紹良改作"陳"。今按，"舍""呈"均是。"舍"有棄義，自不必改。"呈"字於此亦極洽。如敦煌歌辭《獻忠心》："各將向本國裏，呈歌舞。願皇壽，千萬歲，獻忠心。"（〇二一五）《劍器辭》："劍器呈多少，渾脫向前來。"（一五一四）"呈唱快活年"和此處之"呈歌舞""呈劍器"同，帶有明顯的敬獻之義，非"陳""高""齊"字所能概括。

168. 兩陣壁，隱微處莫潛身。（《望江南》，補〇〇八）

《總編》："原本全首作：'兩陣壁，影搹處莫潛身。'"周《補》訂為

"影偎"，《初編》從周《補》；孫其芳擬為"隱限"①。《全詩》本從《總編》。

按，原寫"影掋"即"影猥"，"影猥"是。"猥"與"限"通，如《降魔變文》："和尚猥地誇談，千般伎術；人前對驗，一事無能。""夫妻情，終不久，只是生存詐親厚。未容三日病纏綿，限地憎嫌百般有。"（《十二時》，一二〇六）其中上例中的"猥地"和下例中的"限地"意思一樣，均為背後，暗地裏之義。"曉樓鐘動，執纖手，看看別。移銀燭，猥身泣，聲哽噎。家私事，頻付囑，上馬臨行說。長思憶，莫負少年時節。（《別仙子》，〇〇四一）"猥身"，蔣禮鴻曰："'猥身'的'猥'似與'猥地、限地'同義，'猥身'就是背過身子去，這首詞寫男女分別，女子不願意叫行者看見自己哭泣以增加他的難過。"② "限"應是本字。"限"有"隱蔽之處"或"角落"義，如《左傳·僖公二十五年》："秦人過析，限入而系輿人，以圍商密，昏而傅焉。"杜預注："限，隱蔽之處。"《伍子胥變文》："風來拂耳，聞有打沙（紗）之聲，不敢前蕩，限形即立。""限形"即隱蔽身形。"影"亦即隱蔽、遮蔽之義，如："斜影竹簾立，情事共誰親？"（南歌子，〇一九五）此"影"《總編》亦校為"隱"，《匡補》四七頁已校改，"影"即隱蔽。又如《韓擒虎話本》："五道將軍唱喏，影滅身形。""影滅身形"指"隱沒身形"。又如《季布罵陣詞文》："更深潛至堂階下，花藥園中影樹身。""影樹身"即隱藏身於樹下。"影猥"或"影限"乃同義連文，"影限處"即指"隱蔽處"。"隱微"為"隱約細微"之義，於此反而不通。"兩陣壁，影猥處莫潛身"，就是說，作為大丈夫，當兩軍對壘時不要潛身於背人隱蔽之處。

169. 腰間四圍十三□，龍泉寶劍靖妖雰，舉將來獻明君。（《望江南》，補〇〇八）

舉，原寫"手"，周《補》擬為"舉"，《總編》亦為"舉"，《全詩》本從"舉"。

按，原卷寫"手"，"手"是。"手"可表示手的動作，有執持、取之義。如唐韓愈《故貝州司法參軍李君墓誌銘》："其在貝州，其刺史不悅於民，將去官，民相率讙嘩，手瓦石，胥其出，擊之。"

170. 乃可刀頭劍下死，夜夜不願守空房。（失調名，補〇〇九）

《總編》："'願'原作'辦'，費解，擬改，俟考。"（1759頁）《全詞》

① 　詳見顏廷亮《敦煌文學·詞》，甘肅人民出版社1989年版，第200頁。

② 　蔣禮鴻：《敦煌變文字義通釋》，上海古籍出版社1997年版，第388—389頁。

本從之。《匡補》："下句原寫'辦'字不誤，'不辦'即不能。"（241 頁）

　　按，項說不錯。但釋"不辦"為"不能"值得商榷，此處"辦"當作打算、準備講。此種用法在近現代口語中多見，今西南官話中仍稱"打算，準備"為"辦著"。原文是說女人寧可到沙場戰死，也不再打算（不想）獨守空房。

　　171. 忽見山頭水道堙，鴛鴦環甲被金鞍。馬上彎弓搭箭射，塞門看。為報乞寒王子大，胭脂山下戰場寬。（《浣溪沙》，補〇一〇）

　　《總編》："'搭箭射'原作'答社箭'。'王子大'或是'大王子'之訛。"（1760 頁）《初編》、《全詞》本、《全詩》本從"搭箭射"。

　　按，原寫"答社箭"即"搭射箭"，自通，且"箭"與"堙""鞍""看""寬""邊"韻相押，所以不可改為"搭箭射"。"大"或是"待"或"答"之誤。由"為報""王子"可大體推知此句是說將士為報王子之隆恩或期待而去戰場拼殺。所以末字"大"疑是"待"或"答"的音誤字，待訂。

　　172. 有膽渾淪天許大，泰山團作小於心。（《高興歌》，補一〇四）

　　《總編》："'渾論'意不通，今校'論'為'淪'。"（1767 頁）

　　按，此首及以下兩首《酒賦》見於斯 2049（甲）、伯 4993（乙）、伯 2633（丙）、伯 1555（丁）、伯 2488（戊）、伯 2544（己）、伯 3812（庚）。各本俱寫"渾論"，不煩改。"渾論""渾淪""囫圇"均為同一聯綿詞的異寫形式，如《降魔變文》："甲仗全身盡是金，刀箭渾論純用鐵。"此處之"渾論"和上文形音義皆同。

　　173. 徹曉天明坐不起，酖醨酩酊芳筵裏。回頭吐出蓮花杯，浮萍草蓋泛香水。（《高興歌》，補一一四）

　　《總編》："丁本'蓮花'作'連花'。又乙本、丙本中'天明'之'天'作'連'，似涉第三句之'蓮'而誤。"（1777 頁）

　　按，乙丙本中"連明"，是。"連明"即通宵。如宋蘇舜欽《初晴遊滄浪亭》詩："夜雨連明春水生，嬌雲濃暖弄陰晴。"宋方嶽《次韻酬其又》："春寒眠對雨，別久語連明。""徹曉"即徹旦。如唐陸翱《宴趙氏北樓》詩："本為愁人設，愁人徹曉愁。"元岑安卿《題〈晴川圖〉》詩："昔年夜宿瀟湘浦，徹曉不眠聽急雨。""徹曉連明"意即整日整夜。敦煌歌辭中有相似用例，如："諸菩薩，莫自說，自說喻若湯澆雪。造罪猶如一刹那，長入波吒而悶絕。連明曉夜下長釘，眼耳之中皆泣血。"（《十二時》，〇六一一四）連明曉夜，"曉夜"謂日夜，《隋書·王充傳》："曉夜不解甲，藉草而臥。"《京本通俗小說·馮玉梅團圓》："夫妻各背了一個，隨著眾百姓曉夜奔走。""連明曉夜"意即整日整夜。改為"天明"，上說太嫌勉強，且"徹曉天明"意不通。

174. 戶外多應凍慄寒，筵中不若三春日。（《高興歌》，補一一八）

《總編》："'凍慄寒'乙本殘此三字。甲、己本作'凍僄寒'，丙本作'婬栗寒'，丁本作'婬漂寒'，均不甚通。龍校作'婬栗寒'，意亦嫌晦。今姑校如右式。"（1781 頁）《匡補》按曰："上句'凍慄寒'仍不順口，應以丙、丁本作校訂基礎。丁本'漂'為'栗'字形誤，兩本'婬'為'極'字形誤，蓋'積極'字右邊的'至'，草書形極似，兩字遂易相混，此三字作'極慄寒'。"（247 頁）柴劍虹《敦煌唐人詩文選集殘卷（伯二五五五）補錄》校三字為"侄漂寒"。[①]

按，"慄寒"二字的校釋已得到比較一致的認可。"栗寒"的前一字現在有了四種認識，一是"凍"，一是"婬"，一是"極"，一是"侄"。前兩字都是原寫，各有兩個本子作支撐；第三字"極"是項先生據"婬"之字形推想而來。"婬"和"侄"通。"婬""侄"是稱謂詞，放在"慄寒"前面不倫不類，顯然此字不是本字。"極"字，項先生認為其右半邊字形和"侄"字右半邊字形相似，故擬為"極"，意義上和"慄寒"亦能貫通，但項先生未說及"極"字的左半邊和"侄"字的左半邊字形問題，其實二者從整個字形來看還是有極大差距的，因此，"極"字仍然有值得商榷的地方。"凍"字應當是一種比較穩妥可靠的校釋。首先，"凍"字有兩個本子寫有此字，不得不慮。其次，"凍慄寒"三字於此極洽，而並非"不甚通"或"不順口"。"凍慄寒"乃三字連文，此三個字意義相同或相近而構成了一個並列式複合詞，其語音停頓為"凍栗—寒"，和下文的"三春—日"音拍節奏一致（"極栗寒"的語音停頓為"極—栗寒，和"三春—日不一致）。像這種三字連文的句式句法在魏晉南北朝的中古漢語文獻中已大大增加，在敦煌歌辭中亦有明顯的表現，前文多有討論，茲不贅述。

175. 攢眉立，欹枕川（穿），日夜懸腸各（割）肚。（《別仙子》，斯7111 卷）

此首及下首歌辭見於斯7111 卷，《總編》、饒《曲》等均未錄，柴

---

① 柴劍虹：《敦煌唐人詩文選集殘卷（伯二五五五）補錄》，《文學遺產》1983 年第 4 期。

《校》①、《全詩》本有錄文（5146 頁）。茲以原卷影本為底本，參柴《校》《全詩》本校訂如上。

穿，柴《校》為"臥?"，《全詩》本亦寫為"臥"並云："臥，乙本原作'川'；柴文校作'臥（?），近是。"

按，"穿"字原寫川，乃"川"字無疑。川同穿，敦煌歌辭寫卷多見此用例，如蘇 1456 卷《失調名·三囑歌》："蹄穿領破，沒人知贖。"（○五四三）穿，原卷寫"川"。伯 3061 卷《五更轉·太子入山修道讚》："尋思父王憶，每當姨母憐。耶輸憶我向門看，眼應穿。"穿，原卷亦寫"川"。詞寫閨人思念情人，望眼欲穿不成眠。依唐五代西北方音，立、川（穿）、肚韻相叶。

176. 憶君直得，如癡醉，容言語，胸裙上，紅羅帶上啼痕汙。（《別仙子》，斯 7111 卷）

啼痕汙，柴《校》為"啼恨紆"，《全詩》本作"啼恨吁"。

按，三字原卷寫"啼恨汙"，柴《校》訂為"啼恨紆"，《全詩》本訂為"啼恨吁"，均殆非。汙，即汙，"污"的俗字。"恨"即痕，敦煌歌辭中"痕"常寫作"根"或"恨"，如《南歌子一》："夢中面上指痕深"寫"根"；《南歌子二》："夢中分明枕痕深"寫"恨"。句言淚痕沾汙了胸裙，紅羅帶。

177. 乾符蓋帝光明年，從此我□出聖賢，福日百憑南山。滿口歌揚，呈唱快活年，不諫（揀）老少盡咸歡。得見君王邅禮拜，恰似菩薩繞舍延。（《菩薩蠻》，伯 3906）

此辭見於伯 3906 卷，《總編》未載，饒《補》訂為《菩薩蠻》，並有錄文②，《初編》《全詞》本、《全詩》本有收錄。茲據伯 3906 卷影本為底本，參見以上諸家校訂如上。

"呈唱"原卷寫"情唱"，饒《補》、《全詞》本、《全詩》本均固守原寫，《初編》校為"齊唱"。今按，"情唱"當校改為"呈唱"。"情""呈"均屬清韻，一從母，一澄母，音近致誤。敦煌歌辭即有"自今以後把槍攢，卸金甲，呈唱快活年"（《臨江仙》，補○○七）可與此相參。

"不揀"原卷寫"不諫"，饒《補》、《初編》、《全詞》本、《全詩》本

---

① 柴劍虹、徐俊：《敦煌詞輯校四談》，《敦煌學輯刊》1988 年第 1—2 期。

② 饒宗頤：《敦煌曲訂補》，《中國敦煌學百年文庫·文學卷（二）》，甘肅文化出版社 1999 年版，第 397 頁。

均定為"不管"，雖義同，但不足取。"不諫"即"不揀"，"不揀"有"不管""不論"之義，敦煌文獻多見，詳見本文《敦煌歌辭俗語詞考釋·不揀》一節，茲不贅述。"盡咸"二字同義連文，饒《補》、《全詞》本均擬"盡感"，不妥，茲從原卷。"菩薩"二字原卷寫"卉"，即"艹"省筆致誤"艹"，"菩薩"合體俗字①。饒《補》、《全詞》本錄作"卉"，非是。"繞舍延"，中間一字原卷寫"舍"，顯然是"舍"的俗寫，詳見黃征《敦煌俗字典》357頁。饒《補》、《全詞》本作"繞含延"，應據改。

178. 每年七月七，此時受（壽）夫日。在處敷塵（陳）結交伴，獻供數千般。　今晨連天暮，一心待織女。忽若今夜降凡間，乞取一交言。（《曲子喜秋天》②，饒《曲》56頁）③

按，此首及以下五首名為《曲子喜秋天》，見於斯卷1497和俄藏Дх.2147，《總編》和饒《曲》都據斯卷1497作了詳細錄文，但因都未能見到俄藏Дх.2147卷背《曲子穢收天》一文，臆測妄改之處在所難免。幸柴劍虹先生《俄藏敦煌詩詞寫卷經眼錄（一）》對俄藏卷2147號進行了披露，並移錄、整理是文。柴先生指出："此卷雖未抄完'五更'部分，也有一些偽誤衍奪，但比較清晰，故可補充S卷不足，解決任、饒紛爭矣。"（110頁）由於柴《錄》對之前錄文相異之處未作過多解釋，因此筆者在柴先生校錄的基礎上，結合任、饒之校對斯卷和俄卷分歧較大的地方作了一些補充，茲校訂如上。④

"敷陳"二字除了斯1497號卷寫作"敷塵"外，俄藏Дx2147卷還寫作"補盡"。其中"塵"字《總編》訂為"座"（1235頁）。饒《曲》認為"塵"為"陳"字之音誤（56頁）。按，饒《曲》所訂應較確，"敷塵"即"敷陳"，俄藏卷"補"應是"敷"之音誤，而"盡"為"陳"之音誤。敦煌文獻寫本中"盡"與"陣"常混寫，如"掃除蕩盡"寫卷影本顯示，即是書手先寫"蕩陣"後改"陣"為"盡"的。而"陳""陣"相混在敦煌

---

① 孫廣華：《敦煌歌辭研究》，博士論文，南京師範大學，2008年，第99頁。

② 關於曲名，其中斯卷1497寫《曲子喜秋天》，俄藏Дx.2147卷背寫《曲子穢收天》，前者是。"穢（穢）收"二字當是"戲（戲）秋"的形誤，"戲秋"即喜秋。

③ 由於《總編》所錄此詞錯誤太多（其中第二首和第三首甚至出現內容顛倒錯亂的情況），為便於清晰對照原文，此《曲子喜秋天》的校改採用饒《曲》作底本，特此說明。

④ 2006年由作家出版社出版的張錫厚等敦煌學家主編的《全敦煌詩》仍然沒有參照柴文對俄本進行校錄，實為憾事，這也是本書對此首歌辭進行再一次關注的重要原因，並希望藉此能進一步引起人們對此辭的整理和輯錄。

文獻寫本中更是屢見不鮮。因此"敷塵""補盡"皆是"敷陳"之誤。

　　結交伴，斯卷寫"結交伴"，俄卷寫"乞□盤"（中間一字殘），由上文"敷陳"一詞可知後三字"結交伴"有誤，柴《校》為"乞巧盤"，茲從之。"天暮"，斯卷寫"天暮"，俄卷寫"天露"，"暮"應是"露"的音誤。其他的如"忽若""乞取""教言"均從斯卷，俄卷此三詞分別寫作"忽然""聽取""交言"，亦可。

　　因此上首歌辭茲訂為：

　　每年七月七，此時受富日。在處敷塵（鋪陳）乞巧盤，獻供數千般。今晨連天露，一心待織女。忽若今夜降凡間，乞取一教言。

　　179. 二更仰面碧霄天，參次眾星。月明遍周放（旋）。算會甚北斗。漸覺更星流，日落西山覷星流。將謂是牽牛。（《曲子喜秋天》，饒《曲》56頁）

　　此首詞斯本難以卒讀，俄本較清楚，意義較顯豁，因此此首校補以俄本為主，參以柴《校》。"仰面"二字斯本寫"仰面"，俄卷寫"悢眠"（悵眠），均可。參差眾星，斯本寫"參差眾星"，俄本寫"參以切交言"；月明遍周放（旋）斯卷寫"月明遍周放"；俄本寫"月明黃昏遍州元"。算會甚北斗，斯卷寫"算會甚北斗"，俄卷作"星裏賓（屏）心算，迴心看北斗"；漸覺更星流，斯卷寫"漸覺更星流"，俄卷寫"吾得更深九（究）"；日落西山覷星流，斯本寫"日落西山覷星流"，俄本寫"日落西下睡渾（昏）沉①"，二者均可。

　　因此上首歌辭茲訂為：

　　二更仰面碧霄天，參以切交言。月明黃昏遍州元，星裏賓（屏）心算。　　迴心看北斗，吾得更深究。日落西下睡渾（昏）沉，將謂是牽牛。

　　180. 三更女伴近綵樓，頂禮不曾休，佛前燈暗更添油，禮拜再三候。煩女彩樓伴，燒取玉爐煙。不知牽牛在那邊，望作眼睛穿。（《曲子喜秋天》，饒《曲》56頁）

　　此首斯本和俄本懸殊不大。"近"，俄本寫"懃"，音誤，從斯本。侯，斯卷寫**头**，俄本寫**求**，疑似"求"，從柴校。煩女，斯本寫頻女，即"頻女"，俄本寫"女貧"，"貧"當是"頻"的音誤，以句意二字當調整為

---

　　① 沉，原卷寫沉，顯然是"沉"的俗字，柴《錄》為"泛"，誤。

"女頻"。燒取，斯本寫 "燒取"，俄本寫 "小盡"，柴校為 "消盡"，不妥，
"小" 應是 "少"（燒）的誤字，敦煌文獻寫本常見。作，斯本寫 "作"，
俄本作 "得"，"作" 字亦有 "使得" 義，歌辭中多見，詳見前訂。

　　此首茲訂為：

　　三更女伴近彩樓，頂禮不曾休。佛前燈暗更添油，禮拜再三求。
女貧（頻）彩樓畔，小（燒）盡玉爐煙。不知牽牛在那邊，望得眼睛穿。

　　181. 四更換步出門聽（廳），直是到街庭。今夜斗末見流星，奔逐向
前迎。　　　此時難將見，發卻千般願。無福之人莫怨天，皆是上因緣。
（《曲子喜秋天》，饒《曲》56 頁）

　　換步，俄本寫 "喚氣"，柴校為 "歎氣"，似不妥，疑是 "緩氣"。茲
暫從斯本 "換步"。直是到階庭，斯本寫 "直走到階庭"，俄卷寫 "織女到
階庭"，"織女" 的 "織" 當是 "直" 的音誤字，而 "女" 為承 "織" 而
誤。茲從斯本，後者更符合當時情形。今夜斗末見流星，俄本寫 "今夜都
不見流星"，茲從斯本。難將見，俄本清晰，寫 "難得見"，《總編》誤為
"為將見"，應據正。"莫怨天"，俄本寫 "業怨（緣）牽"，均可。"皆" 字
俄本作 "更"，亦可。

　　此首茲訂為：

　　四更換步出門聽，直走到階庭。今夜斗末見流星，奔逐向前迎。
此時難得見，發却千般願。無福之人莫怨天，皆是少因緣。

　　182. 五更敷設了，取分總交（教）收。五個恒娥（姮娥）結交（高）
樓，那件見牽牛。　　　看看東方動，來把秦箏弄。黃丁撥鏡再梳頭，看看
到來秋。（《曲子喜秋天》，饒《曲》56 頁）

　　敷設，斯本寫 "敷設"，俄本寫 "補設"，"補" 當是 "敷" 的音誤。

　　處分，斯本寫 "取分"，俄本寫 "處分"，"取" 當是 "處" 的音誤。

　　那邊，斯本寫 "那件"，俄本 "那" 後一字不清，《總編》訂 "那件"
為 "那個"。（1239 頁）《匡補》按曰："下句改'那件'為'那個'，根據
不足。原文'件'字是'伴'字形誤，'那伴'就是'那畔'，即那邊。"
（177 頁）按，"件" 字在斯本共出現了兩次，還有一次是在 "不知牽牛在
那邊，望作眼睛穿" 一句中，其中的 "在那邊" 原卷作 "在那件"，添寫
"邊" 字在右側。所以筆者認為此處之 "件" 字既不是 "個"，亦不是
"伴" 的形誤，而同樣是 "邊" 的音誤，只不過前一個 "件" 字書手自己
改了過來，而這一處 "件" 字沒有改罷了。敦煌變文中多有 "遍" 寫成

“件”的情況，如《八相變》“‘是何人在此而立？’數件叫問，都沒譬挨，推築再三，方始回答”“眼暗都不識人，耳聾不聞音聲。十步之內，九件長噓”，“遍”和“邊”音近，所以我們有必要把此處之“件”亦改成“邊”。俄本中兩處“那”後的字均不清楚。

附：伯二八〇九卷背失調名詞三首校錄

失調名①

一（離）賈（家）鄉走暫漸長。②中（終）日懸懸聽消息。③亦（一）看化作淚千行。④作客御西堂。⑤自別無罪過。日月礼四方。耶娘亦（一）如叹肝長（腸）⑥。兒亦跪娘淚千行。深世（是）□家香。⑦

①以下三首見於伯二八〇九卷背。調名、撰者皆無。王《集》、饒《曲》、《初編》、《總編》本、《全詞》本未載。《全詩本》有錄文。

②全詩本首句校為“憶家鄉。远断日漸長”，并謂此句疑有脫字。“走”原卷寫走，乃“走”字。暫，原寫暂。

③懸懸之第二字原寫為重寫符號ㄑ，《全詩本》訂為“夕”，誤。

④看，原卷書於正文右側，據《全詩本》補入。無，知，原卷作“如”。二字殆形近致誤。腸，原卷作“長”。

⑤御，原卷書於正文右側，據《全詩本》補入。

⑥亦如，原卷寫作开奴，《全詩本》訂為“不知”，誤。

⑦□，原卷作“寇”，俟校。

失調名

錄（綠）朵清特花（？）正紅。①已花開。②今□各曾相俣（悮）人。③宗老改鄉朋。好□水店今盤上。④送何□⑤。何日再相逢。道逢龍神先下拜。□稱存。

①花，原卷作花，與下句“已花開”複，且二字寫法不同。“已花開”之花寫作花，故設疑待定。

②已，全詩本設空，應據補。

③□，原卷殘損。悮，原卷作“俣”，據《全詩本》改。

④□，原卷殘損。上，原卷書於正文右側下，據《全詩本》補入。

⑤□，原卷殘損。

失調名

君蓬生來不得了。大家水（誰）使入城報。①城□河叮聲地臺②。看下圍堞清行頃。③夫音寬寬小□大家項寺□□取成一舍田地歸圣城日已得賈了遭已大獻赤□行行至□□□□□□□□兼一个月座□□（杜令？）熱如火。④丁頭老下杜腳皮。眼令疾如盡更別。足坐却踏石□皮。

　　①誰，原卷作"水"。從《全詩》本改。

　　②□，原卷作甶，或為"匣"。叮，《全詩本》訂作"叫"。

　　③堞，原卷作"慄"。

　　④自"夫音"至"熱如火"字跡潦草漫滅，不能卒讀，僅移錄若干可辨之字如上，俟校。

附　十二時普勸四眾依教修行異文比勘表

張長彬繪

卷號 篇目	伯 2054	伯 2714	伯 3087	伯 3286	上博 48	俄 Ф319、 Ф361、Ф342 綴合本	序號
雞鳴丑	塵埃	塵中		塵中	塵埃	塵埃	1
命親鄰	容花	榮華		榮華	容花	容花	2
平旦寅	万戶千門	千門万戶		千門万戶	万戶千門	万戶千門	3
今日言	切是	切須		切須	切是	切是	4
自知非	一步	步步		步步	一步	一步	5
抱忠貞	讓他人	向他人		向他人	讓他人	讓他人	6
	早晚	早曉		早曉	早晚	早晚	7
	傯羅	傯羅		傯羅	傯羅	傯羅	8
見師僧	我慢	我謾		我謾	我慢	我慢	9
	戒慎	誡慎		誡慎	戒慎	戒慎	10
	信喻之人 若到來！ 為君雪出 輪迴本！	若能勸取 早修行！ 終歸實是 安身本！		若能勸取 早修行！ 終歸實是 安身本！	信喻之人 若到來！ 為君雪出 輪迴本！	信喻之人 若到來！ 為君雪出 輪迴本！	11
日出卯	洞渺	浩渺		浩渺	洞渺	浩渺	12
	曉	朏		朏	朏	朏	13
孕者生	壯氣英雄 被侵老	壯者衰殘 小者老		壯者衰殘 小者老	壯氣英雄 被老侵	壯氣英雄 被至老 老侵	14
	古来美貌 是潘安	古来美孋 与英雄		古来美孋 与英雄	古来美貌 屬潘安	古来美貌 与潘安	15

续表

篇目	伯2054	伯2714	伯3087	伯3286	上博48	俄Φ319、Φ361、Φ342綴合本	序號
上三皇	四皓	四浩		四浩	四皓	四皓	16
	彭壽	彭祖		彭壽	彭祖	彭壽	17
	八攜	八俊		八俊	八攜	八攜	18
	壓	掩		掩	壓	壓	19
闕文才	消磨	消摩		消摩	消磨	消磨	20
實愁人	摩生手	作生好		作生好	摩生好	摩生好	21
	倨傲	踞傲		踞傲	倨傲	倨傲	22
少誅求	由	猶		猶	由	由	23
	但斷貪嗔及癡慢	但無疑慢及癡貪		但無疑慢及癡貪	但斷貪嗔及癡慢	但無徒羨及癡貪	24
	是	合		合	是	是	25
見善人	交掉	嘲笑		嘲笑	交掉	交掉	26
自恬和	妄緣	忘緣		忘緣	妄緣	妄緣	27
	輪迴	淪迴		淪迴	輪迴	輪迴	28
食時辰	善女善男	善女善男		善女善男	善男善女	善女善男	29
	聽我說	聽我說		聽我說	聽我說	相仿効	30
	唉	啜		啜	唉	唉	31
或豬羊	鵝鴨	魚鱉		魚鱉	鵝鴨	魚鱉	32
	鰭鱗	須鱗		須鱗	鰭鱗	鰭鱗	33
痛一般	教	交		交	教	教	34
	業鏡無情下待君	專捄業鏡待君來		專捄業鏡待君來	業鏡無情下待君	業鏡無情下待君	35
	巧妙難分雪	巧口難分雪		巧口難分雪	巧難無分雪	巧口難分雪	36
閻摩王	相雞	相酬		相酬	相雞	朋誰	37
縱為人	知命	矩命		短命	知命	知命	38
	困憽	困捘		困捘	困憽	困憽	39
	遭饑瘡	孛持齋		孛持齋	遭饑瘡	遭饑瘡	40

续表

篇目 \ 卷號	伯2054	伯2714	伯3087	伯3286	上博48	俄Φ319、Φ361、Φ342綴合本	序號
況此身	懷滅	壞滅		壞滅	懷滅	懷滅	41
	廋如刮	如刀刮		如刀刮	廋如刮	廋如刮	42
中和年		閏三月	潤三月	閏三月		潤三月	43
		遞相煞	互相殺	遞相煞		遞相煞	44
		或恃	或是	或時		或是	45
		父子	子父	父子		子父	46
		規畾	窺畾	規畾		窺畾	47
		親	情	親		情	48
饑火侵		若非	莫非	若非		莫非	49
熱油燒	采聑	采括	采聑	采括	睬聑	采聑	50
	我此言	此時言	我此言	此時言	我此言	我此言	51
我此言	真實勸	雖磋糲	雖磋糲	雖磋糲	真實勸	雖磋糲	52
	心改徹	生改轍	心改轍	生改轍	心改徹	心改轍	53
	自茲直到佛涅槃	因茲值佛得菩提	自茲直到佛涅槃	因茲值佛得菩提	自茲直到佛涅槃	自茲直到佛涅盤	54
隅中巳	一時	一是	一時	一是	一時	一時	55
利存亡	有求	所求	有求	所求	有求	有求	56
	滿願	果願	滿願	果願	滿願	滿願	57
	攘却	穰鎮	攘却	穰鎮	攘却	攘却	58
	千戶難	千種患	千戶難	千種患	千戶難	千戶難	59
難後人	難後人	後逢人	難後人	後逢人	難後人	難後人	60
	彌陁	蓮經	蓮花	蓮經	彌陁	蓮花	61
	法會	舍利	舍利	舍利	法會	舍利	62
孝持齋	親近大乘	親觀蓮花	親近大乘	親觀蓮花	親近大乘	親近大乘	63
利益言	須切	切須	須切	切須	切須	須切	64
	禮慈民	覯慈氏	見禮慈氏	覯慈氏	禮慈氏	見禮慈氏	65

续表

篇目	伯 2054	伯 2714	伯 3087	伯 3286	上博 48	俄 Φ319、Φ361、Φ342 綴合本	序號
日南午	日南午	日南午 日南午		日南午 日南午	日南午	日南午	66
	紅蓮	紅輪		紅輪	紅蓮	紅蓮	67
	為行南北路	遊行南瞻部		遊行南瞻部	為行南北路	為行南北路	68
立三才	墮落日影魂銷盡	咸隨落日影魂銷		咸隨落日影魂銷	墮落日影魂銷盡	墮落日影魂銷盡	69
	溺況逝波無覓處	盡溺遊波無覓處		盡溺遊波無覓處	溺況逝波無覓處	溺況逝波無覓處	70
母哭兒	松間	人間		人間	松間	松間	71
	暫暫	瞥瞥		瞥瞥	暫暫	暫暫	72
減功夫	勤聽彌陁經一卷	勸聽蓮經親法字		勸聽蓮經親法字	勤聽彌陁經一卷	勤聽蓮法經親法字	73
日昳未	日昳未	日昳未 日昳未		日昳未 日昳未	日昳未	日昳未	74
少謙和	生親	親生	生親	親生	生親	生親	75
	晨昏	辰昏	晨昏	辰昏	晨昏	晨昏	76
年命災	年命災	年命衰	年命災	年命衰	年命災	年命災	77
	形禍	刑禍	形禍	刑禍	形禍	形禍	78
	起止	去至	起止	起至	起止	起止	79
	勸殺	教煞	勸煞	教煞	勸殺	勸煞	80
死魔來	北斗	南斗	北斗	南斗	北斗	北斗	81
	處奄	遽掩	處奄	遽掩	處奄	處奄	82
漫搥胸	願自	預自	願自	預自	願自	願自	83
晡時申	難流	難留	難流		難流	難流	84
役心神	心神	身心	心神		心神	心神	85
	只道		只道		只道	只道	86
勸諸人	劑限	齊限	劑限		劑限	劑限	87
	自家辦	親自辦	自家辦		自家辦	自家辦	88

续表

篇目＼卷號	伯 2054	伯 2714	伯 3087	伯 3286	上博 48	俄 Φ319、Φ361、Φ342 綴合本	序號
莫多羅	廣置妻房多系伴	廣置妻兒多系絆	廣置妻坊多系伴		廣置妻房多系伴	廣置妻房多系伴	89
鳳凰篦	鳳凰篦	鳳凰釵	鳳凰篦		鳳凰篦	鳳凰篦	90
鳳凰篦	盞枕盞	鸚鵡盞	玉釧		盞枕盞	金玉釧	91
鳳凰篦	妝函鏡陷金細花	枕盞妝函銀鉑鈿	妝函扲塵七寶鈿		妝函鏡陷金鈿花	妝鹿七寶鈿	92
鳳凰篦	賣家產	賣莊產	買家產		賣家產	買家產	93
拜別時	伴尋	尋尋	拐尋		伴尋	楊尋	94
得即欣	欣	忻	欣		欣	欣	95
得即欣	歡喜	歡喜	勸喜		歡喜	歡喜	96
得即欣	臥中	臥中	中臥		臥中	臥中	97
得即欣	無一半	沒一半	無一半		無一半	無一半	98
殺豬羊	殺	煞	殺		殺	殺	99
殺豬羊	光顯	榮顯	光顯		光顯	光顯	100
殺豬羊	謀嫁遣	媒嫁遣	謀嫁遣		謀嫁遣	謀嫁遣	101
死到來	同居	時間	同居		同居	同居	102
強闖經		勸	勤			勤	103
強闖經		煞鬼	殺鬼			殺鬼	104
強闖經		直饒	更饒			更饒	105
強闖經		身謝	身榭			身榭	106
日人西	日人西	日人西 日人西	日人西		日人西	日人西	107
日人西	林間	林間	林間		林間	間林	108
日人西	歸人	行人	歸人		歸人	歸人	109
罷治生	治	營	治		治	治	110
罷治生	運偶	運構	運偶		運偶	運偶	111
罷治生	凡是	凡事	凡是		凡是	凡是	112
罷治生	停手	停手	停手		停手	停干	113
罷治生	飯了	飫了	飯了		緣了	飯了	114
罷治生	依舊	依舊	衣舊		依舊	依舊	115

续表

篇目\卷號	伯 2054	伯 2714	伯 3087	伯 3286	上博 48	俄 Φ319、Φ361、Φ342 綴合本	序號
使府居	使府居	使府君	使麻君		使府居	使府居	116
	香廚	香麵	香鉬		香廚	香鉬	117
	樵農	樵夫	樵農		樵農	樵農	118
	山藪	村藪	山藪		山藪	山藪	119
	杆勞	捍勞	捍勞		杆勞	捍勞	120
	畬私	耕耘	畬私		畬私	畬私	121
體單寒	你輩	我輩	你輩		你輩	你輩	122
遇清平	運来	運為	運来		運来	運来	123
	粟豆	斛斗	粟豆		粟豆	粟豆	124
嫌善人	乖醜差	行乖醜	逞乖醜		乖醜差	逞乖醜	125
年既秋	賣肉	買肉	買肉		買肉	買肉	126
	起走	走走	起走		起走	起走	127
齒漸疎	目前	目下	目下		目下	目下	128
	騁傻羅	逞搜羅	騁傻羅		聘傻羅	騁傻羅	129
黃昏戌	黃昏戌 有可說	黃昏戌 黃昏戌	黃昏戌 有可說		黃昏戌 有可說	黃昏戌 有可說	130
	鼓罷	鼓絕	鼓罷		鼓罷	鼓罷	131
	弄錢	籌錢	弄錢		弄錢	弄錢	132
還往來	路妻室	露妻室	路妻室		路妻室	路妻室	133
醉昏昏	福盡	福謝	福盡		福盡	福盡	134
	寒暑交成 臥有疾	寒暑交侵 成臥疾	寒暑交侵 成臥疾		寒暑交成 臥有疾	寒暑交侵 成臥疾	135
死王來	鐵成中	中鐵城	鐵城中		鐵成中	鐵城中	136
若姑姨	自家修	作支分	自家修		自家修	自家修	137
清信男	此時	此世	此時		此時	此時	138
戒身心	戒身心	誡身心	戒身心		或身心	戒身心	139
行無傷	資裝	姿妝	資裝		資裝	資裝	140
	衣服	服飾	衣服		衣服	衣服	141

续表

卷號 / 篇目	伯 2054	伯 2714	伯 3087	伯 3286	上博 48	俄 Φ319、Φ361、Φ342 綴合本	序號
或子孫	兒子	兒女			兒子	兒子	142
	誠禦	誠禦			誠禦	誠禦	143
自修行	能幾許	經幾許	能幾許		能幾許	能幾許	144
	更饒富似	直如富過	更饒富似		更饒富似	更饒富似	145
人定亥	人定亥	人定亥，人定亥			人定亥	人定亥	146
	驅馳	驅忙			驅馳	驅馳	147
	朱漆	狹膝			朱漆	朱漆	148
或公私	賣買	賣買			買賣	買賣	149
縱發心	過非	過罪			過非	過罪	150
少蹉跎	男女	眷屬			男女	男女	151
勸莫忙	意徒	意畐			意徒	意徒	152
	支分	支持			支分	支分	153
眼目昏	心神	心情			心神	心神	154
	昏昧	蒙昧			昏昧	昏昧	155
	過往	往死			過往	過往	156
後生時	形軀	刑骸			形軀	形軀	157
不聰明	食噉	噉食			食噉	食噉	158
	涅槃	菩提			涅盤	涅盤	159
彌陁佛	彌陁佛	法花經			彌陁佛	法花經	160
	勞生	眾生			勞生	勞生	161
夜半子	夜半子	夜半子，夜半子			夜半子	夜半子	162
	巡還	迴圈			巡還	巡還	163
	（尾二句脫）	始終終始始還終，有世界来只如此			（尾二句脫）	為緣業牽再到来，始始終終始始還終，有世界来只如此	164

续表

卷號 篇目	伯 2054	伯 2714	伯 3087	伯 3286	上博 48	俄 Φ319、 Φ361、Φ342 綴合本	序號
死又生	（首 三 句 脱）	死 又 生， 生 又 死， 出 沒 憧 憧 何 日 已			（首 三 句 脱）	死 又 生，生 又 死，出 沒 憧 憧 何 日 至	165
	差殊	差殘			差殊	差殊	166
夜既闌	夜既闌	夜更闌			夜既闌	夜既闌	167
	人間	世間			人間	人間	168
悲囚徒	拷捶	栲棰			拷捶	拷捶	169
	酸疼	痛疼			酸疼	酸疼	170
悲病人	寂寥	長明			寂寥	寂寥	171
	枕畔	拋畔			枕畔	枕畔	172
悲孕婦	頃刻	傾克			頃刻	頃刻	173
	專待	專看侍			專專侍	專看侍	174
悲孤孀	孤孀	孤霜			孤孀	孤孀	175
	髮鬢	鬢髮			髮鬢	髮鬢	176
	寒夜	霜夜			寒夜	寒夜	177
悲行人	噬指	齧指			噬指	噬指	178
或富豪	富毫	富毫			富豪	富毫	179
	各自	各各			各自	各自	180
	草舍	清草			草舍	青草	181
	紅羅	紅樓			紅羅	紅羅	182
或佳期	佳期	嘉期			佳期	佳期	183
	愁憂	憂愁			愁憂	愁憂	184
	幾家	幾戶			幾家	幾家	185
畫屬人	（尾 三 句 脱）	睡 是 人 間 之 小 死， 身 即 冥 冥 枕 上 服， 魂 魄 攸 攸 何 處 去			（尾 三 句 脱）	睡 是 人 間 之 小 死， 身 即 冥 冥 枕 上 服， 魂 魄 悠 悠 觸 至 夜	186

续表

卷號 篇目	伯 2054	伯 2714	伯 3087	伯 3286	上博 48	俄 Φ319、 Φ361、Φ342 綴合本	序號
夜復曉	（首二句脫）	夜復曉，曉復夜			（首二句脫）	夜月明，明月夜	187
	晝夕	夕晝			晝夕	書夕	188
足軒車	福盡	福謝			福盡	福謝	189
善修心	善修心	善要修			善修心	善修心	190
	惡要	罪須			惡要	惡要	191
	殺鬼	煞鬼			殺鬼	殺鬼	192
火宅忙	白日	白日			白日	自日	193

參考文獻

《大正新脩大藏經》影印本，台灣新文豐出版公司 1983 年版。

《英藏敦煌文獻》，四川人民出版社 1990—1995 年版。

《上海博物館藏敦煌吐魯番文獻》，上海古籍出版社 1993 年版。

《俄藏敦煌文獻》，上海古籍出版社 1993—2001 年版。

《法藏敦煌西域文獻》，上海古籍出版社 1994—2003 年版。

《吐魯番出土文書》，文物出版社 1996 年版。

《天津藝術博物館藏敦煌文獻》，上海古籍出版社 1996—1998 年版。

《中國國家圖書館藏敦煌遺書》，江蘇古籍出版社 1999 年版。

《上海圖書館藏敦煌吐魯番文獻》，上海古籍出版社 1999 年版。

《浙藏敦煌文獻》，浙江教育出版社 2000 年版。

阮元校刻：《十三經注疏》，中華書局 1980 年版。

僧佑編：《弘明集》，上海古籍出版社 1991 年版。

釋慧皎：《高僧傳》，中華書局 1992 年版。

劉煦：《舊唐書》，中華書局 1997 年版。

歐陽修等：《新唐書》，中華書局 1997 年版。

李昉等編：《太平廣記》，上海古籍出版社 1990 年版。

釋普濟：《五燈會元》，中華書局 1984 年版。

釋贊寧：《宋高僧傳》，中華書局 1987 年版。

彭定求等編：《全唐詩》，上海古籍出版社 1986 年版。

董誥等編：《全唐文》，影印本，中華書局 1983 年版。

唐圭璋等編：《全宋詞》，中華書局 1995 年版。

劉淇：《助字辨略》，中華書局 2004 年版。

俞樾等：《古書疑義舉例五種》，中華書局 2005 年版。

張相：《詩詞曲語辭彙釋》，中華書局 1977 年版。

王鍈：《詩詞曲語辭例釋》，中華書局 1980 年版。

王鍈：《唐宋筆記語辭彙釋》，中華書局 1990 年版。

劉複、李家瑞：《宋元以來俗字譜》，台灣"國立中央研究院"歷史語言研究所 1930 年版。

釋玄應：《一切經音義》，台灣商務印書館 1981 年版。

丁福保：《佛學大辭典》，文物出版社 1984 年版。

司馬光等編：《類篇》，中華書局 1984 年版。

秦公：《碑別字新編》，文物出版社 1985 年版。

顧野王：《原本玉篇殘卷》，中華書局 1985 年版。

釋行均：《龍龕手鏡》，中華書局 1985 年版。

釋慧琳：《一切經音義》，上海古籍出版社 1986 年版。

陸德明：《經典釋文》，中華書局 1986 年版。

顏元孫：施安昌整理，《干祿字書》，紫禁城出版社 1990 年版。

羅竹風主編：《漢語大辭典》縮印本，漢語大詞典出版社 1997 年版。

季羨林主編：《敦煌學大辭典》，上海辭書出版社 1998 年版。

許寶華、宮田一郎主編：《漢語方言大詞典》，中華書局 1999 年版。

黃征：《敦煌俗字典》，上海教育出版社 2005 年版。

羅振玉：《敦煌零拾》，羅氏排印本 1924 年版。

羅常培：《唐五代西北方音》，台灣"國立中央研究院"歷史語言研究所 1933 年版。

周泳先：《敦煌詞掇》，《唐宋金元詞鉤沉》本，商務印書館 1937 年版。

任二北：《敦煌曲初探》，上海文藝聯合出版社 1954 年版。

任二北：《敦煌曲校錄》，上海文藝聯合出版社 1955 年版。

王重民：《敦煌曲子詞集》，商務印書館 1956 年版。

王重民、向達等編：《敦煌變文集》，人民文學出版社 1957 年版。

饒宗頤、戴密微：《敦煌曲》，法國國家科學研究中心 1971 年版。

潘重規：《敦煌雲謠集新書》，石門圖書公司 1977 年版。

沈英名：《敦煌雲謠集新校訂》，正中書局 1979 年版。

王重民：《敦煌古籍述錄》，中華書局 1979 年版。

張錫厚：《敦煌文學》，上海古籍出版社 1980 年版。

潘重規：《敦煌詞話》，台北石門圖書公司 1981 年版。

任半塘：《唐聲詩》，上海古籍出版社 1982 年版。

王重民、劉銘恕編：《敦煌遺書總目索引》，中華書局 1983 年版。

王重民：《敦煌遺書論文集》，中華書局 1984 年版。

任半塘：《唐戲弄》，上海古籍出版社 1984 年版。

王昆吾：《隋唐五代燕樂雜言歌辭研究》，中華書局 1985 年版。

唐圭璋：《雲謠集雜曲子校釋》，《詞學論叢》，上海古籍出版社 1986 年版。

林玫儀：《敦煌曲子詞斠證初編》，台北東大圖書公司 1986 年版。

任半塘：《敦煌歌辭總編》，上海古籍出版社 1987 年版。

顏廷亮：《敦煌文學》，甘肅人民出版社 1989 年版。

蔣紹愚：《古漢語詞彙綱要》，北京大學出版社 1989 年版。

王雲路、方一新：《中古漢語語詞例釋》，吉林教育出版社 1992 年版。

朱慶之：《佛典與中古漢語詞彙研究》，台灣文津出版社 1992 年版。

程湘清：《隋唐五代漢語研究》，山東教育出版社 1992 年版。

蔣紹愚：《近代漢語研究概況》，北京大學出版社 1994 年版。

吳福祥：《敦煌變文語法研究》，嶽麓書社 1996 年版。

王昆吾：《隋唐五代燕樂雜言歌辭研究》，中華書局 1996 年版。

顏洽茂：《佛經語言闡釋》，杭州大學出版社 1997 年版。

蔣禮鴻：《敦煌變文字義通釋》增補訂本，上海古籍出版社 1997 年版。

孟列夫主編：《俄藏敦煌漢文寫卷述錄》，上海古籍出版社 1999 年版。

施萍婷、邰惠莉編：《敦煌遺書總目索引新編》，中華書局 2000 年版。

江藍生：《近代漢語探源》，商務印書館 2000 年版。

董志翹：《入唐求法巡禮行記詞彙研究》，社會科學出版社 2001 年版。

李維琦：《佛經詞語匯釋》，湖南師範大學出版社 2004 年版。

吳福祥：《敦煌變文十二種語法研究》，河南大學出版社 2004 年版。

魏耕原：《唐宋詩詞語詞考釋》，商務印書館 2006 年版。

董志翹：《中古近代漢語探微》，中華書局 2007 年版。

項楚：《王梵志詩校注》，上海古籍出版社 1991 年版。

項楚：《敦煌文學叢考》，上海古籍出版社 1991 年版。

冒廣生：《新斠雲謠集雜曲子》，《冒鶴亭詞曲論文集》，上海古籍出版社 1992 年版。

鄭阿財：《敦煌文學與文獻》，台灣新文豐出版公司 1993 年版。

潘重規：《敦煌變文集新書》，文津出版社有限公司 1994 年版。

伏俊連：《敦煌賦校注》，甘肅人民出版社 1994 年版。

蔣禮鴻：《敦煌文獻語言詞典》，杭州大學出版社 1994 年版。

黃征、吳偉：《敦煌願文集》，嶽麓書社 1995 年版。

劉堅、蔣紹愚：《近代漢語語法資料彙編》（唐五代卷），商務印書館 1995 年版。

饒宗頤：《敦煌曲續論》，台灣新文豐出版公司 1996 年版。

張湧泉：《敦煌俗字研究》，上海教育出版社 1996 年版。

張金泉、許建平：《敦煌音義匯考》，杭州大學出版社 1996 年版。

黃征、張湧泉：《敦煌變文校注》，中華書局 1997 年版。

周紹良、黃征、張湧泉：《敦煌變文講經文因緣輯校》，江蘇古籍出版社 1998 年版。

陳人之、顏廷亮：《雲謠集研究匯錄》，上海古籍出版社 1998 年版。

曾昭岷等編：《全唐五代詞》，中華書局 1999 年版。

項楚：《敦煌歌辭總編匡補》，巴蜀書社 2000 年版。

徐俊：《敦煌詩集殘卷輯考》，中華書局 2000 年版。

張錫厚：《敦煌文學源流》，作家出版社 2000 年版。

項楚：《敦煌詩歌導論》，巴蜀書社 2001 年版。

項楚：《寒山詩注》，中華書局 2001 年版。

林仁昱：《敦煌佛教歌曲之研究》，佛光山文教基金會印行 2004 年版。

黃征：《敦煌語言文字學研究》，甘肅教育出版社 2002 年版。

陳秀蘭：《敦煌變文詞彙研究》，四川民族出版社 2002 年版。

伏俊璉：《敦煌文學文獻叢稿》，中華書局 2004 年版。

湯君：《敦煌曲子詞地域文化研究》，上海古籍出版社 2004 年版。

蔣紹愚：《近代漢語研究綱要》，北京大學出版社 2005 年版。

劉堅：《近代漢語讀本》，上海教育出版社 2005 年版。

趙克勤：《古代漢語詞彙學》，商務印書館 2005 年版。

項楚：《敦煌變文選注》（增訂本），中華書局 2006 年版。

張錫厚：《全敦煌詩》，作家出版社 2006 年版。

伏俊璉：《俗賦研究》，中華書局 2008 年版。

伏俊璉：《敦煌文學總論》，甘肅教育出版社 2013 年版。

王國維：《敦煌發見唐朝之通俗詩及通俗小說》，《東方雜誌》17 卷 8 號，1920 年。

龍沐勳：《雲謠集雜曲子跋》，《詞學季刊》創刊號，1933 年。

趙叔雍：《唐人寫本曲子》，《詞學季刊》1 卷 4 號，1934 年。

唐圭璋：《敦煌唐詞校釋》，《中國文學》1 卷 1 期，1944 年。

張次青：《敦煌曲校臆補》，《文學遺產增刊》第 5 輯，北京作家出版社 1957 年版。

徐震堮：《〈敦煌變文集〉校記再補》，《華東師大學報》1958 年第 2 期。

王國維：《唐寫本〈雲謠集雜曲子〉跋》，《觀堂集林》卷二十一，中華書局 1959 年版。

蔣禮鴻：《敦煌詞校議》，《杭州大學學報》1959 年第 3 期。

任半塘：《關於唐曲子問題商榷》，《文學遺產》1980 年第 2 期。

潘重規：《敦煌俗寫文字與俗文學》，《孔孟月刊》1980 年第 7 期。

饒宗頤：《敦煌曲訂補》，《中央研究院歷史語言研究所集刊》51 卷 1 冊，1980 年。

孫其芳：《敦煌曲子詞概述》，《社會科學》（蘭州）1980 年第 3 期。

孫其芳：《雲謠集雜曲子校注》，《社會科學》（蘭州）1981 年第 1 期。

任半塘：《敦煌歌辭研究在國外》，《文學評論叢刊》第 9 輯，中國社會科學出版社 1981 年版。

任半塘：《敦煌學在國內亟待展開第三時期》，《江海學刊》1981 年第 1 期。

鄭阿財：《孝道文學敦煌寫卷"十恩德贊"初探》，《華岡文科學報》1981 年第 13 期。

車柱環：《雲謠集研究》，《學術院論文集》（韓國）第 21 輯，1982 年。

周丕顯：《敦煌俗曲分時聯章歌體再議》，《敦煌學輯刊》（創刊號）1983 年。

孫藝秋：《敦煌曲子詞校釋》，《唐代文學論叢》第 2 輯，陝西人民出版社 1983 年版。

周丕顯：《敦煌俗曲中的分時聯章體歌辭》，《關隴文學論叢》，1983 年。

祝敏徹：《敦煌變文中一些新生的語法現象》，《社會科學》1983 年第 1 期。

柴劍虹：《敦煌唐人詩文選集殘卷（伯二五五五）補錄》，《文學遺產》1983 年第 4 期。

高國藩：《談敦煌曲子詞》，《文學遺產》1984 年第 3 期。

孫其芳：《敦煌詞校注中的一些問題》，《社會科學》（蘭州）1984 年第 1 期。

孫其芳：《敦煌詞校勘中所見的形誤音誤字簡編》，《敦煌學論集》，甘肅人民出版社 1985 年版。

孫其芳：《補〈敦煌曲子詞〉校釋》，《社會科學》（蘭州）1985 年第 3 期。

周紹良：《補敦煌曲子詞》，《敦煌學論集》，甘肅人民出版社 1985 年版。

江藍生：《敦煌俗文學熟語初探》，《敦煌學論集》，甘肅人民出版社 1985 年版。

林玫儀：《敦煌曲在詞學研究上之價值》，《漢學研究》（中國台北）4 卷 2 期，1986 年。

盧善煥：《〈敦煌曲校錄〉略校》，《敦煌學輯刊》1986 年第 2 期。

林玫儀：《由敦煌曲看詞的起源》，《詞學考詮》，聯經出版社事業公司，1987 年。

楊淑敏：《敦煌變文語法問題試探》，《東嶽論叢》1987 年第 5 期。

柴劍虹、徐俊：《敦煌詞輯四校》，《古籍整理出版情況簡報》1987 年第 4 期。

杜斗城：《關於敦煌本〈五台山贊〉與〈五台山曲子〉的創作年代問題》，《敦煌學輯刊》1987 年第 1 期。

孫其芳：《敦煌詞研究述評》，《社會科學》（蘭州）1987 年第 6 期。

孫其芳：《〈雲謠集〉概說》，《敦煌學輯刊》1988 年第 1、2 期合刊。

吳肅森：《論敦煌佛曲與詞的起源》，《敦煌學輯刊》1989 年第 2 期。

張錫厚：《敦煌詩歌考論》，《敦煌學輯刊》1989 年第 2 期。

王文才：《敦煌本〈冀國夫人歌辭〉補釋》，《敦煌學輯刊》1989 年第 2 期。

饒宗頤：《雲謠集一些問題的檢討》，《明報月刊》1988 年 6 月號。

張湧泉：《〈敦煌歌辭總編〉誤校二十例》，《古籍整理出版情況簡報》第 218 期，中華書局 1989 年版。

袁賓：《敦煌變文語法劄記》，《天津師大學報》1989 年第 5 期。

黃征：《〈敦煌歌辭總編〉校釋商榷》，《敦煌研究》1990 年第 2 期。

李世英：《論敦煌曲中的佛曲歌辭》，《蘭州大學學報》1990 年第 1 期。

饒宗頤：《從敦煌所出〈望江南〉〈定風波〉申論曲子詞之實用性》，《第二屆敦煌學國際研討會論文集》，漢學研究中心，1991 年。

張文軒：《並列式成語的四聲序列》，《蘭州大學學報》1991 年第 1 期。

盧善煥：《〈敦煌曲校錄〉校讀記》，《西北師範大學學報》1991 年第 5 期。

張湧泉：《〈敦煌歌辭總編〉校議》，《語言研究》1992 年第 1 期。

劉瑞明：《〈廬山遠公話〉再補校》，《新疆文物》1992 年第 2 期。

張湧泉：《〈敦煌歌辭總編〉校議》，《語言研究》1992 年第 2 期。

張湧泉：《〈敦煌歌辭總編〉校釋補正》，《敦煌學》第 18 輯，新文豐出版公司，1992 年。

李正宇：《論敦煌曲子》，《第二屆國際唐代學術會議論文集》，文津出版社 1993 年版。

黃征：《敦煌寫本整理應遵循的原則》，《敦煌研究》1993 第 2 期。

徐俊：《敦煌本〈山僧歌〉綴合與 S．5692 蝴蝶裝冊的還原》，《中國典籍與文化論叢》第 2 輯，中華書局 1994 年版。

劉尊明、王兆鵬：《本世紀敦煌曲子詞研究的文化觀照》，《東方叢刊》3—4 輯，1994 年。

段觀宋：《〈敦煌歌辭總編〉校議》，《湘潭大學學報》1994 年第 3 期。

蔣冀騁：《〈敦煌歌辭總編〉校讀記》，《湖南師大社會科學學報》1994 年第 1 期。

劉尊明：《敦煌歌辭敦煌詞民間詞與文人詞之考辨》，《湖北大學學報》1995 年第 2 期。

劉尊明：《唐五代敦煌民間詞的文化蘊含》，《湖北大學學報》1995 第 5 期。

徐湘霖：《論敦煌佛曲》，《青海民族學院學報》1995 年第 2 期。

邵文實：《敦煌邊塞文學之“征婦怨”作品述論》，《敦煌學輯刊》1995 年第 2 期。

趙小剛：《“前有浮聲，後須切響”別解》，《中國語文》1996 年第 1 期。

柴劍虹：《俄藏敦煌詩詞寫卷經眼錄二》，《敦煌吐魯番研究》（第二卷），北京大學出版社 1996 年版。

伏俊璉：《論“俗講”與“轉變”的關係》，《國家圖書館館刊》1997 年第 4 期。

劉尊明：《〈雲謠集〉整理與研究綜述》，《文史知識》1997 年第 8 期。

劉尊明：《唐五代詞與道教文化》，《社會科學戰線》1997 年第 3 期。

曾良：《〈敦煌歌辭總編〉商補》，《敦煌吐魯番研究》第二卷，北京大學出版社 1996 年版。

曾良：《敦煌歌辭校讀記》，《古漢語研究》1998 年第 3 期。

曾良：《〈敦煌歌辭總編〉校讀劄記》，《文獻》1998 年第 3 期。

劉瑞明：《對〈敦煌曲子詞百首譯注〉訛誤的辨析》，《甘肅社會科學》1998 年第 4 期。

劉尊明：《敦煌曲子詞整理研究的百年歷程》，《文獻》1999 年第 1 期。

劉尊明：《二十世紀敦煌曲子詞整理研究的回顧與反思》，《文學評論》1999 年第 4 期。

文曉：《敦煌歌辭作品分類題注》，《甘肅社會科學》2000 年第 6 期。

邵文實：《敦煌佛教文學與邊塞文學》，《敦煌學輯刊》2001 年第 2 期。

伏俊璉：《漢譯佛經誦讀方式的來源》，《敦煌研究》2002 年第 2 期。

黃征：《敦煌俗語法研究——句法篇》，《敦煌語言文字學研究》，甘肅教育出版社 2002 年版。

湯君：《敦煌寫本 S6537 詞卷考辯》，《文獻》2002 年 2 期。

湯君：《敦煌曲子詞與中原文化》，《中州學刊》2002 年 6 期。

萬獻初：《“木桃、木李”新證》，《長江學術》第三輯，2002 年。

劉瑞明：《敦煌文學藝術性先驅作用例說》，《敦煌研究》2003 年第 3 期。

徐俊：《唐詞、唐曲子及其相關問題——一段敦煌學公案的學術史觀照》，《敦煌吐魯番研究》第七卷，中華書局，2004 年。

李進立：《敦煌文獻詞語劄記》，《新鄉師範高等專科學校學報》2004
年第 1 期。

黑維強：《敦煌文獻詞語陝北方言證（續）》，《敦煌研究》2005 年第
1 期。

王志鵬：《試論敦煌佛教歌辭中儒釋思想的調和》，《敦煌學輯刊》
2005 年第 3 期。

王定勇：《從敦煌佛曲看唐代禪宗的傳播》，《宗教學研究》2005 年第
3 期。

徐俊：《兩首被誤讀的曲子詞——敦煌文學文獻零劄之三》，《敦煌吐
魯番研究》（第八卷），中華書局，2005 年。

湯君：《敦煌曲子詞寫本敘略》，《敦煌學國際研討會論文集》，北京圖
書館出版社 2005 年版。

陸瓊：《論敦煌曲子詞的民間性與通俗性》，《鄭州輕工業學院學報》
2005 年第 2 期。

杜琪：《敦煌歌辭概觀》，《社科縱橫》2006 年第 6 期。

徐時儀：《〈西廂記〉中"哩也波哩也嗊哩"的語義考探》，《上海師範
大學學報》2006 年第 2 期。

張二平：《禪門俗曲管窺》，《五台山》2007 年第 4 期。

姬慧：《敦煌變文詞語陝北方言例釋》，《榆林學院學報》2009 年第
1 期。

王志鵬：《敦煌佛教歌辭特徵及其影響》，《蘭州學刊》2009 年第
9 期。

伏俊璉：《文學與儀式的關係——以先秦文學和敦煌文學為中心》，
《中國文化研究》2010 年第 4 期。

段塔麗：《論唐代佛教的世俗化及對女性婚姻家庭觀的影響》，《陝西
師範大學學報》2010 年第 1 期。

洪靜芳：《唐詩入唱研究》，東海大學中文所碩士學位論文，1991 年。

陶貞安：《敦煌歌辭用韻研究》，廣西師範大學碩士學位論文，
2004 年。

黑維強：《敦煌社會經濟文獻詞彙研究》，蘭州大學博士學位論文，
2005 年。

王定勇：《敦煌佛曲研究》，揚州大學文學院碩士學位論文，2005。

敏春芳：《敦煌願文詞彙研究》，蘭州大學敦煌學研究所博士學位論文，2006 年。

孫廣華：《敦煌歌辭研究》，南京師範大學博士學位論文，2008 年。

後　　記

　　經過若干年的點燈熬油，進入而立之年的我於 2006 年終於成為蘭州大學漢語言文字學專業的一名研究生，欣喜之餘也倍感壓力巨大。也許是工作了幾年的緣故，認識到知識在生活與工作中的重要性，我無比珍惜這來之不易的學習機會。帶著對知識的渴望、對理想的追求，我發憤苦讀。皇天不負，經過兩年艱辛的奮鬥我順利通過畢業論文答辯。碩士研究生畢業了，像我這種拖家帶口的大齡青年，又該何去何從？就業？兩年的研究生經歷，我感到自己的學習還是不夠深入、不夠充實，我希望自己在學業上能更上一層樓，埋頭苦讀的日子是艱辛的、沉寂的，但同時也是愉悅的，也時常讓我體會到收穫的快樂和欣喜。"千淘萬漉雖辛苦，吹盡黃沙始到金"，我做出了考博的決定，碩導趙小剛老師也支持我讀博，並推薦我報考蘭州大學敦煌學研究所的博士。帶著父母、老師的期望及我內心的渴望，我順利考入了蘭州大學敦煌學研究所。

　　當時鄭炳林所長語重心長地告誡我，一定要坐得住，甘於寂寞，慢慢磨煉。翻檢著滿目珠璣的敦煌學資料，我也給自己暗暗鼓勁，但心底仍然不時泛起莫名的焦慮和急躁。敦煌學如何與漢語言文字學結合？從哪兒入手呢？一次偶然的機會，我聽了導師伏俊璉先生的一次有關敦煌曲子詞的講座，先生深入淺出、睿智風趣的演講萌生了我對敦煌歌辭的極大興趣，也就是在那時我確定了自己的研究方向，之前的焦躁和不安也隨之而逝。2011 年 6 月，在伏老師近乎手把手的教導下，我的博士論文《敦煌歌辭語言研究》也順利通過了答辯。同年 7 月，我從大西北轉戰大西南，來到了樂山師範學院任教，上課的間隙不斷地經營著我那塊方寸之地——敦煌歌辭研究。伏老師對我放心不下，怕我貪圖樂山的"安逸"而誤了學問，2012 年年初就專門囑咐我，敦煌歌辭還需要深入做下去，比如曲調、句式的研究等。不敢怠慢，近四年的時間，我都在圍繞著敦煌歌辭做文章，並申請到了教育廳和學校的一些科研資助項目，對敦煌歌辭寫卷的形貌進行了全面的梳理並獲取了不少的學術資訊。敦煌歌辭的曲調及句式的研究也取得了一些進步。現在呈現在讀者面前的這本書就是在博士論文的基礎上修改完善而成的。捧著這部多年來修修補補耗盡心血不斷打磨而成的稚文，心底總湧上無限的感慨，儘管拙文還有諸多缺陷，但它已經見證了我的成長和進步，感謝它的陪伴，也感謝所有支持、幫助過我的老師、家人、同學、同事！感謝中國社會科學出版社的責任編輯們！好人一生平安！

2016 年 3 月 11 日